Zu jung für sie?

Das Buch

Marie ist glücklich über ihren neuen Job. Und zwischen ihr und ihrem netten Kollegen Jan-Jonas knistert es heftig. Aber sie ist deutlich älter als er und steht an einem ganz anderen Punkt im Leben. Nach Familienpause und Studium will sie durchstarten und ist froh, dass ihre beiden Kinder aus dem Gröbsten heraus sind. Er möchte Karriere machen, aber auch eine Familie gründen, ganz klassisch, mit eigenen Kindern. Wie soll das gehen? Und zusätzlich zu den Zweifeln der beiden gibt es noch die Kommentare der Umwelt: Kollegen und Vorgesetzte, Freunde und Bekannte, seine Eltern und ihre Kinder, alle mischen mit, gefragt und ungefragt ...
Wird die Liebe größer sein als alle Bedenken? Wird es eine gemeinsame Zukunft für Marie und Jan-Jonas geben?

Die Autorin

Die Liebe zum Schreiben und zur Literatur zieht sich wie ein roter Faden durch das Leben von Ilsebill Hobbeling. Nach dem Studium der Germanistik war sie über zwanzig Jahre lang verantwortlich für Werbung und PR in einer großen Fachverlagsgruppe. Sie absolvierte einen Fernkurs Belletristik, veröffentlichte eine Biografie über das Leben ihrer Mutter, betreibt einen eigenen Blog und schreibt passioniert Tagebuch. Mit ihrem dreizehn Jahre jüngeren Mann lebt sie im Rheingau, in der Nähe von Wiesbaden. Ilsebill Hobbeling hat zwei Kinder und drei Enkelinnen.

Ilsebill Hobbeling

Zu jung für sie?

Roman

Bibliografische Information der Deutschen Nationalbibliothek: Die Deutsche Nationalbibliothek verzeichnet diese Publikation in der Deutschen Nationalbibliografie; detaillierte bibliografische Daten sind im Internet über dnb.dnb.de abrufbar.

© 2017 Ilsebill Hobbeling
1. Auflage 2017
Alle Rechte vorbehalten
Umschlaggestaltung: Katrin Hessler, Konzeptgarten.com
Foto Cover: Rolf-Günther Hobbeling, instagram.com/rolf.gu
Herstellung und Verlag: BoD - Books on Demand, Norderstedt

ISBN: 9783743151581

„Wenn du meine Meinung wissen willst: Ihr könnt euch noch zehn schöne Jahre zusammen machen, vielleicht sogar fünfzehn. Dann bist du Mitte fünfzig und das war's dann."

Marie zuckte bei Haukes Worten zusammen, als hätte sie einen Schlag in die Magengrube erhalten. Mit so einer harschen Aussage hatte sie nicht gerechnet. Suchend schaute sie sich in der Küche der Freunde nach einer Sitzgelegenheit um. Auf allen Stühlen standen halb ausgepackte Umzugskartons, sie gab es auf und lehnte sich mit dem Rücken an die Spüle. Dort stand sie, klein und schmal, und zupfte an ihrem Pony. Sie bemühte sich, keine Miene zu verziehen. Doch in ihr brodelte es.

Imke, Maries beste Freundin, legte einen Pinsel aus der Hand und funkelte ihren Mann an: „Wie meinst du das, mit Mitte fünfzig war's das?"

„Du weißt, wie deine Mutter in ihren Fünfzigern abgebaut hat", entgegnete Hauke, gähnte und strich sich die schwarz glänzenden Haare aus der Stirn. „Frauen sind nun mal ab einem gewissen Alter nicht mehr so attraktiv."

„Ha!" Imkes Augen blitzten und schienen grüne Funken zu sprühen. „Meine Mutter sieht immer noch klasse aus mit Mitte sechzig – zum Glück denken nicht alle Kerle so wie du!" Sie knallte ihren Teebecher auf den Küchentisch. Etwas von der Flüssigkeit schwappte über den Rand und bildete eine kleine Lache auf der ausgeblichenen, grauen Wachsdecke.

„Marie hat uns gefragt, wie wir das finden", Hauke zuckte mit den Schultern, „und ungewöhnlich ist es, das musst du zugeben, eine Beziehung zwischen einer fast Vierzigjährigen und einem Jungspund von siebenundzwanzig Jahren."

„Und wenn es umgekehrt wäre?" Imke schüttelte den Kopf. „Dann ..."

„Lass mal", unterbrach Marie und bemühte sich um eine feste Stimme, „ich habe nach eurer Meinung gefragt und die von Hauke kenne ich jetzt."

„Was sagt denn der Jüngling dazu?", brummte der und beugte sich über den Werkzeugkasten. Imke tippte sich mit dem Finger an die Stirn. „Er ist gerade mal drei Jahre jünger als du."

Marie zögerte kurz, dann sagte sie: „Ausgesprochen ist noch nichts." Sie nahm ihren Armreif ab und ließ ihren Zeigefinger darin kreisen. „Aber ich glaube, ich bin mir eigentlich sicher – Jan-Jonas mag mich auch. Wir verbringen viel Zeit miteinander; zu Beginn war das nur zwangsläufig so durch den Job, wir durchlaufen zusammen das Einarbeitungsprogramm für neue Mitarbeiter. Inzwischen sehen wir uns in jeder Mittagspause. Und letzte Woche waren wir abends in der Kneipe, der Vorschlag kam von ihm." Sie lächelte versonnen. „Er ist witzig, wir haben viel gelacht. Der Abend war wunderschön, so ... so unkompliziert. Nähergekommen sind wir uns noch nicht," schob sie hinterher. Eine sanfte Röte überzog ihr Gesicht, als sie sagte: „Aber es knistert gewaltig."

Hauke legte sich einen großen Hammer auf den ausgestreckten rechten Unterarm und ging langsam Richtung Küchentür, dort drehte er sich um und blickte zu Marie. „Ihr könnt es doch wenigstens probieren, was hast du denn zu verlieren?"

„Manchmal ist der Typ zum Haare raufen," grummelte Imke, als sich die Tür hinter Hauke geschlossen hatte.

„Ach Imke." Marie versuchte ein Lächeln, das etwas schief geriet, zuckte mit den Schultern und sagte mit belegter Stimme: „Wenn er es so sieht. Und vielleicht liegt er gar nicht mal falsch mit seiner Einschätzung. Ich will mich doch auch nicht verrennen." Sie schaute auf die Uhr und sagte: „Oh, ich habe nicht mehr viel Zeit, die Kinder kommen um sieben zurück. Bring mir doch noch schnell das Teegeschirr zum Abwaschen, dann kannst du weiter Kisten auspacken."

Imke stapelte das Geschirr neben dem Emaille-Becken und verschwand dann im Nebenzimmer.

Kaum hatte sich die Tür hinter ihrer Freundin geschlossen, wanderten Maries Gedanken zu Jan-Jonas. Schon Tage vor ihrem ersten Zusammentreffen hatte sie seinen Namen erfahren.

Wir begrüßen als neue Mitarbeiter zum 1. April Marie Sand-Hollerbüh und Jan-Jonas Henneroh. Die beiden Bindestrich-Wort-Ungetüme standen untereinander auf der Tafel im Eingangsbereich des Verlags. Jan-Jonas bekam Marie in den ersten Arbeitstagen nicht zu Gesicht. Ein Kollege erwähnte einen Urlaub auf den Malediven: „Der kommt erst nach Ostern."

Klar, typisch BWLer, da mussten es gleich die Malediven sein! Und als Assistent des Geschäftsführers konnte er es sich erlauben, in einem neuen Job erst mal Urlaub zu machen. Dann hatte sich herausgestellt, dass Jan-Jonas die Stelle nur deshalb später angetreten hatte, weil sein Chef in Urlaub gewesen war. Marie schämte sich, dass sie den Gerüchten geglaubt hatte. Tja, Gerüchte – ob die Kollegen schon über sie beide tuschelten? Man hatte sie mittags bestimmt zusammen gesehen. Und zwischendurch kam Jan-Jonas öfter mal in ihrem Büro vorbei, öfter als notwendig! Eigentlich musste man ihr anmerken, dass ... ja, was? Dass sie auf dem besten Wege war, sich ernsthaft zu verlieben? In Jan-Jonas, der nicht nur so viel jünger war als sie, sondern dazu noch ein Kollege, ein Kollege mit Ambitionen auf Karriere?

Ihr wurde heiß, als sie daran dachte, dass sie ihn am nächsten Tag im Verlag wiedersehen würde. Sie pustete ihren Pony hoch, schob die Ärmel des Pullovers zurück und tauchte ihre Hände ins Wasser, es war gut, etwas Sinnvolles zu tun zu haben. Beschäftigung half immer.

1

Marie rückte noch ein Stückchen näher an den Computer heran und blinzelte. Ihre Kontaktlinsen scheuerten neuerdings ständig. Die Luft in den Verlagsbüros war sehr trocken, wahrscheinlich lag es an den vielen Büchern und den Papierbergen, die sich, aller Elektronik zum Trotz, überall türmten.

Sie starrte auf den Bildschirm und fragte sich, wie sie am besten vorgehen solle, um die gewünschte Analyse der Honorardaten der letzten drei Jahre anzulegen. Sie hätte vielleicht doch zugeben sollen, dass sie sich mit Excel kaum auskannte. Aber natürlich hatte sie in dem Bewerbungsgespräch, das sich über Stunden hingezogen hatte – als gelte es, eine wichtige Führungskraft einzustellen und nicht eine kleine Lektoratsassistentin – eine möglichst gute Figur machen wollen. Wider Erwarten hatte sich die Stelle sehr interessant angehört, auch wenn es sich um Fachliteratur handelte und nicht um einen Belletristik-Verlag, wie sie es sich natürlich erträumt hatte. Aber sie musste realistisch bleiben. Hauptsache, der Job war halbwegs befriedigend und einigermaßen gut bezahlt. Und der Raum, in dem das Gespräch stattfand, der hatte es ihr wirklich angetan!

So hatte sie sich das Innere eines Verlags vorgestellt: Eine riesige Bücherwand erstreckte sich über die komplette Längsseite des Zimmers. Die wenigen Utensilien auf dem modernen Schreibtisch waren schlicht, aber edel. An der Wand neben der Tür hing ein großes abstraktes Bild in vielen unterschiedlichen Blautönen. Eine Glasvase, prall gefüllt mit Tulpen und Ranunkeln in einem leuchtenden, orangefarbenen Gelb, prangte auf dem Besprechungstisch, daneben stapelten sich verschiedene Fachzeitschriften. Der gesamte Raum hatte etwas Einnehmendes, Inspirierendes.

Dass sie nun hier saß, in ihrem Alter, ohne betriebswirtschaftliches oder juristisches Studium, noch dazu als alleinerziehende Mutter mit zwei halbwüchsigen Kindern, das war schon ein Wunder. Aber offensichtlich hatte sie überzeugt (oder die Not war so groß?) und nur wenige Tage später hatte sie den Anruf bekommen, man freue sich auf die Zusammenarbeit.

Nun hockte sie in ihrem kleinen, länglichen Büro, ihre Schultern schmerzten und die Augen brannten. Wahrscheinlich musste sie sich diesen Arbeitsplatz bequemer einrichten, den Bildschirm etwas höherstellen oder vielleicht die Stuhllehne anders ausrichten? Und sie würde sich ein richtig schönes Ablagekörbchen kaufen – und auf jeden Fall ein Poster in fröhlichen Farben. Aber jetzt konzentriere dich auf diese Analyse, ermahnte sie sich.

„Hallo!" Die helle, weiche Stimme ließ ihr Herz hopsen. Hastig strich sie sich über die Haare und setzte sich aufrecht hin.

„Ich soll dir ausrichten, dass unsere Infoveranstaltung in der Produktion eine Stunde später beginnt." Jan-Jonas lehnte im Türrahmen, blond, schlaksig, jungenhaft, in dunkelgrauer Hose und dunkelgrauem Hemd. Er lächelte sie an.

„Oh je", sagte Marie und zupfte an ihrem Pony, „ich muss um halb sechs gehen, ich habe Lukas versprochen, beim Fußballtraining zuzuschauen und seinen Freund mit nach Hause zu nehmen. Ich bin dran mit Fahren."

„Das klappt schon, wir hören einfach rechtzeitig auf, Fragen zu stellen, dann kommen wir pünktlich weg."

Maries Mundwinkel zuckten, seine Unbekümmertheit hatte etwas Erfrischendes und dieses kleine Wörtchen „wir" – es tat so gut.

„Na, wenigstens habe ich auf diese Weise noch ein bisschen Zeit, mich mit der Analyse zu beschäftigen, aber ich tue mich ganz schön schwer mit dem blöden Excel-Programm." Sie seufzte.

„Excel? Lass mal sehen, damit kenn ich mich aus." Jan-Jonas stand inzwischen neben ihr, legte ihr ganz leicht die Hände auf die Schultern und schob sie sanft beiseite, um sich vor den PC zu setzen. Für einen kurzen Moment waren sie sich ganz nah und Maries Herz klopfte so laut, dass sie sicher war, er könne es hören.

„Oh", sagte Jan-Jonas, als der Bildschirmschoner erschien und beim Drauftippen das Passwort gefordert wurde. „Du hast aber eine kurze Einschaltzeit für den Schoner."

„Ich habe gar nichts gemacht", beteuerte Marie, „aber es nervt, einmal umgedreht und schon will er die Kennung."

„Das kann ich ändern, wenn du willst. Gib mal dein Passwort ein."

Er wollte aufstehen, um ihr Platz zu machen, doch Marie sagte rasch: „Lukas:1998!"

Jan-Jonas machte: „tz tz tz", tippte aber die Kombi aus Buchstaben und Zahlen.

Das Eingabefeld wackelte heftig. Er tippte ein zweites Mal und das Kästchen für das Passwort schien noch stärker als zuvor zu ruckeln. Er tat so cool, aber auch er war nervös! Bei der dritten Eingabe, bei der er mit dem rechten Zeigefinger (er hatte sehr gepflegte, kräftige Hände mit kurzgeschnittenen Fingernägeln) jede einzelne Taste niederdrückte, erschien auf dem Bildschirm die von Marie begonnene Excel-Tabelle.

Er wandte sich um und blickte sie an: „Dein Sohn spielt also Fußball – wo trainiert er? Ich würde gerne mal zugucken, kann ich mitkommen?" Er strich sich mit zwei Fingern über die Nase.

Sie zögerte, sie hatte ihn ihren Kindern natürlich noch nicht vorgestellt. Sie hatten sich doch auch erst einmal abends, außerhalb des Jobs, verabredet, es war alles noch so frisch, fast wie ein Traum. Aber sie würden gemeinsam eine Informations-Broschüre für neue Mitarbeiter erarbeiten, nach Feierabend und am Wochenende, das bedeutete sehr viel Zeit miteinander … Und in ihren Mittagspausen tauschten sie sich zunehmend über private Dinge aus. Die Luft brannte zwischen ihnen, eindeutig!

„Also?" Jan-Jonas schaute Marie erwartungsvoll an. Warum eigentlich nicht, das heißt ja gar nichts, beruhigte sie sich. Grundlegende Entscheidungen konnte man auch später noch treffen.

Schon von weitem hörten sie das Johlen und Kreischen der Kinder, dazwischen immer wieder die kräftigen Stimmen der Trainer. Lukas' Gruppe spielte in der hintersten Ecke des riesigen Geländes. Mehrere Mütter saßen auf der Zuschauertreppe und unterhielten sich. Eine ältere Frau, die Marie noch nie auf dem Fußballplatz gesehen hatte, hielt ihr Gesicht in die wärmenden Sonnenstrahlen. Die Väter kamen in der Regel erst später, aber heute standen zwei von ihnen am Spielfeldrand, gestikulierten heftig und riefen ihren Söhnen Anweisungen zu. Marie stellte Jan-Jonas als Arbeitskollegen vor.

„Wie läuft es denn in Ihrem Job?", fragte Pauls Mutter und wandte sich zu Marie. Ihre zu einem exakten Pagenkopf geschnittenen dunklen Haare schwangen leicht vor und zurück.

„Danke, gut, es macht Spaß, aber es ist natürlich unglaublich viel Neues, es ist anstrengend und wenn ich abends nach Hause komme, dann …"

„Abends?" Karlies Mutter, eine kräftige Blondine, erhob sich von den Treppenstufen und trat einen Schritt näher.

„Mittags sind Sie nicht zuhause? Und Ihre Kinder?"

Marie bemerkte zu ihrer Verärgerung, wie ihr die Röte in die Wangen stieg. „Anfangs bin ich tatsächlich in der Mittagspause nach Hause gefahren, aber das war eine einzige Hetzerei. Ich habe eine Mikrowelle gekauft und koche abends etwas für den nächsten Tag", fügte sie hastig hinzu.

„Wie Sie das alles hinbekommen." Pauls Mutter schaute sie bewundernd an.

„Erst das Abitur nachholen, dann studieren und jetzt haben Sie so schnell einen Job gefunden."

Marie lächelte verlegen. „Es ist alles eine Frage der Organisation. Na ja, und etwas Glück gehört auch immer dazu. Mit den Kindern – Anna wird schließlich bald vierzehn, Lukas ist elf – das klappt ganz gut. Oft ist auch jemand aus der Wohngemeinschaft mittags zu Hause und kümmert sich ein bisschen um sie."

„Ach stimmt, Sie wohnen ja in einer Wohngemeinschaft." Karlies Mutter spitzte die Lippen, als ob sie noch etwas sagen wollte, ließ es aber sein.

Marie spürte Jan-Jonas' Blick auf sich ruhen und wandte sich zu ihm um, er lächelte ihr aufmunternd zu

15

und eine Woge des Glücks durchströmte sie. Als sie sich zurückdrehte, erhaschte sie gerade noch den Blick, den die beiden Mütter tauschten.

Weitere Frauen gesellten sich zu der Gruppe; Jan-Jonas und Marie gingen die restlichen Stufen hinunter und lehnten sich an das Geländer, um das Spiel der kickenden Jungen besser verfolgen zu können. Als kurz darauf die durchdringende Trainer-Stimme erklang: „Schluss für heute", zuckte Marie zusammen. Was nun? Unruhig trat sie von einem Bein aufs andere. Lukas blödelte noch mit seinem Freund am Spielfeldrand, aber gleich würde er kommen. Sie hoffte, sie würde unbefangen klingen, wenn sie ihm Jan-Jonas als Arbeitskollegen vorstellte. Das war ja immerhin nicht gelogen, wenn auch nicht die ganze Wahrheit. Na ja, eigentlich doch, wenn man es genau betrachtete, schließlich war bisher nichts „passiert".

Jan-Jonas durchbrach ihre Gedanken. „Ich mach mich dann mal auf den Weg, wir sehen uns morgen." Er guckte zu Marie und sagte dann in die Runde: „Tschüss, die Damen." Marie merkte, wie sich Erleichterung in ihr breitmachte. Gleichzeitig war sie enttäuscht. Warum eigentlich, fragte sie sich verwirrt. Sie schaute ihm hinterher, er näherte sich dem roten Törchen, das das Trainingsgelände vom Parkplatz trennte, legte eine Hand auf die Klinke – und dann drehte er sich um und winkte. Marie hob ihre Hand und winkte zurück. Sie spürte die Blicke der Frauen im Rücken, doch es war ihr egal.

2

Marie stand vornübergebeugt an der Anrichte der großen Wohngemeinschafts-Küche und formte Hackfleischklösschen. Bine, ihre Mitbewohnerin, hatte sich an dem zerfurchten Holztisch niedergelassen und schnitt Tomaten.

„Wir brauchen Pfeffer", sagte Marie und drehte sich halb zu Peter um, „das reicht jetzt gerade noch."

„Schreibs auf", sagte der und hob den Kopf nicht vom Sportteil der FAZ, die er am anderen Ende des Tisches ausgebreitet hatte. Marie räusperte sich: „Hallo!" Sie reckte ihr Kinn zu ihren hackfleischverklebten Händen. Peter schaute sie an und brummte etwas Unverständliches. Nach einem kurzen Blick zu Bine, die ungerührt weiter Tomaten zerteilte, stand er auf und durchquerte den Raum. „Sonst noch was?", fragte er und griff nach der Kreide, die am Rand der alten Schiefertafel mit einem Bindfaden befestigt war.

„Momentan nicht, aber uns fällt bestimmt noch was ein", entgegnete Bine. „Du weißt, dass du zum Kartoffelschälen eingeteilt bist?"

„Wir müssen alle in die Haushaltskasse einzahlen", sagte Peter, warf noch einen sehnsüchtigen Blick auf die Zeitung, dann faltete er sie laut raschelnd zusammen. Er griff nach einer großen, braunen Papiertüte, zog die Schublade des alten Weichholzschranks auf und kramte nach dem Kartoffelschäler.

„Wie viele Leute kommen heute Abend? Soll ich die große oder die mittlere Schüssel für den Kartoffelsalat nehmen?"

„Nimm die große, wir können morgen den Rest essen, ich koche nicht, weil die Kinder erst abends von ihrem

Vater wiederkommen." Marie strich sich mit dem abgewinkelten Handgelenk die Haare aus der Stirn.

Sie lebten nun schon fast fünf Jahre als Wohngemeinschaft zusammen: Marie mit ihren Kindern Anna und Lukas, der zweiunddreißigjährige Peter und die achtundzwanzigjährige Sabine, von allen Bine genannt. Eigentlich war genug Raum für einen vierten Erwachsenen, immerhin betrug die Wohnfläche knapp zweihundert Quadratmeter – es war eine der typischen Wiesbadener Altbauetagen –, aber momentan war das dritte Zimmer zur Straße nicht belegt. Sie nutzten es als Abstellraum und zum Wäschetrocknen, das war praktisch, aber eine geringere Miete für alle wäre auch nicht schlecht. Sie waren mal wieder auf der Suche, keiner der bisherigen Mitbewohner hatte es lange ausgehalten; vielleicht waren die drei Erwachsenen mit den beiden Kindern eine zu eingeschworene Gemeinschaft geworden.

Für Peter war das Zimmer in der WG nur als Übergangslösung nach der Trennung von seiner Freundin Monica gedacht gewesen, aber dann war er geblieben, zur großen Freude von Marie. Kurz darauf war Bine mit ihren beiden Katern Erwin und Ottokar eingezogen. Ihr hatten sie die seit kurzem quietschgelbe Küche zu verdanken. Bine, die Innenarchitektur studierte, hatte von gelben Küchen geschwärmt, Marie hatte Bedenken angemeldet, aber schließlich nachgegeben.

Mit der gelben Farbe, die einen leichten Stich ins Grünliche hatte, war niemand glücklich, auch Bine selber nicht. Marie musste sich sehr am Riemen reißen, um nicht darauf herumzureiten, dass sie von Beginn an vor Gelb gewarnt hatte. Die Kinder nannten sie „unsere KaKü", die Erwachsenen argwöhnten, das stehe für

„Kack-Küche", doch beide beteuerten, sie hätten beim „Ka" nur an Kanarienvögel gedacht. Alle meckerten über das Gelb, doch sie konnten sich nicht aufraffen, die Küche erneut zu streichen. Früher hatten sie viele Feste gefeiert und ständig waren Leute dagewesen, hatten stundenlang in der geräumigen Küche gehockt und einen Kaffee nach dem anderen getrunken. Meistens waren es Studienkollegen von Bine und Peter; wenn Marie mittags etwas für die Kinder kochen wollte, musste sie sie erst vom Frühstückstisch vertreiben.

In letzter Zeit war es deutlich ruhiger geworden. Bine steckte in einer schwierigen Phase ihres Studiums, Peter fuhr häufig nachts Taxi, um sein Wirtschaftsinformatik-Studium zu finanzieren, Marie war nun seit neun Wochen berufstätig. Die Arbeit strengte sie an, es gab so viel zu beachten, ständig hatte sie mit neuen Kollegen zu tun, musste die unterschiedlichsten Aufgaben bewältigen, immer bemüht, einen guten Eindruck zu machen. Abends fiel sie todmüde ins Bett.

Aber heute wollten sie mal wieder feiern; Bine hatte eine gute Zwischenprüfung abgelegt, Marie so unerwartet schnell einen Job gefunden und Peter vor kurzem Geburtstag gehabt. Um halb zehn war die Party schon in vollem Gange (das war früher anders gewesen), als plötzlich Maries Handy klingelte. Sie verzog sich in ihr Zimmer, auf der Party vermisste sie sowieso niemand. Ihr Herz bubberte. Jan-Jonas wusste, dass sie heute feierten, aber vielleicht ...

„Marie Sand-Hollerbüh." Seit wann meldete sie sich mit ihrem Doppelnamen am Handy?

„Hallo Hollerbüh, hier ist Jan-Jonas. Ich habe gerade gesehen, dass in der Spätvorstellung Dirty Dancing läuft.

Wollen wir zusammen reingehen? Bitte, bitte." Diese Stimme, sie machte Marie weiche Knie.

„Dirty Dancing", sagte sie gedehnt und versuchte, den Aufruhr in ihrem Inneren zu überspielen, „das ist doch dieser kitschige Teenie-Tanzfilm."

„Mann, das ist Kult, das muss man gesehen haben – ich denke, du bist Kino-Fan. Also, was ist?" Seine Stimme nahm einen schmeichelnden Klang an.

Marie ließ sich kurz durch den Kopf gehen, ob sie ihn doch herbitten sollte, aber nein, das hatte sie sich ja vorher sorgfältig überlegt. Jetzt noch ins Kino?

Bine schaute zur Tür rein: „Hier bist du." Als sie sah, dass Marie telefonierte, flüsterte sie: „Jan-Jonas?"

Marie nickte und Bine wedelte mit der rechten Hand. „Trau dich", zischte sie.

„Na gut, ich komme", sagte Marie hastig ins Telefon, „bis gleich."

Mit zittrigen Fingern drückte sie die Aus-Taste.

„Ich glaub's nicht." Bine zog einen Schmollmund. „Das wäre die Gelegenheit für uns gewesen, den Wunder-Mann kennenzulernen."

„Wunder-Mann?" Marie blickte hoch. Ihre Stimme sollte Verwunderung ausdrücken, doch ihre strahlenden Augen sagten etwas anderes.

„Na, wenn du so verknallt bist, dann will das doch was heißen."

„Keine Zeit für Diskussionen." Marie zog ihr dunkelblaues Sweatshirt über den Kopf und riss die oberste Schublade der Kommode auf. Sie zerrte ihren Lieblingspulli heraus – ein orangerot geringeltes Teil – und stürzte ins Bad. Mit fliegenden Fingern griff sie nach ihrem Schminktäschchen.

„Du siehst gut aus." Bine war ihr gefolgt und lehnte lässig am Türrahmen, die langen Beine gekreuzt, die Arme übereinandergeschlagen. „Steht dir gut, verliebt zu sein."

„Pfft", machte Marie und versuchte, das inzwischen vertraute Jan-Jonas-Herzklopfen zu ignorieren.

„Es könnte jetzt wirklich nicht schaden, etwas besser auszusehen, eine Schönheit bin ich nicht, das musst du zugeben." Fahrig fuchtelte sie mit der Wimperntusche herum und fauchte ärgerlich, als ein Teil der schwarzen Farbe unter der Augenbraue landete.

„Man ist doch nie schön genug", gab Bine zurück.

„Du weißt schon, wie ich das meine, in dieser Konstellation ..."

Während sie ganz nah an den Spiegel heranrückte und sich betrachtete, als gälte es den letzten Mitesser zu finden, tastete Marie mit der rechten Hand nach dem kürzlich erworbenen Rougedöschen, setzte einen Tupfer auf jede Wange, zog eine Grimasse und schaute zu Bine: „Hat es das jetzt gebracht?"

Die grinste nur: „Viel Spaß – oder sollte ich besser sagen: viel Erfolg."

Marie streckte ihr die Zunge heraus.

Anfangs fand Marie den Film tatsächlich ein wenig kitschig, aber nach einer gewissen Zeit – nachdem ihr Herz nicht mehr so wild klopfte – gelang es ihr doch, sich hineinfallen zu lassen und die fetzigen Tanzeinlagen und die eingängigen Songs zu genießen. Jan-Jonas hatte schon früh nach ihrer Hand gegriffen. Obwohl sie insgeheim damit gerechnet hatte, zuckte sie zusammen: Hoffentlich fühlte sich ihre Hand nicht verschwitzt an, wie bei einem verliebten Teenager, fehlte nur noch, dass sie anfing zu kichern. Die Songs *Be my Baby*, *Hungry Eyes*, *Time of my Life*, erschienen plötzlich so passend.

Anschließend gingen sie in eine neue Kneipe am Luisenplatz. Der altmodische Schriftzug an der Fassade erinnerte daran, dass die Räumlichkeiten ehemals einen Frisörsalon beherbergt hatten. Im Türrahmen blieb Marie stehen und schaute sich unschlüssig um. Dann steuerte sie auf die Theke zu, schnappte sich einen Barhocker und hievte sich schwungvoll hinauf; fast wäre sie am anderen Ende wieder runtergefallen. Sie ruckelte eine Weile herum, bis sie sicher saß. Sie spürte Jan-Jonas' Blick, eine Mischung aus amüsiert und etwas, das sie nicht deuten konnte, und zupfte verlegen an ihrem Pony.

„Wie hat dir der Film gefallen?" Jan-Jonas schob einen der hohen Schemel zur Seite und stellte sich dicht neben sie. Er roch so gut, es erinnerte sie an etwas, am liebsten hätte sie an ihm geschnuppert.

„Hm ja, der ist tatsächlich nett."

„Nett?"

„Na ja, er hat tolle Songs, er ist romantisch – er weckt Sehnsüchte."

Sie biss sich auf die Zunge. Verflixt, sie war doch nicht mit einer Freundin unterwegs!

„Hast du einen Lieblingsfilm?", fragte er und lehnte sich mit dem Rücken an die Theke, wodurch sich der Abstand zu Marie ein klein wenig vergrößerte.

„Wenn die Gondeln Trauer tragen", sagte sie ohne nachzudenken.

Jan-Jonas kannte den Film nicht und wollte wissen, worum es ging und was ihn so besonders machte.

„Er hat die schönste Liebesszene (Bettszene!), die ich jemals gesehen habe", – wäre eine ehrliche Antwort gewesen. Aber dieses Mal tappte sie nicht in die Falle. Auch die etwas unverfänglichere Variante: „Er hat eine der berühmtesten und schönsten Liebesszenen der Filmgeschichte", verwarf sie in Sekundenschnelle.

Stattdessen stammelte sie: „Eine berührende Geschichte, tolle Darsteller, super spannend, obwohl es kein Krimi ist. Und du?"

„Paris Texas."

„Ah, warum?"

„Er hat eine ganz eigene Stimmung und wunderbare Bilder. Nastassja Kinski ist umwerfend. Und Frühstück bei Tiffany. Alle Filme mit der jungen Audrey Hepburn sind toll. Diese Augen, dieser Blick, diese Figur."

Marie schrumpfte zunehmend auf ihrem Hocker.

Obwohl Jan-Jonas sein Auto in der Nähe des Kinos geparkt hatte und Marie mit dem Fahrrad gekommen war, bestand er darauf, sie zu Fuß nach Hause zu bringen. Mit der linken Hand führte er das Rad, mit der rechten griff er nach ihrer. Die Hände fügten sich weich ineinander und nun genoss sie es. Die Nacht war lau und windstill, außer ihnen schien niemand unterwegs zu sein.

Sie schlenderten durch die Straßen. Mehrstöckige klassizistische Wohnhäuser säumten ihren Weg. Marie machte ihn auf die Prachtbauten aufmerksam, deutete zu den mit schmiedeeisernen Ranken verzierten Balkongittern, den weiß gestrichenen Stuckverzierungen der Fassaden, den vorgesetzten Erkern und aufgesetzten Türmchen. Immer häufiger blieb Jan-Jonas stehen, um die Fülle an Ornamenten und figürlichem Schmuck zu bewundern. Marie hatte das alles zigmal zuvor bestaunt, aber heute erschien es ihr noch glanzvoller als sonst, als trüge sie schärfere Kontaktlinsen.

„Eine Stadt, so schön, dass man sogar bleiben könnte", sagte er. Wie meinte er das? Marie traute sich nicht nachzufragen. Zögerlich näherten sie sich ihrer Wohnung am Ersten Ring. Sie überquerten die mehrspurige, in der Mitte mit einer Baumallee begrünte Hauptstraße. An der Ampel stand ein dunkelblaues, chromblitzendes Cabrio, in dem ein junges Pärchen sich unablässig abwechselnd küsste und seine Nasen aneinander rieb. Marie riss ihren Blick los. Zu gerne hätte sie eine flapsige Bemerkung gemacht. Aber in ihrem Kopf war nur Leere. Jan-Jonas wirkte unbefangen.

Vor ihrem Haus blieb sie stehen und zögerte. Ein Drittel der Eingangstür war mit einer Sperrholzplatte vernagelt, der Glasteil schmutzig, die fünf Namensschilder auf der rechten Seite viel zu klein für die Menge der größtenteils handschriftlichen, teilweise hingeschmierten Namen. Sie blickte unbehaglich zu Jan-Jonas.

Der löste seine Hand, stellte das Fahrrad ordentlich auf den Halter, umfasste mit beiden Händen Maries Schultern und drückte sie leicht gegen die Hauswand. Sie war ein ganzes Stück kleiner als er und schaute zu ihm hoch. Er beugte seinen Kopf und küsste sie fest auf den Mund, entschieden, aber dennoch behutsam. Es fühlte sich gut an, gut und richtig. Und seltsam vertraut.

„Wir müssen reden." Er löste sich zögernd von ihr und trat einen Schritt zurück.

„Ist das nicht normalerweise der Text der Frau?"

Er verzog keine Miene. „Wie wäre es mit einem Spaziergang morgen Vormittag?"

Marie nickte.

„Ich hole dich ab, um elf?" Kaum dass sie ein Ja herausgebracht hatte, küsste er sie noch einmal, länger, zärtlicher, inniger.

„Marie, ich nehm' dich mit in meine Träume. Schlaf gut, bis morgen – oder besser gesagt, bis später."

Time of my Life summend ging er davon. Sie schaute ihm nach, bis er die Straßenecke erreicht hatte. Er wandte sich zurück und winkte. Unbeholfen hob sie den Arm und winkte zurück.

Sie hoffte inständig, dass sie unbemerkt in ihr Zimmer kommen würde. Oh, fast vier Uhr, da würden Bine und Peter schlafen.

Nach der kürzesten Katzenwäsche ihres Erwachsenenlebens lief sie in ihr Zimmer, machte ihre Balkontür auf, nahm einen Schluck frischer Morgenluft, schlüpfte unter das Laken und nahm den Kampf in ihrem Kopf auf: Küsse gegen Gedankenkarussell.

3

„Lass uns nach Wiesbaden-Frauenstein fahren und zum Aussichtsturm gehen, der Blick ist einmalig und man bekommt den Kopf frei. Wir wollen ja reden", fügte Marie hinzu und sah sich neugierig in Jan-Jonas' Smart um, fuhr mit der Hand über das lederbezogene Armaturenbrett und die Konturen der kugelrunden Aufsätze mit Drehzahlmesser und Uhr.

„Wollen, von wollen kann keine Rede sein." Jan-Jonas strich sich mit Zeige- und Mittelfinger über die Nase. Sie war recht lang und sehr gerade, bis auf einen winzigen Knubbel im oberen Teil. „Igelnase" hatte Marie sie getauft.

Seine blonden Haare waren nach hinten gekämmt und wellten sich etwas im Nacken, es verlieh ihm eine künstlerische Aura.

Die Kirschblüte in Frauenstein war schon eine Weile vorbei. Wie gerne hätte sie ihm das gezeigt, dieses Meer aus weiß blühenden Obstbäumen. Vielleicht im nächsten Jahr, begann sie zu träumen und schüttelte den Kopf über sich.

Der Himmel war bedeckt, es blies ein frischer Wind, und ihnen begegneten nur wenige Spaziergänger. Der Wein hatte bereits Blätter von Männerhand-Größe, die streng ausgerichteten Reben-Reihen boten ein schönes Bild. Aber noch schöner war es im Herbst, kurz vor der Lese.

Die ersten Windungen des Weges gingen sie stumm nebeneinander her. Als bereits das hohe Goethe-Denkmal im Blickfeld auftauchte, räusperte sich Marie.

„Wie fandst du die Informationsstunde mit dem Meierling? Ich habe wenig begriffen, diese ganzen Produktionsdetails müssen wir doch nicht wissen, oder?"

„Der schwallt wirklich viel", stimmte Jan-Jonas zu. Schweigend gingen sie weiter.

Zum Glück schien niemand auf dem Turm zu sein. Auf den letzten Stufen der dreistöckigen Treppe prustete Marie: „Ich muss was für meine Fitness tun."

Jan-Jonas drängte sich an ihr vorbei und betrat die überdachte hölzerne Plattform. Er schaute lange in alle Himmelsrichtungen.

„Toller Ausblick, hm?", sagte Marie. Sie zog die Luft ein, als hätte man sie vorher unter Wasser getaucht.

Sie lehnte in einiger Entfernung von Jan-Jonas an der hölzernen Brüstung, in die haufenweise Herzchen, Namen und Sprüche geschnitzt waren. Zwischen ihnen befand sich eine aufgesetzte kleine Plattform, vielleicht dreißig Zentimeter höher, zu der zwei Stufen führten und die mit einem Geländer versehen war.

Jan-Jonas deutete verwundert darauf und Marie zuckte mit den Schultern, sie hatte sich auch schon gefragt, wozu sie diente, sie erschien ohne jegliche Funktion.

„Ist es nicht wunderschön hier?" Aus Maries Stimme klang Stolz auf die Wahlheimat.

„Wunderschön ist ein gutes Stichwort, komm doch mal her zu mir."

Als Marie zögerte, umrundete er das Podest, kam auf sie zu und schloss die Arme um ihren Körper. Sie versteifte sich. Er ließ ein kleines bisschen locker, gerade genug, um Raum zwischen ihre Gesichter zu bringen. Sein Kuss war dieses Mal fester, fordernder. Ihr schoss durch den Kopf, wie sie sich mit ihren Freundinnen als junge Mädchen immer gefragt hatten: „Und, hat er dich *richtig* geküsst – oder *nur so*?"

Nur so war gestern, heute war *richtig*.

Als sie voneinander abrückten, flüsterte sie: „Wir wollten doch reden."

„Du bist wohl die Vernünftige in dieser Beziehung, hm?" Jan-Jonas legte die Stirn in Falten.

Marie sog das Wort „Beziehung" in sich auf. Es klang wundervoll in ihren Ohren und öffnete einen Kosmos voller Verheißung. „Ich erzähl dir jetzt mal was." Er lehnte sich mit dem Rücken an das Geländer und knetete seine Finger. „Du weißt, dass ich bisher kaum Freundinnen gehabt habe, es gab immer etwas, das nicht stimmte." Er schüttelte den Kopf. „Aber ich hatte stets diese Vorstellung, schon als kleiner Junge, dass mir eines Tages meine Traumfrau begegnet, die Frau, die zu mir passt, die ich heirate, und mit der ich ganz klassisch eine Familie gründe. Viele haben sich darüber lustig gemacht, aber ich wusste, dass es sie gibt."

Er breitete die Arme aus. „Und nun habe ich sie gefunden."

Marie umklammerte das Holzgeländer.

„Sie steht vor mir", er ließ die Arme sinken, „und sie ist dreizehn Jahre älter als ich." Er stockte und sah für einen Moment sehr mutlos aus.

„Natürlich bin ich davon ausgegangen, dass sie gleichaltrig ist, na ja, plus minus fünf Jahre …, aber dreizehn Jahre älter …", fuhr er nach einer langen Pause fort und legte seine Fingerspitzen zusammen. „Das geht mir nicht in die Birne."

Er schaute Marie an, sie kaute am Wort „Traumfrau".

„Was heißt schon Traumfrau", stammelte sie.

Jan-Jonas fuhr mit dem Zeigefinger über die Brüstung. „Autsch, jetzt habe ich mir wohl einen Splitter reingezogen."

„Zeig mal", sagte Marie und trat einen Schritt näher.

„Nee, ist schon in Ordnung."

Er zuckte mit den Schultern: „Du weißt, ich bin Westfale, ich bin stur, konservativ und schwerfällig – aber auch absolut zuverlässig. Ich fange nicht einfach eine Beziehung an und lasse das dann laufen, das liegt mir nicht."

„Mir auch nicht", murmelte Marie und räusperte sich. „Ich bin froh, dass die Kinder die Scheidung einigermaßen überstanden haben – soweit man das heute schon sagen kann. Ich will sie nicht mit einem neuen Mann an meiner Seite konfrontieren, wenn es so viele Fragezeichen gibt."

Sie beugte sich über die Brüstung: „Oh schau mal, da kommt jemand."

Ein Paar mittleren Alters bewegte sich auf den Turm zu; der Mann zeigte mit dem Finger nach oben und beschrieb mit dem Arm einen Kreis. Die Frau schüttelte den Kopf und tippte mit den Fingern auf ihre Uhr. Ihr Begleiter antwortete etwas Unverständliches und wie es schien Unfreundliches, dann drehten die beiden ab.

„Tja, die Kinder." Jan-Jonas schob seine Brille zurecht. „Sie sind ja nun auch keine zwei und drei Jahre mehr, wie ich anfangs gedacht habe, sondern elf und dreizehn. Und einen Vater gibt es auch. Nach unserem Abend in der Kneipe habe ich mir vorgestellt, was für ein toller Papa ich für die beiden sein würde."

Die Art, wie er lachte, gab Marie einen Stich.

„Und, tja, dass ich dich anfangs für viel jünger gehalten habe, weißt du."

„Selbst schuld." Sie grinste. „Ich habe dir gesagt, dass beide Kinder aufs Gymnasium gehen, und nach allem, was ich erzählt habe, musste dir klar sein, dass ich bald vierzig bin."

Jan-Jonas rollte mit den Augen. „Man sagt immer, Liebe macht blind. Aber sie macht wohl auch taub. Jetzt haben wir den Schlamassel."

„Danke", sagte Marie, „von der Traumfrau zum Schlamassel."

„Aber ich ..."

Sie winkte ab und fragte zögerlich: „Über *so etwas*", mit ihren Zeigefingern malte sie Zitatzeichen in die Luft, hast du schon nach unserem ersten Abend nachgedacht?"

Er nickte, griff nach Maries Händen und wollte sie an sich ziehen, aber sie sträubte sich und begann auf und ab zu gehen, die Bohlen knarrten unter ihren festen Schritten.

„Es mag oberflächlich und kleinkariert sein ..." Sie blieb stehen und wischte sich über die Augen, vorsichtig, weil sie Kontaktlinsen trug. „Mir macht das Äußere am meisten zu schaffen. Noch fällt der Altersunterschied vielleicht nicht so sehr auf (Jan-Jonas nickte heftig), aber was ist in zehn Jahren, da werde ich fünfzig, brrr, wie sich das anhört." Sie blies ihren Pony hoch.

„Und ich bin dann Mitte dreißig und habe eine fünfzigjährige Freundin."

Er fuhr sich mit den Händen durchs Gesicht.

„Aber jetzt, nachdem ich dich endlich gefunden habe, kann ich dich doch nicht wieder loslassen", rief er. „Das ist ü.ber.haupt.nicht.vor.stell.bar!"

Er sah auf einmal aus wie ein trotziger kleiner Junge. Marie lachte gequält.

„Und du lachst!" Er fuhr nun mit beiden Händen über die Brüstung, immer schneller. Marie hätte am liebsten gesagt, pass auf, dass du dir nicht noch einen Splitter einhandelst, aber sie biss sich auf die Zunge.

„So wie es aussieht, sind wir eben beide nicht der Typ Mensch, uns einfach darauf einzulassen." Sie schlenkerte mit den Händen. „Das zu leben. Wie andere das vielleicht machen würden."

Auch Jan-Jonas begann nun, auf und ab zu gehen, umrundete kopfschüttelnd die hölzerne Mini-Plattform.

Leise sagte Marie: „Und was würden sie im Verlag sagen, wenn wir als Paar auftreten?"

Er blieb abrupt stehen und schnaubte: „Das ist mir egal, so etwas von egal."

„Aber du willst Karriere machen, du hast Ambitionen."

„Na und, du hast doch gehört, was Frenzel-Fallou gesagt hat, wir beide sind ein tolles Team, unseren Auftritt im Junioren-Programm fanden alle klasse."

Das stimmte. Die neuen Mitarbeiter der letzten Monate – sie waren insgesamt zu zehnt – waren zu einem Junioren-Workshop geladen worden.

Es gab ein paar Vorträge, Rollenspiele und Projektarbeiten. Marie hatte spöttisch gesagt, das dient der Potential-Auslese, aber die Herausforderungen dann doch sehr genossen. Sie hatten sich zusammen für eine Aufgabe gemeldet. Sein betriebswirtschaftlicher Hintergrund und ihre Formulierungsfreude ergänzten sich, es sprühte zwischen ihnen. Auch die Arbeit an der Broschüre für neue Mitarbeiter lief prächtig. Ja, sie waren in der Tat ein gutes Team.

„Aber die Leute werden – würden – reden, das muss dir doch klar sein." Sie klopfte mit der Hand aufs Geländer.

„Na und, lass sie reden." Er wirkte fast ärgerlich. „Was geht uns das an."

Marie zog den Reißverschluss ihres Kapuzenshirts etwas höher und steckte die Hände tief in die Taschen, der Wind pfiff beachtlich in dieser Höhe. Sie bewunderte ihn um seine Sichtweise, sie war nie ganz frei von der Meinung anderer Menschen.

Mit belegter Stimme fragte sie: „Hast du mit jemandem darüber gesprochen?"

Zu ihrer Überraschung antwortete er: „Ja, mit Michael. Schwer vorstellbar, aber interessant, hat er gesagt."

„Interessant?" Marie runzelte die Stirn. „Wie meint er das?"

Jan-Jonas zuckte mit der Schulter. „Weiß ich auch nicht. Mag sein, dass es sich abstrakt verrückt anhört – aber wenn ich dich so vor mir sehe, finde ich es klar, dass ich mich verliebt habe. Und dir geht es genauso, gib es zu. Jetzt komm doch endlich mal her."

Er zog sie zu sich heran und legte ihr die Hände um die Taille: „Du fühlst dich gut an und du riechst so gut." Er schnupperte an ihrem Hals.

Dann griff er nach ihren Händen; sie entzog sie ihm, ihre Hände verrieten ihr Alter mehr als alles andere an ihr.

„Und du, hast du mit deinen vielen Freunden über uns gesprochen?"

Marie nickte: „Ja, habe ich. Hauke kann es sich nur schwer vorstellen, aber er meinte, wir könnten uns doch zehn oder fünfzehn schöne Jahre machen. Imke findet mich mal wieder viel zu kopfgesteuert, einfach leben, ist ihre Devise, sie ist so unkompliziert."

Sie dachte an das, was eine Kollegin aus dem Verlag gesagt hatte und überlegte, ob sie es ihm erzählen sollte: „In einer Beziehung geht es immer auch um Macht, und die hängt vom individuellen Wert des Einzelnen ab. In die Zukunft geguckt, ist das für die ältere Frau ein Verliererspiel, ihr Wert sinkt, der des jungen Mannes steigt, so ist das nun mal in unserer Gesellschaft. Vieles dreht sich um Macht."

Marie hatte sich innerlich geschüttelt, es war ihr fremd, über Macht im Zusammenhang mit einer Liebesbeziehung nachzudenken (und wie es klang: *Macht*, das harte *ch* in der Mitte, das spitze *t* am Ende, unangenehm).

Aber die Worte hatten sie getroffen, denn ihr war schmerzlich bewusst, dass sie einen wahren Kern enthielten. Sie schwieg.

Jan-Jonas legte die Hände in den Nacken und dehnte und reckte sich, es knackte.

„Momentan hast du mir auf jeden Fall viel voraus, auf allen Gebieten, ich finde das reizvoll, aber es macht mir auch Angst."

Dass er das einfach so aussprach – Marie stieß hörbar die Luft aus.

„Weißt du, was mir wirklich zu schaffen macht?" Er vergrub sein Gesicht in den Händen und sagte langsam: „Es ist doch nicht normal, darüber nachzudenken, ob man das leben will, wenn man sich verliebt. Das ist absurd." Er hämmerte mehrmals mit dem Handballen vor die Stirn. „Absurd, wirklich absurd."

Marie dachte, sein „r" hört sich an wie meins, man merkt, dass wir beide aus dem Norden kommen.

„Sag mal." Er drehte sich abrupt zu ihr, seine Mundwinkel wurden breiter und seine Augen lächelten. „Findest du, dass wir überhaupt eine Wahl haben?"

Stimmengewirr ertönte, eine Familie mit drei halbwüchsigen Kindern näherte sich dem Turm, zwei der Jungs zeigten nach oben.

„Oh je", sagte Marie, „das war's mit der Ruhe."

Die Kinder polterten die Treppe herauf, dahinter erklangen mahnende Rufe der Erwachsenen. Der Vater, groß, dünn und etwas hektisch, zog einen Fotoapparat aus seiner Anoraktasche und lichtete die drei Jungen ab, wie sie am Geländer standen und mit ihren Fingern in die Landschaft deuteten. Die Mutter, eine Rothaarige mit langen Locken (oh wie Marie sie um diese Haare beneidete), grüßte freundlich und fragte, nachdem sie ausgiebig die Aussicht bewundert hatte: „Ist das da hinten Mainz?"

Als Marie bejahte, sagte sie: „Das ist ein wunderbares Plätzchen, sind Sie öfter hier?" Marie nickte, Jan-Jonas schüttelte den Kopf.

„Oh, ich dachte, Sie gehören zusammen", sagte die Frau.

„Das tun wir auch." Jan-Jonas zog Marie zu sich heran. „Ich lasse mir gerade von meiner Freundin diese wunderbare Umgebung zeigen."

Marie wandte sich ab, um die aufsteigende Röte zu verbergen.

„Kommt Kinder, wir haben noch viel vor." Der Vater klatschte knallend in die Hände. „Auf geht's, ich habe Hunger."

„Tschüss!" Die Kinder wedelten mit der Hand und trappelten unter Gelächter die Treppe hinunter.

„Auf Wiedersehen." Die Mutter lächelte den beiden zu und folgte, wie es schien, etwas widerwillig, dem Rest der Familie.

„Da siehst du es", sagte Jan-Jonas, „für die Welt gehören wir zusammen."

Marie lächelte schwach, in ihrem Inneren breitete sich etwas aus, etwas Wohliges, Warmes, Weiches. Und nirgendwo ein Fünkchen Widerstand.

„Hunger ist übrigens ein gutes Stichwort." Sie klopfte sich auf den Bauch. „Ich habe dir schon mal gesagt, ich muss in regelmäßigen Abständen etwas essen, sonst werde ich unleidlich."

„Das wäre ja einen Versuch wert, ich würde dich gerne mal mit schlechter Laune erleben." Jan-Jonas grinste übers ganze Gesicht.

„Das willst du lieber nicht, wenn ich Hunger habe, verstehe ich keinen Spaß."

Marie versuchte ihre Kinder-es-wird-ernst-Miene aufzusetzen.

Ihr Gesicht glühte wie der alte Heizstrahler im Badezimmer, doch was scherte sie das.

Jan-Jonas lächelte liebevoll und zog sie an seine Brust, schob sie aber sofort wieder von sich.

„Und jetzt will ich ... " Er löste sich vom Geländer, sprang mit einem Satz auf die obere Plattform und breitete seine Arme aus. „Und zwar sehr bald, Marie Sand-Hollerbüh, deine Wohngemeinschaft kennenlernen und vor allem deine Kinder."

4

Der Termin, den sie für Jan-Jonas' „Antrittsbesuch" in der Wohngemeinschaft ausgeguckt hatten, war der darauffolgende Donnerstag. Gerade als Marie ihren Schreibtisch aufräumen wollte – extrem früh für ihre Verhältnisse – , stand Frenzel-Fallou, der Geschäftsführer, im Türrahmen ihres Zimmers und deutete fragend auf das benachbarte Büro: „Ist er da?" Sie nickte und ärgerte sich, jetzt konnte sie schlecht so früh Feierabend machen, musste zumindest warten, bis Filou (das war sein Spitzname im Verlag) gegangen war, das konnte dauern. Doch zum Glück öffnete sich schon nach ein paar Minuten die Tür und Frenzel-Fallou eilte hinaus. Schulte, ihr direkter Vorgesetzter, ein baumlanger, hagerer Endzwanziger, trat neben Marie und fragte, ob sie den Klappentext und die vierte Umschlagseite für das neue Buch Korrektur lesen wolle: „Sind leicht verständliche Texte, müsste aber *jetzt* sein."

Sie schwankte kurz, sie wollte unbedingt noch die Kinderzimmer aufräumen, aber wenn man ihr schon mal etwas zutraute ... „Natürlich", sagte sie, und nahm die beiden Ausdrucke entgegen. Sie kannte die Texte bereits aus dem Entwurfsstadium und es juckte sie in den Fingern, richtig einzusteigen. Aber sie rief sich zur Ordnung, strich zwei Fehler an und wollte die Papiere schon eilig zurückbringen, dann hielt sie doch inne und überlegte kurz, bevor sie die Tür zum Nebenzimmer öffnete.

„Schon fertig?" Schulte blickte angestrengt in den Bildschirm. „Legen Sie es da hin."

„Ähm, ich hätte da noch einen Vorschlag."

„Ja?" Etwas unwillig wandte er den Kopf zu Marie.

„Man könnte den Text deutlich kürzen. Und man könnte ihn lesefreundlicher machen, wenn man ihn in einzelne Punkte untergliedert."

„Ach ja?" Der Lektor zupfte abwesend an seinem Kinnbärtchen. „Wenn Sie meinen."

„Schicken Sie mir die Datei?"

„Kommt." Das klang unwirsch.

Marie strich komplett das einleitende Bla Bla („im Zeichen ständig fortschreitender Globalisierung", „sich den Herausforderungen stellen") und kürzte zwei endlos lange Sätze. Die im Fließtext versteckten Aussagen zum Nutzen des Lesers filterte sie heraus und machte Aufzählungspunkte daraus. Dann schickte sie die korrigierte Datei zurück zu Schulte, schaute in ein paar zwischenzeitlich hereingekommene E-Mails – nichts, das nicht bis morgen warten konnte. Sie blickte auf die Uhr, jetzt wurde es aber wirklich Zeit. Sie steckte den Kopf ins Nebenzimmer und fragte vorsichtig: „Ist das so in Ordnung?"

„Noch keine Zeit, das Zeug zu lesen", sagte Schulte und sah sie dabei nicht an.

„Ich würde dann gehen, ich müsste ..."

„Schon gut, bis morgen." Der Lektor bedachte sie doch noch mit einem Blick; er hat schon freundlicher geguckt, ging ihr durch den Kopf.

Zuhause stürzte Lukas auf sie zu: „Mama, ich will Rollerskates, aber nicht die von Aldi, ich will die, die der Tim hat."

„Du möchtest", entgegnete Marie.

„Was?" Lukas hielt einen Moment inne und ließ den Ball von seinem Fuß abtropfen.

„Du *möchtest*, nicht du *willst*, und es heißt *wie bitte*, nicht *was*. Wir reden noch über die Rollerskates, aber später."

„Warum nicht jetzt?" Lukas zog mit den Zähnen an der Unterlippe und produzierte ein quietschendes Geräusch, Marie wandte sich ab.

„Ich möchte aufräumen, wir bekommen …" Sie brach ab. Warum den Kindern schon jetzt sagen, dass sie einen Gast zum Abendessen hatten, einen Gast, den sie noch nicht kannten, aber zu dem sie bitte, bitte ganz nett sein sollten. Anna und Lukas waren Besuch in der Wohngemeinschaft gewöhnt und sie war sich nicht sicher, ob sie unbefangen klingen würde. Sie griff nach einem Paar Turnschuhe, schnüffelte daran und stellte sie zum Auslüften auf die Fensterbank.

„Wir bekommen was? Mama – Mama?"

„Wir bekommen ein Platzproblem, schau dich doch mal um. Wollten wir nicht mal wieder den Stand-Kicker aufstellen, wie wäre es, wenn wir das heute machen?"

„Kickern, das ist eigentlich keine schlechte Idee." Lukas schnalzte anerkennend.

„Gut, dann lass uns jetzt Platz dafür schaffen." Marie sammelte im Zimmer herumliegende Kleiderstücke ein, hängte sich zwei Hosen und einen Stapel T-Shirts über den Arm und eilte in Richtung Badezimmer, um die Waschmaschine zu füllen.

Es war nicht einfach, die Sachen der Kinder und die drei Zimmer, die sie bewohnten, in Ordnung zu halten und dazu noch ihre eigenen Klamotten, denen sie nun wesentlich mehr Sorgfalt widmete. Vor fünf Uhr war sie nie zu Hause, oft später.

Zum Glück lief es mit Bine und Peter gut, sie konnten sich aufeinander verlassen. Die beiden sprangen ein, wenn es Schwierigkeiten mit der Kinderbetreuung gab. Marie sah gerne zu, wenn Peter seine Späße mit den Kids machte und mit ihnen herumtobte, wie sie es nie tat. Bine bewunderte sie für die Ausdauer, mit der sie ihnen Dinge erklärte oder ihnen half, etwas zu reparieren – die Lieblings-Tasse zu kleben oder eine verdrehte Halskette zu entwirren.

Zu Beginn ihrer gemeinsamen Zeit war Marie schnell in die Rolle der Dränglerin gerutscht; sie hatte auf einem Putzplan bestanden und auf gleichmäßiger Verteilung der Pflichten. Ihre Idee war es auch gewesen, die Pitch Pine Böden, die sich im endlos langen Flur und in fast allen Zimmern befanden, vom ekligen Teppichboden zu befreien und abzuschleifen. Meine Güte, hatten sie geflucht. Aber nun blieb sie manchmal – mitten im Lauf von Zimmer zu Zimmer – stehen, blickte hinunter und freute sich an dem rötlich schimmernden, gemaserten Holz.

Irgendwann hatten Bine und Peter ihr den Spitznamen „Knute" verliehen. Sie war mit den Kindern aus den Sommerferien zurückgekehrt, und alle saßen gemütlich in der Küche, als Bine plötzlich losprustete und erzählte, wie die beiden sich zwei Tage vorher zum Groß-Reinemachen verabredet hatten: „Die Knute kommt zurück."

Marie schluckte und lächelte etwas gequält.

„Was ist eine Knute?", fragte Lukas.

Bine kicherte. „Das ist eine Peitsche."

„Ohne eure Mutter sähe es hier anders aus." Peter verschränkte seine Arme und dozierte, wie wichtig Ordnung und Sauberkeit im Miteinander seien. Bine schaute leicht verdutzt, Marie grinste und stupste sie von der Seite an. „Hey, irgendwoher muss doch unser Status als Vorzeige-WG kommen."

Als Marie mit dem Staubsauger anrückte, saß Lukas im Spielhäuschen, sie hörte ihn kramen und konnte Teile seines schwarzen Haarschopfs durch das Fensterchen sehen.

„Eigentlich seid ihr jetzt doch zu groß geworden dafür, wollen wir das nicht in den Keller bringen oder verschenken?"

„Was, verschenken, nee Mama, wirklich. Alle beneiden uns um das coole Teil."

Marie blickte in seine braunen, dicht bewimperten Augen und runzelte die Stirn. Julian, der Vater der Kinder, hatte das Häuschen gebaut. Sie wollte sich nicht dem Verdacht aussetzen, es wegzuräumen, weil es von ihrem Ex stammte. Aber das Ding nahm viel Platz weg, und sie hatte in letzter Zeit häufiger den Eindruck gehabt, dass Lukas' Freunde das Spielhaus belächelten. Neulich hatte sie eine abfällige Bemerkung von Tim, seinem bestem Freund, aufgeschnappt.

Die Wohnungstür knarrte, und Annas melodische Stimme ertönte: „Hallo, jemand zu Hause?"

„Hier sind wir", rief Lukas, „du kannst aufräumen helfen."

„Ich hab' morgen Klavierstunde, ich muss noch üben."

Marie trat in den Flur und sah, wie Anna ihre Ballerinas von den Füßen schleuderte, sie schlitterten über den Boden und landeten als orangefarbenes Häufchen in einer Flurecke.

„Wie war es beim Volleyball?", fragte Marie und deutete mahnend nach unten.

„Wie immer." Anna zuckte mit den Achseln, bückte sich und warf die Ballerinas durch die offene Tür in ihr Zimmer, es polterte.

Marie blickte erstaunt zu ihrer Tochter, die orangefarbenen Schühchen hatte Anna erst kürzlich von ihrer Mutter erbettelt, normalerweise ging sie sehr pfleglich damit um. Auch ihre Lippen waren heute ungewöhnlich schmal – mehr Informationen waren offensichtlich nicht zu erwarten, das passte gar nicht zu Anna.

Seufzend stellte Marie den Staubsauger an. War ihr etwas entgangen?

Nach einem Schnelldurchlauf-Saugen unterzog sie ihr eigenes Zimmer einer kritischen Betrachtung, aufgeräumt hatte sie schon am Abend zuvor. Sie stellte sich zwischen die Türpfosten und schaute in den langgestreckten Raum. Über fast die gesamte Länge der linken Wand erstreckte sich das Bücherregal. Die Bücher waren nicht nach Themen, sondern nach Farben geordnet (damit es nicht so unruhig wirkte, alle ihre Freunde machten sich über diese Sortierung lustig). Ihre große, weiße Schreibtischplatte ruhte auf zwei Holzböcken, die quer im Raum standen, so konnte sie beim Arbeiten auf den winzigen Hinterhof-Balkon schauen. Ihr Bett stand an der gegenüberliegenden Wand, sie zupfte die helle Tagesdecke glatt, ihr Rückzugsort, ihre Burg.

Ein Regal hinter dem Kopfende bot Schutz Richtung Zimmertür. Auf dem mittleren Brett fand sich ihr Radiowecker, ihr Tagebuch, ein kleines Päckchen Post-its, zwei Filzstifte und die Bücher, die sie aktuell las. Und Baldriantropfen, Pfefferminzöl, Ohropax und ihre Schlafbrille! Sie griff hastig danach und stopfte alles in eine kleine, rot-weiß gepunktete Schachtel.

Über dem Bett hing das Plakat einer Ballettaufführung. Sie trat einen Schritt näher, um es zum x-ten Male zu betrachten. Es zeigte einen athletisch gebauten Mann, den rechten Arm um eine deutlich kleinere, zierliche Frau geschlungen, die ihren Kopf an seine Brust lehnte. Aus ihrem zum Knoten gedrehten Haar hatten sich viele kleine Härchen gelöst, die ihren Kopf im Gegenlicht wie einen filigranen Kranz umstrahlten. Beide trugen ärmellose Trikots.

Marie lehnte sich weiter vor (fast wäre sie aufs Bett geplumpst) und starrte auf die eng aneinander geschmiegten Körper, die ineinander verflochtenen Hände und die Miene des Mannes. Sie fuhr mit den Augen die äußere Kontur des Paares ab. Vertrautheit. Wärme. Wir.

Es klingelte. Bine rief: „Ich geh schon."

Marie musterte sich kurz im Spiegel und vermerkte zufrieden den Glanz ihrer schwarzen Haare. Schon wieder setzte dieses lästige Herzklopfen ein. Als sie aus dem Zimmer trat, sah sie die beiden in der Diele stehen, Jan-Jonas halb verdeckt von Bine – wie groß sie war, mit Beinen wie eine Hochspringerin – und so jung.

„Welch liebliche Töne", sagte Jan-Jonas und deutete Richtung Annas Zimmer. Marie lächelte.

„Das wäre eine Gelegenheit, mal vierhändig zu spielen." Seine Finger hüpften über eine imaginäre Tastatur.

„Ich glaub's nicht." Bine schüttelte den Kopf.

Marie rief die Kinder in die Küche, auch Peter erschien, wie immer genau dann, wenn es etwas zu essen gab.

Die beiden Männer maßen einander mit einem kurzen Blick und schüttelten sich die Hand. Bine und Marie beobachteten es amüsiert.

„Na Lucky Luke, was ist angesagt?" Peter beugte sich zu Lukas und wuschelte ihm durchs Haar. Der knurrte etwas Unverständliches.

„Hey, dich habe ich neulich Fußballspielen sehen", sagte Jan-Jonas. Marie biss sich auf die Lippe und warf ihm einen warnenden Blick zu.

Lukas guckte nur flüchtig an dem Besucher hoch, kletterte auf die lange Sitzbank und rückte demonstrativ etwas ab, als der sich neben ihn setzte. Jan-Jonas hatte ein rot-weiß kariertes Hemd mit blau gefütterten Manschetten an, die er lässig umgekrempelt hatte. So viel wusste Marie schon von ihm: Er trug so gut wie nie etwas anderes als Hemden, das Gefühl von Wolle auf der Haut behagte ihm nicht. Und sofern es nicht unbedingt nötig war, verzichtete er auf Anzug und Krawatte.

Peter erzählte von der vergangenen Nacht. Er hatte einem Betrunkenen, dem sichtlich übel war und der kurz davorstand, ihm ins Taxi zu spucken, im letzten Moment die Jacke so nach vorne gezogen, dass der Mann sich in seine Kleidung erbrochen und das Taxi keinen Spritzer abbekommen hatte.

Die beiden Frauen schüttelten sich, die Kinder verzogen das Gesicht, Jan-Jonas wirkte belustigt.

Peter lehnte sich zufrieden grinsend zurück; so aufgeräumt erlebte man ihn selten und Marie sah ihre Chance gekommen, ihm die Frage zu stellen, die ihr seit Tagen unter den Nägeln brannte.

„Ich habe läuten hören, Monica hat sich endgültig von Roger getrennt und überlegt, ihre Zelte in Boston abzubrechen – Peters ehemalige Freundin", sagte sie zu Jan-Jonas gewandt.

„Hm", brummte Peter und fegte einen Krümel weg.

„Hat sie oder hat sie nicht?", fragte Bine hastig.

Peter faltete die Hände vor dem Bauch, sein T-Shirt spannte ordentlich, seine Ankündigung, mehr Sport zu machen, hatte er bisher nicht in die Tat umgesetzt.

„War doch klar, dass das nicht gut gehen konnte." Er ließ seine Daumen umeinanderkreisen, abwechselnd vorwärts und rückwärts.

„Jetzt lass dich nicht so bitten." Marie salzte ihre Tomate, die Körnchen spritzten nur so aus dem Streuer.

„Wir haben Kontakt", sagte Peter lahm und griff nach seinem dick belegten Leberwurstbrot, auf dem er kleine Gewürzgurken drapiert hatte. Es knackte vernehmlich, als er abbiss.

„Wird das noch mal was mit euch?" Bine hangelte nach der Butterschale und schaute ihn an.

In Zeitlupentempo zuckte Peter mit den Schultern. „Weiß man's?" Er drehte sich weg und stupste Lukas an: „Was ist ..."

Es gab einen schrillen Laut, als Bine und Marie gleichzeitig mit ihren Stühlen über die Fliesen schrappten, sich vorbeugten und Peter ins Visier nahmen.

Er rollte mit den Augen. „Sie wird im Sommer zurück nach Deutschland kommen."

Marie ließ ihr Messer sinken. „Schön für dich", murmelte sie und rang sich ein Lächeln ab.

Bine presste ein: „Na dann" hervor.

„Ihr kennt ja Monica." Peter hob abwehrend die Hände und schob seinen Teller mit einem Ruck von sich. Er dotzte gegen die Schüssel mit dem Nudelsalat. Ein gespanntes Schweigen breitete sich aus. In Maries Kopf ratterte es: Wenn Peter wieder mit Monica ...

„Spielst du gerne Bach?", durchbrach Jan-Jonas die Stille und schaute zu Anna. Sie schwankte einen Moment zwischen Ehrlichkeit und dem Wunsch, Eindruck zu machen, dann schüttelte sie zögerlich den Kopf.

„Was übst du zur Zeit?"

Anna sah fragend zu Marie. Als die aufmunternd lächelte, erhob sie sich und bedeutete ihm, ihr zu folgen.

„Soll ich den später mit runternehmen?" Jan-Jonas zeigte auf einen zugeschnürten Abfallsack, der zwischen Küchenschrank und Tür stand.

„Ich glaub's nicht", formte Bine mit den Lippen. Marie murmelte: „Das wäre nett."

Als Jan-Jonas und Anna im Türrahmen standen, sagte Lukas, ohne den Blick von seinem Teller zu heben, auf dem er hauchfein geschnittene Käserinden hin und her schob: „Ich habe einen großen Kicker in meinem Zimmer."

„Tatsächlich?" Jan-Jonas drehte sich um. „Wollen wir nachher ein Spielchen machen?" Lukas nickte gnädig und widmete sich wieder dem grafischen Gebilde auf seinem Teller.

Marie schaute zu Lukas, dann streifte ihr Blick Bine, blieb an Peter hängen. Aus Annas Zimmer klang Gelächter. Sie atmete einmal tief durch, dann ließ sie sich zurücksinken, bis sie die Streben des Stuhls in ihrem Rücken spürte.

5

Marie näherte sich auf ihrem weißen Hollandrad dem Verlag und sah, dass Jan-Jonas gerade am Schloss seines Tourenrads herumfummelte. Sie trat ein wenig heftiger in die Pedale; in dem Weidenkorb vor dem Lenker klapperten mit allerhand Leckereien gefüllte Tupperdosen. Als Jan-Jonas sich zur Eingangstür wandte, betätigte sie hastig ihre Fahrradschelle. Beim „klingelingeling" drehte er sich um, sah sie und sein Lächeln erreichte jeden Winkel seines Gesichts. Wärme durchflutete sie. Vor dem Verlag sprang Marie vom Rad und lehnte es gegen einen Baum. Jan-Jonas trat näher und flüsterte: „Ich würde dich so gerne umarmen und küssen." Marie grinste und zuckte bedauernd die Schultern.

Sie waren sich einig, ihre Beziehung noch nicht an die große Glocke zu hängen. Sie hatten das mit Bine und Peter erörtert, und die beiden hatten ihnen zugestimmt, dass man mit einer Liebe am Arbeitsplatz diskret umgehen sollte, erst recht in ihrer Alterskonstellation.

„Ich habe ein paar leckere Reste mitgebracht für unsere Mittagspause, Picknick im Park", sagte Marie vergnügt. „Wir sehen uns doch?"

Er nickte und hielt ihr die Tür auf.

Als Marie um viertel nach zwölf in ihr Büro stürzte – sie hatte noch kurz in der Personalabteilung etwas erledigen müssen – standen Eduard Schliefer, der Jura-Lektor, und Jan-Jonas vor dem Jazz-Plakat, das Marie kürzlich aufgehängt hatte. „Oh hallo", sagte sie verdutzt.

„Ah, Frau Sand-Hollerbüh." Schliefer lächelte ihr zu. Marie hatte allen gesagt: „Sand reicht", aber der Lektor sprach beharrlich ihren vollen Namen aus, vermutlich als Einziger. Sein Lächeln vertiefte sich, als er Marie einen Stapel Unterlagen überreichte.

„Vielen Dank", sagte sie, „das wird mir sehr helfen."

„Wenn Sie noch Fragen haben, dann ..." Der Lektor zögerte. „Kommen Sie einfach vorbei, jederzeit. Ich wünsche eine schöne Mittagspause." Mit einer angedeuteten Verbeugung verließ er das Büro.

„Was war das denn?" Jan-Jonas schüttelte den Kopf und blickte neugierig auf die Unterlagen.

„Grundlagen der BWL. Wollen wir?", sagte Marie und legte den Papierstapel auf den niedrigen Aktenschrank. Sie bückte sich nach ihrem Rucksack, holte Portemonnaie, Handy, einen riesigen Schlüsselbund, einen ledergebundenen Kalender und ein rotes Täschchen heraus und stopfte alles in eine Schublade in dem Rollcontainer.

„So, jetzt ist Platz für unser Mittagessen." Sie klopfte auf den geleerten Lederbeutel.

„Schließt du nicht ab?", fragte Jan-Jonas.

„Ach, das ist immer so fummelig."

Sie wandte sich um, er hielt sie zurück: „He, so viel Zeit muss sein. Wo ist der Schlüssel?"

„Du hast ja recht." Marie seufzte und wühlte in der Schublade zwischen verbogenen Büroklammern, Stiften, Minen, Radiergummis, mehreren halb ausgedrückten Tuben Klebstoff, einem Tütchen Erdnüsse und Unmengen von Post-its. Sie drückte ihm einen kleinen, schon etwas verbogenen Schlüssel in die Hand.

„So etwas will eine Mutter sein." Jan-Jonas zog die Brauen hoch. Marie lachte und rannte in die Küche, um die Tupperdosen zu holen, die sie dann kreuz und quer in ihren Rucksack stopfte. Jan-Jonas rollte mit den Augen und setzte zu einem Kommentar an, schwieg dann aber.

Sie saßen im Park auf „ihrer" Bank und Marie wollte gerade genüsslich in ein hartes Ei beißen, als Jan-Jonas sagte: „Es gibt Neuigkeiten."
„Ja und?" Marie hielt in der Bewegung inne.
„Der Frenzel-Fallou heiratet."
„Ach, wirklich? Ich finde es schön, wenn ältere Menschen noch so einen Schritt machen." Sie schlug sich mit der freien Hand vor den Mund und lachte. Frenzel-Fallou, der Geschäftsführer, konnte nicht viel älter sein als sie. „Aber", sie ließ das Ei sinken, „du sagst das so bedeutungsschwanger?"
„Nun ja, er lädt die komplette Geschäftsleitung zu sich nach Hause ein und weil ich sein Assistent bin, soll ich selbstverständlich" – er imitierte gekonnt Frenzel-Fallous beflissene Art –, „auch kommen."
„Das ist doch nett." Marie biss jetzt endlich in ihr Ei, nicht ohne nochmals eine Prise Salz draufzustreuen und bedauernd den Kopf zu schütteln, weil sie es ohne Maggi essen musste.

Jan-Jonas holte tief Luft: „Die Einladung lautet 'mit Partnern'."
„Oha", sagte Marie mit vollem Mund, „verstehe."
Jan-Jonas stocherte mit der Gabel im Nudelsalat und pickte eine Erbse heraus. „Und nun?"
„Tja." Marie wischte sich die Hände an einer Papierserviette ab und drehte sich zu ihm. „Er fällt bestimmt aus allen Wolken, wenn er erfährt, dass ich diese Freundin bin. Und die anderen auch." Sie wiegte den Kopf.

„Na ja", sagte Jan-Jonas und legte die Gabel in die Tupperdose, „die Leute denken sich sowieso schon ihr Teil. Der Schliefer macht sich mit Sicherheit seine Gedanken und im Park haben uns auch schon einige zusammen gesehen." Er strich sich mit zwei Fingern über die Nase.

Wie auf Bestellung tauchten in der Ferne zwei Kolleginnen auf, doch sie schwenkten nach links und nahmen den anderen Abzweig.

„Du meinst, wir sollten uns outen? Aber du könntest auch eine Notlüge auftischen, deine Freundin wohnt in einer anderen Stadt, ist an dem Tag nicht da oder so etwas in der Richtung."

„Ja, könnte ich", sagte Jan-Jonas, „aber will ich nicht. Lügen liegt mir nicht und ich will dich auch nicht dauerhaft verstecken. Lass uns das als Zeichen ansehen und die Flucht nach vorn antreten."

Er nahm Maries Hand und sie strich mit dem Daumen über seinen Handrücken – wie unglaublich weich er war.

„Ich liebe mutige Männer." Sie küsste ihn auf die Wange.

Als Marie sich über die Bank beugte, um nach einem Joghurt zu hangeln, schaute Jan-Jonas ihr von unten ins Gesicht. „Bist du wirklich einverstanden, du wirkst so bedrückt?!"

Marie blies ihren Pony hoch. „Nein, ja, wir machen das, ich bin schon gespannt, wie sie schauen werden." Sie lachte, aber es klang gekünstelt.

Als Jan-Jonas sie eindringlich ansah, hob sie beide Hände: „Okay, okay, Herr Kommissar, ich mache mir Sorgen um Lukas, er hat zunehmend Schwierigkeiten in der Schule. Ich weiß nicht so recht, wie ich damit umgehen soll. Auf keinen Fall will ich Druck ausüben, er ist noch so kindlich, er braucht sehr viel Zeit für sich, aber andererseits, du weißt ja wie das heute ist, ohne gute Schulleistungen ..."

Jan-Jonas nickte und wollte nach ihrer Hand greifen, aber sie entzog sie ihm. „Lass uns die Mittagspause genießen. Schau mal, die Amsel, wie die sich über den Regenwurm hermacht. Und wie drollig der kleine Junge rumtapst, der läuft bestimmt noch nicht lange."

„Jetzt lenk nicht ab. In welchem Fach hat Lukas Probleme?"

Marie zog die Schultern hoch. „Eher müsste man fragen, in welchem er keine hat. Na ja, das ist ein wenig übertrieben, aber es sind die Hauptfächer."

Sie rupfte eine Papierserviette auseinander und ließ die Schnipsel zu den Eierschalen in die Dose fallen.

„Als er aufs Gymnasium gekommen ist, habe ich einen Riesenfehler gemacht. Er war in den ersten Wochen krank und kam dann überhaupt nicht ins Französische rein, seine erste Fremdsprache. Ihm fehlte einfach die Systematik zum Lernen, das hätte mir klar sein müssen, dass da am Anfang Entscheidendes passiert, ich hätte ihm helfen müssen." Sie drückte mit dem Daumen ein Stück Eierschale klein und es knirschte.

„Inzwischen hat er zwar verstanden, um was es geht, aber er tut sich nach wie vor schwer und in Mathe und Physik kommt er auch nicht mit – na ja, und seine Rechtschreibung ist auch eine mittlere Katastrophe." Sie verzog das Gesicht. Dann lächelte sie. „Seine schlechten Noten lassen ihn kalt – aber über die Zwei in Sport hat er stundenlang lamentiert."

„Ganz die Mutter." Jan-Jonas grinste. „Ich könnte ihm Nachhilfe in Mathe geben, damit habe ich mir früher oft Geld verdient." Er sah so rührend eifrig aus, Marie lächelte schwach.

„Tja, ich weiß nicht, ich wollte dich nicht mit meinen Sorgen belasten, ich ..."

„Ach was", rief Jan-Jonas, „klar mache ich das, wäre doch gelacht, wenn er nicht schon bald bessere Noten schreiben würde."

Als Marie immer noch zweifelnd schaute, drückte er ihr einen Kuss auf die Wange und sagte: „Du musst dir auch mal helfen lassen, lass dir das von jemand sagen, der es gut mit dir meint."

Ein junger Mann kam schnellen Schrittes näher, mit jeder Pore schien er auszudrücken: „Ich bin wichtig." Dunkelblauer Anzug, Business-blaues Hemd, rote Krawatte, auf Hochglanz polierte Schuhe, in der linken Hand ein Smartphone, auf das er angestrengt starrte.

Marie musterte ihn amüsiert, im selben Moment stolperte der Mann und machte einen ungelenken Hopser, schien nach vorne geneigt zu Fall zu kommen, rettete sich aber durch viele kleine, dicht aufeinanderfolgende Schritte. Dabei hielt er die ganze Zeit das Handy mit ausgestrecktem Arm hoch in der Luft. Als klar war, dass er den Stolperer unbeschadet überstanden hatte, wieherte Marie los. Auch Jan-Jonas lachte. Marie konnte sich überhaupt nicht mehr einkriegen.

„Dinner for One im Park, hast du gesehen, wie krampfhaft er versucht hat, sein wichtigstes Teil", sie kicherte, „sein Handy zu retten." Sie japste: „Wie James mit Huhn und Platte auf dem Weg zu Miss Sophie." Sie wischte sich die Lachtränen aus den Augen und schaute auf die Uhr. „Oh, wir müssen gehen."

Marie begann die Essensreste in den Rucksack zu packen, wurde aber immer wieder von Lachanfällen geschüttelt. Sie wehrte ab, als Jan-Jonas sich den Rucksack aufsetzen wollte. „Der ist doch jetzt viel leichter." Eine erneute Lachsalve folgte.

„Na, die gute Laune ist offensichtlich zurück." Jan-Jonas schmunzelte.

Am Ende des Parks produzierte Marie einen kleinen Stolperer, gefolgt von zahlreichen Tippelschrittchen, die linke Hand hielt sie mit durchgestrecktem Arm in die Luft gereckt. Dann drehte sie sich um und präsentierte triumphierend ihren Handteller: „Uff, gerettet, mein wichtigstes Teil."

Jan-Jonas lachte. „Ich wusste gar nicht, dass du komödiantisches Talent hast." Er wollte ihr einen Kuss in den Nacken drücken, doch sie wehrte kichernd ab. „Hier nicht."

Als sie sich dem Verlagsgebäude näherten, dachten beide dasselbe – dass es schön sein würde, sich demnächst nicht mehr verstecken zu müssen.

Am Nachmittag holte Marie die raue Wirklichkeit ein: Bei ihrem täglichen Anruf zuhause („Mamas Kontrolletti-Zeit" nannten es die Kinder) beklagte sich Anna, dass die Zehnerkarte fürs Schwimmbad abgelaufen war und ihre Mutter nicht genügend Geld für eine neue dagelassen hatte. Lukas hatte einen Vokabeltest zurückerhalten, wieder nur eine Fünf. Sie ging mit ihm die Hausaufgaben durch, hatte aber die ganze Zeit das Gefühl, er war gar nicht bei der Sache. Seufzend beendete sie das Telefongespräch: „Sag Anna, sie soll sich die Haare ordentlich fönen und eine Mütze aufsetzen."

„Geht klar, Mama", nuschelte er. Den Satz hätte sie sich auch sparen können!

„Na, machen die lieben Kinderchen wieder nicht, was sie sollen?" Die Tür zum Nebenzimmer öffnete sich, Schulte durchquerte eiligen Schrittes ihr Büro und warf ihr noch ein: „Bin in K4" zu.

Ob *er* Marie eingestellt hätte? Diesen Job hatte sie wohl Frenzel-Fallou zu verdanken. Der von ihr verbesserte Umschlagtext war nie mehr Thema zwischen Schulte und ihr gewesen. Sie war gespannt, welche Fassung auf dem gedruckten Buch stehen würde, Illusionen machte sie sich nicht. Schulte hatte ihr nur noch zweimal etwas zum Korrekturlesen gegeben; als sie einmal gesagt hatte: „Ich könnte doch ...", hatte er abgewunken, „viel zu speziell."

Ihr Handy brummte: „Freust du dich schon auf die verdutzten Gesichter bei der Hochzeit? Kuss JJ."

„Geht so", tippte sie, löschte das und schrieb stattdessen: „Mit dir an meiner Seite fühle ich mich allem gewachsen."

6

Unschlüssig starrte Marie ihr Spiegelbild an. Was sollte man mit einer Aussage anfangen: „Kommen Sie so, wie Sie sich wohlfühlen"? Was würden die anderen, die Abteilungsleiter, und vor allem ihre Frauen tragen? Sie hatte probeweise ihre feine schwarze Hose und das schwarze Schößchen-Oberteil angezogen. Hose und Top saßen zwar gut, aber ganz in Schwarz zu einer Hochzeitsfeier erscheinen? Marie seufzte, ihre Auswahl an Klamotten für festliche Anlässe war sehr begrenzt. Zögernd zog sie aus ihrem Kleiderschrank das korallenfarbene Seidentuch hervor, das sie sich kürzlich geleistet hatte. Die Farbe war sehr kräftig, das war zwar Trend momentan, aber –, unschlüssig hielt sie sich das Tuch unters Gesicht, es sah gut aus zu ihrem leicht gebräunten Teint, und es peppte das schwarze Outfit auf. Würde sie sich das trauen? Warum eigentlich nicht. Sie legte ihre Perlenohrringe ab und suchte im Schmuckkasten nach den winzigen Korallensteckern, hielt sie vors Ohr, die Farbe passte perfekt zum Tuch. Ankleideprobe beendet, basta.

Sie schaute auf die Uhr, sie hatte noch ein bisschen Zeit zum Aufräumen vor dem Duschen. Um sieben würde Jan-Jonas sie abholen, sie hatten sich verständigt, mit dem Fahrrad zu fahren.

Als er Frenzel-Fallou erzählt hatte, wen er zu der Einladung mitbringen würde, hatte der souverän reagiert: „Ach Frau Sand ist Ihre Partnerin, schön, wenn zwei Neue sich zusammentun, das freut mich für Sie beide."

Marie, die gar nicht glauben wollte, dass es so locker abgelaufen war, hatte nachgebohrt und auf ihr Drängen hin hatte Jan-Jonas zugegeben, dass sein Chef einen winzigen Moment gebraucht hatte, um die Nachricht zu verdauen.

Kurz nachdem er die Neuigkeit von Jan-Jonas erfahren hatte, war Frenzel-Fallou bei Marie im Büro aufgekreuzt, hatte sie angestrahlt und versichert, wie sehr er sich freue, sie dabeizuhaben. Ganz bestimmt wussten heute Abend alle Anwesenden Bescheid, in welcher Begleitung der junge Assistent der Geschäftsleitung auftauchen würde.

Nachdem sie die Fahrräder vor Frenzel-Fallous Haus abgeschlossen hatten, bedeutete Marie Jan-Jonas, noch nicht zu klingeln; sie holte einen kleinen Spiegel aus ihrer Tasche, fuhr sich mit einem Kamm durch die Haare, legte den Pony zurecht und zupfte am Tuch. Jan-Jonas betrachtete sie amüsiert: „Das werde ich nie verstehen bei euch Frauen, was ist jetzt anders als vorher?"

Marie grinste und zupfte an ihrem Oberteil: „Ich fühle mich besser."

Frenzel-Fallou öffnete die Tür, etwas hinter ihm stand eine mittelgroße, schlanke Frau mit grauen Haaren, die sie zu einer dicken Nackenrolle gesteckt hatte, kleine Härchen kräuselten sich rund um ihr Gesicht; Frenzel-Fallou trat einen Schritt zurück, wobei er sie gleichzeitig ein Stück nach vorne schob, und sagte mit Stolz in der Stimme: „Das ist Fiona, meine frisch Angetraute."

Die gefiel Marie, sie sah so natürlich aus, diese Haare, das schlichte, aber dennoch schicke, graue, ärmellose Kleid, und sie hatte eindeutig die schönsten Oberarme nach Michelle Obama.

Die Neuankömmlinge wurden in einen großen Raum geführt, in dem sie acht Augenpaare neugierig musterten. Man hatte sich bereits zu Tisch gesetzt.

„Oh, wir sind die letzten", hauchte Marie und hangelte sich von Stuhl zu Stuhl, um allen die Hand zu schütteln. Als sie fast einmal herum war, blieb sie an einem Stuhlbein hängen und stolperte, Frenzel-Fallou fing sie auf und sagte laut: „Ihr Tuch hat eine tolle Farbe, steht Ihnen sehr gut." Marie lächelte ihm dankbar zu, dann ließ sie sich neben Jan-Jonas, der seine Runde schon beendet hatte, auf einen Stuhl sinken.

Der Gastgeber stellte sich zusammen mit seiner Frau ans Kopfende des Tisches, rieb sich die Hände, und sagte: „Schön, dass Sie alle unserer Einladung gefolgt sind, wir freuen uns auf einen wunderbaren Abend mit Ihnen, nicht wahr, Darling."

Seine Frau nickte. „Wir werden Ihnen fünf Gänge servieren, alles hausgemacht."

Die beiden verließen den Raum und Marie schaute sich so unauffällig wie möglich die Gästeschar an. Die Stellvertreterin des Geschäftsführers, die Leiterin des Controllings, war allein gekommen. Marie wusste von Jan-Jonas, dass bis auf diese, sie hatte die sechzig überschritten, alle Abteilungsleiter in etwa gleich alt waren, Mitte bis Ende vierzig. Ihre Frauen waren durch die Bank ein wenig jünger, die Begleiterin des Produktionsleiters war höchstens Mitte dreißig. Ich bin älter als sie und mit so einem jungen Hüpfer zusammen, schoss es Marie durch den Kopf.

„Na, wieder mit dem Fahrrad unterwegs?", fragte Meierling, der Produktionsleiter, jovial und als Jan-Jonas nickte, entspann sich eine lebhafte Diskussion über Citybikes, Sport- und Rennräder. Und natürlich landete das Gespräch bei Wiesbadens Fahrraduntauglichkeit, man echauffierte sich über Radwege, die verheißungsvoll begannen, aber nach wenigen Kilometern im Aus landeten – oder zugeparkt waren – oder einen auf die unbehagliche Spur zwischen Autos und Bussen zwangen.

„Jetzt tun Sie mal nicht so, als wenn Sie alle ständig mit dem Fahrrad unterwegs wären." Frenzel-Fallou betrat das Zimmer und stellte zwei große Pfeffermühlen auf den Tisch. Er zwinkerte erst Jan-Jonas, dann Marie zu. Sie merkte, wie sich der Knoten in ihrem Bauch mehr und mehr löste und sah sich im Zimmer um.

Zwei der hohen Wände waren von oben bis unten mit Büchern bestückt, an einer Seite lehnte eine Holzleiter mit ausgetretenen Sprossen, von der sie kaum ihren Blick wenden konnte. An einer Wand stand ein Sideboard aus hellem Holz, darüber hingen mehrere großformatige Bilder, Aquarelle in unterschiedlichen Blautönen. Eins davon erinnerte sie an das in Frenzel-Fallous Büro. Marie fiel ein, dass Jan-Jonas ihr erzählt hatte, dass seine Frau Künstlerin war, mit Ton arbeitete und malte, genauso wie Julian, Maries Ex-Mann. Sie nahm sich vor, die Bilder später genauer anzuschauen.

Die Tür öffnete sich, der Gastgeber schob einen Teewagen herein: Auf kleinen Tellern türmte sich viel Grün und etwas Gelb. „Ein Avocado-Mozzarella-Salat mit Mango", erklärte Frenzel-Fallou, während er herumging und die Vorspeisen servierte.

Marie war erleichtert, dass nicht über die Arbeit gesprochen wurde. Nach dem Fahrradthema kam das Gespräch auf Kindererziehung. Es ging um Taschengeld und im Zusammenhang damit um den richtigen

Zeitpunkt für Handys im Besitz von Kindern. Marie hätte durchaus etwas dazu beitragen können, wollte sich aber nicht als Mutter von zwei Halbwüchsigen zu erkennen geben. Es wussten vielleicht alle, aber sie musste sie ja nicht mit der Nase darauf stoßen.

Der Hauptgang (zwischendurch wurden ein Rieslingsüppchen und Crostini mit Ziegenfrischkäse und Feigenkonfitüre serviert) bestand aus hausgemachten Nudeln, was bei allen Ohs und Ahs hervorrief. Dazu gab es unterschiedliche Soßen, eine cremige Pilzsoße, eine Käsesoße und eine Tomatensoße mit Kapern und Oliven. Als Jan-Jonas Marie die Schüssel mit der roten Soße reichte, flüsterte er ihr zu: „Wir wählen natürlich die Farbe der Liebe." Sie ließ ihre Hand unter dem Tisch verschwinden und kniff ihm kurz in den Oberschenkel, er grinste.

Inzwischen wurde das Thema Nachhilfeunterricht heiß diskutiert. Die junge Frau des Produktionsleiters war vehement dagegen. „Warten Sie mal ab, bis Ihre Kinder auf dem Gymnasium sind", warf die Gattin des Vertriebsleiters süffisant ein. Die anderen bestätigten, dass ein Schülerleben ohne Nachhilfe heutzutage die Ausnahme war. Marie rutschte unruhig auf ihrem Stuhl herum. Jan-Jonas schob sein Knie verstohlen an ihrs und sie erwiderte den Druck. Lukas war ohne Murren auf sein Hilfsangebot in Mathe eingestiegen, die beiden ersten Stunden waren gut verlaufen. Marie hatte die beiden immer wieder laut lachen hören und Jan-Jonas hatte beteuert, dass sie gut vorankamen; er war optimistisch, dass sich die Unterstützung (er vermied das Wort „Nachhilfe") bald auf Lukas' Noten auswirken würde.

Als alle beteuerten, nun wirklich nichts mehr essen zu können, obwohl immer noch gut gefüllte Schalen mit Pasta auf dem Tisch standen, erhob sich die Leiterin der Controlling Abteilung, eine kleine, rundliche Frau, deren Bäuchlein im Stehen an die Tischkante stieß, und begann, Teller aufeinanderzustellen, die ihr eilfertig angereicht wurden. Marie sprang auf und trug die Stapel hinaus.

„Oh", rief sie, als sie den quadratischen, großen Raum betrat, „was für ein Traum von Küche."

In der Mitte befand sich eine Kochinsel mit tiefer gelegter Herdplatte. Darüber hingen an einem länglichen Eisengitter Kupfertöpfe und -pfannen in allen möglichen Größen, sowie Schöpflöffel, Schneebesen und andere Gerätschaften, zum Teil Dinge, die Marie noch nie gesehen hatte, geschweige denn, dass sie gewusst hätte, wie sie zu handhaben wären. Eine mit vielen kleinen Bildern bestückte Wand zog Maries Aufmerksamkeit auf sich, es waren lauter Aquarelle und Radierungen, und sie trat neugierig näher.

„Die kenne ich", sagte sie verblüfft und zeigte auf drei nebeneinander hängende Rahmen, die stilisierte Blumen zeigten, colorierte Rosen. Die Hausherrin, die die übriggebliebenen Nudeln in Tupperwaredosen schichtete, drehte sich um und sah sie fragend an.

„Die – die sind von meinem Ex-Mann." Marie zupfte an ihrem Tuch und blies den Pony hoch.

„Ach, Sie kennen Julian? Sie sind seine Ex-Frau? Kläuschen! Kläuschen?"

Ihr Mann, der unter Geklapper Teller in die Spülmaschine räumte, blickte auf: „Was ist denn, Darling?"

„Frau Sand-Hollerbüh kennt Julian, was heißt, sie kennt ihn, sie war mit ihm verheiratet."

Frenzel-Fallou stellte den Teller, den er gerade einfädeln wollte, zurück auf die Spüle: „Sie sind das?"

Marie wäre am liebsten durch den Ausguss des großen Keramikbeckens verschwunden, sie konnte sich lebhaft vorstellen, was ihr Ex Freunden und Bekannten erzählt hatte, nachdem sie ihn verlassen hatte.

„Und Sie, woher kennen Sie ihn?", stammelte sie.

„Vom Künstlermarkt in Mainz", sagte Filous Frau, „wir hatten beide einen Stand dort und man schaut gerne mal, was die Kollegen machen. Wir haben ein paar Arbeiten getauscht."

Zum Glück schob in diesem Moment Jan-Jonas die Soßenschüsseln auf dem Servierwagen in den Raum.

„Schau mal, hier hängen Bilder von Julian, ist das nicht verrückt?"

Natürlich wurde die Geschichte im Esszimmer zum Besten gegeben und mehr als einmal fiel der Satz: „Wie klein ist doch die Welt."

Na super, jetzt wussten alle im Raum, dass Marie geschieden war – mehr noch: dass sie ihren Mann verlassen hatte.

Nach dem Dessert servierten die Gastgeber Espresso in feinen weißen Porzellantässchen mit Goldrand und reichten auf dünnen ovalen Holztabletts Kekse und kunstvoll mit Nuss- und Mandelsplittern verzierte Pralinen. Dass diese ebenfalls handgefertigt waren, erstaunte inzwischen niemanden mehr.

„Bin ich froh, dass wir mit dem Fahrrad da sind", stöhnte Marie, als sie um halb eins auf der Straße standen. „Ich bin so abgefüllt." Sie rieb sich den Bauch. „Uff, was für ein peinlicher Abend."

„Quatsch", sagte Jan-Jonas entschieden, „die Geschichte mit deinem Ex fanden alle spannend, und deine Befürchtung, dass man uns schneiden könnte, ist überhaupt nicht eingetroffen."

„Tja, sind eben alles Manager, Leute von Welt, die sich im Griff haben", sagte Marie mit düsterem Blick.

Jan-Jonas blickte sie an. „Das meinst du jetzt aber nicht ernst?" Er kam näher und schloss die Arme um sie. Marie wollte sich nach einem kurzen Moment lösen, aber er verstärkte den Druck, und zögernd ließ sie sich in die Umarmung sinken, legte den Kopf an seine Brust.

„Auf jeden Fall bin ich froh, dass der Abend rum ist. Und ich freue mich auf unser großes Picknick morgen, auch wenn ich mir nicht vorstellen kann, jemals wieder etwas zu essen."

„Ich erinnere dich daran." Jan-Jonas schob sie ein Stückchen von sich und knuffte sie liebevoll in die Taille.

„Auf geht's." Marie schwang sich auf ihr Fahrrad. Es hatte zwischenzeitlich geregnet und der Asphalt glänzte dunkel. Jan-Jonas folgte ihr und als sie auf gleicher Höhe waren, griff er nach ihrer Hand. Händchenhaltend radelten sie durch die Straßen, in denen sich das Laternenlicht spiegelte.

„Das Leben ist schön", rief Marie laut. „Und wir mittendrin," rief Jan-Jonas noch lauter.

„Kennst du den Song *Que sera sera*?", fragte sie und als er nickte, begann sie zu singen. Er ließ ihre Hand los, nahm auch die andere Hand vom Lenker, verschränkte die Arme vor der Brust und pfiff die Melodie mit. Ich platze gleich vor Glück, dachte Marie. Egal, was kommt – *jetzt* ist es schön.

„Dieser Sommer ist ein Traum." Bine breitete die Arme aus und ließ sich rücklings auf die Picknickdecke sinken.

Anna kämpfte mit der Verpackung des Plastikbestecks, Jan-Jonas machte sich auf die Suche nach einem Schattenplatz für die Kühltasche, Marie kramte Tupperdosen in verschiedenen Größen aus der Klappkiste und stapelte sie auf der rot-weiß karierten Tischdecke.

„In meinem Korb ist der Nudelsalat", murmelte Bine träge und räkelte sich.

Etwas entfernt stapfte Lukas, den hölzernen Boulekoffer in der Hand, über die Wiese, auf der Suche nach einer möglichst ebenen Fläche.

„Hier ist es gut", rief er und wedelte mit den Armen. „Wollen wir schon mal, Anna?" Die winkte ab: „Ich will erst etwas essen."

„Oh, schaut mal, wer da kommt." Jan-Jonas, der gerade mit Papptellern und Pappbechern jonglierte, deutete mit dem Kopf zum Waldsaum.

Peter näherte sich, mindestens vier Baguettes unter den linken Arm geklemmt, über der rechten Schulter trug er einen roten Leinensack.

„Ein Krocket-Spiel?", sagte Anna hoffnungsvoll.

„Federball-Schläger", mutmaßte Jan-Jonas.

„Das tippe ich auch", rief Dolly, Bines Freundin, die zum zweiten Mal dabei war. Sie lächelte Jan-Jonas kokett zu: „Darin bin ich Spitze, wir beide machen ein Spielchen, und wenn du verlierst, darf ich mir etwas wünschen von dir."

„Peter ist allein", sagte Marie nachdenklich, und Bine, die sich aufgerichtet hatte, nickte zufrieden. „So lange er nicht mit Monica auftaucht, ist alles gut. Was?", sagte sie achselzuckend, als Marie sie ins Visier nahm, „du willst es doch auch nicht."

Es war nun schon das vierte Picknick innerhalb von zwei Wochen, zu dem sie sich an diesem Platz im Wiesbadener Stadtwald trafen.

„Wir könnten auch mal schwimmen gehen", hatte Dolly gesagt und einen Schmollmund gezogen, als sie sich auf dem Parkplatz aus Bines kleinem Fiat geschält hatte; Jan-Jonas war sofort darauf eingestiegen und hatte sie nach Badeseen in der Umgebung gefragt. Marie war unbehaglich zumute. Sie war alles andere als eine Wasserratte und bikinitauglich fühlte sie sich auch nicht mehr unbedingt.

Die Runde setzte sich stets ein wenig anders zusammen: Bine, Peter, Marie, Anna, Lukas und inzwischen auch Jan-Jonas gehörten zum harten Kern, zum „inner circle", wie Peter das nannte. Heute waren sie zu acht, neben Dolly war auch Maries Freundin Imke dabei.

Imke war ohne Hauke gekommen, der wieder einmal geschäftlich unterwegs war. Bine hatte erzählt, dass Dolly frisch getrennt war. Aber von Tristesse war bei dieser Frau nichts zu spüren, eher das Gegenteil. Den ganzen Weg vom Parkplatz bis zur Picknickstelle hatte sie mit Bine getuschelt und gegiggelt.

Dolly hieß eigentlich Doris, hatte aber mit Nachdruck gesagt: „Nennt mich Dolly". Sie war eine kleine, kompakte Person mit ausgeprägten weiblichen Formen, die sie durch ein knappes Jeanshöschen und ein enges, tief ausgeschnittenes Tigermuster-Top unterstrich. Ihre Oberschenkel waren auch mit viel Wohlwollen nicht als schlank zu bezeichnen, aber sie bewegte sich mit katzenartiger Geschmeidigkeit und strahlte unglaubliches Selbstbewusstsein aus.

Marie griff nach einem Baguette, schnupperte daran, brach ein großes Stück ab, bestrich es mit Avocadocreme und biss hinein.

„Hm!" Sie leckte sich die Lippen. „Probier mal, schmeckt paradiesisch, ist ein neues Rezept." Sie hielt dem neben ihr knienden Jan-Jonas das Brotstück unter die Nase. Er schaute etwas verdutzt auf die grünliche Masse, biss dann aber folgsam hinein. Dolly kicherte und puffte Bine in die Seite. Die hatte beide Arme um die Knie geschlungen und beobachtete Peter, der mit seinem Schweizer Taschenmesser spielte und ständig neue Teile aufklappte oder herauszog, Messer in allen Größen, Flaschenöffner, Schere, Zahnstocher.

Lukas hatte offensichtlich mitbekommen, dass die Vorbereitungen abgeschlossen waren und das Picknick-Büffet eröffnet wurde, er kam angetrabt.

„Mama, Würstchen?"

Marie rollte mit den Augen und sagte, jedes Wort betonend: „Ja, Lukas, wir haben Würstchen dabei." Sie deutete auf eine Plastikschale.

„Alles ganz nett hier, aber es fehlt Musik." Dolly griff nach ihrem iPod und Nena ertönte, lauter Songs, die Marie nicht kannte. Das Gedudel störte sie, sie fand es unpassend. War sie damit allein? In ihre Gedanken hinein meinte Imke: „Früher habe ich Nena gerne gehört. Vor allem ihren größten Hit *Neunundneunzig Luftballons*."

„Neunundneunzig Luftballons?", sagten Jan-Jonas und Dolly wie aus einem Munde, guckten sich an und lachten.

„Das war ihr Durchbruch." Marie nickte und sagte: „Fast dreißig Jahre ist Nena im Geschäft, bemerkenswert."

„Meine Güte, muss die alt sein, das war lange vor unserer Zeit, nicht wahr Jay-Jay?" Dolly, die Jan-Jonas gegenüber saß, zwinkerte ihm zu, dann beugte sie sich vor, steckte eine knoblauchgespickte Olive in den Mund und leckte sich langsam und genießerisch die Lippen.

„Sie sieht fetzig aus", sagte Bine.

„Noch", brummte Peter.

Marie schluckte.

Als Bine sich vernehmlich räusperte, schob Peter schnell hinterher: „Fetzig für ihr Alter." Bine zeigte ihm einen Vogel. Marie lächelte gequält.

„Du kennst das Lied nicht?" Marie suchte verwundert Jan-Jonas' Blick, er schüttelte den Kopf.

„Da trug er noch Windeln." Dolly kicherte. „Und ich auch."

Sie räkelte sich, überkreuzte die Beine und sagte: „Also wir haben ein Pärchen in der Firma, er ist mindestens fünfzehn Jahre älter als sie, die hängen immer zusammen, die wohnen zusammen, arbeiten zusammen", sie schüttelte den Kopf, „die urlauben zusammen! Und dann noch der Generationskonflikt, das kann doch nicht gut gehen."

Marie schoss das Blut in den Kopf, sie verlagerte ihr Gewicht und griff hastig nach einem Hackfleischbällchen. Sollte sie etwas sagen? Aber würde sie souverän genug klingen?

Imke begann *Neunundneunzig Luftballons* zu trällern. „Du kennst aber auch wirklich alle Texte!", sagte Marie mit belegter Stimme.

„Unsere Trauzeugen haben Ballons steigen lassen, und dazu lief dieser Song."

„Du bist verheiratet? Ich dachte, du wärst so alt wie wir."

Das war wieder Dolly.

„Ja und, was hat das mit dem Alter zu tun?" Imke fuhr sich durch die kurzgeschnittenen blonden Haare. „Ich bin gerne verheiratet, und das schon seit über drei Jahren."

„Jeder wie er mag", sagte Dolly achselzuckend und suchte Jan-Jonas' Blick. „Ich finde, es geht nichts über Freiheit."

Marie biss sich auf die Lippen, griff hastig nach einem Stück Fleischwurst und wollte die Pelle abknibbeln, als Jan-Jonas sie seitlich an den Schultern fasste, etwas drehte und näher zu sich zog, so dass sie mit dem Rücken an seiner Brust lehnte.

Als Nena den Titel *Du bist so gut für mich* anstimmte, verstärkte er den Druck seiner um sie geschlossenen Arme und summte in ihr Ohr.

Marie saß nicht wirklich bequem, aber sie rührte sich nicht, weil sie Angst hatte, die kleinste Bewegung würde den Zauber des Moments vertreiben.

8

Lukas sprang wie ein Flummi von der Bank und flitzte aus der Küche, sobald Marie das Französischbuch zuklappte und „Schluss für heute" sagte. Sie drehte den Kopf nach rechts und links und griff mit beiden Händen in den Nacken, tastete nach den verhärteten Stellen, ließ das Kinn auf die Brust sinken. Es würde ein arbeitsames Wochenende werden, ohne Aussicht auf nette Stunden mit Jan-Jonas, der zu seinen Eltern ins Münsterland gefahren war und ein paar alte Freunde treffen wollte. Vielleicht war auch Annegret da, seine ältere Schwester. Die konnte ganz schön bissig sein, hatte er erzählt. Sie hatte in den letzten Jahren öfters mal gelästert, wo denn seine Traumfrau bliebe. Marie lächelte, als sie daran dachte, wie er sich bei den Worten „Na, die wird sich wundern" die Hände gerieben hatte.

Seufzend schaute sie sich um, die Spülmaschine war noch nicht ausgeräumt, auf der Anrichte stapelten sich Kaffeebecher, Müslischälchen und die Weingläser von gestern Abend. Peter hatte nach dem Frühstück hastig seine Tasse und sein Holzbrettchen abgestellt, kurz darauf sahen ihn Bine und Marie an der Küchentür vorbeihuschen. Er hatte sich umgezogen, zu seiner Lieblingsjeans trug er sein schönstes, kräftig blaues Poloshirt.

„Hey, irgendwas Besonderes vor heute?" Bine war zur Tür gepprescht. Er murmelte etwas von „Einen Freund abholen" und die beiden Frauen schauten sich an: „Glauben wir das?"

Auch Bine hatte es eilig, sie wurde von Dolly erwartet. Sie würden zusammen auf ein Konzert in der Nähe von Stuttgart fahren. Schweren Herzens hatte sie die Kater in der Obhut von Marie zurückgelassen, natürlich nicht ohne ihr genauestens einzuschärfen, wie sie mit den beiden „Primadonnerichen" (eine Wortschöpfung von Anna) umzugehen hatte.

Marie bückte sich und begann die Spülmaschine auszuräumen. Lukas erschien in der Küchentür, mit in die Hüfte gestemmten Armen.

„Jetzt reden wir über meine Rollerskates, Mama!"

Marie blickte auf.

„Bitte", schoss er hinterher.

„Ja natürlich", entgegnete Marie schuldbewusst, sie hatte ihn immer wieder vertröstet, ein bisschen auch in der Hoffnung, der Wunsch würde sich verflüchtigen.

Sie setzte sich und deutete mit einem Nicken auf einen Stuhl, doch er blieb stehen, von einem Bein aufs andere tretend.

„Du bekommst von mir die Summe, die normale Rollerskates kosten, vierzig Euro. Wenn du die besonderen haben möchtest, die der Tim hat, musst du den fehlenden Betrag dazutun. Oder du musst bis Weihnachten warten."

„Und wie soll ich etwas verdienen?" Lukas baute sich vor ihr auf, schaute hoch und senkte seine Schneidezähne in die Unterlippe, es begann zu quietschen.

„Lass uns gemeinsam überlegen, wie du dein Taschengeld aufbessern kannst."

Lukas starrte sie an, Marie stand auf und hob einen Stapel Teller in den Küchenschrank.

Er überlegte noch einen Moment, dann stieß er „Okay" hervor und trollte sich aus der Küche. Sie zog die Schultern hoch. *Gemeinsam* war offensichtlich nicht bei ihm angekommen. Später würde er sicher Tim sein Leid über seine hartherzige, geizige Mutter klagen. Aber eigentlich hatte er die Regelung überraschend schnell geschluckt. Sie waren eben einiges gewöhnt, ihre Kinder, es erfüllte sie mit Stolz und Resignation zugleich. Auf jeden Fall würde sie sich Gedanken machen und vielleicht auch mit Julian, seinem Papa, sprechen, wie Lukas sein Taschengeld aufbessern könnte.

Da Anna das Wochenende bei ihrer Freundin verbrachte und Lukas am Nachmittag seinen Freund Tim erwartete, hatte Marie Zeit für sich, vorausgesetzt, die beiden vertrugen sich. Sie musste sich unbedingt noch mehr betriebswirtschaftliche Kenntnisse zulegen, nett von Schliefer, dass er ihr wieder Unterlagen über ein Seminar mitgebracht hatte.

Was sie auch immer noch nicht geschafft hatte, obwohl es ihr inzwischen dringlich erschien: Mit Anna in Ruhe reden. Sie hatte sich gestern, als Marie ihr zum Abschied einen Kuss auf den Scheitel geben wollte, halb weggedreht und „Ciao Mama" geflötet.

Marie seufzte und griff zum Telefonhörer. Zunächst mal war es Zeit, ihrer Mutter vom neuen Mann in ihrem Leben zu berichten.

Henriette reagierte wie von Marie erwartet.

„Schön, dass es wieder einen Mann in deinem Leben gibt. Es ist schade, dass er so viel jünger ist, aber du hast dich gut gehalten und vielleicht habt ihr ein paar schöne Jahre zusammen."

Marie überlegte kurz, ob sie auf die „paar schönen Jahre" einsteigen sollte, hielt es aber für klüger, nur „Hm" zu machen.

„Und in der Firma? Du läufst ihm doch nicht hinterher, Kind? Pass auf, dass du wenig Angriffsfläche bietest, gerade jetzt."

„Was meinst du mit Angriffsfläche und gerade jetzt, Mama?" Marie konnte es nicht lassen.

„Na, so etwas beschäftigt die Menschen, der junge Kerl und die reife Frau, natürlich werden sie reden."

„Sollen sie doch", sagte Marie und wunderte sich über den Nachdruck in ihrer Stimme.

„Aber zieh dich ordentlich an, nicht immer so sportlich."

„Es ist mir sehr wichtig, gut angezogen zu sein", entgegnete Marie verärgert, „das solltest du eigentlich wissen, nur Schmuck ist eben nicht so mein Ding." Und die goldenen Ketten, Armbänder und Ringe, die ihre Mutter im Sinn hatte, waren es schon mal gar nicht.

Ihre Mutter hätte sie gerne anders gesehen, weiblicher, schicker. Kein Wunder, sie war Schneidermeisterin und hatte sich ihr Leben lang mit Stoffen und Schnitten beschäftigt. Ursprünglich hatte sie Modedesignerin werden wollen, aber ihre Eltern, viel mehr ihr Vater, hatte das verhindert, er hatte sich geweigert, in ein Studium seiner Tochter zu investieren.

Bevor sie das Gespräch beendeten, erzählte Henriette, dass sie in der vergangenen Woche Maries Bruder und seine Familie besucht hatte und schwärmte von der frisch renovierten Diele des Einfamilienhauses.

„Dein Bruder ist so geschickt, unglaublich, was er alles selber macht, und deine Schwägerin hat wieder eine tolle Torte gebacken, also das ist eine Hausfrau! Und die Kinder sind so höflich und gut erzogen. Aber das sind deine ja auch." Den letzten Satz schob sie eilends hinterher. „Und du bist tüchtig. Dass du so schnell eine Stelle gefunden hast ..."

Na, da hatte sie ja gerade noch die Kurve gekriegt!

Ihr war natürlich klar, dass sie Henriette mit ihrem Leben viel zumutete. Bei der Trennung von Julian hatte sie mehrmals gesagt: „Überleg dir das gut", aber als sie merkte, dass Marie nicht umzustimmen war: „Du wirst schon wissen, was du tust." Ohne spitzen Unterton. Andere Mütter hätten mehr Theater gemacht.

Marie freute sich, dass die beiden Jungs so friedlich miteinander spielten und sie sich am Schreibtisch in Ruhe in Begriffe wie „Break-even-Point" und „USP" vertiefen konnte. Aber als sie zwischendurch mal zur Waschmaschine lief, erhaschte sie eine Bemerkung von Tim:

„Ich will nicht in das Häuschen krabbeln, ich bin doch kein Baby."

Abrupt blieb sie vor der Kinderzimmertür stehen.

Lukas' Antwort war nicht zu verstehen, aber er klang beleidigt.

„Komm, wir bauen feindliche Rittertruppen auf." Das war Tim, in versöhnlichem Ton.

Sie hörte Lukas kramen und dann triumphierend rufen: „Guck mal, welche willst du, du darfst aussuchen."

„Was ist denn das?", tönte es entsetzt.

„Die hat mein Papa gemacht." Der Stolz in Lukas' Stimme war nicht zu überhören. „Aus Fimo."

„Aus Fimo? Sag bloß, du hast keine Playmobil-Ritter, mit diesen Dingern kann man doch gar nicht spielen, die gehen bestimmt sofort kaputt. Und uncool sind sie auch. Zeig mal her."

Es rumpelte vernehmlich hinter der Tür und Marie schlich sich weg. Wenig später hörte sie Schlachtgeräusche und immer wieder Gelächter, ach, Kinder waren so unkompliziert.

Am Sonntagabend setzte Marie sich an den Schreibtisch und sah Lukas' Deutschheft durch. Inhaltlich waren die Aufsätze gar nicht schlecht, aber die vielen Rechtschreibfehler! Besser als andersherum, Rechtschreibung konnte man üben. Aber was sollte sie denn noch alles mit ihm pauken!

Immer wieder schweiften ihre Gedanken ab. Peter war gestern am späten Nachmittag nach Hause gekommen. Sie waren sich im Flur begegnet, (sie mit nachdenklich gesenktem Kopf, er mit federndem Schritt). Auf ihre Frage, wie sein Treffen war, hatte er kaum verständlich herausgebracht: „Habe Monica vom Flughafen abgeholt und zu ihren Eltern gebracht."

Natürlich war sie stehengeblieben, wollte mehr wissen. Aber zu weiteren Auskünften war er nicht bereit, strebte hastig auf sein Zimmer am Ende des Flurs zu.

Sie versuchte, gelassen zu bleiben.

„Nichts wird so heiß gegessen, wie es gekocht wird", pflegte ihre Mutter zu sagen. Du solltest Peter Glück wünschen, ermahnte sie sich.

Ihr Handy klingelte. Das war bestimmt Jan-Jonas, er kam immer um diese Uhrzeit von seinen Eltern zurück.

„Hallo." Seine Stimme klang rau.

„Hi, wie war es?" Sie schmiss sich auf ihr Bett und wollte sich gemütlich in die Kissen kuscheln, als sie innehielt: „Stimmt was nicht?"

„Hallo", sagte Jan-Jonas ein zweites Mal.

„Das sagtest du bereits, was ist los?"

Sie setzte sich gerade hin: „Du hast es ihnen gesagt."

„Ich bin wütend", sagte er, „ich koche. Sie haben mir gar nicht zugehört, als ich von dir und den Kindern erzählt habe, sie haben beharrlich nach dem Job gefragt, und ob ich mich in Wiesbaden schon heimisch fühle. Aber ich bin drangeblieben, ich habe immer wieder von dir angefangen."

Er stieß hörbar die Luft aus: „Dann haben sie es sich zwar angehört, aber so getan, als ob es eine Krankheit sei, die vorübergeht. Eine Krankheit!"

Er schnalzte mit der Zunge.

„Marie? Bist du noch da?"

„Hm." Sie spürte, wie sie ihr Handy umklammerte und lockerte den Griff. Dann sagte sie zögernd: „Ich kann sie schon verstehen. Wenn ich mir vorstelle, Lukas käme eines Tages mit einer dreizehn Jahre älteren Frau an. Und dann auch noch geschieden, mit zwei halbwüchsigen Kindern – "

„Du immer mit deinem blöden Verständnis für alle und alles." Er schnaubte hörbar. „Wenn meine Eltern dich kennen würden, wäre es anders. Es kommt doch auf den Menschen an und ich weiß, dass meine Eltern dich mögen würden!"

Marie hielt den Hörer etwas vom Ohr. „Du brauchst nicht so zu brüllen." Und nach einer kurzen Pause: „Lass ihnen ein bisschen Zeit, das zu verdauen, und wenn du das nächste Mal hinfährst, sind sie vielleicht schon etwas offener."

„Es sind doch meine Eltern, die sollten mein Glück wollen." Seine Stimme klang nach wie vor verärgert.

Aber nun schwang auch etwas Dumpfes darin mit.

Marie seufzte. „Sie haben sich ein anderes Glück für dich vorgestellt." Und du dir doch eigentlich auch, ergänzte sie im Stillen.

Es entstand eine Pause, bis Jan-Jonas fragte: „Und bei dir, wie war dein Tag?"

Marie berichtete von der Vereinbarung zu den Roller-Skates. „Bin ich zu streng?"

„Du machst das großartig", sagte er. „Dann wirst du nicht wollen, dass ich ihm die teuren Rollerskates schenke?"

Sie zögerte den Bruchteil einer Sekunde. „Da liegst du richtig, aber nett von dir."

„Er kann mein Fahrrad putzen. Und wenn er will, auch mein Auto."

Sie freute sich und erzählte ihm von Tims Bemerkung zum Spielhäuschen und den Fimo-Rittern.

„Findest du Lukas zu kindlich?"

„Da fragst du den richtigen. Aber was bitte ist Fimo?"

Marie erklärte es ihm, und er sagte: „Ich finde, er ist ein toller Junge mit sehr viel Phantasie. Um die Fimo-Ritter würde ihn doch manch anderer beneiden. Wenn ich das nächste Mal komme, spielen wir damit."

„Oh, ich sehe euch schon vor mir, beide bäuchlings auf dem Teppich, wilde Kampfschreie ausstoßend."

Als sie vom Telefongespräch mit ihrer Mutter berichtete, sagte Jan-Jonas, und seine Stimme nahm wieder einen aufgebrachten Ton an: „Sie hört dir wenigstens zu, und sie nimmt dich ernst."

„Hm", sagte Marie.

Natürlich war auch sie enttäuscht von der Reaktion seiner Eltern. Vielleicht waren sie zu euphorisch gewesen in den letzten Wochen. In der Firma schien alles so glatt zu gehen. Frenzel-Fallou hatte mit Blick auf die von ihnen gemeinsam erarbeitete Broschüre (das Produkt vieler langer Abende und Wochenenden) lächelnd gesagt: „Sie scheinen sich gegenseitig zu beflügeln." Und er hatte sich auf die Brust geklopft. „Ich habe sie beide im Abstand von einer Woche eingestellt, ich hätte mir denken können, dass zwei solche Persönlichkeiten sich ineinander verlieben."

Als hätte Jan-Jonas ihre Gedanken gelesen, sagte er: „Auf der Hochzeit beim Filou hat sich niemand seltsam verhalten. Und auch die Kollegen reagieren mit Wohlwollen auf uns."

„Na ja", entgegnete Marie zögerlich, „meinst du. Aber sie reden. Als ich die Woche in die Produktion gekommen bin, sind die drei Frauen abrupt verstummt, als ich den Raum betreten habe."

„Das mag sein, aber die Leute reden immer. Und die Assistentin vom Chef hat gesagt, wir passten gut zusammen und wären ein nettes Paar, also bitte!"

Es tat Marie gut. Wenn sie im Vorbeigehen im Schaufenster einen Blick auf sie beide erhaschte, dann fand sie durchaus, dass sie ganz passabel wirkten, er blond, sie schwarz, er groß und schlank, sie klein und zierlich, beide mit schmalen Gesichtern. Und auch sie noch mit einer gewissen jugendlichen Frische, noch ...

„Ich wollte dich etwas fragen, hast du ein Ohr dafür?" Sie war vor den Spiegel getreten und musterte sich.

„Kommt drauf an." Es sollte knurrig klingen, aber sie kannte ihn. „Natürlich", sagte er, „schieß los."

„Hättest du Lust, mit mir eine neue Brille auszusuchen? Ich komme so schlecht mit den Kontaktlinsen klar, und meine alte Brille gefällt mir überhaupt nicht mehr, hättest du?"

„Und ob", rief er und sie konnte förmlich sehen, wie sich sein Gesicht aufhellte. „Ich bin fast ein Profi, ich habe früher oft bei meinem Onkel im Optikergeschäft ausgeholfen, ich weiß, wie eine Brille zu sitzen hat, und ich erkenne Qualität. Wann wollen wir das machen?"

„Oh, das wusste ich gar nicht," sagte Marie erfreut. „Dann bin ich bei dir in den besten Händen."

„*Das* solltest du inzwischen gemerkt haben." Seine Stimme klang jetzt hell und fröhlich und Marie ließ sich rücklings aufs Bett sinken. Wohlige Wärme durchströmte sie. Selbst grauer Alltag wurde mit diesem Mann bunter und schöner. Sie freute sich auf die neue Arbeitswoche – wer konnte das schon von sich sagen?

9

„Ach, guck mal hier", Peter schlug mit der Hand auf die Zeitung und Marie, die neben ihm am Küchentisch saß und sich gerade in den Sportteil der FAZ vertieft hatte, schaute auf.

„Das ist eure Firma, die suchen eine Assistentin für das neue Geschäftsfeld Seminare, wär das nichts für dich? Du bist doch nicht so glücklich mit dem, was du machst."

„Oh, zeig mal", sagte Marie und beugte sich zu ihm herüber. „Die Stelle ist also ausgeschrieben."

Sie ließ zwei Stück Zucker in ihren riesigen weißen Becher mit den dunkel- und hellroten Punkten gleiten und rührte gedankenverloren darin herum.

„Ja", sagte sie, „ich dachte auch, das könnte was für mich sein. Dieses neue Geschäft wird von Jan-Jonas aufgebaut. Wir hatten uns das richtig gut vorgestellt, gemeinsam etwas entwickeln, aber ..." Sie goss Milch in ihren Tee.

Peter schnitt ein großes Stück Fleischwurst ab und schob es in den Mund. Kauend fragte er: „Was, aber?"

„Der Geschäftsführer hat es abgelehnt. Das sei ihm zu heikel, ein Paar auf so ein wichtiges neues Standbein der Firma zu setzen."

„Feigling", brummte Peter und Marie lächelte. Dass er so Partei ergriff. Zu Beginn war er skeptisch gewesen, was ihre Beziehung anbelangte.

„Er war sehr nett", beeilte Marie sich zu versichern und griff nach dem Zipfel Fleischwurst auf dem Holzbrettchen.

„Er sagte, das würde er bei jedem Paar so entscheiden, das hätte nichts mit uns, mit unserer besonderen

Konstellation zu tun. Das mit der 'besonderen Konstellation' ist ihm rausgerutscht und war ihm dann doch ein bisschen peinlich." Sie kicherte.

„Was war peinlich? Wem?" Bine erschien in der Küchentür, in einem wild gemusterten Pyjama, ihre langen rotblonden Haare fielen ihr ins Gesicht, sie gähnte ausgiebig. Rechts und links unter den Arm hatte sie Erwin und Ottokar geklemmt, nun setzte sie die Kater behutsam auf den Boden.

„Ach", sagte Marie, „unser Geschäftsführer, er hat sich ein wenig ungeschickt ausgedrückt. Man könnte auch sagen, er war ehrlich."

Bine wollte es nun genau wissen und Marie berichtete.

„Als Assistentin von Jan-Jonas, ich glaub's nicht. Das wäre doch sowieso keine gute Idee gewesen." Bine setzte sich auf einen Stuhl, griff nach Erwin, hob ihn auf den Schoß und begann ihn zu kraulen. Ottokar verließ beleidigt, mit hoch aufgerichtetem Schwanz, die Küche.

„Ich kann Jan-Jonas gut verstehen." Peter feixte. „Ich hätte dich auch gerne als Assistentin, du hast so einen gewissen Rundum-Blick und dein Gedächtnis ist phänomenal."

„Es hätte mir Spaß gemacht", beteuerte Marie, „und es wäre viel herausfordernder gewesen, als das, was ich jetzt tue. Ich bin da nicht am richtigen Platz. Wofür habe ich denn studiert?"

Peter war aufgestanden und steckte den Kopf in den Kühlschrank: „Haben wir keine Fleischwurst mehr?"

„Frenzel-Fallou hat nachgeschoben, das wäre nichts für mich, ich würde mich unter Wert verkaufen. Und es käme garantiert auch für mich eine geeignete Stelle", sagte Marie, während Peter ärgerlich knurrte und seinen

Blick unschlüssig zwischen Tisch und Kühlschrank hin und her wandern ließ.

„Na also!" Bine nickte zufrieden. „Sag ich doch."

Peter setzte sich wieder und begann, seine Finger zu kneten. Marie sah es aus den Augenwinkeln, schob die Zeitung von sich und wartete.

Er räusperte sich: „Ich werde mit Monica zusammen eine Wohnung suchen."

Bine hob ruckartig den Kopf und schubste Erwin von ihrem Schoß, der empört maunzte und sich in eine Ecke verzog. „Ich glau ..."

„Ich weiß, du glaubst es nicht", Peter verschränkte die Arme vor der Brust, „aber nun machen wir Nägel mit Köpfen, noch mal lasse ich diese Frau nicht ziehen."

„Ich verstehe dich." Marie mühte sich zu einem Lächeln.

„Natürlich verstehst du ihn." Bine stieß die Worte einzeln hervor und verengte die Augen zu Schlitzen. „Ich find's völlig daneben. Du willst das hier wirklich aufgeben und Hals über Kopf in eine ungewisse Zukunft mit Monica stolpern?"

Marie hob beschwichtigend die Hand.

„Diese wunderbare KaKü werde ich vermissen," sagte Peter und grinste breit. „Und Erwin und Ottokar – und Anna und Lukas natürlich auch."

Er lehnte sich zurück und entfaltete seine Arme. „Nee, war schon echt eine tolle Zeit mit euch. Nie hätte ich gedacht, dass ich es mit zwei Frauen, zwei Kindern und zwei Katern so lange aushalte. Und auch noch gut finde."

„Du wirst schon sehen, was du davon hast." Bine zog einen Schmollmund.

Marie sagte: „Ein jedes Ding hat seine Zeit."

„Klar, immer einen Spruch parat." Bine produzierte ein hässliches Schabegeräusch mit ihrem Stuhl und verließ die Küche.

Peter zuckte mit den Schultern und beugte sich wieder über die Zeitung. Marie wartete kurz, dann stand sie auf, füllte Wasser in den großen Kochtopf und kramte im Vorratsschrank nach den Makkaroni. Der Salzstreuer war leer, sie griff nach dem blauen Päckchen und ließ Salz in den Topf rieseln. Die WG ohne Peter. Das wollte sie sich gar nicht vorstellen. Wieder nach einem neuen Mitbewohner suchen! Konnten die Dinge nicht mal bleiben, wie sie waren?

„Was machst du da?" Peters Stimme durchschnitt ihre Gedanken.

Sie schaute auf den mittlerweile weißen Topfboden. Kopfschüttelnd goss sie das Wasser aus und füllte neues ein, salzte mit Augenmaß.

Marie hatte gerade die Salatsoße abgeschmeckt, als Jan-Jonas kam, mit einer großen Tüte, aus der es intensiv nach Pfirsichen duftete.

Sie schickte Lukas nach hinten, um Peter Bescheid zu sagen.

„Tefloniert", verkündete er und krabbelte auf die Sitzbank, wo er zu Jan-Jonas gewandt, einladend neben sich klopfte, was Marie ein Lächeln entlockte. Bine ließ sich nicht blicken, wahrscheinlich schmollte sie immer noch. Die regelmäßigen Mahlzeiten waren sowieso nicht so ihr Ding, sie setzte sich oft nur um der Gesellschaft willen dazu und pickte dann gerne etwas aus dem Topf heraus, was Peter zur Weißglut brachte.

Der Nudelauflauf duftete verführerisch und Peter erschien in der Tür. Lukas häufte sich Unmengen auf den Teller; als er versuchte, möglichst viel von der goldbraunen Kruste zu erwischen, protestierte Anna und Marie musste schlichten. Peter schob Jan-Jonas das Maggi zu, der schüttelte so entsetzt den Kopf, dass Marie grinsend danach griff und extra viele Spritzer auf ihr Essen gab.

„Mama ist Maggi-süchtig." Lukas kicherte.

Nach dem Essen zogen sich Jan-Jonas und Lukas ins Kinderzimmer zurück, um Mathe zu machen. Marie wurde es warm ums Herz, als sie ihnen hinterherschaute, dem großen, blonden Jan-Jonas und dem kleinen, dunkelhaarigen Lukas. Peter verschwand ebenfalls.

Anna blieb sitzen und Marie unterdrückte den Impuls, den Tisch abzuräumen. Sie blickte ihre Tochter an: „Wie läuft es im Volleyballtraining?"

Anna zuckte mit den Schultern: „Wie soll es schon laufen, wie immer."

„Und in der Schule?", fragte Marie vorsichtig.

„Da ist alles klar", sagte Anna und zupfte an ihren Nagelhäutchen. Marie beugte sich über den Tisch, um nach der Wasserflasche zu hangeln, dabei stieß sie an ihr Glas, sah es bedrohlich gen Tischkante rutschen, konnte den Fall aber nicht verhindern. Es zerschellte mit lautem Klirren auf dem steinernen Fußboden.

„Auch das noch, kannst du mir bitte das Kehrblech holen."

Als Anna wortlos Schaufel und Besen auf die Platte des alten Küchenschranks stellte, bückte Marie sich gerade, um die größeren Scherben einzusammeln. So entging ihr, wie ihre Tochter eine geraume Weile auf ihren Rücken starrte und sich dann wortlos umdrehte.

Als die Küchentür mit einem energischen Ruck geschlossen wurde, schrak Marie zusammen.

Beim Aufhängen der Wäsche dachte sie über den Traum nach, den Jan-Jonas ihr am Vortag erzählt hatte. Ein Löwe hatte sich in sein Handgelenk verbissen und ihn über einen ewig langen Zeitraum nicht losgelassen, so sehr er sich auch bemühte, ihn abzuschütteln. Als Marie ihn gefragt hatte, welche Assoziationen er mit dem Traum verbinden würde, hatte er mit den Schultern gezuckt. Für einen kurzen Moment war ein unbehagliches Schweigen entstanden. Und sie hatte sich sofort schuldig gefühlt. Warum hatten sie nicht darüber gesprochen? Warum hatte sie nicht nachgebohrt? So umgänglich und zugewandt Jan-Jonas auch meistens war – wenn er nicht reden wollte, machte er dicht. Sie kannte diese Miene inzwischen sehr gut, ärgerte sich aber trotzdem im Nachhinein, dass sie es nicht wenigstens versucht hatte. Manche Dinge wollte sie gar nicht so genau wissen. War sie etwa feige?

Sie seufzte, und ihr wurde bewusst, dass sie dies heute zum wiederholten Male tat. Auf dem Weg zur Waschmaschine hatte sie bei Anna ins Zimmer geguckt, die lag mit Kopfhörern und geschlossenen Augen auf dem Bett. Als sie einen Schritt nähertrat, öffnete Anna für einen Moment die Augen, schloss sie aber sofort wieder. Marie hatte die Tür vorsichtig zugezogen und überlegt, seit wann ihre Tochter so anders war. Hatte es etwas mit Jan-Jonas zu tun? Mit Peters Auszug?

Peter würde ihnen allen fehlen – aber es war mehr als das. Wieder eine männliche Bezugsperson weniger für Anna und Lukas. Sie war froh, dass die Kinder so gut mit ihrem Vater auskamen, aber sie sahen ihn eben nur alle vier Wochen. Sie konnte Peter wirklich gut verstehen, natürlich musste er der Beziehung mit Monica eine Chance geben, sie würde es nicht anders machen. Sie musste sich eingestehen, dass sie Peter rundum beneidete.

10

Hatte sie sich jemals in einer wichtigen Sache so schnell entschieden? Marie konnte sich nicht erinnern. Keine ausgiebigen Pro- und Kontra-Listen wie bei der Entscheidung für die weiterführende Schule von Anna und Lukas, keine nächtelangen Diskussionen mit Freundinnen, wie seinerzeit bei der Frage, ob sie die Kinder nach Wiesbaden verschleppen durfte. Dieser Umzug hatte bedeutet, dass sie nun fast zwei Stunden von Julian entfernt wohnten – nur weil sie, Marie, auf dem Hessenkolleg ihr Abitur hatte nachholen wollen. Nein, es war nicht nur das gewesen, ihr war auch klargeworden, dass sie die Trennung von ihrem Ex-Mann nur schaffen konnte, wenn sie sich in einer anderen Stadt ein neues Leben aufbaute. Aber sie hatte sich so gequält, über Wochen, und sie war bis heute nicht sicher, ob die Entscheidung richtig – oder besser gesagt – moralisch vertretbar war.

Im Gegensatz dazu war ihr gleichsam über Nacht klargeworden, dass sie ohne Peter nicht in der Wohngemeinschaft bleiben wollte. Außerdem träumte sie schon länger von einem schönen Badezimmer, bei dem man nicht immer das Pappschild umdrehen musste, um „Besetzt" anzuzeigen, dann aber trotzdem nie sicher sein konnte, ob nicht doch jemand hereinstürmte.

Und eine Einbauküche anstelle der Ansammlung unterschiedlichster Schränke (teilweise mit Vorhang davor, teilweise auf Steine gestellt, um die Höhenunterschiede auszugleichen) wäre auch ein Traum.

Die Kinder reagierten überraschend positiv auf ihre Ankündigung auszuziehen, auch sie wollten sich das

Wohnen ohne Peter nicht vorstellen. Und dann gestanden sie Marie, dass sie sich inzwischen manchmal schämten, wenn Freunde sie in der Wohngemeinschaft besuchten. Das tat richtig weh, war Marie doch immer der Meinung gewesen, für Anna und Lukas sei die Wohnsituation eher spannend als problematisch. Wie dumm von ihr, schließlich starb sie auch immer tausend Tode, wenn die Freunde der Kinder von ihren Eltern abgeholt wurden. Im Regelfall kamen die Erwachsenen nicht hoch, man fand schlecht einen Parkplatz an der viel befahrenen Straße und verabredete sich mit seinem Kind vor dem Haus. Aber hin und wieder stand doch jemand in der Tür und sie kam nicht umhin, denjenigen hineinzubitten. Dann sah sie die Wohnung mit den Augen des Besuchers: Die abgestoßenen Fußleisten im endlos langen Flur, die völlig überladene Garderobe (Peter weigerte sich, seine zahlreichen Jacken mit in sein Zimmer zu nehmen), die abgekitschten Ecken und matten Stellen an den hohen Kassettentüren, die zusammengestückelten Küchenmöbel.

Voller Tatendrang stürzte sie sich auf Zeitung und Internet. Als sie Jan-Jonas freudestrahlend fragte, ob er die ersten Wohnungs-Besichtigungen mit ihr gemeinsam machen wolle, reagierte er sehr verhalten: „Bist du dir wirklich sicher? Wird nicht alles viel schwieriger für dich mit Anna und Lukas, wenn ihr alleine wohnt?"

Sie war gekränkt und auch ein wenig verunsichert, wieso freute er sich nicht mit ihr?

Bine preschte vor, Jan-Jonas könne doch in die WG einziehen, aber Marie wehrte ab. Er hätte längst etwas sagen können, wenn er das wollte. Nach dem kurzen

Wortwechsel mit ihrer Mitbewohnerin lag Marie abends lange wach und versuchte, die aufkommende Traurigkeit wegzuschieben. Wenn sie ehrlich war, sie hätte liebend gerne mehr Alltag mit Jan-Jonas geteilt. Aber war die Zeit reif dafür? Und der ordentliche Jan-Jonas in dieser Altbauetage mit dem etwas morbiden Charme?

Inzwischen hatte sie elf Wohnungen besichtigt (nur drei mit Jan-Jonas) und war ernüchtert. Einige Wohnungen waren vom Zuschnitt her überhaupt nicht geeignet, andere lagen an sehr belebten Straßen (das brauchte sie nicht noch einmal), oder sie waren total heruntergekommen (sie hatte weder die Zeit noch das Geschick, viel zu renovieren). Bei den zwei Angeboten, die ihr gefielen, war schnell klar, dass sie die Wohnungen nicht bekommen würde. Wer vermietete schon an eine alleinerziehende Mutter mit zwei Teenies, wenn sich gutsituierte Mitbürger ohne Kinder als Mieter anboten. Sie war wohl etwas blauäugig gewesen.

Am Telefon klagte sie Jan-Jonas ihr Leid. Sie spürte, dass er nur halb bei der Sache war, und ihr Ärger wuchs.

Plötzlich platzte er heraus: „Meine Eltern kommen nach Wiesbaden. Auf dem Rückweg von ihrem Italien-Urlaub Ende September machen sie einen Zwischenstopp in Wiesbaden. Und sie sind bereit, dich kennenzulernen."

Über diese Formulierung würde sie später mit Imke streiten, die das herablassend fand, geradezu unwürdig. Marie sah nur den Riesenschritt der Hennerohs, die Beziehung ihres Sohnes nicht mehr zu leugnen.

Sie konnte es zunächst nicht glauben. Wie war es zu diesem Sinneswandel gekommen? Jan-Jonas war sich ziemlich sicher, dass seine Schwester den Eltern ins Gewissen geredet hatte.

„Aber du hast Annegret nicht gefragt, du hast doch mit ihr telefoniert?" Marie bemühte sich um eine unaufgeregte Stimmlage.

„Sie hat angerufen, weil sie mit mir über ihre potentielle Beteiligung in der Steuerkanzlei sprechen wollte", antwortete Jan-Jonas. „Darüber haben wir stundenlang geredet und ich wollte nicht auch noch mit meinen Problemen anfangen – mit meinen Themen", schob er schnell hinterher. „Marie, sie werden dich mögen, wie dich alle mögen, ich übrigens ganz besonders und jeden Tag ein bisschen mehr."

Beim warmen, weichen Klang seiner Stimme spürte Marie, wie all ihr Ärger verflog und flüsterte: „Ich dich auch."

„Alles wird gut", sagte er und legte auf.

Es war kalt und es regnete in Strömen, als Marie ein paar Tage später vor dem Verlag vom Fahrrad sprang. Gestern noch hatten die Kollegen in der Kantine diesen wunderbaren Altweibersommer gerühmt. Marie war stumm geblieben, sie trug das Wort „Altweibersommer" noch eine Weile mit sich herum.

Sie fragte sich, warum sie nicht das Auto genommen hatte. Früher dran wäre sie sicherlich nicht gewesen, denn sie hätte bestimmt stundenlang einen Parkplatz gesucht. Aber wenigstens sähe sie jetzt nicht aus wie eine in die Regentonne gefallene Katze. Gerade heute, wo Jan-Jonas' neue Mitarbeiterin ihren ersten Tag hatte! Im Aufzug sah sie sich im Spiegel und fuhr mit den Fingern durch ihren Pony, der nass und platt ihre Stirn bedeckte. Ob sie vor dem Besuch seiner Eltern noch zum Friseur gehen sollte? Eilig strebte sie ihrem Büro zu.

Sie hatte gerade ihre Jacke an den Haken gehängt und den Rucksack in die schmale Ecke zwischen Schreibtisch und Schrank gezwängt, als es klopfte und Jan-Jonas das Büro betrat. Ihm dicht auf den Fersen eine junge Frau, die Marie an „Baby" aus Dirty Dancing erinnerte. Wirre, dunkle Locken umrahmten ein zartes Gesicht mit einer länglichen Nase; die großen, dunklen Augen hinter der randlosen Brille musterten Marie aufmerksam. Die schluckte. Hätte Jan-Jonas nicht später mit der Neuen vorbeikommen können?

„Guten Morgen." Er strahlte sie an. „Ich wollte dir Lucie Lämke vorstellen, unsere neue Kollegin."

Er sagte nicht: „Meine neue Mitarbeiterin." Er sagte: „Unsere Kollegin."

Das war sicher nett gemeint, aber letztlich würde die junge Frau mit *ihm* zusammenarbeiten, verdammt eng zusammenarbeiten ... Maries Laune sank wie einst Ikarus im Angesicht der Sonne. Reflexartig blies sie nach oben, aber ihr Pony klebte beharrlich an der Stirn. Sie suchte an der feuchten Jeans nach einer halbwegs trockenen Stelle, wischte sich die Hände ab, setzte ein möglichst gewinnendes Lächeln auf und streckte der Neuen die Hand entgegen.

„Herzlich willkommen." Sie suchte krampfhaft nach ein paar Strähnen, die sie ins Gesicht hätte zupfen können. „Und einen guten Start."

Möglichst unauffällig ließ sie ihren Blick an Lucie Lämke herabgleiten, sie war von ähnlicher Statur wie sie, vielleicht ein wenig kräftiger. Sie trug einen dunkelblauen

Faltenrock, ein mittelblaues Twinset und eine Perlenkette. Etwas bieder, konstatierte Marie und schämte sich sofort für die gewisse Befriedigung, mit der sie das erfüllte.

Die Neue sprudelte los, wie gut ihr alles in diesem Verlag gefiele, wie vielen interessanten Menschen sie schon begegnet sei (um diese Uhrzeit?), und wie sehr sie sich darauf freue, mit ihrem Chef zusammenzuarbeiten (Marie verstand sie nur zu gut). Frau Lämke legte den Kopf schief und lächelte Jan-Jonas an.

Oha, eine Frohnatur und offensichtlich eine Frühaufsteherin. Nett und unkompliziert schien sie auch zu sein.

Kaum hatten die beiden ihr Büro verlassen, um ihre Vorstellungstour fortzusetzen, riss Marie die Schreibtisch-Schublade bis zum Anschlag auf. Es war nur noch ein einziges Tütchen Erdnüsse darin. Sie wühlte nach einem Post-it und schrieb darauf: „Nüsse kaufen!!!", dann klebte sie es in ihren Taschenkalender. Sie öffnete die eingeschweißte Packung mit den Zähnen und warf sich ein paar Nüsse in den Mund, zermahlte sie hastig.

Um kurz vor elf erhielt sie eine SMS: „Liebste Marie, muss die Mittagspause mit Frau Lämke verbringen, hoffe, du verstehst das. Kuss JJ." Maries Magen sackte weg. Ihr war ein bisschen übel. Sie seufzte einmal tief, dann simste sie zurück: „Na klar! Kuss Marie." Sie würde demnächst häufiger Verständnis aufbringen müssen, schwante ihr. So lange es nur das wäre ...

„Was soll ich bloß anziehen?" Marie stand vor dem geöffneten Kleiderschrank, mit in die Hüften gestemmten Armen. Sie drehte sich zu ihrer Freundin um. „Was meinst du, hm?"

Imke, die auf dem Boden lag und sich gerade an einer Kerze versuchte, (sie hatte begonnen, Yoga zu machen, völlig untypisch für sie), ließ ihre langen Beine abrupt runterklappen und begann zu lachen. Das typische Imke-Lachen, ein kicherndes Hi-hi-hi wechselte ab mit kehligem Ha-ha-ha.

„Der Klassiker, ich find's herrlich."

„Du bist mir eine feine Freundin." Marie verzog den Mund. „Du nimmst mich nicht ernst." Sie runzelte die Stirn. „Du weißt, hier geht es um etwas."

„Als Hauke mich seinen Eltern vorgestellt hat, habe ich mein buntes Flatterteil angehabt, meinen Lieblingsrock." Imke giggelte. „Er fand den Rock ziemlich daneben, aber er ist inzwischen Kummer gewöhnt von mir." Sie begann, ihre Beine zu massieren und betrachtete angelegentlich ein paar Äderchen auf dem rechten Schienbein.

„Denk langfristig. Wenn du bei den Hennerohs mal ein und ausgehst ...", sie wiederholte „langfristig" und betonte das „lang" aufreizend, „kannst du dich nicht verstellen, also mach jetzt nix, was du später bereust. Außerdem", in einer großzügigen Handbewegung wedelte sie Richtung Kleiderschrank, in den Marie unschlüssig hineinstarrte, „du hast doch nur ordentliche und schöne Klamotten."

Sie zog sich prustend am Schreibtischstuhl hoch: „Yoga ist nichts für mich, überhaupt wird Sport völlig überwertet." Sie griff nach ihrer Brille, das freche Grün ließ ihre gleichfarbigen Augen leuchten.

„So, jetzt mal Butter bei die Fische." Sie trat neben Marie, schob sie sanft, aber bestimmt zur Seite, nahm eine Ladung Hosen und einen Rock aus dem Schrank und warf sie schwungvoll aufs Bett. Dann ging sie zur

Kommode und zerrte einen Stapel Pullover aus der Schublade, den sie oben auf der Ablage platzierte. „Ihr Auftritt, Madame."

Den schmalen grauen Rock, den Marie erst kürzlich gekauft hatte und in dem sie sich wohl fühlte, weil er ihre Figur vorteilhaft unterstrich, nickte Imke nach längerer Diskussion gnädig ab („Ich gebe zu, er steht dir gut"), obwohl sie für eine Hose plädiert hatte, eine von den farbigen Jeans.

Mit dem altrosa Pullover war sie überhaupt nicht einverstanden: „Viel zu gediegen, viel zu damenhaft, gerade in Kombination mit dem grauen Rock." Aber Marie fand Farbe und Ausschnitt so schmeichelnd für ihr Gesicht, und sie wusste, dass Jan-Jonas das Teil an ihr liebte. Sie versprach, ihre halbhohen Stiefelchen dazu anzuziehen, das würde das Outfit aufpeppen.

Imke grunzte unwirsch. „Bitte, wenn du meinst, du müsstest so seriös auftreten, um nicht zu sagen, bieder."

Marie entgegnete, wenn sie vor etwas Angst hätte, dann, sich übertrieben jugendlich zu kleiden, insofern war diese Kombi genau richtig.

Ihre Freundin schüttelte den Kopf: „Manchmal verstehe ich dich nicht." Als sie Marie anbot, ihr beim Zurückräumen zu helfen, winkte diese lachend ab.

11

Marie schaute zum x-ten Mal auf die Uhr, es war neun nach sieben. Für Ende September war es ziemlich frisch, der Spätsommer hatte sich nicht mehr zurückgemeldet.

„Viertel nach sieben an der Ecke Kaiser-Friedrich-Ring, Emmanuel-Geibel-Straße – und sei pünktlich", hatte Jan-Jonas grinsend hinzugefügt, als sei das nötig!

Sie blickte an sich herunter, in Stoffhosen fühlte sie sich immer noch etwas verkleidet. Von dem Rock hatte sie sich doch noch verabschiedet, hatte es etwas damit zu tun, dass Lucie Lämke ständig in Röcken herumlief?

Sie war wirklich ausgesprochen nett, das Lämmchen, wie Marie sie insgeheim getauft hatte, ständig gut drauf, und sie schien mit jedem auszukommen. Wahrscheinlich genau die Sorte Gute-Laune-Mensch, die Jan-Jonas so gerne um sich hatte.

Kürzlich war Marie in die Firmenküche gekommen. Das Lämmchen und Jan-Jonas hatten vor der Nische mit den beiden Mikrowellen gestanden und ihr halb den Rücken zugewandt.

„ ... nervt, Zweifel sind immer wieder da", hörte sie ihn sagen. Lucie (Jan-Jonas und sie duzten sich inzwischen!) hing an seinen Lippen.

Am liebsten hätte Marie auf dem Absatz kehrtgemacht, aber die beiden hatten sich schon umgedreht. Sie zeigte auf ihre Tupperbox und dann auf die surrende Mikrowelle. Es entstand ein lastender Augenblick, in dem sie unbehaglich auf das Klingeln der Zeituhr wartete. Jan-Jonas, so schien es ihr, auch.

Das Lämmchen hatte kein Problem, die Stille zu füllen. Sie plapperte munter drauflos, schwärmte von ihrer drolligen, dreijährigen Nichte und bedauerte wortreich, dass sie sie viel zu selten zu Gesicht bekam. Dann erzählte sie, dass sie sich gerade von ihrem Freund getrennt hatte. „Ein toll aussehender, unzuverlässiger Chaot, nix für eine Familiengründung. Jetzt bin ich auf der Pirsch." Sie hatte vergnügt gelacht. Ihr anschließender Blick zu Jan-Jonas saß Marie noch immer in den Knochen.

Marie wusste, dass Jan-Jonas gerne mit Lucie zusammenarbeitete und ihre Unkompliziertheit und Dauer-Fröhlichkeit (völlig übertrieben in Maries Augen) schätzte. Immerhin hatte er neulich zu Marie gesagt, es wäre doch schön gewesen, wenn *sie* beide den neuen Geschäftszweig hätten aufbauen können – was ihr natürlich gutgetan hatte. Aber sie nicht wirklich beruhigte.

Und sie hatte sich nicht getraut, ihn zu fragen, über was er mit dem Lämmchen gesprochen hatte.

Mehrere große, weiße Fahrzeuge näherten sich der Straßenecke, und ihr Herz schlug schneller, aber es waren Audis und BMWs, die an ihr vorbeirauschten, nicht der angekündigte Mercedes mit Coesfelder Kennzeichen.

Sie hatte mit Imke über die Szene in der Küche gesprochen, in einem ihrer Endlos-Telefongespräche.

„Ich fände es kränkend, wenn er mit Frau Lämke – mit Lucie, sie duzen sich inzwischen – über uns geredet hat, er ist doch sonst so diskret."

Imke hatte Marie „auf den Pott gesetzt", wie sie das nannte. „Du kannst unmöglich auf jede Frau im Dunstkreis von Jan-Jonas eifersüchtig sein. Es gibt reichlich Frauen, die schöner sind als du und jünger sowieso. Und im übrigen, die Aussage 'Zweifel sind immer wieder da', kann sich auch auf den Aufbau des Seminargeschäfts bezogen haben." Versöhnlich hatte sie hinzugefügt: „Glaubst du wirklich, Jan-Jonas wüsste nicht, was er an dir hat?" Mehr als ein gegrummeltes „Mag sein" war Marie dazu nicht eingefallen.

Sie trat von einem Bein aufs andere und wollte ihre Brille hochschieben, als sie merkte, dass gar nichts auf ihrer Nase saß. Sie trug inzwischen fast ständig das Gestell aus dunkelbraunem Horn, für das Jan-Jonas und sie sich recht schnell entschieden hatten und heimste dauernd Komplimente ein. Schliefer hatte gesagt, sie sähe noch intelligenter damit aus, wie eine Lehrerin. „Professorin", hatte er sich hastig verbessert, aber das konnte es auch nicht mehr retten. Von allen Bemerkungen zu ihrer Brille war ihr diese am meisten haften geblieben. Heute hatte sie auf Kontaktlinsen gesetzt.

Eine weiße Limousine mit Coesfelder Kennzeichen näherte sich auf der rechten Spur, der Blinker wurde gesetzt. Marie schlug zum wiederholten Male den Kragen ihres Trenchcoats hoch, zupfte an den Manschetten ihrer weißen Bluse, damit sie ein Stück unter dem dunklen Mantel hervorschauten, verrückte den Gürtel um einen Millimeter und umklammerte ihren Lederbeutel. Das Auto kam zum Stehen, die hintere Tür wurde geöffnet, und Jan-Jonas sprang heraus. Ehe sie sich's versah, küsste er sie mitten auf den Mund, dann zog er sie ins Wageninnere.

Jan-Jonas hatte einen Tisch im Opelbad-Restaurant reserviert, eine gute Wahl, denn es bot einen wunderbaren Blick über die Stadt und damit etwas Gesprächsstoff für den Anfang. Die Hennerohs waren ein schönes Paar, beide groß und stattlich, beide mit heller Haut und weißblondem Haar, seins schon stark gelichtet, ihres in weichen Wellen sorgfältig um den Kopf gelegt.

Trotz etwas hakeligem Beginn floss die Unterhaltung bald recht unangestrengt dahin. Das war zu großen Teilen Jan-Jonas' Vater geschuldet, der sich als äußerst charmanter und guter Erzähler entpuppte. Er gab etliche Anekdoten aus seiner Hausarzt-Praxis zum Besten. Jan-Jonas kommentierte mit trockenem Humor und imitierte gekonnt die Sprechweisen einzelner Patienten. Marie genoss es, ihn so wortgewandt und witzig zu erleben. Immer wieder lachten sie herzhaft. Selbst Frau Henneroh stimmte nach anfänglicher Zurückhaltung mit ein.

Nach dem Hauptgang suchte Marie die Toilette auf. Als sie in den Spiegel blickte, sah sie erschrocken, dass Blattspinat zwischen ihren Zähnen hing. Auch das noch! Sie nahm ihre Nagelfeile zu Hilfe und stocherte in den Zahnzwischenräumen herum, spülte aus, doch das grüne Zeug erwies sich als äußerst hartnäckig. Sie kicherte, das hatte was von Loriots Nudel. Als sie nach dem x-ten Spülen hochblickte, sah sie im Spiegel Frau Hennerohs pikierten Blick auf sich ruhen. Marie murmelte etwas, ließ die Feile in ihre Handtasche fallen und stolperte hinaus. Erst viel später fragte sie sich, wie lange Frau Henneroh dort wohl schon gestanden und was sie bewogen hatte, sich gleichzeitig mit ihr in den Waschräumen aufzuhalten.

Kurz darauf kam es zu einem kleinen Disput zwischen den Eltern – die Mutter beschwerte sich, dass der Vater mal wieder an einem Sonntagnachmittag zu einer Patientin verschwunden war.

„Die hätte gut bis Montagvormittag warten können. Und dann kommt er zurück von ihr und beichtet, er hätte bei dieser, dieser ...", sie suchte nach dem Wort, „Simulantin, Kuchen gegessen. Am Sonntagnachmittag. Und meinen Kirschkuchen, den lässt er stehen. Wissen Sie, Frau Sand-Hollerbüh, mein Mann meint immer, er müsse die Welt retten, vierundzwanzig Stunden am Tag."

Maries zaghaften Hinweis „Sand genügt", (am liebsten hätte sie gesagt: „Ich bin Marie") hatten weder sie noch ihr Mann beachtet. Wäre ich im Alter ihres Sohnes, würden sie mich garantiert mit *Marie* und *Sie* ansprechen, war ihr durch den Kopf gegangen.

Sie ließ ihren Blick zwischen dem Ehepaar hin und her wandern, dann deutete sie auf ihren Nachtischteller, auf dem eine Komposition aus Eis, Pfirsichspalten, Pflaumen und kleinen dunklen Beeren kunstvoll arrangiert war, alles hauchfein mit Puderzucker bestäubt, und murmelte: „Wie hübsch."

Jan-Jonas suchte ihre Hand auf dem Schoß und drückte sie. Marie zuckte ein bisschen zusammen, dann erwiderte sie dankbar den Druck. Als er ihre Hand mit seiner verflocht und beide auf den Tisch legte, merkte sie, wie ihr die Röte ins Gesicht stieg.

Herr Henneroh schlug vor, noch auf ein gutes Glas Wein in der Innenstadt zu gehen. Es war nicht zu übersehen, dass seine Frau den Abend gerne beendet hätte, ihre Lippen wurden schmal, aber sie fing sich schnell wieder.

In der kleinen Weinstube erkundigte sie sich nach Maries Kindern und nach ihren Aufgaben im Verlag.

Offensichtlich wusste sie von Jan-Jonas, dass sie eine Wohnung suchte, denn sie fragte nach dem Immobilienmarkt in Wiesbaden und erzählte von großen Schwierigkeiten ihrer Tochter, eine Wohnung in Stuttgart zu finden.

Der Vater berichtete, dass der Nachbarssohn (Jan-Jonas tippte an seine Brust und warf ein: „Eine Klasse über mir") demnächst die Steuerkanzlei seines Vaters übernahm. Und nächstes Jahr seine langjährige Freundin heiratete.

„Sie träumt schon seit Ewigkeiten von Kindern", sagte die Mutter und die Krähenfüßchen um ihre Augen vertieften sich. „Sie kann es gar nicht erwarten." Und nach einer kleinen Pause: „Das ist genau das richtige Alter, um eine Familie zu gründen."

„Sie werden hinter das Haus ihrer Eltern ein Fertighaus setzen", fügte der Vater eilig hinzu. Als Jan-Jonas verdutzt guckte, malte er auf einem Stück Papier auf, wie die beiden Häuser in einer L-Form auf dem Grundstück stehen würden. „Vernünftige Lösung, ein nettes Paar, angenehme Nachbarschaft, wirklich angenehm."

„Und bestimmt gibt es bald mehr Leben in der Straße", sagte seine Frau und lächelte versonnen.

Es war bereits nach Mitternacht, als die Hennerohs Marie vor ihrer Wohnung absetzten. Man hatte sich freundlich voneinander verabschiedet, wenn auch ein wenig distanziert. Aber was um Himmels willen hatte sie erwartet. Eingemummelt in ihre Zudecke, die sie morgens mit ihrem Lieblings-Bettzeug bezogen hatte, ließ Marie das Zusammensein Revue passieren. Sie glaubte sich zu erinnern, dass noch über die Stammbäckerei der

Eltern gesprochen worden war. Dass die Brötchen längst nicht mehr so gut waren wie früher, und dass der einzige Schuster im Dorf Pleite gegangen war. Man hatte nett geplaudert. Und der Abend hatte fünf Stunden gedauert.

Marie rutschte ein bisschen tiefer unter die Decke. Warum war sie dann so deprimiert? So irritiert? Etwas nagte an ihr, drängte an die Oberfläche, aber sie konnte es nicht greifen.

Irgendwann gab sie auf und kuschelte sich tiefer in die Kissen; im selben Moment wusste sie es.

Ihr wurde heiß und sie schlug die Bettdecke ein Stück zurück.

Durfte sie das? Durfte sie als Ältere (sie war jetzt vierzig!), als erfahrene Frau, Jan-Jonas an sich binden? Hatte sie nicht geradezu die Pflicht, ihn loszulassen und ihm das Leben zu ermöglichen, das er sich immer erträumt hatte? Eine Familie gründen? Mit einer Frau seines Alters. Wie er es ihr seinerzeit auf dem Turm erzählt hatte. Und wie auch seine Eltern es so offensichtlich von ihm erwarteten.

Sie spürte noch Jan-Jonas' Abschiedskuss, vor den Augen seiner Eltern, mitten auf den Mund, behutsam, innig, nachdrücklich. Und seinen Arm auf ihrer Schulter, als sie den großen Platz auf dem Weg zur Weinstube überquert hatten. Wie selbstverständlich er immer wieder nach ihrer Hand gegriffen hatte. Aber sie spürte auch noch den Stich, als seine Eltern vorgeschlagen hatten, ihm ein maßgeschneidertes, beschichtetes Rollo für sein Dachfenster zu schenken und ihn fragten, ob er nicht endlich mal über eine ordentliche Waschmaschine nachdenken wolle. „Eine Miele, Junge, tu dir nichts anderes an." Jonas hatte zustimmend genickt, als vom

Rollo die Rede war. Und dann ausgiebig von seiner Wohnung geschwärmt.

Marie kroch wieder unter die Decke. Kurz kam ihr der Gedanke, Imke anzurufen, aber sie verwarf ihn sofort. Hauke würde das nicht witzig finden.

Sie drehte sich um und schaute auf die Uhr, fast halb zwei. Sie kämpfte gegen die Versuchung, ein weiteres Glas Wein zu trinken, nahm stattdessen noch mal zwei Baldrianpillen. Dann klopfte sie energisch ihr Kopfkissen zurecht und zog die Bettdecke hoch, formte sie zum Knäuel und fuhr mit dem glatten, weichen Stoff über ihren Mund – eine Angewohnheit aus Kindertagen, die sie nie abgelegt hatte.

Sie wusste ihr Tagebuch hinter sich, es würde ihr morgen gute Dienste leisten. Sie könnte vielleicht mit Imke telefonieren. Und in Kürze würde sie ihre Freundin Cornelia in Hamburg wiedersehen. Was die wohl sagen würde? Bis jetzt wusste sie nur, dass es in Maries Leben einen neuen Mann gab, einen deutlich jüngeren.

Unbeschwerte Freundinnen-Tage, mit ausreichend Zeit zum Quatschen, das waren doch erfreuliche Aussichten.

Es dauerte noch eine ganze Weile, bis der Schlaf kam.

12

Der ICE nach Hamburg setzte sich langsam in Bewegung, Marie lehnte sich zurück und atmete tief durch. Aus den Reihen vor ihr schwoll das Stimmengewirr wieder an, jeder Platz im Großraumwagen schien besetzt, natürlich, die Ferien hatten begonnen.

Sie war froh, dass sie den Einzelsitz am Beginn des Waggons gebucht hatte, so konnte sie den Koffer neben sich stellen und hatte ihre Zeitschrift, ihr Buch, ihre Wasserflasche und ihren Proviant im Zugriff. Und sie war ein wenig abgeschirmt vom Trubel.

Sie freute sich auf Cornelia, ihre langjährige Freundin, die es in den Norden verschlagen hatte. Zwar telefonierten sie in unregelmäßigen Abständen (was sie allerdings lange im voraus verabredeten, sonst klappte es nicht) und sie wechselten E-Mails, aber seit Marie den Job hatte und viel Zeit mit Jan-Jonas verbrachte, war der Austausch etwas ins Stocken geraten.

Das letzte Mal hatte sie Cornelia vor einem Jahr besucht. Inzwischen war sie umgezogen, sie wohnte nun in Hamburg-Wandsbek und hatte Marie von Fahrradtouren am Kanal vorgeschwärmt; hatte ihr Shoppen, Saunabesuche, Spaziergänge durchs malerische Övelgönne, Fernweh inklusive, in Aussicht gestellt.

Eine Woche ohne Job und ohne Alltagsorganisation – ausschlafen (wenn ihr das gelang) und dann niemanden zur Eile antreiben und parallel dazu lästige Fragen beantworten müssen: „Mama, wo sind meine Sportsachen?", „Mama, wieso ist meine Lieblings-Jeans in der Wäsche?", „Mama, ich brauche Geld für Fotokopien." In Ruhe frühstücken, mit liebevoll gedecktem Tisch, mit frischen, duftenden Brötchen und Cappuccino mit viel aufgeschäumter Milch. Und endlos Zeit für ausgiebiges Quatschen.

Tage ohne Jan-Jonas. Sie war sich nicht sicher, ob sie den Besuch auch verabredet hätte, wenn sie seinerzeit schon mit ihm „in love" gewesen wäre.

Aber er würde nachkommen! Mittwochabend, für ein langes Wochenende. Als Marie vorsichtig gefragt hatte, ob sie Karten fürs John Neumeier-Ballett besorgen sollte, hatte Jan-Jonas ohne zu Zögern genickt. Seine Aufgeschlossenheit für ihre Vorschläge begeisterte sie immer wieder aufs Neue (von Julian war sie andere Reaktionen gewohnt).

Cornelia würde in der Zeit bei ihrem neuen Freund übernachten und am Samstagabend würden sie sich zu viert treffen und ins Ballett gehen.

Marie schaute auf den Rhein zu ihrer Rechten, dessen breites Band sich zwischen kleinen Örtchen, steil ansteigenden Weinbergen und majestätischen Burgen wand. Unzählige, wie Brillanten funkelnde Pünktchen tanzten auf der Oberfläche und verschwanden fast im selben Moment in den Wellen, abgelöst von den nächsten und die wiederum von den nächsten, ein unendliches Spiel – so lange die Sonne mitmachte.

Sie dachte über die letzten Wochen und Monate mit Jan-Jonas nach.

Eine wundervolle Zeit, prall gefüllt mit Picknicks, Spaziergängen, Kinobesuchen, ausgedehnten Monopolypartien in der Wohngemeinschaft und Doppelkopfabenden mit Imke und Hauke. Wann hatte sie das letzte Mal so gelacht, sich so unbeschwert gefühlt? Und es hatte viele Treffen mit seinen Freunden gegeben. Die komplette Clique aus seinem Heimatort war ebenso dagewesen wie ein paar Freunde aus seiner Münsteraner Studienzeit. „Begutachtungs-Besuche", hatte Marie gespöttelt. So sehr sie sich freute, die ihm wichtigen Menschen kennenzulernen, so aufgeregt war sie vor jedem Treffen gewesen. Aber ihre Bedenken hatten sich jedes Mal zerstreut. Alle hatten sie gut aufgenommen, niemand ihr das Gefühl einer unpassenden Verbindung gegeben.

Der Besuch seiner Eltern war nur noch einmal Thema zwischen ihnen gewesen. Jan-Jonas hatte ihr versichert, dass sie sehr zugewandt gewesen waren – „für ihre Verhältnisse" – und sich positiv über sie geäußert hatten. Marie wurde dennoch das Gefühl nicht los, dass er ihr etwas verschwieg, und manchmal kämpfte sie mit dem Wunsch, nachzubohren, aber es war so viel leichter, es wegzudrängen und einfach nur zu genießen. Wann war es ihr zuletzt so gut gegangen?

Die Samstage schätzten sie beide inzwischen besonders. Sie hatten die „Orgelmusik zur Marktzeit" entdeckt und fanden sich stets um halb zwölf in der im neugotischen Stil erbauten Marktkirche ein und lauschten der brausenden Orgel. Wenn sie sich der majestätischen Kirche mit den fünf Türmen und der für die Region ungewöhnlichen, roten Backsteinfassade näherten, ging Marie das Herz auf, jedes Mal wieder. Und sie liebte es, Händchen haltend in den Bankreihen zu sitzen und eine halbe Stunde Ruhe zu genießen.

Marie lächelte versonnen, als sie sich an einen besonders schönen Samstag erinnerte. Neben ihnen hatte ein

Paar mit einem bis obenhin gefüllten Korb gesessen. Es duftete nach Lauch, Zwiebeln und Basilikum, an der Seite spitzten noch andere Kräuter heraus.

„Hast du das auch gerochen?" rief sie, als sie die Kirche verließen. „Hach, das ist Lebensfreude pur, einkaufen auf dem Markt für ein schönes Essen!" Jan-Jonas lachte. „Hast du überhaupt zugehört, diese schöne Fuge von Bach wahrgenommen?"

„Natürlich", sagte sie, „das war ein wahres Fest für die Sinne: Die Orgelklänge, die Erhabenheit des Raums, und dazu noch diese Düfte." Sie sprang vor ihn und drückte ihm einen Kuss auf den Mund. „Und du an meiner Seite, was will ich mehr vom Leben."

Jan-Jonas sah sie an, griff nach ihren Händen und wirbelte sie im Kreis herum. „Niemand freut sich so schön wie du," sagte er und küsste sie mitten auf dem Marktplatz auf den Mund.

Regelrecht versunken waren sie in dem Kuss. Marie erschauerte, als sie daran dachte. Sie zog die Fußstütze unter dem Vordersitz heraus und stellte ihre Füße darauf, lehnte ihren Kopf an die Rückenlehne und schloss die Augen.

An jenem Samstag waren sie durch die Stadt gebummelt, und Marie hatte im Fenster eines Reisebüros ein Plakat gesehen, in der Arena die Verona wurde Tosca gegeben.

Sie blieb stehen, tippte mit dem Zeigefinger ans Schaufenster und sagte: „Das würde ich zu gerne mal erleben, eine Oper unter freiem Himmel."

„Dann machen wir das doch", entgegnete Jan-Jonas, „ich besorge Karten. Fürs nächste oder fürs übernächste

Wochenende – wann kannst du die Kinder besser unterbringen?"

Sie starrte ihn an. „In zwei Wochen sind sie bei Julian."

Vergnügt hakte er sich bei ihr unter. „Wäre schön, wenn wir noch den Montag dranhängen können, damit die Fahrt sich lohnt."

Gesagt, getan: Ihre erste gemeinsame Reise, zwei Übernachtungen im Hotel. Wie sie das genossen! Beim Einchecken, als der bildschöne junge Italiener – olivfarbene Haut, glänzende schwarze Krullelocken und weiße Zähne, die jedem Amerikaner zur Ehre gereicht hätten – sie nach den Personalausweisen fragte, zuckte Marie zusammen. Wenn er nun auf die Geburtsdaten schaute! Aber als Jan-Jonas seinen Ausweis über die Theke reichte, winkte der junge Mann ab, als sie ihm ihren geben wollte: „No no, non è necessario, Signora."

Jan-Jonas lachte sie aus. „Unser Alter interessiert doch niemanden, was meinst du, was die alles zu sehen bekommen."

Beseelt von dem schönen und völlig unkomplizierten Miteinander und der italienischen Lebensart schmiedeten sie auf der Rückfahrt Pläne für ein paar Tage Rom. „Die Sixtinische Kapelle", sagte Marie mit leuchtenden Augen. „Das Forum Romanum", ergänzte er, „das Kolosseum." „Das Pantheon, der Petersdom", riefen beide.

„Dann mache ich einen Italienisch-Kurs, ich möchte mich auf jeden Fall verständigen können", hatte Marie gesagt und Jan-Jonas auffordernd angesehen.

Marie zog ihren Rucksack ein Stückchen näher, griff nach ihrem Spiegelei-Brot und wickelte es genüsslich aus der Alufolie. „Buon appetito", murmelte sie, bevor sie hineinbiss. Leider ging es mit dem Italienischlernen nur langsam vorwärts, ihr fehlte die Zeit zum Büffeln. Schon regelmäßig und vor allem rechtzeitig in der Volkshochschule zu erscheinen, war jedes Mal ein unglaublicher Kraftakt.

Auf ihren Vorschlag hin hatte Jan-Jonas seinerzeit bedauernd mit den Schultern gezuckt: „Gute Idee, aber mit meinen Französisch-Stunden habe ich genug zu tun. Und du, mit deinen ausgefüllten Tagen, willst du wirklich ...?" Sie hatte vergnügt gelächelt. „Es wird mir guttun, meine Gehirnwindungen in Gang zu bringen."

Wie Cornelias neues Leben wohl aussah? Sie war dreizehn Jahre jünger als Marie (Jan-Jonas' und Imkes Jahrgang), studierte an der Hochschule für Musik und Theater Dramaturgie. Familie und Kinder waren für sie kein Thema, komplizierte Beziehungsgeschichten dafür an der Tagesordnung. Marie schaffte es kaum, sich die wechselnden Namen der Männer zu merken. Aktuell gab es einen Volker, auf den sie sehr gespannt war. Immer waren die Männer ein paar Jahre älter als Cornelia, immer gut situiert. Sie würde den neuen Mann in Cornelias Leben in wenigen Tagen kennenlernen.

Als Marie in Hamburg ihren Koffer aus dem Zug gehievt hatte, sah sie Cornelia schon von weitem und zuckte zusammen, sie hatte eine langstielige rote Rose in der Hand. Erwartete sie noch jemand? Zögernd blickte sie sich um. Cornelia stürmte ihr entgegen und schloss die Arme um sie: „Hallo Mausi, endlich!"

Der Name stammte noch aus ihrer gemeinsamen Wiesbadener Zeit, in der sie sich fast täglich gesehen und mehrmals am Tag telefoniert hatten, die Intensität sicherlich begünstigt durch die damalige, für Cornelia absolut ungewöhnliche „Männervakanz", wie sie es nannte.

Peter und Bine hatten sich stets über die Enge dieser Freundschaft mokiert.

„Na, kommst du dein Mausi abholen", hatte Peter eines Tages gespottet, als Cornelia im Türrahmen stand. Die hatte es lachend aufgegriffen und von da an nannte sie Marie nur noch „Mein Mausi."

Marie lächelte verlegen, als ihr die Rose in die Hand gedrückt wurde.

„Ich freue mich so, dass du da bist." Cornelia hauchte ihr einen Kuss auf die Wange und legte den Arm um sie. Marie spürte die neugierigen Blicke der Umstehenden, Cornelia schien das nicht zu kümmern. Sie war ein ganzes Stück größer als Marie, und mit ihren glänzenden, schwarzen Haaren, die sie zu einem Pferdeschwanz gebunden hatte, ihrer makellosen Haut und einer Haltung wie eine Balletttänzerin war sie eine auffällige Erscheinung; sie war es gewohnt, die Blicke auf sich zu ziehen. Sie griff nach dem weißen Rimova-Koffer (nagelneu und Maries ganzer Stolz), wehrte ihren Protest ab, hakte sich bei ihr unter und strebte dem Ausgang entgegen.

„Cornelia wohnt wunderschön, in einer Jugendstil-Villa. Das Haus hat einen Anbau, in diesem ist die Einliegerwohnung und somit ist sie ganz für sich." Maries Stimme vibrierte, als sie abends mit Jan-Jonas telefonierte.

„Das Haus liegt toll, direkt am Wald. Von Cornelias Küche führt eine Tür in den Garten, den sie jederzeit mitbenutzen darf. – Sag mal, hörst du mir überhaupt zu?"

„Ja, natürlich", sagte Jan-Jonas rasch, „aber ich bin gerade noch ..."

Das Tastatur-Klappern im Hintergrund erstarb.

„Was ist los?", fragte Marie, „Du klingst so gehetzt."

„Die Konferenz, zwei Referenten sind abgesprungen und ich muss die Einladungsflyer in den Druck geben. Jetzt muss ich Ersatz suchen und den Text soll ich auch noch überarbeiten, Filou hat gemeckert."

Marie zögerte, sollte sie ihre Hilfe anbieten?

„Ich schaff das schon." Jan-Jonas bemühte sich um Festigkeit in der Stimme. „Notfalls muss ich den Mittwoch opfern."

„Hm, ja, natürlich." Marie versuchte, ihre Enttäuschung zu verbergen.

„Wir telefonieren morgen Abend, dann weiß ich mehr, schlaf gut."

Es klackerte schon wieder im Hintergrund. „Honey" schob er eilig hinterher, und Marie musste lächeln.

In ihren ersten Monaten hatten sie darüber gelästert, dass sie sich niemals mit Namen wie „Schnuckelchen", „Schatz", „Augenstern", „Schneckchen", „Mausebär" und ähnlichem anreden würden.

Dann tauchte das Wort „Honey" auf, sie zogen und dehnten es wie Kaugummi, spitzten die Lippen und legten grinsend den Kopf schief, warfen es sich halb spöttisch, halb liebevoll zu, und ehe sie es sich versahen, war es fester Bestandteil ihrer Kommunikation geworden, und Marie musste sich eingestehen, dass sie es genoss, sehr sogar.

„Du auch, Honey." Sie legte ihr Handy weg und spürte mehr, als dass sie es sah, dass Cornelia den Raum betreten hatte.

„Wie nennst du ihn?"
„Wir uns", sagte Marie verlegen und erzählte die Entstehungsgeschichte, wobei sie sich ärgerte, dass sie sich bemüßigt fühlte, sich zu rechtfertigen.

Als sie am nächsten Mittag die Sauna verließen, wohlig entspannt und voller Vorfreude auf ein schönes Essen bei Cornelias Lieblings-Italiener, entdeckte Marie eine SMS: „Wird auf jeden Fall mindestens Donnerstagabend werden, sorry. Vermisse dich sehr! JJ."
Sie war nicht wirklich überrascht.
„Er kommt erst am Donnerstag", sagte sie zu Cornelia und biss sich auf die Lippe. Wenn das mal klappte!
Cornelia nickte. „Dann haben wir mehr Zeit für uns, ich werde Volker natürlich absagen."
Würde ich das auch tun?, überlegte Marie und sann über ihr „Nein" nach.
Das Telefongespräch am selben Abend, auf das sie sich den ganzen Tag gefreut hatte, war ernüchternd. Jan-Jonas klang wieder gehetzt, und wie es ihr schien, nicht nur das, sondern auch verstört, unsicher, hatte keinerlei Raum für ihren Erlebnisbericht, den sie drastisch abkürzte und nach Details der Konferenzvorbereitung fragte.
„Einen Referenten habe ich inzwischen gefunden, der zweite fehlt noch."
„Und die Texte?"
„Ich werde mich gleich hinsetzen, Lucies Korrekturen einarbeiten, und dann heute Abend den ganzen Kladderadatsch an Filou mailen."
Marie biss sich auf die Lippe und unterdrückte ihr „Soll ich ...?"

„Ich bemühe mich wirklich", sagte er, aber es klang gequält.

Als sie sich mit den Worten: „Bis Donnerstagabend" verabschiedeten, stellte sie sich innerlich auf Freitag, womöglich Samstag, ein.

Marie legte nachdenklich das Handy weg. Zum Glück gab es ja den Fixpunkt Samstagabend, die Ballettaufführung, auf die sie sich beide gleichermaßen freuten. Gleichermaßen?

Als sie Cornelia erzählte, dass auch der Freitag wackelig schien, gab die sich verständnislos. „Man kann doch alles von unterwegs aus regeln, wenn man wirklich will, geht das."

Halbherzig und lahm begann Marie ihn zu verteidigen, kämpfte parallel dazu mit Eifersucht auf Lucie, die sie Cornelia gegenüber wohlweislich verschwieg. Als sie schlafen ging, kreisten ihre Gedanken unablässig um die Frage: Will er nicht, oder kann er nicht?

Cornelia gab sich größte Mühe, ihre Freundin rundum zu verwöhnen, täglich mehr, so schien es Marie. Als sie am Freitag von einer ausgedehnten Fahrradtour an der Alster entlang zurückkamen und Marie leicht stöhnend im Flur ihre Schuhe auszog, schob Cornelia sie in ihr Arbeitszimmer und deutete auf den Schaukelstuhl: „Du setzt dich jetzt da hin und entspannst, ich zaubere uns ein Abendessen." Sie drückte die zögernde Marie in das Korbgeflecht. Der Stuhl begann zu schwingen.

„Keine Widerrede, Mausi, es macht mir so viel Freude, dich zu verwöhnen." Nachdem Marie die letzten Reste ihrer Crème Brulée ausgelöffelt hatte, sich zurücklehnte und sagte: „Mein Lieblingsnachtisch, das war so lecker, danke", lächelte Cornelia zufrieden. Als sie aufstand, um Tassen vom Regal zu holen, winkte Marie ab.

„Für mich keinen Kaffee, ich kann dann nicht schlafen."

„Och", sagte Cornelia und schob die Unterlippe vor, „zu einem guten Essen gehört das doch dazu."

Sie maß Milch für eine Tasse ab und stellte die Tüte in den Kühlschrank zurück.

„Hast du immer noch Schlafprobleme? Jetzt hast du einen sicheren Job, und mit den Kindern läuft es gut. Was ist es dann?"

Sie drehte sich um und fixierte Marie, die mit dem Daumen vorsichtig über die Verzierungen der Kristall-Messerbänkchen strich.

„So einfach ist das nicht, es gibt nicht *den* einen Grund, diese Schlafprobleme habe ich schon seit Ewigkeiten." Marie zog den Daumen zurück. „Sie scheinen zu mir zu gehören." Sie stieß einen langgezogenen Seufzer aus. „Aber mit Kaffee zu später Stunde haben viele Leute Schwierigkeiten", schob sie nach und lauschte etwas verwundert dem trotzigen Klang ihrer Stimme.

„Glaubst du Jan-Jonas, dass er es nicht früher schafft?", fragte Cornelia vorsichtig und goss den weißen Schaum zu einer fluffigen Haube in den Becher. Marie sah ihr wehmütig zu. Als Cornelia die Tasse an den Mund führte, schnupperte sie. „Hm, das duftet himmlisch."

Sie sank noch ein bisschen tiefer in ihren Stuhl, bevor sie antwortete: „Ich weiß es nicht. Ich verstehe es doch auch nicht, warum es so lange dauert und so dermaßen schwierig ist." Sie schwieg einen Moment. Dann sagte sie mit tonloser Stimme: „Aber ich bin eben auch nur eine kleine Lektoratsassistentin ohne jegliche Verantwortung."

Es gab einen Knall, als Cornelia ihren Becher mit Nachdruck auf den Tisch setzte. „Mausi", sagte sie, und es klang geradezu streng. „Kann es sein, dass dieser Mann ganz schön auf dein Selbstwertgefühl drückt?"

Marie richtete sich auf. „Wie kommst du darauf?"

„Du machst deine Arbeit klein und du wirkst verunsichert auf mich, unfroh. Und du schaust in jedes Schaufenster, wirklich in jedes, und in jeden verfügbaren Spiegel und starrst dich an, prüfst dein Aussehen. So kenne ich dich gar nicht."

Marie schwieg und knibbelte an ihrem Pulli-Ärmel. Dann begann sie, vorsichtig die Teller aufeinanderzustapeln. Sie griff nach dem schweren Silberbesteck. „Das spülen wir alles von Hand?"

Cornelia nickte und machte gleichzeitig eine abwehrende Handbewegung.

„Wenn du früher kinderfreie Zeit hattest, habe ich dich immer als so unbeschwert erlebt, wir hatten so viel Spaß zusammen."

„Tja, tut mir leid", sagte Marie.

Cornelia schüttelte heftig den Kopf: „Du weißt genau, wie ich das meine.

Komm, wir setzen uns rüber. Schau mal, was ich für dich besorgt habe."

Sie öffnete eine Schranktür, griff nach einem Beutel ungeschälter Erdnüsse und zwei Schalen. Den Inhalt der Packung schüttete sie in die größere Schüssel. Mit einem Tablett in der Hand, auf dem sie Weingläser, zwei Silberleuchter und die Schalen platziert hatte, klinkte sie mit dem Ellenbogen die Tür zum Arbeitszimmer auf.

Marie griff nach der Weinflasche und folgte ihr. In Gedanken buchte sie ihre Rückfahrt per Bahn.

„Ich schaffe es nicht, es tut mir wirklich leid."
Die Worte überraschten Marie nicht im Geringsten, aber etwas ließ sie stutzen. Wieso klang er so erleichtert?
„Ich habe den fehlenden Referenten gefunden. Stell dir vor, sie – es ist eine Frau, 'eine ganz tolle Persönlichkeit mit viel Ausstrahlung', sagt Filou – kommt am Samstag zufällig nach Wiesbaden, weil ihre Eltern hier wohnen. Wir können alles vor Ort durchsprechen, es ist ein Glücksfall. Diese Gelegenheit kann ich mir nicht entgehen lassen, das verstehst du doch?"
Marie kämpfte die Versuchung nieder, zu fragen, wie alt ist sie, wie sieht sie aus, wirst du mehr mit ihr zu tun haben, sie nickte nur.
Als es am anderen Ende der Leitung stumm blieb, nuschelte sie hastig: „Ja, natürlich", und schob etwas gepresst hinterher, „ich freue mich für dich." Sie hoffte, dass das halbwegs glaubwürdig klang.
„Sie wird das ganze Programm aufpeppen, ach Honey, du kannst dir nicht vorstellen, wie erleichtert ich bin."
Seine Stimme klang hell und melodisch und Maries an ihn gerichtete, halbherzig herausgedrückte Worte füllten sich nachträglich mit Leben.
„Sie schickt mir heute Abend oder morgen früh ihr Foto, und dann geht der Flyer in den Druck und die Website an den Start. Puh, das war knapp."
„Hm, ja", sagte Marie.
„Und am Sonntag setze ich mich um fünf ins Auto, ich darf den Firmenwagen nehmen, dann bin ich um zehn zum Frühstück bei euch."

„Was?", sagte Marie entgeistert, „du willst nur für den Sonntag kommen? An einem Tag hin und zurück?"

„Klar", entgegnete er vergnügt, „ich habe versprochen, nach Hamburg zu kommen – und Versprechen muss man halten – das sagst du doch immer zu den Kindern, oder?"

Etwas berührte sie unangenehm, aber ehe sie es hätte benennen können, entglitt es ihr und wurde überlagert von dem Bild einer langen, gemütlichen Rückfahrt mit Jan-Jonas.

„Das willst du wirklich tun", sagte sie mit halbherzigem Zögern in der Stimme.

„Du weißt, wie gut ich früh aufstehen kann", sagte er fröhlich „und für dich sowieso, Honey."

Die Halle tobte. Schon der dritte Punkt in Folge fürs Wiesbadener Team! Knapp tausend Zuschauer ließen die Fanklatschen knallen, Jan-Jonas und Marie taten es ihnen gleich, ebenso Anna und ihre Freundin Lotte. Mit den Worten: „Wenn wir schon einen Verein haben, der in der Ersten Liga mitmischt, dann müssen wir das unterstützen", hatte Marie vorgeschlagen, ein Match der Wiesbadener Volleyballfrauen anzuschauen.

In Hamburg, bei Cornelia und ihrem Freund Volker, war Marie mit ihrer Sportbegeisterung auf wenig Verständnis gestoßen. Ihr Faible für Fußball hatte sie wohlweislich komplett verschwiegen.

Der Abend zu dritt, im Ballett und hinterher in einem schicken Restaurant, war zwar ganz nett, aber auch ein bisschen steif gewesen. Volker kritisierte das Neumeier-Ballett als zu konventionell; Marie, der das Stück ausnehmend gut gefallen hatte (allein das Bühnenbild und die Kostüme der Tänzer waren ein Traum), schwieg und hörte seinen Ausführungen über experimentelle Musik und Underground-Filme nur mit halbem Ohr zu, ab und an nickte sie höflich.

Sie hatte sich den ganzen Abend nach Jan-Jonas und der mit ihm verbundenen Leichtigkeit gesehnt.

Jan-Jonas spielte seit vielen Jahren Volleyball, die beiden Mädels trainierten ebenfalls regelmäßig. Als sie Anna gefragt hatten: „Sollen wir deine Busenfreundin Lotte mitnehmen?", hatte die genickt, aber gleichzeitig mit den Augen gerollt: „Mama, das heißt bff, best friends forever."

Zu dem feixenden Jan-Jonas hatte Marie ein wenig pikiert gesagt: „Das hast du aber auch nicht gewusst, stimmt's?"

Anna und Lotte stießen sich an und kicherten, Marie folgte ihrem Blick. Schräg vor ihnen, eine Reihe tiefer, hielten zwei Mädchen ihr Handy auf Armeslänge von sich und musterten ihr Spiegelbild, die eine glättete die Brauen mit dem angefeuchteten Mittelfinger, die andere versuchte, mit dem Zeigefinger den Wimpern Schwung zu verleihen.

Direkt neben ihnen saß ein älterer, beleibter Mann, der sich mit einem großen, karierten Stofftaschentuch unablässig den Schweiß abwischte und mit der anderen Hand unermüdlich die Trommel schlug. Eine Gruppe junger Männer rief rhythmisch klatschend, aber zunehmend heiser: „V, V, VCW." Marie beobachtete den Einheizer, der am Spielfeldrand auf und ab tigerte und auf seinen nächsten Einsatz lauerte. Sie lehnte sich an Jan-Jonas und legte kurz den Kopf an seine Schulter, genoss den Moment und die besondere Atmosphäre.

Die Sporthalle am Zweiten Ring, von allen Gegnern gefürchtet, wurde auch „Hölle am Zweiten Ring" genannt und nun verstand sie auch, warum. Die Decke war niedrig (zu niedrig für Volleyballspiele auf Bundesligaebene, es lief über eine Ausnahmegenehmigung). Man saß nah am Spielfeld, und es passten nur etwas über tausend Zuschauer hinein. Die meisten schienen sich zu kennen, denn permanent winkten sich Menschen zu oder fielen einander in die Arme. Der Lärm war ohrenbetäubend und Marie stopfte sich verschämt nach kurzer Zeit Ohropax in die Ohren. Jan-Jonas hatte ihr diesen Tipp gegeben und sich ebenfalls Ohrstöpsel eingesteckt, benutzte sie aber nicht. Es war ihm wohl zu peinlich vor den Augen der Mädels.

Nach dem Spiel lud Jan-Jonas sie alle zum Essen beim Italiener ein. Er wollte mit ihnen seine gelungene Konferenz feiern. „Und etwas gutzumachen habe ich ja auch noch", sagte er und grinste ein bisschen schuldbewusst.

„Hättest du das nicht vorher ankündigen können?" Marie bemühte sich, nicht vorwurfsvoll zu klingen. „Wir haben noch Reste vom Kirschauflauf. Außerdem rechnen Lottes Eltern jetzt mit ihr."

„Ruf sie an und sag Bescheid", sagte Jan-Jonas und zwinkerte den beiden Mädels zu, „es ist doch Samstag, wo ist das Problem?"

Es war in der Tat keins, dennoch grummelte Marie ein bisschen.

Jan-Jonas schlug vor, das Auto stehen zu lassen und zu Fuß zu gehen. Er beschwerte sich nach kurzer Zeit, dass man bei Maries Tempo unmöglich Schritt halten könnte. Sie blickte sich um, der Abstand zu den Mädels hatte sich drastisch vergrößert. Murrend ging sie etwas langsamer. Ein Auto brauste haarscharf am Bürgersteig entlang und sie zuckte zusammen. Sie ging auf der dem Verkehr zugewandten Seite. Jan-Jonas machte keinerlei Anstalten, mit ihr die Seite zu tauschen. Hätte ein älterer Mann die Seiten mit mir getauscht, ging Marie durch den Kopf, ein Mann meines Alters? Ihre Eltern hatten ihr, und vor allem ihrem Bruder, eingebläut: „Ein Kavalier lässt niemals eine Dame auf dem Bürgersteig an der Straßenseite gehen." Ein Kavalier alter Schule war er sicher nicht. In ihre Belustigung über die altmodische Formulierung mischte sich ein wenig Wehmut. Manchmal war Ritterlichkeit doch ganz schön.

Sie erwischten den letzten freien Tisch, er befand sich etwas gequetscht im Durchgang zur Toilette. Anna, Lotte und Jan-Jonas saßen auf einer Eckbank, Marie vor Kopf auf einem Stuhl. Sie schaute auf die drei zusammengesteckten Köpfe. Jan-Jonas stand altersmäßig genau zwischen den beiden und ihr. Sie griff nach ihrem Glas, nippte daran und stellte es ab. Als sie merkte, dass das ältere Ehepaar am Nebentisch immer wieder herüberschaute, nahm sie das Glas erneut in die Hand, tat einen tiefen Zug.

Die beiden Mädchen und Jan-Jonas bestellten eine Pizza, Marie entschied sich für Pasta. Sie mussten lange warten, es war sehr voll. Als endlich der Teller mit den köstlich duftenden Nudeln vor Marie stand, entspannte sie sich, atmete tief durch, griff nach Jan-Jonas' Hand, drückte sie und lächelte ihn an. „Gute Idee."

Er schaute nur kurz auf, während er mit den Mädels über das Spiel fachsimpelte und die drei von der Außenangreiferin schwärmten.

„Keine Feiertage mehr in Sicht." Lotte stöhnte. „Puh, und bis zu den Weihnachtsferien dauert es noch ewig." Sie biss von ihrer Pizza ab.

„Und der Dritte Oktober war dieses Jahr ein Samstag, gemein." Anna schob die Unterlippe vor.

„Habt ihr in der Schule darüber gesprochen, warum der Dritte Oktober ein Feiertag ist?", fragte Marie.

„Na klar", sagte Anna und schüttelte den Kopf. „Echt schwer vorstellbar, dass Deutschland mal geteilt war, und man nicht problemlos hin und her fahren konnte."

„Und dass die Menschen hinter einer Mauer eingesperrt waren." Lotte nickte.

Zu Jan-Jonas gewandt, sagte Marie: „Wo warst du, als die Mauer gefallen ist?"

„Zuhause, wo sonst, ich war sieben Jahre alt."

Die Mädchen kicherten, Marie biss sich auf die Zunge. Jan-Jonas ließ die Hand mit dem Pizzastück sinken und sagte: „Ich habe nur begriffen, dass etwas ganz Besonderes passiert ist, aber so richtig verstanden habe ich das nicht."

Marie nickte und schluckte. Sie griff nach ihrer Serviette, führte sie zum Mund und beließ sie länger als nötig dort. Dann beugte sie sich über ihren Teller und pickte die Muscheln heraus.

Würde sie noch die Gelegenheit haben, Jan-Jonas zu fragen, ob er mit ihr übermorgen die Wohnung in der Innenstadt besichtigte? Sie hörte sich vielversprechend an, helle Räume, eine Küche mit genügend Platz für einen Esstisch, eine große Dachterrasse, die Miete eigentlich zu hoch – aber die Maklerin hatte so geschwärmt, man konnte sie sich ja wenigstens mal ansehen.

Die Frau hatte nicht übertrieben. Marie, die bei ihrer nun schon viele Wochen dauernden Wohnungssuche gelernt hatte, Makler-Worte äußerst kritisch zu bewerten und vor allem die Botschaft dahinter zu hören, war überwältigt. Auch Anna und Lukas würden begeistert sein. Sie waren der vielen Besichtigungen inzwischen müde geworden und hatten abgewinkt, als Marie sie gefragt hatte, ob sie mitkommen wollten. Jan-Jonas war mal wieder kurzfristig etwas dazwischengekommen. Er verpasste etwas!

Es gab drei mittelgroße Räume und einen etwas kleineren, der aber immer noch groß genug war, um mühelos ein Bett (ein Doppelbett) und einen Kleiderschrank (sogar einen für zwei Personen) unterzubringen. Der absolute Knüller war die große, quadratische Wohndiele, von der alle anderen Zimmer abgingen. Sie erhielt Licht durch die Glasfront zur angrenzenden Küche, in der genügend Platz für einen großen Esstisch war. Am Kopfende führte eine Tür zur Dachterrasse, die, uneinsehbar für Dritte, einen herrlichen Blick auf die Wiesbadener Altstadtdächer ermöglichte. Marie schätzte sie auf mindestens fünfzehn Quadratmeter, die Maklerin korrigierte lächelnd: „Es sind fast achtzehn."

Neben dem Bad, für Maries Geschmack zu kühl mit dunklen Schieferplatten (aber das ließe sich mit ein paar Accessoires leicht etwas gemütlicher gestalten), gab es eine separate Gästetoilette und einen kleinen Abstellraum.

„Es ist perfekt", sagte sie leise, „es wäre perfekt."

Aber sie konnte sie sich alleine nicht leisten! Vielleicht würde Jan-Jonas, wenn er diese Wohnung zu Gesicht bekäme ...

Die Maklerin riss sie aus ihren Gedanken. „Die unteren Etagen sind als Büro- und Praxisräume vermietet. Hier stört Sie niemand."

In Wirklichkeit will sie mir sagen, hier stören *wir* niemanden, dachte Marie und sagte leise: „Einen Nachteil gibt es, man steht direkt in der Wohndiele, es fehlt ein Flur."

„Überlegen Sie es sich, und sagen Sie mir bis morgen Abend Bescheid. Sie wissen, es gibt ..."

Marie nickte und reichte ihr die Hand zum Abschied. „Natürlich, bei so einer Wohnung."

Bine reagierte schmallippig, als Marie ihr eine Woche später erzählte, dass die Kinder und sie nächsten Monat ausziehen würden. Sie hatte wohl geglaubt, dass Marie sich noch anders entscheiden oder die Wohnungssuche genervt aufgeben würde. Für Peter hatten die beiden Frauen blitzschnell einen netten Nachmieter gefunden, den sie bis jetzt allerdings nicht viel zu Gesicht bekommen hatten. Peter genoss offensichtlich das gemeinsame Leben mit Monica. Für Bine und Marie war er jedenfalls nicht mehr greifbar. Er beantwortete SMS, immerhin, aber mit einer Kürze, die schon an Kunst grenzte. Bestimmt wird es auch für unsere drei Zimmer reichlich Bewerber geben, beruhigte Marie ihr Gewissen.

Sie fieberte dem Umzug mehr denn je entgegen. Sie konnte es immer noch kaum glauben, aber sie hatte den Zuschlag für eine Altbauwohnung im vierten Stock eines Mehrfamilienhauses erhalten; das Haus an einer Ausfallstraße, mit viel Grün in der näheren Umgebung, wirkte mit seinen Erkern und Gauben, mit seinem gerundeten Giebel an der rechten Seite und einem Türmchen an der linken, geradezu herrschaftlich. Es war zartgelb gestrichen, die zahlreichen Stuckverzierungen in weiß. Der Schnitt der Wohnung war perfekt für sie drei, die Küche war komplett ausgestattet und bot zudem genügend Raum für Tisch und Stühle. Es gab sogar eine Vorratskammer, in der sie sicher einiges verstauen könnte.

Sie hatte Jan-Jonas von der anderen Wohnung – ihrem Charme, ihrem besonderen Zuschnitt, und der Terrasse über den Dächern von Wiesbaden – vorgeschwärmt, ihm den Grundriss aufgezeichnet.

„Hört sich toll an, wie eine ganz besondere Wohnung." Aber als er den Mietpreis hörte, hatte er gesagt: „Das wirst du dir nicht leisten können, stimmt's?" Sie hatte resigniert genickt.

Wer hätte ahnen können, dass sie kurz darauf so ein Glück haben würde!

Summend stand Marie in der KaKü (oh, wie sie sich auf die neue Küche freute) und kramte Besteck aus der Schublade des alten Weichholzschranks. Anna und Lukas mussten jeden Moment kommen; zur Feier des Tages stand im Kühlschrank die Zitronencreme, die die beiden so gerne mochten.

Jan-Jonas war auf einem Kongress, ihm hatte sie eine E-Mail geschrieben: „Hilfst du mir in drei Wochen, samstags, beim Umzug?"

Die Antwort lautete: „Glückwunsch, natürlich – aber morgens habe ich Französisch-Kurs, danach gern."

Irritiert hatte sie aufs Display geschaut, na gut, sie hatte genug Freunde, die morgens um acht auf der Matte stehen würden.

Als erster kam Lukas, erhitzt im Gesicht und etwas hinter dem Rücken verbergend, betrat er die Küche: „Rate mal, was ich in der Mathearbeit habe."

„Eine Vier?" Marie hielt mit dem Abwischen der Arbeitsplatte inne und schaute ihn forschend an.

„Pfft", machte Lukas verächtlich.

Ehe Marie „eine Drei" sagen konnte, hielt er ihr das Heft unter die Nase: „Eine Zwei, da staunst du, was."

„Ach Lukas, wie schön." Marie beugte sich herunter, um ihren Sohn in die Arme zu schließen.

„Das freut mich, Jan-Jonas wird auch begeistert sein. Das müssen wir feiern."

„Was müssen wir feiern?", ertönte in dem Moment Annas Stimme.

Marie konnte kaum an sich halten, aber Lukas erzählte in aller Ausführlichkeit, wer welche Note geschrieben hatte, und dass er weit oberhalb des Schnitts lag.

„Dann hat das ständige Pauken ja wenigstens was gebracht", Annas Stimme klang etwas spöttisch. Sie ging zum Herd und spähte in den Kochtopf: „Hm, endlich mal wieder eine Bolognese".

Als sie im Kühlschrank die Zitronencreme entdeckte, sagte sie: „Du hast wohl geahnt, dass Lukas so eine gute Note nach Hause bringen würde?"

„Ich war mir sicher, dass es in Mathe weiter bergauf geht", sagte Marie. Sie machte einen Schritt in die Mitte der Küche und breitete die Arme aus: „Es gibt noch eine Neuigkeit, was glaubt ihr?"

„Wir haben die Wohnung bekommen?" Anna drehte sich blitzschnell um, Lukas, der liebevoll auf sein Blatt schaute und etwas murmelte, hob den Kopf.

„Ja", rief Marie, „ist das nicht wundervoll?" Sie streckte ihre Hände den Kindern entgegen, und sie klatschten sich ab, dass es nur so knallte.

„Das muss gefeiert werden – ich lade euch zum Andreasmarkt ein, Jan-Jonas natürlich auch."

„Yippie." Lukas streckte beide Arme mit geballten Fäusten in die Luft. „Ich will ins Action House und auf die Bayern-Wippe."

„Bayern-Wippe?" Marie schaute ihren Sohn irritiert an.

„Nix für dich Mama." Anna lachte. „Aber es gibt auch ein Riesenrad."

Wie schön, eine gute Mathearbeit und eine neue Wohnung, wenigstens mal zwei Baustellen weniger. Was Marie besonders freute: Nach wie vor würde sie mit dem Fahrrad zur Arbeit fahren können. Und in der Nähe der neuen Wohnung gab es eine Turnhalle, in der abends verschiedene Sportarten angeboten wurden. Da würde sie sich demnächst anmelden, es wurde Zeit, dass sie etwas für ihren Körper tat. Nur der Weg zur VHS, zu ihrem Italienisch-Kurs, würde sie zukünftig etwas mehr Zeit kosten.

Im Job lief es nicht so gut, sie zweifelte immer häufiger, ob es auf Dauer das Richtige für sie war. Sie war schlichtweg unterfordert. Wie gerne hätte sie eigenverantwortlich ein Buch lektoriert, aber da sie kein Studium im entsprechenden Fachbereich vorweisen konnte, verwehrte man es ihr. Ihre Aufgaben beschränkten sich auf eher belanglose Schriftwechsel mit den Autoren, das Ausfüllen der Datenbank und Honorarabrechnungen. Spannend fand sie die Umschlaggestaltung der Bücher, wenigstens da bezog Schulte sie in letzter Zeit häufiger mit ein, wahrscheinlich, weil ihn das überhaupt nicht interessierte.

Sobald sie in der neuen Wohnung richtig Fuß gefasst hatte, würde sie sich mit dem Thema Job intensiver beschäftigen, vielleicht musste sie sich doch nach einer neuen Stelle umsehen. Eins nach dem anderen.

14

Wie schafften es manche Frauen bloß, immer so elegant auszusehen, selbst beim An- und Ausziehen machten sie „bella figura". Marie holte Luft, kreuzte die Arme am Saum des Sporttrikots und ruckelte sich Stückchen für Stückchen hinaus; nach der Gymnastikstunde klebte es an ihr wie die Wurstpelle an der Hartsalami. Mist, wieder die Badeschuhe vergessen. Seufzend huschte sie mit bloßen Füßen in den Waschraum, verteilte rasch ein paar Kleckschen Duschgel und genoss das gleichmäßige Strömen des warmen Wassers. Ihr gegenüber seifte sich eine hoch gewachsene, schlanke Frau ein, Zentimeter für Zentimeter. Sie wandte Marie den Rücken zu und die merkte erschrocken, wie sie neidisch auf die glatten Oberschenkel und den straffen Po schaute. Sie hasste diese Glotzerei, aber sie war auch nicht frei davon und in letzter Zeit schon mal gar nicht.

Als sie in Jeans und Pulli geschlüpft war und zum Spiegel gehen wollte, sah sie im Augenwinkel, wie eine große, stattliche Frau den Raum betrat und diesen sofort mit ihrer Präsenz füllte.

„Helene", sagte Marie überrascht, „was machst du denn hier?"

„Das könnte ich dich auch fragen", erwiderte die Angesprochene und lächelte. „Yoga, den Kurs um halb neun", sagte sie, „und du?"

„Pilates." Marie wischte sich mit der Hand durch ihr gerötetes Gesicht, „Yoga – für Yoga wäre ich zu steif."

„Na, dafür macht man doch Yoga", sagte Helene kopfschüttelnd. „Wie geht es Anna und Lukas?"

„Gut", sagte Marie und überlegte kurz, ob sie von Lukas' Schulproblemen erzählen sollte. Aber Helene legte schon los: „Stell dir vor, Emmanuel hat schon wieder die beste Mathearbeit geschrieben, ich sehe ihn nie dafür lernen, es scheint ihm einfach so zuzufliegen."

Sie verstummte und sah Marie ins Gesicht: „Ist alles in Ordnung bei dir?"

„Ich bin froh, wenn Lukas nicht die *schlechteste* Mathearbeit schreibt", sagte Marie achselzuckend.

„Oh." Helene schlug sich vor den Mund. „Sag, soll Emmanuel mal mit ihm lernen, das würde er bestimmt tun. Oder kann ich dir anderweitig helfen?"

„Vielen Dank, ich habe schon Unterstützung und seitdem geht's bergauf." Marie lächelte über Helenes Eifer, sie war eine der hilfsbereitesten Menschen, die sie kannte.

„Sag mal", Helene zog den Reißverschluss ihrer Sporttasche auf und kramte darin herum, „du hast mir doch erzählt, dass du einen Kollegen so nett fandst, was ist daraus geworden?"

Marie tupfte sich etwas Vaseline auf die Lippen. „Wir sind zusammen", nuschelte sie.

Helene richtete sich auf. „Wirklich, ihr seid ein Paar? Hast du nicht gesagt, er wäre deutlich jünger als du?"

Marie zog sie etwas tiefer in die Ecke. „Ja, das stimmt, dreizehn Jahre ist er jünger."

„Dreizehn Jahre, Donnerwetter, du traust dich was", rief Helene. Zwei Frauen, die vor ihrem Spind standen, drehten sich neugierig um.

„Na und", sagte Marie, „du kennst doch den Spruch, wo die Liebe hinfällt. Ich habe mir das nicht ausgesucht", setzte sie fast trotzig nach und machte einen Schritt Richtung Spiegel.

„So schön kannst du doch als Frau gar nicht sein", sagte Helene und zerrte ihr Trikot aus der Tasche, schnupperte kurz daran, bevor sie es auf die Bank legte. „Das wäre mir zu stressig. Ich bewundere deinen Mut."

Marie zuckte mit den Schultern. „Ich muss los, damit ich Anna und Lukas noch gute Nacht sagen kann, grüß schön zuhause."

„Wir sehen uns zum Kegelklubtreffen bei mir." Bei den Worten der Freundin lächelte Marie unwillkürlich. Mit Kegeln hatten diese Zusammenkünfte nichts zu tun; Peter hatte die Treffen der fünf Frauen einst so bespöttelt, und der Name war geblieben. Immerhin besser als „Krampfadergeschwader", ein Ausdruck von Helenes Ehemann, den diese sich empört verbeten hatte.

Helene verschloss ihren Spind und zupfte ihr T-Shirt zurecht, strich sich über die aschblonden Haare, die sie neuerdings als halblangen Bob trug.

Marie nickte. „Bis bald." Was sie nicht sagte: Dann ist das Thema ja schon mal gesetzt.

Sie trat vor den Spiegel, zog ihre Lippen nach und tuschte die Wimpern; früher hatte sie sich das geschenkt nach dem Sport, aber neuerdings war es ihr wichtig.

Beim Hinausgehen sah Marie, wie die Frau aus der Dusche sich ihren Pullover, ein stahlblaues, weiches Etwas, auf die Schultern hob und die Ärmel locker vor der Brust umeinanderschlang. Es sah perfekt aus. Bei ihr wirkte es immer so, als wenn sie sich ein Badetuch um den Hals gewickelt hätte. Sie verspürte den Impuls, laut zu schreien.

Vor der Turnhalle lehnte Jan-Jonas an einem Baum und spielte mit seinem Smartphone. Als er Marie sah, steckte er das Ding in die Tasche und grinste ihr fröhlich entgegen.

„Du?", rief Marie.

Er kam auf sie zu, und küsste sie auf den Mund. Aller Ärger fiel von ihr ab. Wie sie das genoss, diese vertraute Form der Begrüßung!

„Du hast gesagt, du gehst montags zum Sport, da dachte ich, ich hole dich einfach mal ab. So wie du gerade geguckt hast, kannst du etwas Aufmunterung gebrauchen."

Er knuffte sie liebevoll in die Seite. „Was ist los?"

Als sie zögerte, fragte er: „Frust im Job?" Sie nickte schnell, etwas zu schnell. Aber Jan-Jonas hakte nicht nach.

„Du wirst sehen", sagte er, „deine Zeit kommt noch, du bist immer so ungeduldig."

Sie schloss ihr Fahrrad auf, klemmte ihre Sporttasche auf den Gepäckträger und zog das Rad aus dem Ständer, verharrte unschlüssig. Was hatte er vor? Seitdem sie umgezogen war, hatte er nicht mehr so häufig bei ihr übernachtet. Besonders am Wochenende, wenn sie gemeinsam unterwegs gewesen waren, gab es ihr jedes Mal einen Stich, wenn sich abends ihre Wege trennten, weil er in seine Wohnung fuhr.

„Wollen wir noch auf ein Bier gehen?", fragte er. „Ich habe eine Überraschung für dich."

„Aha", sagte sie, und verkniff sich zu fragen: „Und danach?"

In letzter Zeit gab es häufiger Dinge, die sie sagen wollte, es dann aber nicht tat, weil sie möglicherweise damit die Stimmung verdarb. Oder weil sie ihn nicht drängen wollte. Oder weil sie etwas nicht hören wollte?

„Ich schreibe schnell eine SMS an Anna." Sie kramte ihr Handy heraus.

Jan-Jonas sah ihr kurz zu, dann schwang er sich auf sein Fahrrad und radelte los. Sie ärgerte sich – wenn er erst mal ins Rollen kam, hatte sie keine Chance, zu ihm aufzuschließen. Lächerlich, er kann dich doch jederzeit abhängen, er braucht nur einmal richtig in die Pedale zu treten, schoss ihr durch den Kopf. Sie setzte sich betont gemächlich in Bewegung.

In der Kneipe ergriff Jan-Jonas Maries freie Hand: „Meine Mutter lädt dich nun doch zu ihrem sechzigsten Geburtstag ein."

„Woher kommt der Sinneswandel?", entgegnete sie und setzte ihr halb erhobenes Glas mit einem vernehmlichen Ruck zurück auf den Tisch. „Hast du auf sie eingeredet?"

„Ich nur ein bisschen", entgegnete Jan-Jonas. „Ich glaube, meine Schwester hat ihr den Kopf gewaschen. Freust du dich nicht?"

Marie zögerte: „Hm, ja, ich hatte mir das schön vorgestellt, deine Verwandtschaft kennenzulernen – und vielleicht auch allen zu zeigen, dass ich keine junge-Männer-fressende Sexbombe bin – aber wir wissen doch beide, dass deine Mutter mich eigentlich nicht dabeihaben will."

Sie trank einen Schluck Bier und wischte sich den Schaum vom Mund. „Warum sollte sie auch?"

Es wäre die Möglichkeit für ihn gewesen, ein paar Gründe aufzuzählen, aber er tat es nicht.

Marie nahm einige Bierdeckel und versuchte, sie zu einem Würfel zu schichten, gab aber achselzuckend auf, als das Gebilde immer wieder zusammenbrach. Sie sprachen noch über ein paar Job-Themen, Marie war nur halbherzig bei der Sache und gähnte immer häufiger.

Gegen halb elf schlossen sie ihre Fahrräder auf; sie wusste immer noch nicht, wo für ihn der Abend enden würde.

„Wohin des Weges?" Das klang hoffentlich nicht zu bedürftig.

„Ich komme mit zu dir, aber nur wenn du mit zu meinen Eltern fährst, zur Geburtstagsfeier." Er griente, schwang sich aufs Rad und setzte sich in Bewegung.

„Ich denk noch mal drüber nach. Mir steht demnächst aber erst einmal ein Kegelklubtreffen der besonderen Art bevor", rief Marie ihm nach.

„Kegelklub?"

„Erzähl ich dir, wenn wir zuhause sind."

15

Marie legte die beiden silbernen Weihnachtsbaum-Anhänger, ihr Mitbringsel für Helene zum Kegelklubtreffen, auf etwas Watte in ein längliches Kästchen und schlug es in rotes Papier ein. In ihrer Kruschelkiste fand sie einen Rest grün-rot kariertes Band, das noch für eine Schleife reichte. Sie ging in die Diele; in einer großen weißen Vase hatte sie Tannenzweige arrangiert, davon brach sie einen kleinen ab und schob ihn unter das Band. Ob Jan-Jonas diese Verpackung gefallen würde? Neulich hatte er sich über ein von ihr eingewickeltes Geschenk mokiert: „Das Papier ist ja zum Weglaufen, wie bei alten Leuten."

„Das ist total in, das ist Retro", hatte sie aufbrausend geantwortet, aber die Bemerkung hatte gesessen.

Marie griff nach ihrer dunkelblauen, im Rücken gerafften Strickjacke, die sie sich ursprünglich für den Geburtstag von Frau Henneroh geleistet hatte. Jan-Jonas war überzeugt gewesen, dass seine Mutter sie einladen würde. Aber wenn Frau Henneroh dermaßen zugeredet werden musste ..., sie, Marie Sand-Hollerbüh, hatte schließlich auch ihren Stolz! Jan-Jonas hatte ihre Absage mit vorgeschobener Unterlippe zur Kenntnis genommen, aber war nicht auch ein Hauch von Erleichterung dabei gewesen – oder sah sie jetzt Gespenster?

Sie freute sich darauf, ihre Freundinnen zu sehen und sich über die neuesten Entwicklungen auszutauschen. Als sie vor zehn Jahren mit ihren Treffen begonnen hatten, gab es davon mehrere im Jahr, dann wurden die Abstände größer, und inzwischen gab es nur noch dieses eine Zusammensein im Dezember. Es wurde von Helene ausgerichtet, die es meisterhaft verstand, in ihrer wunderschönen, gepflegten Altbauwohnung eine festliche Adventsstimmung zu zaubern. Die feine Jacke war angemessen, entschied Marie.

Wie immer hatte Helene eine blütenweiße, frisch gestärkte Tischdecke mit Lochmuster aufgelegt. Die Tässchen des blauweißen Geschirrs waren hauchdünn, die zierlichen Henkel erzwangen genaues Hinschauen und behutsames Zugreifen; Marie, die sonst nahezu ausschließlich aus Bechern trank, hatte jedes Mal Angst, eine dieser Kostbarkeiten könnte zu Bruch gehen.

Auf dem Tisch standen schwere, silberne Kannen mit schwarzen Holzgriffen, fein ziselierte Tortenheber lagen bereit, um unter Kuchenstücke geschoben zu werden. Auf der silbernen Etagere türmten sich köstlich nach Vanille und Anis duftende Plätzchen, natürlich von Helene selbstgebacken. Und im ganzen Raum verteilt verbreiteten Leuchter mit Kerzen gemütliches (und schmeichelndes) Licht.

Sie würden wie immer viel über die Kinder sprechen, über ihre Erfolge und Misserfolge im Sport und in der Schule, über das leidige Drängen zum Klavierüben, über Urlaubsreisen und Kinofilme plaudern. Und früher oder später würde es ans Eingemachte gehen. Wenn man sich ein Jahr nicht gesehen hatte, war in der Regel einiges geschehen, aber meistens mussten sie sich erst ein bisschen warmlaufen. Marie war überzeugt, dieses Mal würde es schneller gehen.

Wie richtig sie lag! Kaum waren alle Frauen eingetroffen und standen in lebhafte Gespräche vertieft um den Tisch, als Helene, die meistens das Wort führte, sich vernehmlich räusperte und laut sagte: „Stellt euch vor Kinder, Marie hat einen Freund, der dreizehn Jahre jünger ist als sie!"

Alle Köpfe wandten sich ruckartig um, alle Gespräche wurden unterbrochen.

Irina, als einzige kinderlos, Geigenlehrerin von Helenes Tochter, zuckte mit den Schultern: „Kann doch klappen, warum denn nicht? Allerdings, Marie, du wirst natürlich immer etwas für dein Aussehen und deine Fitness tun müssen. Du darfst dich nicht hängen lassen und das wird schwerer, je älter man wird."

Alle grinsten – ausgerechnet das Küken der Runde mit so einer Aussage.

Irina öffnete erneut den Mund, aber Helene war schneller. „So schön kannst du als Frau gar nicht sein", wiederholte sie ihre Aussage aus der Umkleide im Sportclub, „und ..."

Katja fuhr dazwischen: „Jetzt reduziert das doch nichts aufs Äußerliche, das finde ich zum Kotzen." Sie griff nach der Schachtel Zigaretten neben ihrem Teller. Als Helene sich vernehmlich räusperte, rollte sie mit den Augen und schob das Päckchen weg.

Katja war Bauingenieurin und der schlauste Kopf in der Runde, in Diskussionen konnte ihr niemand das Wasser reichen. Gleichzeitig war sie ausgesprochen warmherzig, witzig und charmant. Sie war ein wenig mollig, aber ihr von Sommersprossen übersätes Gesicht mit den grün-braun gesprenkelten Augen zog alle Blicke auf sich. Die dicken, rötlichen Haare, die ihr ständig ins Gesicht fielen, strich sie von Zeit zu Zeit hinter die Ohren, dort blieben sie nur für einen kurzen Moment, dann sprangen sie wieder nach vorn.

„Du bist eine tolle Frau", sagte sie zu Marie, die sich zwischenzeitlich gesetzt hatte, woraufhin es ihr alle nachtaten. „Der soll sich glücklich schätzen, mit dir zusammen zu sein."

Katja schaute kurz zu Helene, dann kramte sie eine Zigarette aus der ziemlich verbeulten Schachtel, stand auf und öffnete die Balkontür.

Marie schaute ihr verdutzt nach. Katja galt nicht gerade als Expertin für Beziehungsfragen, sie hängte sich im Grunde immer an die falschen Männer, aktuell war sie mit einem verheirateten Architekten liiert, der nur selten Zeit für sie hatte. Aber sie beklagte sich nie, wenn sie von ihrem „Augensternchen" halb liebevoll, halb spöttisch sprach. Ihre Tochter ging mit Maries Tochter in eine Klasse.

„Ach. Marie." Das war Klaudia, sie rutschte auf dem Stuhl bis zur vordersten Kante und sagte eifrig: „Ich freue mich für dich, dass es wieder einen Mann in deinem Leben gibt. Erzähl doch mal, ich will alles gaaanz genau wissen."

Alle lachten, Klaudia wollte immer alles „gaaanz genau" wissen. Sie war eine Romantikerin, träumte seit Jahren beharrlich von der großen Liebe, obwohl sie immer wieder enttäuscht wurde. Ihr Äußeres stand in krassem Widerspruch zu ihrer romantischen Ader, ließ sie eher streng wirken: Sie war sehr groß, sehr schlank, fast hager, und trug die blonden kurzen Haare akkurat zur Seite gescheitelt. Seit ihrer Scheidung lebte sie allein mit ihrem Sohn Tim, dem Freund von Lukas.

Marie erzählte von den ersten Begegnungen mit Jan-Jonas, den vielen Zweifeln und dem guten Gefühl, als sie beschlossen hatten, dieser Liebe eine Chance zu geben. Als sie den spontanen Trip nach Italien erwähnte, riss Klaudia die Augen auf und schlug die Hand vor den Mund: „Wie, einfach so?"

„Ich habe ein Plakat für Tosca gesehen und gesagt, nach Verona würde ich zu gerne mal fahren, Jan-Jonas hat geantwortet, dann machen wir das. Der Rest war Organisation."

„Jetzt guckt doch mal, wie sie strahlt." Klaudia kicherte.

„Und wie ist es im Verlag mit euch als Paar?" Das war natürlich Irina.

Marie zuckte mit den Schultern: „Eigentlich okay. Die Leute scheinen das zu akzeptieren."

„Wirklich? Hinter eurem Rücken wird aber sicher geredet." Irina war bekannt für ihre unverblümten und schlagfertigen Bemerkungen. Ihre dunklen, fast schwarzen Haare hatte sie zum Bauernzopf geflochten. Das ließ sie, obwohl sie sich inzwischen der dreißig näherte, jungmädchenhaft aussehen. Sie zupfte eine Fluse von ihrem dunkelroten, enganliegenden Pulli: „Du bist doch sonst nicht so naiv Marie."

Vorsichtig zog sie die Etagere mit den Keksen näher zu sich heran und sagte: „Er hätte sich auch in eine jüngere Frau verlieben können, die weniger attraktiv ist als du. Käme in etwa aufs gleiche raus." Sie spitzte die Lippen, biss von einem Plätzchen ab und legte den Rest auf ihren Teller.

Marie runzelte verwirrt die Stirn.

„Wisst ihr, wie viele Schauspielerinnen und andere Promis mit jüngeren Männern liiert sind?" Klaudia ließ Zucker in ihre Tasse gleiten und rührte geräuschvoll um.

„Weißt du, wie die aussehen und was die dafür tun?" Marie strich mit ihrem rechten Daumen vorsichtig über das filigrane Lochmuster der Tischdecke und seufzte tief.

„Habt ihrs schon wieder oder immer noch mit dem Aussehen?"

Katja kam ins Zimmer und mit ihr neben einem Schwall kühler Luft der Geruch von Rauch. Rund um Katja roch es immer wie in einem Aschenbecher. Besonders schlimm war es in ihrem Auto.

„Es ist ein bisschen wie eine rauchende Müllhalde", hatte Marie grinsend zu dem ungläubig schauenden Jan-Jonas gesagt, „haufenweise zerknüllte Zigarettenschachteln, leere, verbeulte Coladosen, Kaugummipapierchen, halb ausgewickelte Halsbonbons, Stapel von CDs auf dem Beifahrersitz, verbogene Billig-Kleiderbügel im Fußraum, nicht zusammenpassende Handschuhe, ein einziges Chaos." Aber Marie kannte niemanden, bei dem ihr das so wenig ausmachte. Katja war Katja.

„Mensch Leute, leben und leben lassen und mitnehmen, was geht, das war schon immer meine Devise", sagte die jetzt, während sie ein Stück Kuchen von der Tortenplatte hob und auf ihren Teller bugsierte.

Irina stützte ihre Arme auf den Tisch, formte mit den Fingerspitzen ein Dreieck und musterte Marie: „Wie reagieren denn Anna und Lukas auf den Eindringling?"

„Eindringling!" Katja tippte sich an die Stirn, während die anderen gebannt zu Marie schauten.

„Ihr werdet es nicht glauben, sie lieben ihn." Die Worte waren gleichmütig dahergesagt, aber ihr Strahlen verriet Marie, ihre Freude und ihren Stolz.

„Sie lieben ihn?", echoten Klaudia und Irina wie aus einem Mund.

„Also nicht vom ersten Tag an", schränkte Marie ein und grinste. „Lukas war zu Beginn sehr skeptisch, aber inzwischen ..., die Fensteraktion hat bei ihm das Eis gebrochen."

Sie lehnte sich zurück und genoss die fragenden Blicke. „Ihr kennt doch meine Wohnung, den endlos langen Flur, der um die Ecke geht, wie ein L. Am unteren Ende der langen Seite liegt das Kinderzimmer, am Anfang des kurzen Stücks das Badezimmer. In dem rechten Winkel zwischen den Hauswänden beträgt der Abstand knapp einen Meter. Lukas meinte, man könnte es von Fensterbank zu Fensterbank schaffen, das wäre eine tolle Mutprobe. Ihr wisst, wir wohnen im zweiten Stock – und natürlich habe ich es den Kindern unter Androhung von Höchststrafe verboten, das jemals zu versuchen.

„Ich ahne, was kommt", rief Irina.

„Bei seinem dritten oder vierten Besuch bei uns ist Jan-Jonas rübergestiegen – seitdem ist er für Lukas der Held. Wie sauer ich auf ihn war, könnt ihr euch denken."

„War doch für einen guten Zweck." Klaudia grinste.

„Er hat gar nicht drüber nachgedacht, es war keine Einschleim-Aktion", beteuerte Marie.

„Na ja." Helene schüttelte den Kopf. „Er ist eben wie ein großer Bruder für die beiden, fast noch selber ein Kind."

„Quatsch." Katja verdrehte die Augen. „Jetzt lasst uns mal von was anderem reden."

Marie nickte dankbar, dann sagte sie rasch: „Ich hätte gerne eure Meinung gewusst: Darf ich so einen jungen Menschen überhaupt an mich binden, muss ich als Ältere ihn nicht freigeben?"

Außer Helene, die das eine durchaus berechtigte Frage fand, waren sich alle einig, dass das Unsinn war.

„Der Mann ist siebenundzwanzig, der kann selber entscheiden, was er will und was er nicht will", sagte Irina, und Klaudia nickte zustimmend.

„Das ist fast übergriffig, so zu denken." Irina schüttelte den Kopf.

Katja wischte mit der Hand über die Tischdecke und sagte zu Helene: „Bring mal den Sekt, damit Marie wieder auf vernünftige Gedanken kommt."

Auf dem Rückweg holte Marie Lukas von einer Geburtstagsfeier ab, er plapperte in einem fort und hüpfte neben ihr her, aber sie hörte nur mit halbem Ohr zu. Es wäre schön gewesen, den Abend mit Jan-Jonas zu verbringen, aber er hatte etwas von „Schlafzimmer aufräumen und umstellen" gemurmelt und sie hatte die Frage unterdrückt, wie so häufig in letzter Zeit. Aber bevor er für die Feiertage zu seinen Eltern fuhr, würden sie noch einen gemeinsamen Abend mit den Kindern verbringen, sie würde kochen, er hatte versprochen, eine Mousse au Chocolat mitzubringen, und vielleicht würden sie endlich mal wieder Monopoly spielen.

„Nicht das schon wieder", sagte Marie zu Lukas und ließ das Kartoffelschälmesser sinken.

Sie war spät dran, das Kartoffelgratin sollte längst im Ofen sein, und den Salat hatte sie auch noch nicht gewaschen. Anna und Jan-Jonas würden bald hier sein, sie hatte beiden eingeschärft, pünktlich zu sein.

Lukas stellte sich vor sie und streckte ihr den Kopf entgegen: „Bitte guck sofort, wenn ich Läuse habe, kann ich morgen nicht in die Schule und morgen haben wir doch Sport!"

Marie lief in ihr Zimmer und kam mit einer Lupe zurück. „Mal sehen, ob es 'Sandkörner mit Beinchen' gibt."

Hastig durchwühlte sie den dichten Haarschopf ihres Sohnes. „Ich finde nichts auf die Schnelle", sagte sie, „aber vielleicht kann auch Jan-Jonas später gründlicher gucken, mit dem Läusekamm, jetzt will ich das Gratin in den Ofen bringen.

Als sich der Schlüssel im Schloss drehte und Jan-Jonas in die Küche trat, stürzte Lukas auf ihn zu: „Wir haben Läuse in der Schule, aber dieses Mal hab ich keine. Aber du sollst auch noch mal gucken, mit dem Läusekamm."

„Was habt ihr?" Jan-Jonas schaute konsterniert zwischen Marie und Lukas hin und her. Marie wollte ihm hastig einen Kuss auf den Mund drücken, landete aber knapp daneben.

„Es gibt mal wieder Läuse, aber offensichtlich haben wir Glück gehabt." Marie klappte die Backofentür zu und bückte sich, um in der großen Schublade nach der Salatschleuder zu suchen.

„Es wird ein bisschen später mit dem Essen, ich musste seinen Kopf untersuchen." Sie schaute zu Lukas.

„Ich verstehe gar nichts", sagte Jan-Jonas, „wieso habt ihr Läuse in der Schule und was heißt, dieses Mal habt ihr Glück gehabt?"

„Sag bloß, du hattest nie Läuse?" Marie stellte die Salatschleuder in die Spüle und begann den Salat zu zerteilen.

„Läuse, nee also wirklich nicht", sagte Jan-Jonas und krauste die Nase. Er wandte sich an Lukas: „Wäschst du dir häufig und gründlich genug die Haare?"

Marie schoss herum und stemmte die Arme in die Hüften: „Damit hat das gar nichts zu tun, das ist keine

Frage von mangelnder Hygiene, das kann jeden treffen, jeden." Sie zerrupfte energisch die Salatblätter, hielt kurz inne: „Ein Kinderleben ohne Läuse ..." Als sie sah, dass er den Kopf schüttelte, murmelte sie: „Bei euch, in euren Kreisen vielleicht nicht."

Sie beugte sich tief über die Spüle und ließ Wasser in die Schleuder laufen, drehte verbissen an der Kurbel, das Geräusch füllte die eintretende Stille. Dann stellte sie sich so an die Anrichte, dass Jan-Jonas nicht sehen konnte, wie sie drei Spritzer Maggi in die Salatsauce tat.

Anna betrat die Küche. „Ich bin also nicht zu spät."

„Nein, bist du nicht, aber du könntest den Tisch decken."

„Wieso immer ich?", fragte Anna und wich ein Stückchen zurück.

Ehe Marie etwas sagen konnte, sprang Jan-Jonas auf: „Ich mache das." Er deckte die großen, flachen Teller, kramte das Besteck aus der Schublade und schaute sich suchend um: „Wo sind die Servietten?"

Marie deutete mit dem Kopf auf eine Schublade und lächelte, inzwischen wusste er, was ihr wichtig war.

Als Anna nach dem Essen aufstehen wollte, fragte Marie: „Wie kommt ihr mit dem neuen Volleyballtrainer zurecht, dem hochgelobten?"

„Er ist ganz okay." Anna zuckte mit den Schultern und griff nach der Pfeffermühle, mit leicht angewiderter Miene wischte sie etwas Dreck davon ab.

Marie hörte den Wasserhahn tropfen und fragte sich, ob sie ihn nicht richtig zugedreht hatte oder ob es womöglich ein Problem gab.

Jan-Jonas sah Anna an und beugte sich vor: „Ich würde gerne mal mitkommen zu deinem Training."

Anna stellte die Pfeffermühle ab, sah erst Marie an, dann Jan-Jonas: „Hm", sie zögerte, „ehrlich gesagt, du bist ein bisschen zu alt."

Um ein Haar hätte Marie gelacht. Vor ein paar Wochen hatte Jan-Jonas gefragt, ob er mit zu einem Elternabend in Lukas' Klasse gehen könnte.

Lukas hatte lange herumgedruckst und schließlich die Antwort rausgewürgt: „Das wäre mir peinlich, du bist zu jung."

Seinerzeit hatte Jan-Jonas etwas enttäuscht geguckt, dieses Mal rang er sich zu einer gequälten Grimasse durch. „Zu jung, zu alt, zu ..., was denn sonst noch, hm?"

„Komm doch mal zu unserem Kick dienstags nachmittags, da sind immer ein paar Väter oder Brüder dabei", sagte Lukas; Marie schaute ihn dankbar an. Jan-Jonas ließ ein wenig Zeit verstreichen, bevor er nickte.

„Wollen wir etwas spielen?", fragte Marie. Anna schüttelte den Kopf und verließ die Küche. Ein unbehagliches Schweigen hing im Raum. Jan-Jonas wirkte verstimmt. Marie rutschte unruhig auf dem Stuhl hin und her. Plötzlich begann Lukas, mit Jan-Jonas über den letzten Spieltag der Fußballbundesliga und die aktuelle Tabelle zu diskutieren. Marie, die sich sonst gerne an solchen Fachsimpeleien beteiligte, hörte nur mit halbem Ohr zu, sie ließ ihren Gedanken freien Lauf. Sie freute sich auf das nächste kinderfreie Wochenende, das sie bei Jan-Jonas verbringen würde. Endlich mal wieder Zeit alleine miteinander, das würde ihnen guttun. Sie war schon sehr gespannt, wie sein Schlafzimmer nach der Umräumaktion aussehen würde.

16

Marie schaute in ihren Rucksack: Alles drin, was sie für das Wochenende bei Jan-Jonas brauchte.

Etwas unschlüssig blieb sie in ihrem Schlafzimmerchen stehen, Bettwäsche wechseln und mal wieder putzen wäre durchaus angesagt. Sie würde morgen ein paar Stunden eher zurückkommen müssen, damit sie noch Zeit dafür hatte. Oder sollte sie jetzt noch …? Zögerlich ging sie weiter und spähte in die Räume der Kinder: Bei Lukas war es wie immer sehr ordentlich, bei Anna das genaue Gegenteil. Inzwischen waren die Kinder selbst verantwortlich für ihre Zimmer; Anna war neulich ausgerastet, als ihre Mutter Jeans und T-Shirts, die zusammengeknüllt auf dem Boden lagen, in die Waschmaschine gesteckt hatte. Marie zog die Tür mit einem Ruck zu.

In der Küche fegte sie halbherzig den gröbsten Dreck zusammen. Beim Rausgehen drehte sie sich noch einmal um und warf einen Rundumblick in den Raum. Die Zeitungen der vergangenen Woche besetzten die Stühle, wann sollte sie die bloß lesen? Sie nahm die drei obersten und stopfte sie in ihren Rucksack. Dann ging sie noch einmal zurück, nahm die Schneeglöckchen aus dem Väschen, sortierte alle verblühten aus, kramte im Schrank nach einer noch kleineren Vase und stellte die verbliebenen hinein. Jetzt aber los!

Jan-Jonas öffnete ihr mit dem Handy am Ohr und deutete entschuldigend auf seinen Schreibtisch, der übersät war mit Papieren; der Computer lief.

„Nur diese eine Tabelle noch", sagte er, nachdem er das Telefongespräch beendet hatte. Marie zeigte auf die

Schlafzimmertür: „Darf ich?" Er nickte, war schon wieder in die Daten auf dem Bildschirm vertieft.

Das Zimmer wirkte komplett anders. Die beiden Bücherregale, die vorher nebeneinander an der Wand gegenüber dem Bett gestanden hatten, hatte er nun rechts und links vom Bett platziert, so dass sie es einrahmten. Es wirkte sehr gemütlich, die Schlafstätte schien aber fast noch schmaler als vorher. Etwas irritiert ließ Marie ihren Blick weiter wandern. Über dem Bett hatte er eine Vergrößerung eines Paris-Fotos aufgehängt; es war eine tolle Schwarz-Weiß-Aufnahme der Pont des Arts, die sie bisher nur in klein gesehen hatte. Ja, er hatte ein gutes Auge und einen guten Geschmack. Die Wohnung war klar, aber nicht kühl eingerichtet, sie gefiel ihr. Und wenn Marie ehrlich war, alles andere wäre auch schwierig für sie gewesen. Auf einem kleinen Tisch, der aus einer auf roten Backsteinen liegenden Holzplatte bestand, befand sich ein Bild von ihr in einem Silberrahmen. Es zeigte sie vor einem Brunnen, mit einer Kamera in der Hand; Jan-Jonas hatte es bei einem ihrer ersten Foto-Ausflüge nach Frankfurt aufgenommen. Meine Güte: Wie sie strahlte. Wie unbeschwert sie aussah!

Sie schaute aus dem Fenster, Jan-Jonas hatte wirklich Glück gehabt, diese Wohnung in einer der begehrten Wiesbadener Halbhöhenlagen zu ergattern. Der Blick über die gestaffelten Hausdächer, bis hinunter zur weit entfernten Marktkirche in der Mitte Wiesbadens war grandios, auch vom anderen Zimmer aus hatte man diesen Blick auf die Stadt. Schaute man aus der Küche hinaus, zur Straßenseite, sah man ausschließlich kleine und größere Villen, so gut wie alle mit viel Stuck und äußerst gepflegt. Und es war still, die typischen Geräusche einer geschäftigen Stadt waren hier allenfalls als gedämpftes Brummen und Rauschen aus der Ferne zu hören. Sie ging zurück ins Arbeitszimmer und setzte sich auf die Couch.

Jan-Jonas löste seinen Blick zögernd vom Computer, blickte kurz auf seinen alten Ledersessel, der neben dem Sofa stand, blieb aber auf seinem Arbeitsstuhl sitzen und rollte ihn ein kleines Stückchen in Maries Richtung.

„Diese Auswertungen machen mich ganz fertig." Er fuhr sich durch die Haare und klagte, dass die Analysen immer komplexer würden.

Er gestikulierte wild mit den Händen, Marie beobachtete ihn und dachte darüber nach, wie lebhaft er war, wenn es um seine Arbeit ging. Sie beneidete ihn einmal mehr um seinen Job und die damit verbundenen Herausforderungen.

„Es ist Wochenende und ich rede nur von der Arbeit, entschuldige bitte." Jan-Jonas lehnte sich zurück und verschränkte die Arme vor der Brust.

Marie klopfte auf ihren Taschenkalender. „Das Sting-Konzert", sagte sie. Sie hatten darüber gesprochen, in großer Freundesrunde in die Festhalle in Frankfurt zu gehen. Da musste man sich frühzeitig kümmern.

„Hast du dich schon um Karten bemüht?", fragte sie und massierte ihren rechten Fußknöchel, der neuerdings schmerzte.

Er antwortete nicht. Sie sah aus den Augenwinkeln, wie er die Arme vorsichtig entfaltete, die Hände auf seine Oberschenkel legte und sehr langsam nach vorn schob. Es gab ein schabendes Geräusch.

Sie hob den Blick. In ihr zog sich alles zusammen.

„Marie, ich, ich – ich kann das nicht."

Sie nahm die Hand vom Knöchel und setzte sich aufrecht hin: „Ja, natürlich", sagte sie. Äußerlich ruhig, doch in ihrem Inneren purzelte alles durcheinander. Wie die Klotz-Türmchen, die Lukas früher so gerne zum Einsturz gebracht hatte. Sie nahm ihren Armreif in die Hand und ließ ihren Zeigefinger darin kreisen.

„Es ist doch nicht normal, dass man sich zu einer Beziehung durchringen muss." Er strich sich mit zwei Fingern über die Nase.

„Nein, das ist es sicher nicht."

Er schwieg. Kein gutes Schweigen.

Sie kämpfte mit sich. „Warum gerade jetzt?"

Er zeigte keinerlei Reaktion.

„Hat es, hat es vielleicht mit meiner neuen Wohnsituation zu tun?"

Jan-Jonas starrte auf die Wand hinter Marie, als suche er dort seinen Text auf dem Teleprompter.

„Nein. Ja. Ich weiß nicht."

Hilfesuchend schaute er sie an, Marie blickte stur auf ihren rotierenden Finger.

„Ja, wahrscheinlich hast du recht." Er seufzte. „Ich mag deine Wohnung, das ist es nicht. Aber die – die Leichtigkeit ist futsch. In der WG war es locker und frei, fast wie zu Studentenzeiten, ein Kommen und Gehen, viele Leute, ich habe mich so wohl gefühlt dort."

„Und in meiner neuen Wohnung nicht?"

„Ja schon", er zögerte, „aber wenn ich zu dir komme, wenn ich hochgehe in den vierten Stock merke ich, wie schwer meine Beine sind, ich werde immer langsamer."

Marie spürte einen scharfen Schmerz, wie von weither hörte sie sich fragen: „Und *in* der Wohnung?" Als wenn das noch von Bedeutung wäre!

„Bitte, versteh mich nicht falsch." Seine Stimme nahm einen flehenden Klang an. „Ich bin immer gerne bei dir, bei euch, aber ..." Er stand auf und begann im Zimmer herumzulaufen.

Sie beobachtete ihn aufmerksam, spannte sich am ganzen Körper an.

„Aber es hat etwas von Kleinfamilie, du und die Kinder, ihr seid eine Einheit, na ja, eben eine Familie."

Er blieb abrupt stehen und hob die Arme in einer hilflosen Geste: „Aber es ist nicht meine." Mit tonloser Stimme fuhr er fort: „Und es werden nie meine Kinder sein."

Marie nickte hastig, als wolle sie sich von jedem Verdacht freimachen, ihn umzustimmen. „Das verstehe ich, du hast immer mit offenen Karten gespielt. Wir haben es probiert und wir hatten eine schöne Zeit." Nur mit größter Mühe konnte sie verhindern, dass es bitter klang.

„Es tut mir so leid, so entsetzlich leid." Er schlug die Hände vors Gesicht.

Sie schob ihren Armreif über die Hand, stand auf und beugte sich zum Sofa, nahm Buch, Kalender und die mitgebrachten Zeitungen hoch, stopfte alles in ihren Rucksack. In ihren Augen brannte es, aber sie würde es verdammt noch mal schaffen, nicht zu weinen!

„Was machst du da?" Jan-Jonas klang irritiert.

„Was ich mache? Du willst dich trennen. Jetzt packe ich meine Sachen zusammen."

„Jetzt sofort?" Jan-Jonas' Augen weiteten sich. „Und das war es dann?"

Marie zuckte mit den Achseln: „Nun ja, so ist das doch, wenn man getrennte Wege geht."

Sie schauten sich an und spürten die Distanz zwischen sich wachsen wie eine Nebelwand. War sie wirklich so cool? Er sprang auf, riss ihr den Rucksack aus der Hand und umschloss sie mit den Armen.

„Marie, du und ich, wir beide ..." Er brach in Tränen aus. Marie kämpfte, aber sie merkte schnell, dass sie dieses Mal verlieren würde.

Nach einer ganzen Weile schob er sie von sich und wischte mit seinem weichen Daumen über ihr feuchtes Gesicht. Dann küsste er sie erst sanft, dann mit mehr Nachdruck. Sie riss sich los und schniefte. „Wir müssen vernünftig sein, wo soll das hinführen."

„Hierher", sagte Jan-Jonas und zog sie Richtung Sofa. „Aber ..." Sie versuchte zu protestieren.

Wie ein Knäuel sanken sie auf die Couch, lange Zeit hielten sie sich nur umklammert, bis Jan-Jonas behutsam den Griff lockerte, nach dem Saum ihres Pullovers tastete und ihn langsam hochschob. Sie ließ es geschehen, murmelte etwas Unverständliches und fummelte an seinen Hemdknöpfen herum. Dann nahmen sie sich gegenseitig behutsam die Brillen ab.

Bevor sie abtauchten, maßen sie einander mit einem Blick, der alles umfasste, was es zwischen ihnen zu sagen gab, aber nun nie mehr gesagt werden würde.

Draußen dunkelte es bereits, als Jan-Jonas sich aufrichtete und sich die Haare aus der Stirn strich. „Puh, so haben wir uns noch nie geliebt. Leider", er küsste sie in den Nacken und wie immer erschauerte sie unter der Berührung, „leider muss ich jetzt mal ins Bad."

Maries Lippen verzogen sich zu einem Lächeln, nie würde Jan-Jonas über die Lippen kommen: „Ich muss pinkeln gehen." „Ich auch", sagte Marie, „schon lange, aber ich wollte nicht – ich zuerst, bitte."

„Ich hab mich schon gewundert", grinste Jan-Jonas und lehnte sich zurück in die Kissen.

Als er aus dem Badezimmer kam, war sie fertig angezogen und hatte sich den Rucksack aufgesetzt. Ehe er etwas sagen konnte, nahm sie sein Gesicht in ihre Hände, zögerte kurz und gab ihm dann einen Kuss auf den Mund.

„Aber, ich dachte, die Nacht würden wir noch ..." Er begann den Satz mit energischer Stimme, aber gegen Ende schimmerte etwas Resignation durch.

„Jan-Jonas." Ihre Stimme war fest. Er nickte ergeben, es hatte etwas von einem Lamm, das zur Schlachtbank geführt wird.

„Eins noch", sagte sie und klemmte ihre Daumen unter die Rucksackträger: „Lass uns im Verlag schnell für klare Verhältnisse sorgen, damit wir ...", sie räusperte sich, „wir haben uns seinerzeit versprochen, wir gehen professionell damit um, wenn es zu Ende gehen sollte. Wenn es zu Ende ist", fügte sie hastig an.

Jan-Jonas schluckte, schaute sie mit einer Mischung aus Verzweiflung und Bewunderung an. „Du bist eine starke Frau", murmelte er und zog sie an sich, um sie zu küssen. Sie wollte den Kopf wegdrehen, ließ es aber doch zu. Dann wandte sie sich um und hob unbeholfen die rechte Hand: „Ciao."

Halb blind stolperte sie die Treppe hinunter. Die Eingangstür klemmte mal wieder, und sie musste all ihre Kraft aufwenden, um sie ordentlich hinter sich zuzuziehen.

17

Wie immer ging Maries Blick nach dem Aufwachen als erstes zum Wecker. Halb neun!

Sie hatte furchtbar geträumt: Jan-Jonas und sie hatten gestritten, sich gegenseitig auf das Übelste verletzt, um was war es bloß gegangen?

Sie runzelte die Stirn, es wollte ihr nicht einfallen. Die plötzliche Erkenntnis drückte sie wie ein Faustschlag in die Kissen:

Dass es keinen Streit gegeben hatte.

Dass es keinen mehr geben würde.

Dass es aus war. Aus und vorbei.

Hatte sie sich jemals so sehr gewünscht, es möge nur ein böser Traum sein?

Sie zog die Bettdecke höher, formte ein Stückchen von dem weichen Stoff zu einem Knäuel und führte es zu den Lippen. Ihr ganzer Körper schmerzte – als hätte sie am Tag zuvor einen Riesen-Umzug bewältigt.

Anna und Lukas, wie würden sie es aufnehmen?

Und in der Firma?

„Das, Marie", sagte sie laut, „ist nun wirklich nicht dein vorrangiges Problem."

Was würde sie darum geben, mit ihm streiten zu können. Sie drückte den Stoff fester an ihre Lippen und rutschte noch ein Stückchen tiefer unter die Decke. Vergessen, einfach nur vergessen. Den Tag noch einmal neu beginnen, mit Jan-Jonas an ihrer Seite ...

Als sie das nächste Mal auf die Uhr schaute, war es kurz vor elf. Wie war das denn passiert? Sie riss sich die Bettdecke aus dem Gesicht, klopfte mit beiden Händen energisch darauf; es knallte dumpf und zwei Kuhlen entstanden. Sie würde jetzt aufstehen, duschen, sich ein schönes Frühstück machen. Dann würde sie E-Mails beantworten und endlich die Fotos auf ihrem PC sortieren. Mit einem trotzigen Ruck schwang sie die Beine aus dem Bett. Wieso erschien ihr der Weg ins Badezimmer bloß so unendlich lang?

Es war bereits wieder dunkel, als Marie, die im Schlafanzug mit zerwühlten Haaren in ihrem Sessel kauerte, auf das Telefondisplay starrte – es zeigte eine Gesprächsdauer von zwei Stunden und siebenundzwanzig Minuten.

Imke war einfühlsam wie immer gewesen, war ihr nicht mit blöden Sprüchen gekommen. Ohne sie zu unterbrechen, hatte sie zugehört, als Marie ihr von Jan-Jonas' Schwierigkeiten mit ihrer neuen Wohnsituation erzählte, nur ab und zu Anteil nehmend mit der Zunge geschnalzt.

Erst als Marie zögerlich sagte: „Vielleicht hätte ich doch in der WG wohnen bleiben sollen, er war bei dem ganzen Umzugsthema so zurückhaltend", wurde sie energisch.

„Jetzt mach aber mal 'nen Punkt! Wer weiß, was passiert wäre, wenn du geblieben wärst, unzufrieden mit der Situation ohne Peter. Deine Wohnung ist wunderschön und du liebst sie."

„Na ja, lieben", sagte Marie kaum hörbar. „Aber vielleicht hätte ich ..."

„Marie, tu dir das nicht an! Hätte, hätte! Quäl dich nicht mit so etwas! Hast du nicht selber mal gesagt, es kommt sowieso, wie es kommen soll, hm?"

„Ja, hab ich, so denke ich eigentlich auch."

„Eigentlich?"

Marie musste lachen, Imke hatte neulich behauptet, Marie würde ständig „eigentlich" sagen, sie hatte das nicht glauben wollen.

„Wann wirst du es den Kindern sagen? Wie ich dich kenne, hast du dir schon etwas zurechtgelegt." Da war sie wieder, die praktische Imke.

„Ich werde sagen, dass manchmal die Liebe nicht ausreicht, um Schwierigkeiten zu überwinden", hörte Marie sich zögernd sagen. „Meinst du, sie werden fragen, was das für Schwierigkeiten waren?"

„Ich denke schon, aber sie sind alt genug. Das packst du schon."

„Ach herrje, es ist gleich sechs Uhr, sie können jeden Moment hier sein, ich bin noch gar nicht angezogen, ich sehe furchtbar aus."

„Hast du überhaupt etwas gegessen?"

„Ein paar Scheiben Brot mit Zucker."

„Mit Zucker? Ich dachte, du stehst nicht auf süß."

„Tja, eigentlich nicht, aber Zucker knirscht so schön, das beruhigt."

Imke hustete ins Telefon und Marie hielt den Hörer ein Stück weg vom Ohr.

„Ich fasse es nicht." Am anderen Ende der Leitung erklang ein Keuchen.

„Jetzt klingst du wie Bine." Marie schaffte eine Art Lachen.

„A propos Bine und Peter, was ist mit ..."

Marie fiel ihr ins Wort: „Das erzähl ich dir ein anderes Mal. Ich muss mich doch wenigstens ein bisschen zurechtmachen, danke fürs Zuhören."

„Papperlapapp", sagte Imke und legte auf.

Marie knallte den Hörer in die Station und rannte ins Badezimmer. Dort entschied sie, dass die Zeit fürs Duschen zu knapp war. Stattdessen schaufelte sie sich eiskaltes Wasser ins Gesicht und drückte triefend nasse Wattepads auf die Augen. Auf dem Weg in ihr Schlafzimmerchen klingelte das Handy. Es lag auf dem Küchentisch, sie rannte hin und schaute aufs Display. Jan-Jonas.

Ihr Herz machte einen Sprung. Unschlüssig starrte sie darauf, es klingelte eindringlicher. Es gab nichts mehr zu sagen, Punkt. Und wusste er nicht, dass sie um diese Zeit die Kinder zurückerwartete? Sie strich über „Nicht annehmen" und warf das Telefon auf den Zeitungsstapel. Darunter lugten die Füße zweier Ritter hervor, die Julian aus Fimo gebastelt hatte. Ihr fiel ein, wie ihr Ex reagiert hatte, als sie ihm erzählt hatte, dass sie frisch verliebt war: „Was, in diesen jungen Kerl, diesen Bubi? Das passt gar nicht zu dir, sich einen jungen Gigolo zu halten."

Sie hatte aufbrausen wollen, sich aber in den Griff bekommen und ihn kühl erinnert, dass Gabriele auch acht Jahre jünger war als er. Er hatte angesetzt: „Aber das ist ...", dann den Satz in der Luft hängen lassen, immerhin.

Sie griff nach den Fimofiguren, unterdrückte mühsam den Impuls, sie in die Ecke zu pfeffern, dann stellte sie sie mit Nachdruck auf den Tisch. Im Schlafzimmer schnappte sie sich das zerwühlte Kopfkissen, schüttelte es auf, als gelte es, die Verklumpungen von Jahrzehnten zu entfernen. Als sie den Schlafanzug unter der Bettdecke verstaut, die Tagesdecke über alles geworfen hatte und gerade in ihre Jeans steigen wollte, klingelte es.

Knapp drei Stunden später ließ Marie sich aufatmend in ihren uralten Sessel, den „Blauen Otto" sinken (die Kinder hatten ihn so getauft), schwang beide Beine über den breiten Wulst der Lehne, nahm ihre Brille ab und drehte und wendete sie in den Händen. Sie war tatsächlich ein bisschen schief. Julian war zum Glück in Eile gewesen, aber als sie sich an der Wohnungstür verabschiedeten, hatte er sie so forschend betrachtet, dass sie sich wappnete – dann hatte er aber bloß gesagt: „Lass mal deine Brille richten, die sitzt nicht gut."

Nachdem sie die Wohnungstür hinter Julian geschlossen hatte, begann ihr Herz wie wild zu bubbern. Eigentlich hatte sie den Kindern erst nach dem Abendbrot von der Trennung erzählen wollen, aber der Kloß im Hals wuchs von Minute zu Minute.

So platzte sie heraus: „Ich muss euch etwas sagen."

Lukas entfernte konzentriert die Rinde von seiner Scheibe Käse und blickte nicht auf. Anna, die gerade ihr Messer in die Margarine tauchen wollte, hielt in der Bewegung inne und schaute ihre Mutter aufmerksam an.

„Jan-Jonas hat sich von mir getrennt, wir sind nicht mehr zusammen."

Lukas legte sein Messer auf den Tisch, Anna ließ ihres fallen, es rumste hässlich.

„Was heißt das, ihr seid nicht mehr zusammen?", fragte Lukas.

„Na was heißt das wohl, ihr seid nicht mehr zusammen", äffte Anna ihn nach. „Aus und vorbei. Wie mit Papa."

„Er kommt gar nicht mehr? Auch nicht mehr, um mit mir Mathe zu machen?" Lukas starrte seine Mutter an, in seinen Augen begann es verdächtig zu glänzen.

„Hm, darüber haben wir nicht gesprochen", sagte Marie, „er könnte eigentlich kommen, wenn ich nicht da bin und mit dir lernen."

„Das will ich aber wissen, dann will ich auch nicht da sein!" Anna stand auf und schob ihren Stuhl krachend zurück. „Ich habe keinen Hunger mehr."

Als sie an der Küchentür war, drehte sie sich um und sagte: „Du hast mir den Appetit verdorben."

Marie hätte es nicht gewundert, wenn sie mit dem Finger auf sie gezeigt hätte.

Seufzend strich sie über die Lehne vom Blauen Otto; ihr graute vor der kommenden Nacht. Die beiden Flaschen Rotwein fielen ihr ein, die Freunde ihr zum Umzug mitgebracht hatten. Mühsam krabbelte sie aus dem Sessel. Bevor sie in die Küche ging, warf sie einen Blick auf die Straße. Genau gegenüber hatte Jan-Jonas immer geparkt mit seinem weißen Smart. Wie oft hatte sie so gestanden und auf ihn gewartet; ohne im eigentlichen Sinne zu warten, einfach nur die Situation genießend, dass jemand sich auf den Weg zu ihr machte.

Auf der Anrichte in der Küche lag ein benutztes Messer und die Margarine stand draußen. Anna. Wahrscheinlich hatte sie sich in die Küche geschlichen, als Marie bei Lukas im Zimmer gewesen war. In dem Punkt ähnelte sie ihrer Mutter, Essen musste sein.

Marie ging gebückt in die niedrige Kammer, die sich in der hinteren Ecke an die Küche anschloss. Ein Merlot und ein Cabernet Sauvignon, wunderbar, ihre Freunde wussten, was sie gerne trank. Sie stellte die Flaschen auf den Küchentisch und begann, nach dem Korkenzieher zu suchen. Nachdem sie alle Schubladen durchwühlt hatte, fiel ihr ein, dass sie ihn seit dem Umzug noch nicht benutzt hatte. So lange hatte sie keinen Wein getrunken. Sie klopfte sich gedanklich auf die Schulter.

Ausgelöst hatte ihre Enthaltsamkeit eine längere Diskussion mit Jan-Jonas. Sie hatte sich geweigert, aus einem gemeinsamen Weinglas zu trinken, ebenso wie sie abgewehrt hatte, Wein aus diesen neuerdings überall angebotenen Kartons zu trinken.

„Zu verfänglich, dann verliere ich den Überblick."

„Den Überblick? Musst du den Überblick behalten?"

Sie war gekränkt gewesen, dass er offensichtlich nicht mehr wusste, was sie ihm zu Beginn ihrer Beziehung anvertraut hatte: Dass ihr Vater an einer Leberzirrhose gestorben war. Dass sie deshalb sorgfältig darauf achtete, wie viel sie trank.

Also erklärte sie es ihm noch einmal: „Ich will nicht einfach drauf los trinken, ich möchte nicht als Alkoholikerin enden."

Jan-Jonas richtete sich im Sessel auf und schaute sie prüfend an: „Wie viel trinkst du, wenn du alleine bist?"

„Das ist für mich das Schönste am Feierabend, mich in meinen Sessel hauen und ein schönes Glas Rotwein trinken, na ja, manchmal auch zwei."

Trotzig fügte Marie hinzu: „Ich brauche das, um abzuschalten."

„Du brauchst das – jeden Abend?"

„Werde ich hier verhört, oder was?" Marie hatte sich an die Stirn getippt, aber in ihrem Inneren gewusst, dass Jan-Jonas recht hatte, sie wurde nervös, wenn sie keinen Wein in greifbarer Nähe hatte.

Aber jetzt hatte sie bewiesen, dass es ohne Alkohol ging, und heute, fand sie, hatte sie sich wirklich ein Glas

Wein verdient. Wo war nur der blöde Korkenzieher? Sie begann ein weiteres Mal, die Schubladen aufzuziehen. Halt, im Vorratsraum stand doch noch eine unausgepackte Kiste. Sie war schwer, aber es gelang ihr, sie aus dem dunklen Räumchen ins Helle zu zerren.

In dem Moment betrat Anna den Raum. Ihr Blick flog von den beiden Weinflaschen auf dem Küchentisch zu ihrer Mutter, die mit gerötetem Gesicht, in einer Hand einen Gemüsehobel und in der anderen ein Passiersieb, nur zögernd aufsah.

Anna ging zum Kühlschrank, öffnete die Tür und schloss sie wieder, öffnete sie ein zweites Mal und schlug sie wieder zu. Mit einem verächtlichen Zischen drehte sie sich um und verließ die Küche.

Marie ließ die Gerätschaften in den Karton fallen und schob und ruckelte ihn zurück in das Kämmerchen. Ihr Blick fiel auf die Flasche Rum im hintersten Regal – Grog wärmte einen so wunderbar an Leib und Seele. Sie zögerte, dann ging sie gebückt rückwärts in die Küche zurück, fischte im Schrank nach einem Beutel Baldriantee und ihrer Lieblingstasse, stellte Wasser auf und verzog sich mit dem dampfenden Getränk ins Bett.

Sie hatte ein paar Seiten gelesen, als ihr einfiel, dass ihr Schweizer Taschenmesser über einen Korkenzieher verfügte. Kurz kämpfte sie mit sich, stand aber nicht mehr auf.

Sie hatte schon so oft gelesen, dass jemand sich in den Schlaf weinte. Wenn sie nur wüsste, wie das ging.

18

„Wo ist denn bloß der Briefkastenschlüssel?" Marie wühlte in der großen, runden Holzschale auf dem Dielenschränkchen. Sie war sicher, ihn gestern zurückgelegt zu haben. Sie fischte die drei farbigen Bänder mit den Hausschlüsseln, zwei abgekaute Bleistifte, Büroklammern und mehrere Altbatterien aus dem Wust, um einen besseren Überblick zu haben.

„Ihr braucht ein Brett mit Haken für die wichtigsten Schlüssel", hatte Jan-Jonas häufig gesagt und sie nahm sich fest vor, das demnächst zu besorgen. Pah, sie kam auch ohne ihn zurecht. Er würde sich wundern, wie gut!

Wenn sie ihn nicht nur so vermissen würde ... Jeden Tag galt ihr erster und ihr letzter Gedanke ihm. Und zwischendrin oft genug auch.

Sie klopfte an Annas Zimmertür. Nichts rührte sich. Sie klopfte nochmals.

„Es ist Samstag, vergessen?" Wie schaffte es ihre vor kurzem noch so liebenswürdige Tochter bloß, so unwirsch zu klingen?

Marie öffnete die Tür einen Spalt: „Hast du den Briefkastenschlüssel gesehen?"

„Hab ich nicht, frag doch mal deinen Sohn." Anna bedachte ihre Mutter mit einem bösen Blick und zog die Decke höher.

Lukas saß im Bett und sortierte Einklebebildchen; er schüttelte den Kopf, als sie nach dem Schlüssel fragte. „Ich guck doch nie nach der Post, frag Anna."

Natürlich, „Herr Niemand", wie immer.

Als Marie Lukas' Zimmer verließ und überlegte, ob sie beim Vermieter im Erdgeschoss klingeln sollte, um nach dem versprochenen Zweitschlüssel zu fragen, sah sie im Augenwinkel, wie Annas Zimmertür geschlossen wurde. Sie ging in die Diele und beugte sich über den Teller. Am Rand, ein wenig verdeckt von einem Zettel mit einer darauf gekritzelten Telefonnummer, lag der Schlüssel.

Marie fingerte den Packen Post aus dem Kasten und betrachtete die schräge, verschnörkelte Schrift auf dem großen, braunen Umschlag. Tatsächlich, ihre englische Gastmutter hatte die versprochenen Fotos geschickt! Sie war gespannt, wie „ihre" Kinder inzwischen aussehen würden, mehr als zwanzig Jahre, nachdem sie sie als Au Pair betreut hatte.

Wie immer jede Menge Werbung, zwei Umschläge, die garantiert Rechnungen enthielten, und ein grauer aus Büttenpapier, auf dem ein mit der Maschine geschriebenes, weißes Etikett mit ihrer Anschrift klebte. Sie drehte den Brief um, kein Absender. Offensichtlich hatte jemand Pappe hineingelegt, der Umschlag war sehr fest. Wahrscheinlich hatte Cornelia Skizzen für Bühnenbilder geschickt, das hatte sie ihr neulich, bei ihrem Besuch in Hamburg, angekündigt. „Damit du siehst, mit was ich mich beschäftige, Mausi."

Die restliche Post unter den linken Arm geklemmt, strich sie mit dem Finger über das Papier, sie spürte die winzigen kleinen Holzpartikel unter dem Daumen, es fühlte sich gut an. Langsam stieg sie die Stufen zu ihrer Wohnung hoch; Cornelia schrieb sehr schöne Briefe, sie hatte eine anschauliche Art, zu erzählen und einen an ihrem Leben teilhaben zu lassen. Gab es etwas, das diese Frau nicht konnte?

Marie schmiss sich in ihren Sessel, schwang genüsslich die Beine über die Lehne und griff nach dem großen Kuvert. Etwas ließ sie innehalten. Sie legte den Umschlag neben sich auf den Boden und hangelte nach dem grauen Brief aus Bütten, schob ungeduldig ihren Zeigefinger in die Falz und riss ihn auf. Er enthielt einen weißen Bogen und als sie ihn entfaltete, wusste sie endgültig, dass der Brief nicht von Cornelia war. Und das nicht nur, weil ein Wohnungsschlüssel darin lag. Nur ein Mensch wusste, welche Schrifttype sie favorisierte, *Bradley Hand*, Jan-Jonas.

Meine allerliebste Marie! Bitte entschuldige, dass ich diesen Brief mit dem PC schreibe, aber Du hast Dich schließlich oft genug über meine Klaue beschwert.

Du wunderst dich über die Anrede nach unserer Trennung? Du bist mir das Liebste auf der Welt, aber ich kann nicht mit Dir zusammen sein, und das bringt mich fast um.

Marie ließ den Brief sinken und blinzelte. Sie hatte es die ganze Zeit geschafft, Jan-Jonas aus dem Weg zu gehen, hatte nicht den Kopierer benutzt, der auf seiner Etage stand – das war früher immer eine willkommene Chance auf ein „zufälliges" Treffen gewesen – sie hatte die Küche gemieden, sich morgens in den Verlag geschlichen und abends herausgestohlen. Seine diversen SMS „Du fehlst mir so", „Ich vermisse dich", die sie in der ersten Woche nach der Trennung erhalten hatte, ließ sie unbeantwortet, obwohl es sie körperlich schmerzte.

Michael hat unsere Geschichte tragisch genannt. Furchtbar tragisch. Und das ist sie, liebste Marie. Aber er konnte mich auch verstehen.

„Du brauchst dich nicht zu entschuldigen", flüsterte Marie und nestelte ein zerknülltes Taschentuch aus ihrer Trainingshose.

Ihre Augen flogen über den Brief. Mit welchen Worten hatte er ihn beendet? Sie blieb an einem eingerückten Zitat hängen:

„Die bittersten Worte, die Menschen einander sagen, wirken selten so entzweiend, wie die ungesprochenen, die der eine vom andern vergeblich erwartet." Hans Carossa

Sie fuhr zurück. Wie meinte er das? Wieso schrieb er ihr ein solches Zitat? Und überhaupt – sie war die Sprüchefrau, nicht er.

Verwirrt schaute sie auf die letzten Zeilen:

Es tut mir so leid, dass ich dir wehgetan habe, vielleicht tröstet es dich ein bisschen, dass ich mir genauso wehgetan habe. Verzeih mir, dass ich nicht stark genug war. Ich werde unsere Zeit immer als etwas ganz Besonderes in Erinnerung behalten. Dein Jan-Jonas

Ihre Augen suchten wieder das Zitat: *Die der eine vom anderen vergeblich erwartet.*

Sie lehnte sich zurück und ließ jedes einzelne Wort auf sich wirken. Konzentrierte sich. Durchforstete ihr Gedächtnis.

Eine Erinnerung bahnte sich langsam ihren Weg. An eine Situation, die in ihr noch heute den glühenden Wunsch weckte, es hätte sie nicht gegeben. Sie hatten sich geliebt, erst zum zweiten Mal, und lagen Löffelchen im Bett.

Er strich mit dem Zeigefinger über ihren Unterarm und beinahe schnurrte sie vor Behagen.

„Ich liebe dich", hauchte er in ihr Ohr.

Augenblicklich verkrampfte sie sich. „Wie kannst du das sagen. Wir kennen uns doch erst seit ein paar Wochen. Verliebt, okay, aber Liebe?"

Mein Gott, hatte sie schulmeisterlich geklungen. Warum hatte sie seine Liebeserklärung nicht einfach annehmen und sich freuen können? Weil sie selber sich jegliche Gedanken in der Richtung untersagt hatte?

Marie ballte die Hand zur Faust und schlug auf die breiten, mit Zierkordel abgesteppten Rippen des Sessels, es klang dumpf, und es staubte.

„Wann frühstücken wir?" Lukas stand in der Tür, und ihr fiel wieder einmal auf, wie schmächtig er für sein Alter war.

Hastig faltete sie den weißen Bogen und steckte ihn zurück in den Umschlag, dann stand sie auf und schob ihn zusammen mit dem großen Brief auf ihren Schreibtisch, neben den Laptop.

„Von wem ist die Post?", fragte Lukas.

„Von meiner Gastmutter aus England. Gehst du Anna fragen, ob sie mit uns frühstücken will?"

Später epilierte Marie im Badezimmer ihre Beine, als Anna hereinkam. Die zuckte zurück: „Kannst du nicht abschließen?"

Marie antwortete nicht. Immerhin hatte Anna sich herabgelassen, mit ihnen zu frühstücken, auch wenn sie sich an der Unterhaltung so gut wie nicht beteiligt hatte; wenn man mal davon absah, dass sie gemault hatte: „Haben wir kein anderes Brot mehr?" Und etwas später: „Warum essen wir nie Kochschinken, der hat doch viel weniger Kalorien."

Sorgfältig fuhr Marie mit dem Gerät über die Zone rund um ihren rechten Knöchel, ehe sie sich aufrichtete.

„Bekomme ich später auch so etwas?"

„Was meinst du?", fragte Marie verwirrt.

Anna zeigte auf die kleinen, unregelmäßigen Pünktchen und Erhebungen auf Maries Beinen. „Das da, die komischen Pickel." Ihrem Tonfall nach hätte man meinen können, es handele sich um die Krätze.

„Vielleicht, vielleicht auch nicht", murmelte Marie. „Ich creme mich noch ein, dann kannst du ins Bad, okay?"

Anna rollte mit den Augen und ließ ihre Hand auf die Türklinke fallen. Beim Rausgehen sagte sie mit verächtlichem Unterton: „Als wenn das noch helfen würde."

Marie beugte sich über ihre Beine und betrachtete sie mit brennenden Augen. Sie hatten mal glatter ausgesehen, ohne Frage, und glatter angefühlt hatten sie sich auch. Sie seufzte und cremte sich sorgfältiger ein als sonst, dann schlüpfte sie in ihre Jeans. Mit der Bürste in der Hand trat sie vor den Spiegel, drehte und wendete den Kopf; egal aus welcher Perspektive sie sich betrachtete, jung sah sie nicht mehr aus.

„Der Lack ist ab", sagte sie laut und schnitt eine Grimasse, jetzt begann sie schon die Sprüche ihrer Mutter aufzusagen! Sie knallte die Bürste in das weiße, hohe Porzellangefäß, das polternd umfiel und dabei den Henkel an der rechten Seite einbüßte. „Scherben bringen Glück", murmelte sie und fragte sich im selben Atemzug, was für ein Glück das denn sein sollte.

Immerhin würde es nun diese ständigen Berechnungen nicht mehr geben: „Wenn er so und so alt ist, dann bist du schon ... alt, und das in allen möglichen Zeitsprüngen, auf Jahre hinaus. Ihre Mutter hatte gesagt: „Wenn er im besten Mannesalter ist, dann plagst du dich mit den Wechseljahren." Marie rechnete es ihr hoch an, dass sie das erst nach der Trennung geäußert hatte.

„Das Bad ist frei, ich gehe einkaufen, bis später." Sie schnappte sich die große, rote Klappkiste und überlegte kurz, dann nahm sie auch noch die kleine Kiste mit den Henkeln mit, sie war praktisch für Gemüse und Obst.

Der Regen floss in dichten Bahnen auf den Asphalt. Ihr Auto stand auf der anderen Straßenseite. Als es im Verkehrsfluss endlich eine Lücke gab, zog sie die Schultern ein und rannte hinüber. Als sie fast bei ihrem Golf angelangt war, rutschte ihr die kleine Kiste aus den Händen.

Fluchend grabbelte sie sie auf und knallte sie zusammen mit der großen in den Kofferraum.

Marie klemmte sich hinters Steuer, ließ den Motor an, wischte mit dem Ärmel über die in Windeseile beschlagenden Fenster und betätigte den Scheibenwischer. Der kratzte zweimal über die Scheibe, dann blieben die Flügel ächzend in der Luft stehen.

Sie umklammerte das Lenkrad mit beiden Händen, ließ die Stirn darauf sinken und schloss die Augen. Selbst ihre Tränen ließen sie im Stich. Nur der Regen rann über die Windschutzscheibe. Gleichmäßig und gleichmütig. Und kein Ende in Sicht.

19

Sehnsuchtswetter! Als Marie morgens aus dem Fenster schaute, durchzuckte sie ein spitzer Schmerz. Im Winter allein zu sein war eindeutig leichter gewesen als jetzt – der Frühling zeigte sich mit Macht und die Menschen drängten nach draußen. Voriges Jahr um diese Zeit hatte es angefangen zwischen Jan-Jonas und ihr ...

Natürlich hatte es auch in ihrer gemeinsamen Zeit Tage gegeben, an denen er fort war. Er besuchte seine Eltern mindestens einmal im Monat (was ihr jedes Mal ein schlechtes Gewissen machte, weil sie ihre Mutter viel seltener sah). Aber selbst wenn er im Münsterland oder auf einer seiner Geschäftsreisen war, so hatte es ihn doch in ihrem Leben gegeben, da war jemand gewesen, zu dem sie hindenken konnte.

Der Himmel war von tiefem Blau; sie hatte mal behauptet, dass es in ihrer alten Heimat am Niederrhein nie einen Himmel von solch intensiver Farbe und solcher Klarheit gegeben hatte, aber das bildete sie sich bestimmt ein.

Sie hatte ihr kinderfreies Wochenende und fragte sich, wie sie es überstehen sollte. Früher hatte sie diese Tage geliebt. Auch vor der Zeit mit Jan-Jonas hatte sie stets ihrer Zeit allein entgegengefiebert – meistens konnte sie sich zwischen den vielen Aktivitäten, die ihr in den Sinn kamen, kaum entscheiden.

Kraftlos drehte sie sich einmal um sich selbst, ging ziellos durch die Wohnung.

Auf der Kante ihres Sessels lag ihr Italienisch-Lehrbuch, sie nahm es und blätterte darin. Zeit zum Lernen hätte sie jetzt genug – aber es fehlte der Anreiz, die gemeinsame Rom-Reise. Sie tadelte sich für diesen Gedanken, nannte sich abwechselnd kleinkariert, unselbständig und faul, dann zuckte sie mit den Schultern und pfefferte das Buch auf die Sitzfläche.

Auf ihrem Schreibtisch stapelten sich die Papiere (es beschlich sie das ungute Gefühl, es könnten unbezahlte Rechnungen darunter sein), in der Küche knirschte der Boden unter den Füßen (wenn sie ehrlich war, in der ganzen Wohnung), die Kühlschrankfront war übersät mit Fingerabdrücken, die Nirostaspüle stumpf und fleckig. Auf der Anrichte lag ein Häufchen ausgetriebener Zwiebeln und aus dem Körbchen mit den Kartoffeln roch es säuerlich. Sie beugte sich darüber, fischte eine angefaulte heraus und ließ sie mit spitzen Fingern in den Müll fallen. Jan-Jonas würde jetzt den Abfall-Beutel herausnehmen, vor die Wohnungstür stellen und bei nächster Gelegenheit entsorgen, ging ihr durch den Kopf. Er ist einfach so scheiß-ordentlich, dieser Typ – sie trat heftig vor die Schranktür. Der daran befestigte Abfallbehälter sprang aus der Schiene, und sie hatte ihre liebe Mühe, ihn wiedereinzusetzen.

Sie schaute in Annas Zimmer und zog mit einem Ruck die Tür wieder zu. Bei Lukas sah es auf den ersten Blick halbwegs manierlich aus, aber es roch merkwürdig. Sie trat näher und sah unter dem Bett seinen Turnbeutel liegen; als sie ihn aufmachte, fielen ihr zwei schwarz gefärbte, an den Nähten aufgeplatzte Bananen und ein angebissener, verschimmelter Apfel entgegen. Am liebsten hätte sie den kompletten Beutel entsorgt, aber nach kurzer Überlegung trug sie ihn fluchend ins Bad.

Dort machte sie eine stattliche Anzahl an Wollmäusen aus, im mit Spritzern übersäten Spiegel blickte ihr ein blasses Gesicht entgegen. Sie ging weiter, in ihr Schlafzimmer. Hier lagen Pullover, T-Shirts, Unterhemdchen, Hosen und Tücher in einem Riesenknäuel über dem stummen Diener. Das meiste nur einmal getragen; sie konnte sich weder aufraffen, es in die Waschmaschine zu tun, noch in den Schrank zurückzuhängen – in diesem halbgaren Zustand zwischen noch nicht schmutzig und nicht mehr frisch. Sie nahm kraftlos einen Pulli in die Hand, schnüffelte daran und legte ihn an dieselbe Stelle zurück. Der ganze Haufen kam in Bewegung und bis auf zwei dunkle Jeans fiel alles auf die Erde. Fluchend bückte sie sich, um den Kladderadatsch aufzuheben, sah den Staub auf den herumliegenden Kniestrümpfen, griff nach den geringelten Söckchen, die sie vor ein paar Tagen im Anblick von Sonne erwartungsfroh aus der untersten Schublade gezerrt hatte, und rollte sie ordentlich zusammen.

Inmitten ihrer Sneakers und einem Paar Pumps lagen ihre geliebten Stiefel – der eine platt, der andere am Schaft geknickt. Achtlos auf den Boden gepfeffert, schienen sie sie vorwurfsvoll anzuschauen. Den Kindern bläute sie ein, Lederschuhe ordentlich zu pflegen, und sie selber schaffte es nicht einmal, Schuhspanner zu verwenden, vom Einfetten ganz zu schweigen.

Was war sie nur für eine Mutter? Wütend schlug sie mit der Faust aufs Bett. Aber wie sollte man das auch alles schaffen? Nein, so hatte sie sich ihr Leben nicht vorgestellt: gerade mal vierzig und schon völlig frustriert, zwei Teenie-Blagen im Haus, einen unbefriedigenden Job, keinen Kerl an ihrer Seite. Hatte nicht neulich jemand gesagt, sie sei eine tolle Frau? Tolle Frauen gab es nur beim Frisör, in den Hochglanzheftchen!

Sie schob mit dem Mittelfinger ihre Brille hoch und benutzte dann beide Hände, um sie gerade zu rücken. Beim Optiker war sie immer noch nicht gewesen. Das war es doch! Sie würde in die Stadt radeln, dann wäre sie wenigstens schon mal an der frischen Luft. Danach sah man weiter.

Als sie ihr Fahrrad vor dem Geschäft abschloss, sah sie, dass es gerammelt voll war. Wohl doch keine so gute Idee, am Samstag zum Optiker zu gehen. Sie zögerte kurz, gab sich aber einen Ruck, denn später würde es auch nicht leerer sein, und inzwischen nervte sie, dass ihre Brille so locker saß. Sie betrat das Geschäft und wandte sich nach rechts, Richtung Tresen, in der Hoffnung, dort einen Ansprechpartner zu finden.

„Und wie gefällt dir diese?"

Marie fuhr herum, in der Ecke links von ihr stand Lucie, das Lämmchen, und legte kokett den Kopf schief. Sie trug ein Gestell, das dem von Marie verdammt ähnlich sah. Zwar war das Horn deutlich heller, aber die Form war exakt die gleiche. Vor ihr, mit dem Rücken zu Marie, hielt Jan-Jonas in seiner linken Hand ein ganzes Bündel von Brillen, sie baumelten an den Bügeln herab. Er wandte sich langsam um, folgte Lucies Blick.

Marie war am schnellsten.

„Hallo", hauchte sie, deutete auf ihre Brille, auf die Trauben von Menschen, murmelte etwas Unverständliches und schoss aus dem Laden.

Halbblind tastete sie nach dem Fahrradschloss, wollte aufsteigen, überlegte es sich anders und schob das Gefährt betont ruhig über den Bürgersteig, Richtung Innenstadt. An der nächsten Ecke bog sie in die Fußgängerzone ein, registrierte verwirrt den Strom ihr entgegenkommender Menschen. Erschien es ihr nur so, oder waren heute alle besonders farbenfreudig, besonders fröhlich angezogen?

Und überall Paare: Die Arme um Schultern und Hüften geschlungen, langsam dahinschlendernd, liebevoll untergehakt mit forschem Schritt, oder Hand in Hand, vertraut, voller Wärme.

Sie rief sich Jan-Jonas' Fehler ins Gedächtnis, aber es half nicht.

Im Schaufenster begegnete sie ihrem Spiegelbild: Vornübergebeugt, als müsse sie sich gegen Wind stemmen, müde und blass. Sie richtete sich auf, ruckelte die Schultern zurecht, blies den Pony hoch. Wäre doch gelacht!

Am späten Nachmittag keuchte Marie schwer beladen die vier Stockwerke hoch, in jeder Hand zwei Tüten, in der rechten zusätzlich einen schmalen, hohen Korb aus Weidengeflecht. Als sie die Wohnungstür öffnete und ihr die abgestandene Luft entgegenkam, ließ sie alles fallen und rannte von Zimmer zu Zimmer, um die Fenster aufzureißen.

Sie begann in ihrem Schlafkämmerchen. Nur die beiden Jeans schafften es zurück in den Schrank, alles andere warf sie im Flur auf den Boden. Das Bett bezog sie frisch mit ihrer Lieblingswäsche, der weißen mit den kleinen bunten Blüten. Marie wischte Staub auf dem schmalen Bettkasten (hatte sie das jemals zuvor getan?) und auf dem winzigen Nachttisch. Nachdem sie gründlich gesaugt hatte, wischte sie den Holzboden nebelfeucht, dann holte sie den Glasreiniger und machte das

Dachfenster sauber. Nach einem prüfenden Blick in das winzige Zimmerchen schloss sie zufrieden die Tür.

Sie trug den Haufen getragener Kleider (nach kurzem Zögern auch die aus Annas Zimmer) und die abgezogene Bettwäsche ins Bad. Als sie sie in den großen Wäschebehälter versenken wollte, hielt sie inne und holte aus der Diele den frisch erstandenen Korb. Er passte genau in die Ecke zwischen Wanne und Waschmaschine, sie musste ein bisschen nachhelfen und ihn etwas quetschen, aber es ging. Sie warf die Weißwäsche, die sie aus dem großen Behälter gefischt hatte, hinein und den ganzen Haufen dunkler Wäsche in den anderen. Als sie die erste Ladung in die Waschmaschine gestopft hatte und die zu laufen begann, fühlte es sich an, als würde sie von einer Freundin unterstützt.

Marie blickte ins Wohnzimmer, auf das verstaubte Klavier, auf den Stapel Papiere auf ihrem Schreibtisch. Das würde sie zum Schluss machen. Sie freute sich darauf, die neu erstandene Schreibtischunterlage, die Stehsammler und die Ordnungskästen auszupacken.

Also in die Küche. Mit hochgerollten Ärmeln stürzte sie sich auf die Spüle, schrubbte sie so hingebungsvoll, als gelte es, die Menschheit bedrohende Bakterien auszurotten. Die ausgetriebenen und stellenweise schon faulenden Zwiebeln fegte sie mit dem Arm in den Müll, die Kartoffeln würde sie morgen kochen. Sie ging zur Fensterbank und drehte am Radioknopf, ihr Lieblingssender SWR3 war eingestellt, aber die Musik gefiel ihr nicht. Auf HR2 gab es Oldies zum Mitsingen, schon besser.

Die verkrusteten Müslischälchen vom Vortag stellte sie in die Spüle zum Einweichen und ärgerte sich, dass sie wieder Wasserflecken produzierte. Wie dumm von ihr, das Spülbecken als erstes sauberzumachen. Das passierte ihr sonst nie. Sie putzte alle Gewürzdöschen, Pfeffer- und Salzstreuer, wischte über den Zuckertopf, löste von Öl- und Essigflasche die fettigen Schlieren, polierte die Teekanne. Die völlig versiffte Maggi-Flasche bewahrte sie bis zum Schluss auf. Mit einem Küchenmesserchen kratzte sie verbissen die verkrustete, dunkle Pampe rund um den Ausgießer ab (gab es ein Patentrezept, um diesen Dreck zu verhindern?) und legte die Spitze frei. Vier Blatt Haushaltsrolle gingen drauf. Immer wieder wischte sie über Hals und Bauch der Flasche, bis sie makellos glänzte. Sie ging in den Flur, holte aus einer Tüte ein mittelgroßes, weißes Tablett und arrangierte die Streuer und die Flaschen darauf. Das Maggi hatte sie schon in den Schrank gestellt, sie holte es heraus und setzte es mit einem lauten Knall dazu, rieb sich die Hände und betrachtete ihr Werk wohlgefällig.

Nach weiteren zwei Stunden glänzten die Fronten der Küchenmöbel, der Kühlschrank war ausgewischt, ebenso der Backofen. Die Herdplatten bekam sie nicht mehr ganz sauber, kramte deshalb aus der Umzugskiste im Kämmerchen die weißen Emaille-Abdeckungen heraus. Dabei fiel ihr die Flasche Rum ins Auge. Verwundert registrierte sie, dass nur noch ein Fingerbreit Flüssigkeit darin war. Gut, sie hatte ab und an ein Schlückchen in den Tee getan und manchmal auch abends einen Grog getrunken, aber sie hätte schwören können, dass die Flasche noch halbvoll war.

Sie fegte gründlich, staubsaugte intensiv (ach, wenn Jan-Jonas sehen könnte, wie sie die Fuß- und Türleisten absaugte!) und wischte den Boden mehrmals, bis das Wasser völlig klar war.

Als sie um zwei Uhr morgens todmüde in ihr Schlafkämmerchen wankte, fiel ihr Blick auf die an die Wand gepinnten Streifen mit den Automatenfotos, die Jan-Jonas und sie vor einiger Zeit (wie lange war das her?) gemacht hatten. Albern, strahlend, kichernd, Fratzen schneidend, unbeschwert, jung.

Sie hatten öfter darüber gesprochen, mal „richtige" Fotos von sich zu machen – so wie alle ihre Freunde Bilder von sich als glücklichem Paar in der Wohnung hatten – dazu würde es nun nicht mehr kommen.

Mit einem Ruck entfernte sie die Streifen von der Wand und wollte sie durchreißen. Sie zögerte, dann legte sie sich bäuchlings in die Kissen. Der geschlossene Bettkasten reichte bis auf den Boden, sie tastete mit den Fingern entlang und fand eine Stelle, durch die sie die Bilder in den Hohlraum schieben konnte. Sollte sie jemals wieder ausziehen, dann würde sie auf die Fotos stoßen: Vergilbt und verstaubt, aus einer längst vergangenen Zeit. Wie sie dann wohl über diese Episode denken würde?

20

„Schönes T-Shirt", erklang eine näselnde Stimme. Marie fuhr herum.

Jan-Jonas stand hinter ihr (am Kopierer in *ihrem* Stockwerk!) und sah ziemlich erbarmungswürdig aus.

„Oh, du hörst dich nicht gut an." Marie beugte sich vor und rückte den Papierstapel im Einfüllfach gerade.

„Ich kann mich nicht erinnern, wann ich jemals so verschnupft war." Er zog ein Taschentuch aus seiner Hose. „Das gefühlt dreißigste heute", sagte er, wandte sich ab und putzte sich geräuschvoll die Nase. Selbst das vermisste sie, niemand schnaubte dermaßen laut.

„Marie", er zögerte, während er das Tuch zurück in die Tasche stopfte, „dass du uns am Samstag beim Optiker – ich meine, dass ich mit Lucie eine Brille kaufen war, das –, ich würde dir das gerne erklären."

„Du bist mir doch keine Rechenschaft schuldig." Marie griff nach den Kopien und hob den Deckel, um die Vorlage herauszunehmen.

„Gute Besserung." Sie wandte sich zum Gehen. „Ich bin gespannt, was ihr ausgesucht habt." Sie wusste, dass ihre Munterkeit aufgesetzt klang, aber sie konnte es nicht abstellen. Immerhin war das nicht gelogen, sie war wirklich gespannt auf Lämmchens neue Brille.

„Schau mal ins Intranet – bei den offenen Stellen." Er erwischte sie am Ellenbogen und raunte ihr zu: „Die Werbemailings, ich habe Filou davon erzählt."

Verständnislos sah sie ihn an und drehte sich weg. Er sah wirklich blass aus, der Arme.

In ihrem Büro stürzte Marie zum Ficus und rupfte ein paar vertrocknete Blätter ab. Ebenso vom Farn. Die

Friedenslilie goss sie so reichlich, dass das Wasser auf dem Unterteller überlief und sich auf der Fensterbank ausbreitete. Mit einem Taschentuch tupfte sie hastig die Lache trocken. Sie zog die Schublade des Containers auf, sie klemmte, sie tastete hinein und rückte ungeduldig den Tacker aus dem Weg. Es wäre eine gute Idee, ihre Stifte zu sortieren, viele Filzer waren so gut wie leer, sie würde gleich runter laufen und sich neue besorgen. Als sie sich ein paar Erdnüsse in den Mund werfen wollte, machte es „pling" und eine E-Mail ploppte auf, sie drehte sich zum Computer, fast sicher, dass es eine Erklärung von Jan-Jonas war. Was sie sah, ließ sie die Schublade mit einem Ruck zuschieben.

Eine Terminanfrage. Von Frenzel-Fallou. Vom Geschäftsführer. „Besprechungsinhalt: Cover der neuen Buchreihe. Heute, 17.00 Uhr". In seinem Büro, das ihr seinerzeit, bei ihrem Bewerbungsgespräch so gut gefallen hatte.

Konnte *sie* gemeint sein mit diesem Termin? War der Sekretärin womöglich der falsche Empfänger in die E-Mail gerutscht? Die Produktion kümmerte sich um die Buchcover – und die jeweiligen Lektorate, also ihr Chef. Der war auf Dienstreise. Ab und an nahm auch Frenzel-Fallou an den Runden teil. Sehr seltsam. Sie tippte auf die Funktion „Zusagen", sollte sie nicht gemeint sein, würde es nun auffallen. Nichts geschah. Sie begann zu schwitzen.

Wenigstens hatte sie eine ordentliche Hose an und das neue lila T-Shirt, einen lila Gürtel. Hatte sie sich etwas zuschulden kommen lassen?

Sie öffnete die Datei, an der sie zuletzt gearbeitet hatte, da klingelte das Telefon. Hastig schluckte sie die letzten

Erdnüsse hinunter und nahm ab. Es war Schliefer, der Jura-Lektor.

„Ich habe zwei Karten für die Oper für nächsten Donnerstag und meine Schwester hat vor wenigen Minuten abgesagt. Hätten Sie Lust, mich zu begleiten?"

Was für ein Tag! Wieso kam immer alles auf einmal?

Schliefer räusperte sich. „Turandot bei den Maifestspielen, ich lade Sie natürlich ein."

„Hm", sagte Marie zögerlich, „kann ich morgen Bescheid sagen? Ich muss sehen, ob mein Sohn bei einem Freund übernachten kann."

Opern waren so ziemlich das Einzige, wozu sie Jan-Jonas nicht hatte bewegen können – außer in der Arena in Verona, aber da war die Musik zweitrangig gewesen. Gemeinsam mit den vielen Menschen und ihren gut gefüllten Picknickkörben auf den steinernen Stufen den lauen Sommerabend mit langsam einsetzender Dämmerung genießen, das war etwas ganz Besonderes.

Turandot wäre schön. Und einmal bei den Maifestspielen dabei sein ...

„Wenn das klappt, dann gern."

„Ich freu mich drauf", erwiderte Schliefer.

Als sie den Hörer aufgelegt hatte, fiel ihr ein, dass eine Retourkutsche das letzte war, was sie beabsichtigte. Aber sie würde Jan-Jonas bestimmt nicht im Theater begegnen.

Sie sollte doch in die Jobbörse schauen. Verständnislos schaute sie auf den Bildschirm, neben der Controlling-Stelle, die schon länger drin stand, war der Job des Werbeleiters ausgeschrieben.

Das bedeutete, Keipgen würde gehen, das war keine große Überraschung. Man wusste, dass er unzufrieden war, sich mit dem Produktionsleiter überworfen hatte und auch mit seinem Chef öfter aneinandergeriet.

Aber konnte Jan-Jonas diese Stelle meinen? Sie schüttelte den Kopf. Dafür fehlte ihr die Qualifikation.

„Textsicherheit und Formulierungsfreude", na ja, mindestens mit letzterem konnte sie vielleicht dienen.

Aber: „Beherrschung der gängigen Grafikprogramme"? – sie konnte gerade mal ein bisschen QuarkXPress, das hatte Jan-Jonas ihr beigebracht, als sie an dem Informationsflyer für neue Kollegen gearbeitet hatten.

„Erfahrung bei der Auswahl und der Steuerung von Agenturen."

Sie hatte Erfahrung in der Steuerung von *Problemen*. Ärgerlich klickte sie die Seite weg, was hatte er sich dabei gedacht.

Marie schaute auf die Uhr, gleich fünf. Sie rieb zum zigsten Mal ihre feuchten Handflächen an der Hose ab. Dann drehte sie erneut den bunten Stifteköcher ein wenig, rückte das dazu passende Ablagekörbchen gerade, schob die Schreibunterlage ein wenig hin und her und trat einen Schritt zurück, um das Ganze zu begutachten. Um halb fünf (eine halbe Stunde vor dem Termin!) hatte die Sekretärin von Frenzel-Fallou angerufen, um ihr mitzuteilen, dass das Gespräch in Maries Büro stattfinden würde. „Das macht er manchmal, zu den Leuten gehen", hatte sie gleichmütig geantwortet, als Marie „In meinem Büro?" in den Hörer gerufen hatte. Schrill und unprofessionell. Sie schüttelte sich bei der Erinnerung daran.

Sie beugte sich weit vor, um die Vase mit den dunkelroten Ranunkeln, die sie sich heute zum Start in die

Woche geleistet hatte, vom Schreibtisch zu nehmen und auf der Fensterbank, neben dem Farn und der Friedenslilie, zu platzieren. Dafür musste sie die beiden Grünpflanzen zusammenrücken. Sie trat einen Schritt zurück, das sah gequetscht aus, sie schob die Vase ein Stück nach hinten, aber es wurde nicht besser. Auf dem Schreibtisch kam der Strauß mehr zur Geltung. Sie stellte sich auf die Zehenspitzen, hangelte nach der bauchigen, schweren Vase, und als sie sie einigermaßen sicher in der Hand hielt und sich umdrehte, klopfte es am Türrahmen.

„Ein schönes Bild – Ranunkeln mit Dame." Frenzel-Fallou lächelte und sie dachte verwirrt, dass er ein sehr attraktiver Mann war.

„Darf ich?" Er trat näher und nahm ihr die Vase ab. „Soll sie auf dem Schreibtisch stehen?"

Marie nickte.

„Die haben Sie aber nicht extra für mich besorgt."

Wann denn, Sie Witzbold, schoss Marie durch den Kopf. „Dazu wäre keine Zeit gewesen." Sie ärgerte sich, dass ihre Stimme zittrig klang.

„Richtig, ich habe mich kurzfristig entschieden, zu Ihnen zu kommen. Setzen wir uns." Frenzel-Fallou ging zur Tür, schloss sie, zog einen Klappstuhl aus der Ecke und ließ ihn geschickt in der Hand kreisen. Als er keine weitere Sitzgelegenheit entdeckte, deutete er auf Maries Schreibtischstuhl. Sie rollte ihn zu dem kleinen Tisch und setzte sich zögerlich, während er sich ihr rittlings gegenübersetzte.

„Haben Sie heute schon ins Intranet geschaut, in die Jobbörse?"

Marie fühlte die Röte kommen und verfluchte, nichts dagegen tun zu können.

„Ja, habe ich."

„Und, was haben Sie entdeckt?" Frenzel-Fallou schien die Situation Freude zu bereiten, er lehnte sich zurück und faltete die Hände über dem Bauch, der sich deutlich über dem Hosenbund abzeichnete. Das Hemd spannte. Marie mochte schlanke Männer, aber der Attraktivität dieses Mannes taten die paar Kilos zu viel keinen Abbruch. Mit dem blonden, superkurzen Meckischnitt sah er geradezu lausbübisch aus. „Zwei Stellenausschreibungen", stammelte sie, „aber ich verstehe nicht, was das mit mir zu tun hat."

„Tja, ich hab mir schon gedacht, dass ich nachhelfen muss." Frenzel-Fallou nahm seine randlose Brille ab und beugte sich näher zu ihr. „Habe ich Ihnen nicht gesagt, dass die passende Stelle für Sie kommen wird? Bewerben Sie sich auf den Job, ich bin sicher, Sie haben das Zeug dazu."

„Aber ich beherrsche keine grafischen Programme." Marie schüttelte den Kopf.

„Frau Sand, jetzt wäre es an der Zeit, mir aufzuzählen, was Sie alles können, nicht, was Sie *nicht* können." Seine Stimme enthielt einen Hauch von Ärger – oder war es Ungeduld – und Marie richtete sich erschrocken etwas auf.

„Herr Henneroh hat mir erzählt, dass die Mailingbriefe für seine Seminare überwiegend von Ihnen stammen. Die sind richtig gut. Ich wollte das erst nicht glauben, dachte, er hätte sie gekauft, professionell texten lassen." Er beugte sich noch weiter vor: „Sie können mit Sprache umgehen – aber das wusste ich ja schon, als ich Sie eingestellt habe. Machen Sie was draus."

Er lehnte sich zurück.

Das hatte Jan-Jonas gemeint: die Werbebriefe für die Seminare und Konferenzen. Sie hatte alle überarbeitet und einige ganz neu getextet, die Rückläufe waren sehr positiv. Sie nickte zögerlich. Marie, stell Fragen, zeig dich interessiert! Sie drückte den Rücken durch und bemühte sich um eine feste Stimme: „Was meinten Sie damit, dass Sie mit mir über die Cover der neuen Buchreihe sprechen wollten?"

Die Buchumschläge, das interessierte sie wirklich. Sie hatte Schulte mehrmals darauf hingewiesen, dass man die Präsentationen professionalisieren sollte, aber er hatte abgewinkt: „Nicht mein Thema, darum kümmert sich die Produktion."

Aber immer häufiger, wenn er Vorschläge auf den Tisch bekommen hatte, hatte er sie dazugerufen und um ihre Meinung gebeten. Buchgestaltung hatte sie immer schon fasziniert, Julian hatte ein Semester seines Kunststudiums damit verbracht und sie hatte ihn glühend beneidet und sich von ihm die Grundregeln der Typografie erklären lassen.

Frenzel-Fallou rutschte auf dem Klappstuhl nach vorn und ließ seine Arme locker über die Stuhllehne hängen. Er erinnerte Marie auf einmal sehr an Peter und sie entspannte sich etwas.

„Ich bin nicht zufrieden, wie das momentan läuft. Ich würde das gerne aus der Herstellung herausnehmen und an den Werbejob koppeln – und ich glaube, das ist etwas, das Sie gut können, Geschmack haben Sie ja." Er ließ seinen Blick durch das Büro schweifen. „Und wenn ich mich daran erinnere, wie Sie auf dem Juniorentag im Rollenspiel den armen Meier in die Tasche gesteckt haben, dann weiß ich, dass Sie auch mit Agenturen gut umgehen können und so mancher sich warm anziehen muss." Er grinste. „Ihre Kinder sind aus dem Gröbsten heraus und mit dem, was Sie parallel dazu geleistet haben, haben Sie bewiesen, dass Sie sich organisieren können. Und Sie haben Fürsprecher, Frau Sand – Ihr Chef würde Sie äußerst ungern ziehen lassen (wirklich?), aber er hat mir erzählt, dass Sie sich bei den Buchcovern gerne mehr einmischen würden – das stimmt doch, oder?"

Marie nickte.

„Das werte ich jetzt mal als Zusage, Ihren Hut in den Ring zu werfen." Er stand auf. „Es gibt zwei Personen aus der Produktion, die sich für die Stelle interessieren, es wird auf jeden Fall eine offizielle Vorstellungsrunde geben."

Er klappte den Stuhl zusammen, hob ihn zurück in die Ecke und lehnte sich mit verschränkten Armen rücklings an das Sideboard an der rechten Wand.

„Übrigens, Programme kann man lernen – und darauf wird nicht Ihr Schwerpunkt liegen. Es werden noch zwei oder drei Mitarbeiter aus der Herstellung in das Werbeteam wechseln, ich möchte mehr Anzeigen und Flyer inhouse produzieren lassen, gegen den allgemeinen Trend in unserer Branche. Und wir benötigen ein neues Corporate Design, eine spannendere Aufgabe gibt es doch wohl nicht."

Er lächelte und sah plötzlich noch jünger aus – gar nicht wie fünfzig.

Vor ein paar Monaten hatte er seinen Geburtstag mit der kompletten Belegschaft gefeiert. Marie hatte das Fest genossen, bis zu dem Moment, als seine Stellvertreterin, die Controlling-Chefin, die Laudatio auf ihn gehalten hatte. Als Marie die beiden nebeneinanderstehen sah, sie kurz vor dem Ruhestand mit ihren vierundsechzig, klein und schon ein wenig gebeugt, er selbstbewusst und strahlend, mit fünfzig auf dem Höhepunkt seiner beruflichen Laufbahn, hätte sie am liebsten weggeschaut.

„Frauen altern schneller." Jan-Jonas war einmal von einem Besuch bei seinen Eltern mit diesem Satz seines Vaters zurückgekehrt und Marie hatte es unsensibel gefunden, ihr davon zu berichten, aber natürlich nichts gesagt. Sie wollte doch Ehrlichkeit, oder?

„Mir ist der Auftritt dieses Verlags sehr wichtig. Wir beide würden öfters zusammenarbeiten. Schönen Abend, Frau Sand."

Er griff nach der Türklinke und drehte sich noch einmal um: „In der ausgeschriebenen Stelle könnte es abends mal später werden. Ist das machbar bei Ihnen?"

„Ich denke schon", hörte Marie sich sagen und wunderte sich über die Entschiedenheit in ihrer Stimme.

Nachdem Frenzel-Fallou das Büro verlassen hatte, ließ sie sich auf den Stuhl sinken und legte die Hände auf ihre Wangen, als müsse sie verhindern, dass ihr Kinn den Halt verlor. Dann sprang sie auf und begann, ihr Büro mit großen Schritten zu durchmessen. Sie musste mit jemand reden, aber mit wem? Imke war auf einer Fachtagung mit Abendprogramm, die fiel aus. Cornelia als Studentin konnte ihr in dieser Situation wahrscheinlich nicht raten. Hauke, Imkes Mann, kam ihr in den Sinn, sie schätzte seinen messerscharfen Verstand, er erfasste blitzschnell, um was es ging. Aber er war auch extrem karriereorientiert, und Selbstzweifel waren ihm völlig fremd. Er würde ihre Bedenken gar nicht verstehen – für ihn wäre es klar, dass sie diese Gelegenheit beim Schopf ergreifen müsste. Wahrscheinlich würde er ihre Einwände einfach wegwischen, das konnte sie nicht brauchen.

Am besten könnte ihr natürlich Jan-Jonas einen Rat geben, der kannte Frenzel-Fallou und er hatte öfters mit dem Werbeleiter zu tun gehabt.

Oh weh, bereits kurz nach sechs, sie musste unbedingt noch etwas fürs Abendessen kaufen, Tomaten mit Mozzarella und Basilikum aßen sie alle drei gern und in den letzten Tagen hatte Anna öfters gemotzt, dass es nur noch Brot und Aufschnitt gab. Sie schnappte sich ihre Kapuzenjacke vom Kleiderhaken und stürzte aus dem Büro.

Als Marie die Wohnungstür aufschloss, spazierte Anna mit dem Telefon am Ohr in der Diele herum und sagte mit einem Leuchten im Gesicht: „Dazu hätte ich auch große Lust, wir beide ..." Als sie ihre Mutter sah, verzog sie den Mund und drehte sich abrupt um, dabei wäre sie fast über den riesigen Karton gestolpert, der den halben Flurboden bedeckte. Sie nuschelte etwas ins Telefon (Marie verstand wieder: „wir beide"), und verschwand in ihrem Zimmer.

„Pfft" machte es bei Marie, ihre gute Laune entwich wie Luft aus einem Ballon. Annas Unfreundlichkeit nervte! Wenn sie wenigstens wüsste, warum ihre Tochter seit einiger Zeit so schwierig war. Auf einmal dämmerte ihr, dass etwas anderes auch sehr schmerzte: dieses Ausgeschlossensein aus jeglichem *Wir*. Diese Anflüge von Einsamkeit. Wen hatte sie schon? Die Kinder gingen immer mehr ihrer Wege, Imke war verheiratet, Cornelia weit weg, ihre Familie auch; Peter hatte Monica, Bine Dolly und ihre Kater; von den Kegelklubfrauen stand ihr keine wirklich nah, ebenso niemand aus dem Kollegenkreis. Das habe ich meiner Beziehung mit Jan-Jonas zu verdanken, Ex-Beziehung, Marie, höhnte sie und trat mit aller Kraft vor den Karton. Mit einem dumpfen Rums rutschte er ein Stückchen durch die Diele.

Unfassbar, wie Anna dieses Ding, wahrscheinlich stundenlang, umrundet hatte, ohne auch nur auf die Idee zu kommen, es wegzuräumen. Dabei hatte Marie morgens beim Verlassen der Wohnung den Karton in die Diele geschoben und gerufen: „Könnt ihr das bitte zusammenlegen?" Natürlich, *ihr* Fehler. Sie hätte Anna – oder Lukas – konkret ansprechen müssen. Aber konnte nicht einfach mal etwas funktionieren? Sie griff den Karton, knickte die großen Seiten nach innen, dann schob sie ihn sich unter die Füße und trampelte darauf herum. Auch als er schon längst klein genug für den Altpapier-Container war, stampfte und riss sie verbissen weiter; erst als ihr einfiel, dass sie sich Gedanken über den von Filou angebotenen Job machen wollte, beruhigte sie sich.

Beim Abendessen berichtete Lukas von seinen Erfolgen im Weitsprung. „Vier Meter zwanzig, das ist Rekord in der Klasse!" Seine Stimme überschlug sich fast. Anna spießte mit gelangweiltem Gesicht eine Tomate auf und rang sich ein „Toll Kleiner" ab, ansonsten schwieg sie beharrlich. Marie freute sich aufrichtig für Lukas, aber es fiel ihr schwer, angemessene Begeisterung zu zeigen, zu sehr war sie mit ihren Gedanken woanders. Kaum hatten die Kinder die Küche verlassen, stürzte sie in die

Diele, nahm mit zittrigen Fingern das Telefon aus der Station, setzte sich in ihren Sessel, stellte das Glas mit Rotwein neben sich auf den Boden und sprach sich Mut zu: Er ist so stark erkältet, er ist bestimmt zu Hause, allein. Natürlich würde sie es nur auf dem Festnetz probieren, und auch nur einmal. Sie tippte seine Nummer ein, eine der wenigen, die sie sich auf Anhieb hatte merken können. Mehr als einmal hatte Jan-Jonas davon gesprochen, seine Telefonnummer einzuspeichern. „Unter H, wie Honey natürlich", hatte er lächelnd gesagt. Warum hatte er es nie gemacht?

Wenn er nicht beim dritten Klingeln drangehen würde, würde sie auflegen. Es klingelte dreimal, aber sie legte nicht auf.

Nach dem neunten Klingeln ließ sie den Hörer sinken – kein Anrufbeantworter. Obwohl sie natürlich nicht darauf gesprochen hätte, wäre es schön gewesen, die vertraute, weiche Stimme zu hören. Wo konnte er sein? Im Verlag war er nicht, sein Fahrrad hatte nicht mehr vor der Tür gestanden, als sie gegangen war. Vielleicht war er bei Lucie und ließ sich ein Kamillendampfbad machen oder sie setzte ihm liebevoll einen Hustentee mit Honig vor – oder womöglich fühlte sie gerade seine Stirn, ob er fieberte.

Marie, du musst die Entscheidung treffen, ob du dich bewerben willst, und das schaffst du alleine! Sie wandte sich zum Schreibtisch und kramte aus der Schublade ein großes weißes Blatt Papier heraus. Dann ging sie in die Küche, holte ein Päckchen Erdnüsse aus der Vorratskammer, füllte erst ein paar in eine Schale, dann kippte sie mit einem Rutsch den ganzen Inhalt hinein. Wieder in ihrem Zimmer, setzte sie sich an den Arbeitstisch, teilte das Blatt in zwei Spalten und schrieb links „Pro" und rechts „Contra" hin. Die bewährte Vorgehensweise, wenn sie schwierige Entscheidungen treffen musste, gab ihr umgehend Halt und Zuversicht.

Als erstes schrieb sie „Anna und Lukas" auf die Contra-Seite. Darunter: „Fehlende Qualifikation", „Angst vor Versagen", „Häufigere Begegnungen mit Jan-Jonas im Verlag: Abteilungsleitertreffen!", „Längere Arbeitszeiten."

Sie hatte Lukas vor kurzem versprochen, mit ihm in nächster Zeit mal zu skaten. Dabei fiel ihr ein, dass der Werbejob mit einer Gehaltserhöhung verbunden sein würde, und dass sie den Kindern ein paar Wünsche erfüllen könnte – aber sie zögerte einen Moment, das auf die Pro-Seite zu schreiben. Geld als Argument?

Denk an deine Rente – die mahnende Stimme ihrer Mutter kam ihr in den Sinn. Natürlich ist Geld ein Argument, Marie. Sie schrieb „mehr Gehalt" in die linke Spalte mit der Überschrift „Pro", die noch ganz leer war. Als die beiden Worte dort standen, starrte sie darauf und warf sich gedankenverloren ein paar Nüsse in den Mund.

Mehr Gehalt bedeutete das nicht auch gehaltvoller, inhaltsreicher, bedeutungsvoller? War es nicht das, wonach sie sich die ganze Zeit gesehnt hatte? Mehr Herausforderung? Mehr Anerkennung? Und hatte Buchgestaltung sie nicht schon immer fasziniert? Ihr wurde heiß, und sie pustete ihren Pony nach oben. Texten konnte sie, Gestaltung interessierte sie, ein grafisches Programm zu lernen, musste machbar sein, eigentlich ...

Sie schlug die Hände vors Gesicht – es wäre verrückt, aber kam es nicht wie gerufen, diese Herausforderung?

Frenzel-Fallou traute es ihr zu. Sie schrieb „Lust auf Neues" in die linke Spalte und unterstrich es schwungvoll. Vielleicht bekam sie den Job ja gar nicht, aber sollte sie es nicht wenigstens versuchen?

Ihr Handy klingelte dumpf aus den Tiefen ihres Rucksacks, sie stocherte darin herum (das Telefon war mal wieder nicht in der Seitentasche). Als sie es endlich gefunden hatte, schaute sie aufs Display: Jan-Jonas. Ohne nachzudenken unterdrückte sie es. Es klingelte nochmals, und sie ging dran.

„Ja?"

„Hallo Marie, ich bin's, Jan-Jonas." Er klang noch verschnupfter als morgens. „Du hast versucht, mich zu erreichen? Ich war in der Wanne, mit einem Erkältungsbad. Ich habe es klingeln hören und dachte mir gleich, dass du es bist."

Er klang so vertraut, dass es schmerzte.

Sie wollte sagen, es hat sich erledigt, stattdessen platzte sie heraus: „Frenzel-Fallou war heute bei mir, ich soll mich auf die Werbestelle bewerben."

„Sag ich doch." Jan-Jonas räusperte sich vernehmlich.

Marie berichtete ihm von der Unterredung mit dem Geschäftsführer, und wie sie es im Grunde ihres Herzens nicht anders erwartet hatte, bestärkte Jan-Jonas sie nachdrücklich, ihren „Hut in den Ring zu werfen."

Diese Worte hatte sie doch heute schon mal gehört – „Wie der Herr, so's Gescherr" – da war was dran!

„Aber das ganze Drumherum", wandte sie ein, „das ist eine völlig neue Materie für mich."

„Geh doch mal zum Keipgen und bitte ihn, dir seine Aufgaben zu beschreiben – auch wenn die Stelle etwas anders zugeschnitten sein wird, kann das nicht schaden."

„Das ist eine gute Idee", sagte sie und freute sich. Über den Vorschlag und fast noch mehr darüber, dass er von Jan-Jonas kam.

Eine Gesprächspause trat ein. Du solltest dich bedanken und auflegen, Marie.

„Ich vermisse dich", das klang näselnd und kläglich, und sie musste fast lachen.

„Ich dich auch." Sie erschrak, hatte sie das wirklich gerade gesagt? „Und Punkt!", rief sie in den Hörer.

Jan-Jonas seufzte vernehmlich, hustete und sagte: „Versprich mir, dass du dich meldest, wenn du in deinem neuen Job Probleme hast. Ich kann dir sicher bei vielem helfen."

Marie nickte, ja das konnte er bestimmt. „Vielen Dank für das Angebot."

„Versprich es", krächzte er.

Sie zögerte, wenn sie den Job bekam, würde es noch eine Weile dauern, bis sie ihn antreten würde. Bis dahin würde es ihr vielleicht nicht mehr so viel ausmachen, mit Jan-Jonas bei Besprechungen zusammenzutreffen.

„Ich werde auf dich zukommen."

„Oh, die Kollegin wird auf mich zukommen."

„Vielen Dank und gute Besserung – und schlaf gut", schob sie hinterher.

„Du auch, es war schön, mit dir zu sprechen, gute Nacht."

Marie legte das Telefon weg und seufzte tief. Sie dachte an ihren bevorstehenden Abend mit Schliefer, ob es wirklich so eine gute Idee war, mit ihm auszugehen? Im selben Moment tippte sie sich heftig an die Stirn, Marie, du spinnst. Warum sollte sie nicht? Jan-Jonas war

Vergangenheit – und sie kümmerte sich jetzt um die Zukunft, basta!

Sie trank den Rotwein in einem Zug aus und griff nach der Flasche, um sich ein zweites Glas einzuschenken. Sie würde noch eine Nacht über das Jobangebot schlafen, aber im Grunde wusste sie, was sie tun würde.

21

Ein tiefblauer Himmel mit einzelnen, wie hingetupften weißen Wölkchen überspannte die Stadt, als Marie die festlich beflaggte Wilhelmstraße am Kurpark entlangstöckelte. Ihre Gedanken waren bei ihren Bewerbungsunterlagen, die sie morgen fertigmachen wollte, doch das kleine Pflaster – nichts für spitze Absätze – zwang sie nun, sich auf den Gehweg zu konzentrieren. Sie bog zum Bowling Green ab und war wieder einmal überwältigt von der Pracht der großen, hufeisenförmigen Anlage mit ihren zwei kaskadenförmigen Springbrunnen auf der Grünfläche. Vor Kopf befand sich das langgestreckte Kurhaus mit einer Vorhalle in der Mitte und einer Kuppel dahinter. Eingefasst wurde der Platz an seinen Längsseiten von Kolonnaden.

Mit Erleichterung registrierte Marie das glatte Pflaster unter ihren Füßen, als sie die rechte der beiden Säulenhallen durchquerte und sich dem Eingang des Staatstheaters näherte. Elegant gekleidete Paare (einige Damen in lang) flanierten durch den Säulengang (jetzt war Marie froh, dass sie ihre hochhackigen Schuhe trug). Unter dem Portal in der Mitte standen die Menschen in Grüppchen zusammen. Drei Frauen ließen ihre Blicke suchend umherwandern. Wie sie diesen Gesichtsausdruck kannte – dieses Ausschauhalten nach der Verabredung und die Unsicherheit, ob die wirklich kam …

In der Mitte der breiten, flachen Treppe, die vom Platz zur rechten Kolonnade mit dem Theatereingang führte, war der rote Teppich für die Festspiele ausgerollt worden. Rechts und links davon standen und saßen auf den Stufen ein paar junge Leute, die etwas legerer gekleidet waren, einige sogar in Jeans. Marie schaute sich um, sie war ein bisschen zu früh. Plötzlich schrak sie zusammen, weil sie meinte, Jan-Jonas gesehen zu haben; sie schüttelte den Kopf über sich. Genaugenommen wähnte sie ständig, ihn zu sehen, so wie sie auch immer noch in Gedanken mit ihm redete.

Als Schliefer hinter einer der runden weißen Säulen auftauchte, mit seiner typischen, stark nach vorn gebeugten Haltung, als schäme er sich seiner Größe, bemühte sie sich um ein Lächeln. Er hatte etwas sehr Sympathisches, Vertrauenerweckendes. Sein dichtes, dunkles Haar wellte sich bis fast in den Nacken. Ein gutaussehender Mann und so ganz anders, als man sich einen Juristen vorstellte. Strahlend kam er auf sie zu, er würde sich von dem Abend doch nicht mehr versprechen?

Als er die Hand ausstreckte, um sie zu begrüßen, hörte sie hinter sich eine Stimme raunen: „Schau mal, jetzt schmeißt sie sich an den Nächsten ran."

Marie zögerte den Bruchteil einer Sekunde, dann drehte sie sich um und grüßte betont freundlich. Die beiden Kolleginnen murmelten etwas und drehten ab, nicht ohne Schliefer ein Lächeln zu schenken.

„Oh je, die größten Tratschtanten der Firma", sagte er. „Ich hoffe, es macht Ihnen nichts aus, mit mir gesehen zu werden?"

Marie winkte ab. „Ich bin Kummer gewöhnt."

Eine Kollegin hatte ihr gesteckt: „Natürlich reden die Leute, was glauben Sie denn? Die haben spekuliert, warum Sie sich zusammengetan haben, er wollte Sex mit einer erfahrenen Frau, sie wollte sich einen jungen Lover ins Bett holen." Und natürlich hätte die Trennung niemanden gewundert. Marie hätte auf die ausführliche Berichterstattung gut verzichten können, aber die Kollegin schien der Ansicht zu sein, ihr damit einen Gefallen zu tun.

„Kummer gewöhnt?" Schliefer runzelte die Stirn.

Marie schüttelte hastig den Kopf. „So meine ich das nicht."

„Kommen Sie, freuen wir uns auf einen schönen Abend", sagte der Lektor und griff ganz leicht unter ihren Ellenbogen, um sie Richtung Eingang zu lotsen.

Nachdem Marie das Anschreiben für ihre Bewerbung gefühlte zwanzig Mal ausgedruckt hatte, weil sie immer irgend etwas störte (die Schriftart, der Zeilenfall, die Aufteilung auf dem Blatt, eine nicht perfekte Formulierung), legte sie das Blatt mit einem zufriedenen Nicken in eine Mappe.

Sollte sie den Job bekommen, würde sie jede Woche auf Jan-Jonas treffen, in der sogenannten „Montagsrunde", der Abteilungsleiterbesprechung. Diese Aussicht hatte sie kurz zögern lassen. Aber wenn das der Preis für eine interessantere Tätigkeit sein würde, so musste sie ihn eben zahlen.

Sie überlegte, welches Foto sie auf den Lebenslauf kleben sollte. Sie hatte die Aufnahmen erst vor gut einem Jahr machen lassen, als sie sich um die Lektoratsassistenz beworben hatte; sie waren wirklich gelungen, alle. Schon seinerzeit hatte sie sich kaum entscheiden können. Sie nahm den Bogen mit den unterschiedlichen Porträts und betrachtete sie eingehend. Hatte sie sich seitdem verändert? Sie wollte die Mappe unbedingt morgen in der Personalabteilung abgeben – sollte sie wieder das gleiche Foto verwenden oder dieses Mal ein anderes nehmen? Die Meinung eines Außenstehenden wäre gut. Marie erwog kurz, Jan-Jonas am nächsten Morgen in der Firma um seine Meinung zu bitten, verwarf den Gedanken aber sofort wieder. Sie würde nur im äußersten Notfall auf sein Hilfsangebot zurückkommen, und dies war definitiv kein Notfall!

Anna, sie würde Anna fragen. Die hatte einen sicheren Geschmack und ein gutes Gespür für Menschen. Schlimmstenfalls würde sie alle Fotos niedermachen und sagen, die sind blöd. Aber davon würde Marie sich nicht beirren lassen, sie war gewappnet.

Die Kinder hatten gleichmütig auf ihre Ankündigung, sich um eine andere Stelle zu bewerben, reagiert. Von mehr Gehalt hatte sie nichts gesagt, den Trumpf konnte sie aus dem Ärmel ziehen, wenn es konkret wurde, und sie die beiden auf ihre längeren Arbeitszeiten einstimmen musste.

Wie sollte sie es formulieren – „Anna, kommst du mal bitte", würde einen genervten Augenaufschlag nach sich ziehen.

„Ich brauche deine Hilfe" – zu unkonkret.

Meine Güte, wann war ihr nur die Unbefangenheit im Umgang mit ihrer Tochter verlorengegangen? Sie stürmte durch den Flur zu Annas Zimmer, klopfte und öffnete die Tür fast zeitgleich.

„Ich bin unsicher, welches Bewerbungsfoto ich nehmen soll, hilfst du mir aussuchen?"

Erst jetzt fiel ihr auf, dass Anna im Schneidersitz auf dem Bett saß und regungslos aus dem Fenster starrte.

„Anna?"

„Ja? Soll ich kommen?" Das klang so beflissen, dass Marie zusammenzuckte, fast hätte sie sich am Türrahmen den Kopf gestoßen. Anna entknotete ihre Beine mit beneidenswerter Geschwindigkeit und folgte ihr ins Wohnzimmer. Marie griff nach dem Bogen mit den Fotografien, ließ ihn aber sinken, als sie das Gesicht ihrer Tochter sah.

„Was ist los?"

Anna schaute auf den Schreibtisch, dann ging sie zum Blauen Otto, ließ sich hinein sinken und schlug die Hände vors Gesicht. „Es tut mir leid, Mama."

„Was tut dir leid?" Marie schob die Papiere ein wenig nach hinten, setzte sich auf den Stuhl und legte ihre gefalteten Hände auf die Schreibtischkante.

Anna zog die Füße auf dem Sessel ein.

„Das mit Jan-Jonas. Es tut mir leid. Du musst dich schrecklich gefühlt haben. Fühlen", verbesserte sie sich.

„Hm, ja", sagte Marie verdattert, entfaltete ihre Hände, malte mit dem rechten Zeigefinger einen spiralförmigen Kreis auf der weißen, glatten Oberfläche.

Angespannt starrte sie darauf, jetzt nur ja nichts Falsches sagen.

„Lotte hat mir heute Morgen erzählt, dass Moritz sich von ihr getrennt hat. Sie ist am Boden zerstört."

Marie überlegte fieberhaft, ob sie wissen müsste, dass Lotte einen Freund namens Moritz hatte.

„Sie ist völlig verändert, sie sagt, sie kann nichts essen, und sie kann nicht schlafen – und sie hat auf nichts Bock. Sie sieht furchtbar aus, du müsstest sie mal sehen. Ich weiß gar nicht, wie ich sie trösten soll."

„Hm", sagte Marie vorsichtig, „das ist auch schwierig.

Du kannst ihr nur sagen, dass du immer für sie da bist, wenn sie dich braucht."

Anna schwieg, sie sah sehr bekümmert aus. Lotte war inzwischen ihre „wabffiue", weltallerbeste Freundin für immer und ewig, wie sie vor kurzem verkündet hatte. Marie konnte sich noch gut an ihre eigenen Mädchenfreundschaften und die damit verbundene, schmerzliche Intensität erinnern und überlegte, was sie noch Tröstendes sagen konnte.

Mit einem Ruck beugte Anna sich vor. „Ich – ich hatte Jan-Jonas auch gern, und ich hatte so gehofft, dass ihr zusammenbleibt – dass wir eine Familie werden."

Sie sah Marie flehentlich an und die wäre am liebsten zum Sessel gestürzt und hätte ihre Tochter in die Arme geschlossen.

Stattdessen sagte sie zögernd: „Ja, das hatte ich auch gehofft, ich ..." Sie fuhr sich mit den Händen durchs Gesicht. „Aber es hat nicht sollen sein." Was für eine hohle Phrase.

„Mama?" Anna hob den Blick. „Warum bist du nicht zum Geburtstag seiner Mutter gefahren?"

Marie schaute ihre Tochter an, verblüfft, dass sie dieses Thema zwischen den Erwachsenen mitbekommen hatte.

Zögerlich sagte sie: „Ich wollte mich nicht aufdrängen."

Jan-Jonas hatte sich im Nachhinein bitter beklagt, wie er denn nun dastehen würde, er hätte versucht, das Eis zu brechen, ob ihr das nicht klar gewesen wäre. Seine Mutter hatte gesagt: „Siehst du, sie will gar nicht wirklich diese Beziehung", was in Maries Ohren perfide geklungen hatte nach der Vorgeschichte. Und hatte nicht er auf ihre Absage mit einer Spur Erleichterung reagiert? Auch wenn sie sich in dem Punkt nicht sicher war, sie hielt ihre damalige Entscheidung nach wie vor für richtig.

„Wie kommst du darauf?", fragte sie nun ihre Tochter.

Anna nickte nachdenklich. „Nicht aufdrängen, das verstehe ich. Ich hatte mir ausgemalt, dass alle dich toll finden und sehen, wie jung du noch aussiehst – und wie gut ihr zusammenpasst."

Sprachlos sah Marie sie an, merkte, wie es ihr die Kehle zuschnürte. Angestrengt suchte sie nach einem Anknüpfungspunkt zum Thema Lotte. „Wie wäre es, wenn du Lotte fragst, ob sie bei dir übernachten will? Ihr könntet am Wochenende eine Verkleidungsparty machen."

„Echt Mama? Das würdest du erlauben?" Anna, die wie ein geschmolzenes Klümpchen Schnee in dem wuchtigen Sessel gekauert hatte, richtete sich auf und schaute ihre Mutter mit großen Augen an.

„Wieso denn nicht?"

„Na, dein Schlaf ist dir heilig und wenn wir hier rumtoben, du willst doch abends deine Ruhe haben." Anna schaute immer noch zweifelnd.

Dann sagte sie nachdenklich: „Aber ich glaube, für Lotte wäre es besser, wenn wir nur zu zweit sind – die Party können wir ein anderes Mal machen. Ich habe mich nicht getraut, zu fragen. Cool, dass du nichts dagegen hast."

Ihr Gesicht verwandelte sich langsam in ein lächelndes Smiley.

Als Marie sich gerade fragte, ob es noch mehr Dinge gab, die sie unterband, brach es aus Anna heraus: „Mama, findest du Lotte schön?"

„Ob ich Lotte schön finde?" Marie kaute auf der Frage herum.

Sie rief sich Annas Freundin vor Augen. Zweifellos war Lotte im Ansehen ihrer Freundinnen und nach allgemeinen Maßstäben gutaussehend, sie war groß für ihr Alter, schlank, hatte blonde lange Haare und ein ebenmäßiges Gesicht, für ihren, Maries, Geschmack allerdings etwas langweilig, glatt.

„Schön ist ein großes Wort, ich finde sie sieht nett aus, sie hat eine gute Figur, ein hübsches Gesicht und schöne Haare." Marie suchte Annas Blick, die polierte hingebungsvoll mit dem rechten Daumen ihre Fingernägel.

„Warum muss ich eigentlich immer noch mit dem doofen Pony rumlaufen." Anna schob die Unterlippe vor und blickte ihre Mutter an.

„Du magst deine Frisur nicht mehr?", fragte Marie überrascht. „Niemand sagt, dass du einen Pony haben sollst!"

„Papa und Gabriele finden, dass er gut zu mir passt."

Marie biss sich auf die Lippe, ihre Tochter hatte mit ihrem Vater und seiner Lebensgefährtin über ihre Frisur gesprochen!

„Lotte hat gesagt, Ponys wären out." Anna zupfte an ihren Stirnfransen und schaute Marie fragend an.

Die zuckte mit den Achseln: „Ich verstehe gut, wenn du eine andere Frisur haben möchtest."

„Findest du mich schön?"

Marie stöhnte innerlich auf. Es war klar, dass es auf diese Frage hinauslaufen würde.

„Du bist sehr hübsch, Anna, du hast ein gut geschnittenes Gesicht (Anna rümpfte verächtlich die Nase, und Marie ärgerte sich über ihre ungeschickte Formulierung), du hast eine bezaubernde Figur („Ich bin zu klein", maulte Anna) und wunderschöne blaue Augen." Marie hielt inne.

„Und weißt du, was am allerwichtigsten ist, du bist sehr liebenswert, du hast eine gute Ausstrahlung, darauf kommt es an, nicht auf das Aussehen."

Anna lachte ein wenig höhnisch und machte: „Pffft, das sagt ihr Erwachsenen immer, die inneren Werte und so 'n Quatsch, aber wenn du ehrlich bist, kommt es sehr wohl darauf an, wie man aussieht. Moritz findet Lotte ja wohl attraktiver als mich."

Marie kramte erneut in ihrem Gedächtnis. „Du magst Moritz auch?", forschte sie vorsichtig.

Anna zuckte mit den Schultern: „Ich mochte ihn, ja, aber so wie er sich gegenüber Lotte verhalten hat ..." Sie begann wieder ihre Fingernägel zu polieren.

Du mochtest ihn sehr, dachte Marie, magst ihn womöglich immer noch.

„Wahrscheinlich findet sie schnell einen neuen Freund. Lotte sieht cool aus, ich komme mir neben ihr vor wie eine Kackbratze."

„Jetzt hör aber mal auf!" Marie schüttelte den Kopf.

„Du hast überhaupt keinen Grund, dich zu beklagen. Wir alle wünschen uns manchmal, anders auszusehen (oh ja, dachte sie), aber es ist wichtig, zu sich zu stehen."

Bla bla bla, Marie, du hast gut reden. Sie erinnerte sich an einen Moment mit Jan-Jonas im Bett: Sie hatte auf die Haut rund um ihre Armbeuge gestarrt – auf flatterige Oberarme irgendwann, mit sechzig oder so, war sie vorbereitet, aber jetzt schon schlaffe Haut im Knick zwischen Ober- und Unterarm? Sie hatte den Arm schnell weggezogen.

Wie sollte gerade *sie* ihrer Tochter vermitteln, dass es aufs Aussehen nicht ankam?

„Hey", sagte sie, „es gibt im Internet Schablonen für das Ausprobieren von Frisuren. Man stellt sein Foto ein, ein Klick, und man sieht, wie man mit einem Seitenscheitel aussehen würde."

Anna strahlte: „Gute Idee, ich suche nach einem Bild."

Sie sprang aus dem Sessel und lief zur Tür. Marie breitete die Arme aus und zog sie an sich. Anna erwiderte kurz die Umarmung, dann nahm sie den Bogen mit den Bewerbungsfotos in die Hand.

„Das hier", sie deutete auf das Foto, das Marie schon in Betracht gezogen hatte, „darauf siehst du echt hübsch aus – und so strahlend."

Sie verließ das Zimmer, Marie schluckte, schaute auf das Foto. Dachte an Anna. Ihr Herz schmerzte vor Liebe zu ihr.

22

Schon wieder Montag – die letzten Wochen waren an Marie vorbeigerauscht wie ein ICE durch einen Provinzbahnhof – Abteilungsleiterrunde!

Sie stand vor dem Kleiderschrank und legte die Hand auf ihre schmerzende Stirn. Ihr Schädel brummte, ihre Augen brannten. Sie konnte doch nicht schon wieder Kopfschmerztropfen nehmen! Seitdem sie den neuen Job angetreten hatte, häufte sich das. Unschlüssig zog sie ihren dunkelblauen Cord-Blazer aus den Tiefen des Schranks; sie musste sich unbedingt ein weiteres offizielles Teil zulegen, sie trug diese Jacke nun schon das dritte Mal hintereinander. Sie kramte in ihren Schalkisten und schlang ein Tuch um den Hals.

Ihr äußeres Erscheinungsbild war ihr immer schon wichtig gewesen, aber seitdem sie diesen Job hatte, artete es aus mit den Klamotten. Könnte auch mit Jan-Jonas zu tun haben, flüsterte ihr ein boshaftes Stimmchen zu.

Anna steckte den Kopf zur Tür rein und sah ihre Mutter forschend an. „Geht es dir nicht gut?"

„Geht schon", murmelte Marie.

„Das solltest du anders tragen." Anna trat näher und zeigte auf den Schal, den Marie wie immer gebunden hatte: zur Schlaufe gelegt und beide Enden durchgezogen. Anna drapierte ihn ihr geschickt um den Hals, die Enden verknüpfte sie zu einem kleinen zipfeligen Knoten, dann zog sie das Gebilde noch ein wenig zurecht.

„Danke dir", sagte Marie erfreut und beugte sich vor, um ihrer Tochter einen Kuss auf die Wange zu geben.

„Ich komme heute später", sagte Anna, „wir fangen mit den Proben für das neue Theaterstück an."

„Oh wie spannend, halt mich bitte auf dem Laufenden."

„Ich meinte nur, wegen Lukas – wenn du wieder so spät kommst, wird er lange alleine sein." Anna vermied es, ihre Mutter anzusehen.

„Natürlich, ich werde versuchen, früher hier zu sein", versicherte Marie hastig. „Ich will heute Abend mit Lukas Französisch machen – oder Englisch." Sie seufzte und schaute Anna hinterher, als sie das Zimmer verließ.

Es lief wieder gut zwischen Mutter und Tochter. In den Phasen, in denen Anna sich einsilbig in ihr Zimmer verkroch, rief Marie sich ins Gedächtnis, dass ihre Tochter mitten in der Pubertät war. Offensichtlich war Lotte schnell über die Trennung von ihrem Freund weggekommen, ab und an fiel zwischen den Mädels der Name Florian – Marie wusste nicht genau, wie der Stand der Dinge war, hütete sich aber, nachzubohren. Was Anna betraf, war sie gelassen genug, um in Ruhe abzuwarten.

Aber Lukas machte ihr Sorgen. Obwohl sie immer wieder mit ihm lernte, was ihr total gegen den Strich ging (nicht weil sie Zeit opfern musste, sondern weil sie der Auffassung war, dass Kinder ohne große elterliche Hilfe in der Schule klarkommen sollten), schrieb er keine guten Noten, wenn auch keine katastrophal schlechten. Aber seine schulische Situation kam ihr vor wie ein mühsam an allen Ecken gestütztes Gebäude, das ständig vom Einsturz bedroht war. Lukas wirkte freudlos und in sich gekehrt, von seiner Pfiffigkeit war nichts mehr zu spüren. Sie hatte mit seinem Vater darüber gesprochen, der fand, sie übertrieb und mache sich mal wieder zu viele Sorgen. Doch Gabriele, Julians Freundin, mit der Lukas an den Papa-Wochenenden inzwischen Mathe übte, hatte ihr recht gegeben, auch sie fand ihn verändert. Eine Baustelle gab es immer, mindestens eine!

Von ihren Problemen in der neuen Stelle ganz zu schweigen.

Sie ging durch den Flur, um Lukas tschüss zu sagen. Er saß auf seinem Bett, und sie sah gerade, wie er seinen Stoffdelfin oder vielmehr das, was von dem ursprünglich flauschigen Tier übriggeblieben war, in den Rucksack schob.

„Anna kommt heute Abend später, ich mache uns Pfannkuchen mit Apfelmus, ja?" Lukas hob den Kopf und verzog den Mund zu einem Lächeln. „Und dann schauen wir, für welches Fach wir lernen."

Lukas' Gesichtchen fiel in sich zusammen, und Marie schüttelte innerlich den Kopf, wie konnte sie nur so blöd sein, es nicht bei der Ankündigung seines Lieblingsessens zu belassen.

Als sie ihr Fahrrad aus dem Hof schob, fiel ihr ein, wie Jan-Jonas seinerzeit fast vorwurfsvoll, wie es ihr erschien, gefragt hatte: „Warum hast du ihn so früh eingeschult?" Sie hatte es ihm erklärt: Der beste Freund, der auch zu dem Zeitpunkt Erstklässler wurde, die ältere Schwester, die so begeistert von der Schule erzählt hatte.

„Hoffentlich zieht sich das nicht durch sein ganzes Schulleben", hatte Jan-Jonas gesagt. Als wenn sie sich nicht schon genug Vorwürfe machte, dass sie Lukas nicht hatte zurückstellen lassen. Was wusste dieser Typ schon von Kindern, von all den Problemen, die man mit ihnen hatte! Ihr kam ein Gedanke. Vielleicht etwas verrückt, und sie würde Julian überzeugen müssen, aber es könnte eine Lösung sein.

Nach der Hälfte der Wegstrecke zum Verlag – heute musste sie bei dem steilen Stück, das sie jedes Mal nur im Sattel stehend mit zusammengebissenen Zähnen bewältigen konnte, absteigen, zu sehr hämmerte es in ihrem Kopf – schaltete sie um auf Job.

Sie hatte sich auf Anfangsschwierigkeiten eingestellt, aber der Beginn war eine Katastrophe gewesen und es lief immer noch nicht rund.

Keipgen, der scheidende Werbeleiter, hatte versprochen, sie gründlich einzuarbeiten. Als sie an ihrem ersten Arbeitstag voller Elan sein Büro, ihre künftige Arbeitsstätte, betreten hatte, war der gewöhnlich vollgepackte, riesige, weiße Schreibtisch gähnend leer und von Keipgen keine Spur. Wenig später sagte man ihr, dass er sich krankgemeldet hatte und das für die restliche Laufzeit seines Vertrags.

Man erzählte sich, dass es Riesenknatsch gegeben hatte zwischen ihm und seinem Chef, Herrn Kraft, der nun Maries Vorgesetzter war. Der war zwar sehr freundlich und beteuerte immer wieder, dass sie sich die Zeit nehmen solle, die sie benötigte. Andererseits stand er ständig in ihrem Büro und stellte ihr Fragen, die sie nicht beantworten konnte oder er bat um Unterlagen, von deren Existenz sie nichts ahnte, geschweige denn, dass sie in der Lage gewesen wäre, sie zu finden. Ob Kraft es schon bereut hatte, ihr die Stelle gegeben zu haben? Wahrscheinlich hatte Frenzel-Fallou ihn dazu gedrängt.

Am Tag nach diesem fürchterlichen Anfang hatte sie morgens auf ihrem Bürostuhl einen kleinen Stoffelefanten mit riesigen Ohren gefunden und dazu einen Zettel mit Jan-Jonas' verschlungener Handschrift: *Du packst das, halt die Ohren steif! Und wenn du Hilfe brauchst ...* Sie hatte sich wahnsinnig gefreut, aber die Geste hatte auch unendlich viel Wehmut in ihr ausgelöst.

Sie würde Jan-Jonas gleich in der Montagsrunde sehen. Sie seufzte, das dumpfe Gefühl im Kopf wollte nicht weichen. Sie würde doch Tropfen nehmen müssen, so wie sie sich fühlte, mindestens dreißig, sie war doch mal mit zwanzig ausgekommen ...

Als sie das Verlagsgebäude betrat und einen Moment unschlüssig zwischen Aufzug und Treppe schwankte, öffnete sich die schwere Eisentür, die zur Poststelle führte, und Eduard Schliefer kam heraus.

„Frau Sand-Hollerbüh, wie schön, Sie zu sehen. Wollen wir die Mittagspause gemeinsam verbringen, essen gehen?"

Marie zögerte. „Ich wollte eigentlich die Zeit nutzen, um Ordnung auf dem Computer zu machen, dazu komme ich sonst nie." Und über ihren Sohn nachdenken, wenn ihr schmerzender Kopf das zuließe.

„Sie arbeiten nur noch, seitdem Sie den neuen Job angetreten haben, hm? Sie brauchen eine Pause, ich hole Sie um zwölf Uhr ab."

Ungewöhnlich bestimmt klang das – Schliefer war sonst immer sehr zurückhaltend – und ohne sich bewusst dazu entschlossen zu haben, nickte Marie. Sie hatte den Lektor seit dem Opernabend, der schon eine ganze Weile zurücklag, nicht mehr außerhalb der Arbeitszeiten gesehen, nur ein paar Mal im Büro. Einmal waren sie in der Küche aufeinandergetroffen, hatten gemeinsam gegessen und nett geplaudert; kürzlich hatten sie sich zufällig am Kopierer neben ihrem Büro getroffen (zufällig? Schliefer arbeitete in einem anderen Stockwerk und in jedem stand ein Gerät). Mehrmals war er in ihr Büro gekommen, um Unterlagen vorbeizubringen oder abzuholen („ich war sowieso gerade in der Nähe").

Marie hatte der Abend in der Oper gut gefallen, das Gespräch in der Pause war angeregt gewesen, aber immer wieder hatte sich Jan-Jonas in ihre Gedanken gestohlen, zu ihrem Ärger hatte sie es nicht abstellen können. Schliefers vorsichtige Versuche, sich privat miteinander zu verabreden, hatte sie abgeschmettert, die Kinder vorgeschoben.

In ihrem Büro nahm sie hastig Kopfschmerztropfen, dann rief sie wie immer zunächst ihre E-Mails ab. Oft war sofortiges Handeln angesagt; an diesen ständigen Termindruck in der Werbung hatte sie sich gewöhnen müssen. Eine Absage sprang ihr in die Augen: Die Montagsrunde fiel heute aus, weil Kraft krank war. In einer Mischung aus Enttäuschung und Erleichterung starrte sie in den Bildschirm, konnte sich nur mühsam dazu bringen, die anderen E-Mails zu lesen und auf Handlungsbedarf zu prüfen.

Um halb zwölf kam eine E-Mail von Schliefer, dass es ein paar Minuten später würde. Um viertel nach zwölf öffnete sich die Tür einen Spalt, in Schulterhöhe wurde ein Blumenstrauß durchgeschoben. Einen verrückten Moment lang dachte Marie: Jan-Jonas. Die Tür schwang vollends auf und ihre Verabredung stand im Türrahmen.

„Ich habe Ihnen noch gar nicht offiziell zu Ihrem neuen Job gratuliert."

Schliefer trat näher und überreichte ihr das Gebinde mit durchgestrecktem Arm: Zinnien, Dahlien und Fresien waren zu einem kompakten kleinen Strauß gebunden.

„Dankeschön." Marie versuchte, erfreut zu klingen und bückte sich nach der bauchigen Vase, die im untersten Fach des Regals stand. Sie war zu groß, und Marie sah sich suchend um; dann fiel ihr der kleine Zinkeimer ein, den sie kürzlich von zuhause mitgebracht hatte, er stand hinter dem Farn auf der Fensterbank.

„Ich hole Wasser." Der Lektor nahm ihr das Eimerchen aus der Hand. „Putzig", sagte er und fuhr mit dem Daumen über die Rillen unter dem Rand.

Auf dem Weg in die Stadt schlug er vor, zum Italiener in die Goldgasse zu gehen. Marie zögerte, eigentlich war es *ihr* Restaurant gewesen – Jan-Jonas und sie waren dort oft nach dem Besuch des Orgelkonzerts gewesen, hatten dem bunten Treiben in der engen Gasse zugeschaut und Pläne für das Wochenende geschmiedet.

Würde es sich nicht wie Verrat anfühlen? Aber es war der beste Italiener in Fußentfernung und sie konnte ja nicht ewig ... Sie nickte.

Als könne Schliefer Gedanken lesen, sagte er: „Ich war gestern im Kino, im Caligari. Ich habe Frau Lämke und Herrn Henneroh getroffen, sie waren wie immer mit dem Fahrrad unterwegs."

Wie immer, mit dem Fahrrad? Das traf für Jan-Jonas sicherlich zu, aber seit wann fuhr Lucie Lämke mit dem Fahrrad?

„Was gab es zu sehen?", fragte sie so gleichmütig, wie es ihr möglich war.

„Ratatouille", sagte Schliefer und lachte. „Ein herrlicher Film, ich weiß gar nicht, wann ich mich das letzte Mal so amüsiert habe. Sie gehen doch auch gerne ins Kino? Das nächste Mal rufe ich Sie an."

„Ich kann abends schlecht weg", murmelte Marie, sie traute sich nicht zu fragen, ob er die beiden *im* Kino oder *davor*, irgendwo auf der Straße gesehen hatte. Was machte es auch für einen Unterschied.

Als Schliefer einen Salat bestellte, schloss sie sich zerstreut an. Nachdem er sich verstohlen in dem gut gefüllten Restaurant umgesehen hatte, erhob er ruckartig sein Glas mit der Weißweinschorle und schlug vor, sich zu duzen. Dabei sah er sie feierlich an, fast flehend. Sie stammelte: „Ja, klar" während sie ihm ihr stilles Wasser entgegenhielt. Als beide ihre Gläser abgestellt hatten, griff er über den Tisch und nahm ungelenk ihre Hand in seine. „Marie, ich fühle mich so wohl in deiner Gegenwart." Er fixierte sie mit seinem Blick, sie erstarrte. „Und ich mag Kinder."

Zum Glück kam in diesem Moment der Kellner mit zwei großen Schüsseln. „Hähnchenbrust für die Dame?" Sie nickte hastig und griff nach ihrem Besteck. „Guten Appetit", nuschelte sie.

„Ebenso. Du kannst übrigens auch Eddi sagen." Zum Glück, Eduard hätte sie noch schwerer über die Lippen gebracht.

Aber dann lächelte er und sagte: „Meine engen Freunde nennen mich so."

Beinahe wäre ihr das Messer, mit dem sie gerade ein riesiges Salatblatt zusammenfaltete, aus der Hand gefallen. Sie nickte andeutungsweise, froh, dass der reichhaltige Salat ihre ganze Aufmerksamkeit beanspruchte.

Am Nachmittag stand die wöchentliche Teambesprechung mit ihren Mitarbeitern an. Marie hatte eine Agenda für diese Zusammentreffen aufgestellt; reihum erzählte jeder, an welchen Werbejobs er arbeitete, zeigte gedruckte Flyer und Folder, brachte Magazine mit, in denen Anzeigen erschienen waren und berichtete von der Zusammenarbeit mit den Auftraggebern.

Die Wirkung der Kopfschmerztropfen hatte nachgelassen und Marie musste sich sehr zusammenreißen, um aufmerksam zuzuhören und fundierte Kommentare von sich zu geben.

Den Abschluss bildete stets ihr Bericht aus der Montagsrunde der Abteilungsleiter. Als alle sie erwartungsvoll ansahen, brach ihr der Schweiß aus, weil sie sich nicht erinnern konnte, welche Themen morgens besprochen worden waren. Erst nach einer langen Schrecksekunde fiel ihr ein, dass die Runde heute ausgefallen war. Abrupt beendete sie das Treffen und verwies entschuldigend auf ihre Kopfschmerzen. Sie hätte zwei wichtige Telefonate führen müssen, verschob sie aber auf den nächsten Tag, weil sie ihre Stimmung (und somit ihre Stimme) nicht optimistisch, nicht schwungvoll genug fand.

In der letzten Zeit, mit dem ständigen Termindruck im Nacken, hatte sie schon häufig Abbitte geleistet, dass sie seinerzeit an Jan-Jonas' Willen, nach Hamburg zu kommen, gezweifelt hatte.

Morgen würde sie sich zu den Telefongesprächen zwingen müssen, egal, wie es ihr ging. Sie begann, sich mit ihrem Monatskommentar zu beschäftigen, las die Berichte der Mitarbeiter, um sie in den Report einfließen zu lassen, formulierte sie ein wenig um. Immer wieder drängte sich Lukas' trauriges Gesicht vor ihre Augen, im Wechsel mit dem Bild von Lucie Lämke auf dem Fahrrad. Auch Schliefer – Eddi – durchquerte ab und an ihre Gedanken. Er hatte wieder Vorschläge für gemeinsame

Unternehmungen gemacht, aber wieder hatte sie die Kinder vorgeschoben, es gab nach wie vor keinerlei Raum für ihn. Es war verrückt, er war nett, er war in ihrem Alter, sie hatten ähnliche Interessen ...

Um fünf schnappte sie sich ihre Jacke. Anstatt auf dem kürzesten Weg nach Hause zu radeln, machte sie einen Umweg durch den Park. Bei Bewegung im Freien konnte sie am besten nachdenken, und sie wollte heute eine Entscheidung bezüglich Lukas treffen.

Als sie zuhause ankam, war sie sich ihrer Sache sicher und sie fragte sich, warum sie nicht früher darauf gekommen war. Sie rief bei Lukas' Klassenlehrerin an und vereinbarte einen Termin für den kommenden Mittwoch, am späten Nachmittag.

Lukas reagierte kurz verdutzt, aber dann hocherfreut, als sie ihm nach dem Abendessen vorschlug, mal wieder Halma zu spielen, anstatt zu lernen. Das erste Spiel gewann sie, aber dann schlug er sie zweimal und als sie sah, wie sein Gesicht glühte und bei einem besonders langen Zug quer übers Spielfeld seine Zunge herausspitzte – etwas, das sie ewig nicht mehr bei ihm gesehen hatte – wusste sie, dass sie auf dem richtigen Weg war.

Vor dem Schlafengehen stand Marie lange am Fenster und blickte auf den Parkstreifen auf der gegenüberliegenden Straßenseite. An der Stelle, wo Jan-Jonas immer seinen kleinen weißen Flitzer geparkt hatte, stand neuerdings ein bulliger schwarzer Geländewagen, der etwas Bedrohliches ausstrahlte. Meistens hatte Marie den Smart kommen hören, war beim vertrauten Klappen der Autotür aufgesprungen und hatte Jan-Jonas von oben zugewinkt.

Sie stieß einen langgezogenen Seufzer aus. Ob es noch einmal jemanden in ihrem Leben geben würde, der sich voller Vorfreude auf den Weg zu ihr machen würde? Und den gleichzeitig auch sie in ihr Leben lassen wollte? Schwer vorstellbar!

Beim Griff nach der Weinflasche sah sie erschrocken, dass sie fast leer war. Hatte sie sie nicht erst gestern Abend angebrochen? Nachdenklich schaute Marie auf den kleinen Rest. Dann gab sie sich einen Ruck, nahm Glas und Flasche und trug beides in die Küche. Sie stellte das Glas in der Spüle ab und schüttete den Weinrest in den Ausguss. Gebückt ging sie in die Vorratskammer, hob die leere Flasche in die Altglas-Kiste (meine Güte, sie war schon wieder voll, sie musste sie dringend wegbringen), dann krabbelte sie in die hinterste Ecke des Kämmerchens, griff nach der Flasche Rum und entleerte sie ebenfalls. Sie ließ Wasser hinterherlaufen, aber der Alkoholdunst schien sich nicht zu verflüchtigen. Sie drehte den Hahn weiter auf und ließ das Wasser strömen. Sie schob das Trinkglas unter den Strahl und sah zu, wie die klare Flüssigkeit oben heraussprudelte und sich plätschernd ihren Weg zum Abfluss bahnte.

Auf dem Weg ins Schlafzimmer nickte sie sich im Dielenspiegel zu: „Das schaffst du, Marie."

Als sie sich ihr Schlafanzugoberteil überstreifte, war ihr nicht klar, was genau sie damit gemeint hatte, aber es fühlte sich gut an.

23

Marie nahm Laken und Bezüge aus dem Schrank, um die Betten neu zu beziehen. Sie sog den Geruch der frischen Wäsche ein und strich über den glatten, kühlen Stoff. Summend betrat sie Annas Zimmer.

Seitdem sie die Entscheidung getroffen hatte, Lukas die Klasse wiederholen zu lassen – obwohl keine zwingende Notwendigkeit dafür bestand, er hätte die Versetzung geschafft, wenn auch mit Hängen und Würgen –, wirkte er wie befreit. Sie hatte mit Widerstand von ihm gerechnet, befürchtet, dass er es als Schmach ansehen würde. Was ihr unerwartet in die Karten gespielt hatte: Tim, sein bester Freund, würde in Kürze wegziehen. Seine Mutter Klaudia (Kegelklub-Klaudia) hatte einen alten Jugendfreund wieder getroffen und wollte mit ihm in Hamburg einen Neuanfang wagen. Das waren verrückte Nachrichten und Marie hatte mehrmals nachgefragt, ob Lukas sich nicht verhört hatte. Übermorgen würde es ausnahmsweise ein Kegelklubtreffen mitten im Sommer geben. Helene hatte per E-Mail dazu eingeladen (genauer gesagt, sie hatte es einberaumt): „Liebe Freundinnen, bitte erscheint vollzählig, es gibt Großes zu besprechen."

Marie hatte sich über die Formulierung amüsiert, sie hatte nicht den Eindruck, dass es da noch etwas zu besprechen gäbe, die Würfel schienen gefallen. Aber natürlich war sie wahnsinnig gespannt auf Klaudias Bericht.

Als sie Lukas vorsichtig auseinandergesetzt hatte, wie sehr er sich weiterhin anstrengen müsste, ohne große Aussicht auf Erfolgserlebnisse, wohingegen er beim

Wiederholen der Klasse zumindest in manchen Fächern leichtes Spiel haben würde, hatte er erstaunlich schnell genickt und gesagt: „So machen wir das, Mama."

Julian hatte zunächst entsetzt reagiert, aber sie hatte auf die Unterstützung seiner Lebensgefährtin gehofft. Und so war es auch gekommen. Gemeinsam konnten sie ihn überzeugen, dass es für Lukas in allen Belangen das Richtige sein würde. Auch seine Klassenlehrerin hatte Marie sehr in diesem Entschluss bestärkt: „Das ist das Beste, das Sie für Lukas tun können."

Wie gerne würde sie Jan-Jonas von dieser Lösung erzählen. Wenn es ihn überhaupt noch interessierte, diesen behüteten Bubi, der vom wahren Leben so wenig Ahnung hatte!

Marie schaute auf die Uhr, sie musste los, sonst kam sie zu spät zur Verabredung mit Imke.

Gestern Mittag hatte sie Anna und Lukas zum Bahnhof gebracht, seit einiger Zeit fuhren sie mit dem Zug zu ihrem Vater, eine große Erleichterung. Danach war sie zurück ins Büro gegangen, um in Ruhe zu arbeiten. Das ging freitagnachmittags besonders gut.

Als sie den Verlag verlassen hatte, hatte Jan-Jonas' Smart ein paar Meter hinter ihrem Golf geparkt, als sie zurückkam, war sein Auto verschwunden, um kurz nach drei! Vielleicht war er direkt vom Verlag aus zu seinen Eltern gefahren? Es wäre ihr sehr recht, so musste sie nicht befürchten, ihm, oder genauer gesagt, Lucie und ihm, heute in der Stadt zu begegnen. Lucie mit der neuen Brille. Es war tatsächlich das Modell geworden, das Marie seinerzeit beim Optiker an ihr gesehen hatte. Es stand ihr gut, sie sah nun deutlich pfiffiger aus. Der Name

Lämmchen passte nicht mehr so recht, musste Marie sich voller Unbehagen eingestehen. Sie hätte zu gern gewusst, was Jan-Jonas und sie verband, ob es mehr als ein freundschaftliches Arbeitsverhältnis war. Aber wie sollte sie das rausbekommen? Und was ging sie das eigentlich noch an?

Imke hatte einen Platz am Fenster ergattert und winkte Marie zu, als diese etwas außer Atem vom Fahrrad sprang.

„Schön, dass du Zeit hast." Marie umarmte die Freundin und küsste sie auf die Wange. „Wir haben uns so lange nicht gesehen."

„Für dich doch immer", sagte Imke und klopfte auf den Platz neben sich auf der Bank. „Erzähl, was gibt es Neues?"

„Moment!" Marie ging zur Theke und kam mit einer dampfenden Schokolade, gekrönt von einer aufgetürmten Sahnehaube, zurück. Sie setzte sich neben Imke und berichtete von den Schwierigkeiten, aber auch ersten Erfolgen im Job. Und dann von der Entscheidung, Lukas die Klasse wiederholen zu lassen.

„Super Idee", sagte Imke und nickte anerkennend. „Aber jetzt mal zu den spannenden Themen." Sie legte den Kopf leicht zur Seite. Als sie Maries Blick sah, schob sie eilig hinterher: „Du weißt, wie ich das meine – ich freue mich für Lukas und dich, dass ihr so eine gute Lösung gefunden habt." Sie rückte noch etwas näher an Marie.

„Aber was ist mit dem Lektor, von dem du mir neulich erzählt hast?"

„Schliefer. Er ist nett." Marie tauchte ihren Löffel in den Sahneberg, schob ihn in den Mund und schloss die

Augen. Dann drehte sie den Löffel und leckte ihn von unten ab. „Hmm, genau das, was ich jetzt brauche." Sie strich sich mit der Hand über den Bauch.

Imke drehte sich zu ihr und fixierte sie: „Definiere nett."

„Er ist freundlich, hilfsbereit, er sieht gut aus, und er ist ...", Marie suchte nach dem richtigen Begriff, „er ist sehr kultiviert."

„Kultiviert?" Imke kicherte. „Hört sich an wie der Text einer Heiratsanzeige in der ZEIT."

„Wir waren in der Oper, wir sprechen über Bücher, wir mögen die gleichen Filme, er hört gut zu, ich verbringe gerne Zeit mit ihm – mit Eddi", setzte sie zögernd hinzu.

„Mit Eddi? Hört, hört. Hat er schon versucht, dich zu küssen?"

„Natürlich nicht." Marie schüttelte energisch den Kopf, ihre Wangen röteten sich. Als sie Imkes Grinsen sah, streckte sie ihr die Zunge heraus.

„Ich brauche keinen Mann in meinem Leben, ich habe gar keine Zeit dafür."

„Das hast du vor Jan-Jonas' Auftauchen auch gesagt. Fest steht, Schliefer, pardon Eddi, steht auf dich, aber du bist noch nicht so weit", fasste Imke zusammen und griff nach dem Löffel in ihrem Cappuccino.

„Vermisst du Jan-Jonas?" Sie leckte den Schaum ab. „Oha, das ist mal was anderes als die Plörre, die meine Schwiegermutter mir gestern vorgesetzt hat."

„Ich rede in Gedanken immer noch viel mit ihm." Marie seufzte und zupfte ein paar Wollknötchen von ihrer Strickjacke. „Und wenn ich durch die Stadt gehe, meine ich ständig, ihn zu sehen."

„Schwere Entzugserscheinungen." Imke schnalzte mitfühlend und schleckte ein Fitzelchen Schaum von ihrer Oberlippe. Sie stand auf. „Ich hole mir noch einen." Sie deutete auf ihre leere Tasse.

Marie schaute zum Fenster hinaus und verzog das Gesicht beim Anblick eines eng umschlungenen Pärchens. Als Imke sich wieder setzte, fragte Marie: „Und du, freust du dich auf euren Urlaub?"

„Abgesagt." Imke verzog das Gesicht.

Marie schaute sie erschrocken an. „Wieso denn das?" Sie suchte Imkes Blick.

„Hauke sagt, er kann jetzt nicht weg. Sie sind gerade in einer entscheidenden Phase des Geschäftsaufbaus, er will das nicht seinem Partner überlassen, du kennst ihn ja, wenn er sich etwas in den Kopf gesetzt hat, zieht er das eisern durch." Imke senkte den Kopf und wirkte auf einmal sehr mutlos.

Marie nickte, ja, das konnte sie sich gut vorstellen. Allein die Konsequenz, mit der Hauke jeden Morgen vor Arbeitsbeginn seine Übungen im Fitnessstudio absolvierte, war bewundernswert. Er war ehrgeizig, er konnte nicht verlieren, und er hatte ein Ziel vor Augen: Wer Immobilien im gehobenen Bereich suchte, sollte an „Feddersen und Finke" nicht vorbeikommen.

„Verschieben ist nicht möglich?", fragte Marie vorsichtig, sie hatte Imke noch nie so kraftlos erlebt.

„Es geht nicht nur um diese blöden zwei Wochen", sagte Imke und räusperte sich, „es geht um viel mehr." Sie ließ ihren Blick durch den Raum schweifen, und Marie fragte sich bang, was nun kommen würde.

„Wir haben uns über Familienplanung unterhalten. Hauke hat mir unmissverständlich klargemacht, dass er auf keinen Fall beruflich zurückstecken würde, wenn wir Kinder haben."

Sie spielte mit dem Zuckerstreuer. „Kannst du dir das vorstellen: er hat gesagt, wenn ich Kinder haben möchte, dann geht das allein auf meine Kappe, er wird bestens für das finanzielle Wohlergehen der Familie sorgen, natürlich", sie lachte bitter, „daran habe ich keinen Zweifel."

Marie beugte sich vor und griff nach ihrer Hand. „Mensch Imke, das tut mir leid. Hat er das vielleicht nur in der momentanen Stresssituation gesagt? Glaubst du, da ist das letzte Wort gesprochen?"

Sie schaute die Freundin zweifelnd an, aber die nickte grimmig. „Davon kannst du ausgehen. Ich hätte es wissen müssen." Imke entzog ihre Hand und fuhr sich durchs Haar.

„Mist!" Marie ließ sich an die Rückenlehne sinken. „Das macht es nicht einfacher, sich für Kinder zu entscheiden."

Sie dachte daran, wie sie schwanger geworden war, mit großer Selbstverständlichkeit hatte sie Kinder gewollt und nicht darüber nachgedacht, wie später die Aufgaben verteilt sein würden. Aber sie hatte mit Mitte zwanzig auch nur einen mäßig spannenden Job als Sekretärin gehabt. Heute, mit einer Aufgabe, die ihr täglich mehr Spaß machte und sie wirklich als ganze Person forderte, mit Mitarbeitern, für deren Wohlergehen und Weiterentwicklung sie verantwortlich war, würde sie sich mit der Entscheidung für Kinder viel schwerer tun.

Imke liebte ihren Job in der Personalabteilung eines Chemiekonzerns und Marie wusste, dass sie sich Hoffnungen auf die Leitung machte. Und das wahrscheinlich zu recht, denn ihr Chef stand kurz vor dem Ruhestand, und ließ sich immer häufiger von Imke vertreten.

„Was kann ich für dich tun?", fragte Marie. „Sollen wir mal zu dritt darüber reden?" „Bloß nicht", sagte Imke und hob beide Hände, verdrehte die Augen in gespieltem Entsetzen. „Du kennst doch meinen Mann. Zum Glück will ich ja nicht morgen schwanger werden – ging auch gar nicht, weil im Bett Eiszeit angesagt ist und das trifft ihn selbst am meisten." Sie kicherte und schlug sich auf die Schenkel.

Marie atmete auf. „So gefällst du mir schon besser." Mit Hingabe kratzte sie die letzten Reste der braunweißen Mischung aus dem Glas und sagte: „Ich besuche übrigens heute Abend endlich Peter und Monica, mit Bine."

„Spannend", sagte Imke. „Die beiden stehen noch ganz am Anfang, da scheint alles so leicht und schwerelos." Sie seufzte, dann lachte sie und knuffte Marie in die Seite. „Ach, das ist es im Grunde auch, wir machen es uns nur immer so schwer."

Marie boxte zurück. „Das war das Wort zum Sonntag, heute gesprochen von Imke Feddersen."

Monica erwartete sie im Türrahmen der Altbauwohnung und deutete mit beiden Daumen über ihre Schultern nach hinten. „Peter kocht, kann er besser als ich."

„Haben wir aber nicht allzu viel von mitbekommen." Bine kam grinsend aus einer Tür und umarmte Marie.

Peter stand am Herd in der quadratischen, grau-weiß gefliesten Wohnküche, er wirkte heiter und so zufrieden, wie sie ihn in der WG nur selten erlebt hatten.

„Wollt ihr die restlichen Räume auch sehen? Ist ja nicht mehr viel, ein Wohn-Arbeitsraum und ein Schlafzimmerchen." Monica öffnete die Tür zum Schlafzimmer und Marie trat einen Schritt hinein, Bine schaute ihr über die Schulter. Marie sah das riesige, gemütliche Bett, zwei Kopfkissen, zwei Zudecken, zwei stumme Diener, zwei Nachttische. Auf dem rechten stand ein Foto, das Monica und Peter am Strand zeigte, im Profil, Kopf an Kopf aufs Meer blickend, mit vom Wind zersausten Haaren. „Schön", murmelte sie, drehte sich abrupt um und prallte gegen Bine im Türrahmen. „Und eure Toilette? Kann ich mal eben ...?" Tränenblind flüchtete sie ins Bad, lehnte sich mit dem Rücken an die Tür. „Reiß dich zusammen, du blöde Kuh", flüsterte sie. Vor dem Spiegel zog sie eine Grimasse. „Du blöde *alte* Kuh!" Sie atmete einmal tief durch, betätigte schwungvoll die Toilettenspülung, wusch sich die Hände und ging hinaus.

Als alle am Tisch saßen und sich vom Kartoffelgratin und den mit Speck umwickelten Böhnchen genommen hatten, hob Peter das Glas: „Wir sind schwanger."

Im Gleichtakt setzten Marie und Bine ihre Weingläser ab und warfen einen schnellen Blick zu Monica. Erst jetzt fiel Marie auf, dass in ihrem Glas kein Wein, sondern Wasser war.

Monica verzog den Mund zu einem Lächeln. „Ja, es stimmt. Ich muss mich aber noch daran gewöhnen."

Peter wird Papa und geheiratet wird auch, wie schnell das alles ging, sinnierte Marie, als sie um kurz nach zehn (Monica war sehr früh müde geworden) durch die Stadt radelte. Sie konnte verstehen, dass Monica nicht ganz glücklich mit der Schwangerschaft zum jetzigen Zeitpunkt war, hatte sie doch gerade erst ihren Traumjob als

Kuratorin in einem Mainzer Museum ergattert. Peter, der immer häufiger Aufträge für Programmierarbeiten erhielt, sah das ganz gelassen – wenn er zuhause arbeiten würde und das wäre sicher oft der Fall, könnte er sich um das Baby kümmern.

„Aber wir brauchen eine durchgängige, zuverlässige Betreuung für den Kleinen." Monicas Stimme hatte einen scharfen Klang angenommen, und Marie musste ihr recht geben, Peter hatte die schwierigen ersten Jahre bei ihren Kindern nicht mitbekommen.

Bine hatte bei den folgenden Gesprächen, die sich um Schwangerschaft und Babys drehten, still dabeigesessen. Erst gegen Ende war sie damit rausgerückt, dass sie mit ihrem Abteilungsleiter in dem Möbelhaus, in dem sie seit kurzem arbeitete, liiert war. „Verheiratet – wie alle guten Männer in dem Alter", hatte sie achselzuckend gesagt, aber das Strahlen in ihren Augen war nicht zu übersehen gewesen.

Marie keuchte die Straße hoch, die Steigung war nur mäßig, aber kontinuierlich. Als sie sich dem großen Mehrfamilienhaus, „unserer Burg", wie Lukas gerne sagte, näherte, sah sie, dass wieder dieses dicke, für die Stadt völlig übertriebene Geländefahrzeug auf dem Standstreifen parkte. Sie schüttelte sich und machte „brr", dann ließ sie ihren Blick nach oben wandern, die vierte Etage lag völlig im Dunkeln, hätte sie mal wenigstens im Flur ein Licht brennen lassen! Oh nein, bitte jetzt keine Runde schlechte Stimmung! Energisch lenkte sie das Rad auf die andere Straßenseite und stellte es im Hof ab. Sie würde fetzige Musik auflegen und ein bisschen abrocken!

„Lenk dich ab, amüsier dich, geh tanzen", hatte ihre Mutter bei einem Telefonat neulich gesagt und Marie hätte am liebsten in den Hörer gerufen: „Aber ich *will* mich gar nicht ablenken, verstehst du das denn nicht?" Natürlich hatte sie das nicht gesagt – und inzwischen war sie über diese Phase hinaus, eindeutig. Kein Mann war es wert, sich so zu grämen und schon gar nicht dieser unreife Jüngling!

Sie eilte die Treppen hoch, ließ ihre Jacke in der Diele auf den Boden fallen und rannte zum CD-Player. Es lag noch eine Scheibe darin, und sie drehte den Regler auf nahezu volle Lautstärke.

What's love got to do with it von Tina Turner ertönte – wenn das nicht passte! Sie grölte den Text mit, drehte und schaukelte den Oberkörper im Takt der Musik, hob die Arme, wiegte die Hüften. Im Anschluss schmetterte Frank Sinatra sein sonores *New York, New York* und sie tanzte wild durch den Raum. Atemlos blieb sie stehen und wartete auf den nächsten Titel. Schon beim ersten Ton fiel sie in sich zusammen. Dieser Song! Den Film *Titanic* hatten Jan-Jonas und sie gemeinsam gesehen und natürlich die berühmte Szene am Bug des Ozeandampfers nachgestellt. Auf der kleinen, zusätzlichen Plattform („ach dafür ist das Ding gedacht", hatte Jan-Jonas gerufen) auf dem Turm in Frauenstein. Da, wo alles begonnen hatte.

Marie stampfte mit dem Fuß auf und ging zur Balkontür, öffnete sie und breitete die Arme aus, versuchte, ihren Blick in die Ferne zu richten, doch das einzige, was ihr vor die Linse kam, war dieses ätzende, dicke Auto genau gegenüber.

My Heart will go on. Hingebungsvoll sang Celine Dion ihren Welterfolg.

Alle Kraft, alle guten Vorsätze verließen Marie, sie sank in ihren Sessel, ergab sich und lauschte. Was für ein wunderschöner Herz-Schmerz-Schmacht-Song.

Als nächstes erklang *Against all odds*. Wie oft hatte sie das gehört, in glücklichen Zeiten mit ihm, als sie sich geborgen gefühlt hatte in dieser Beziehung *against all odds*, gegen alle Widerstände.

Waren denn all diese Songs extra für sie geschrieben worden?

Langsam, wie eine alte Frau, stemmte sie sich aus dem Sessel. Es war Zeit ins Bett zu gehen. Ein Entkommen mittels Musik schien es nicht zu geben, ganz im Gegenteil. Wie zur Bestätigung erklang Whitney Houstons *I will always love you*.

Als Marie den Türrahmen erreicht hatte, blieb sie stehen und rutschte ganz langsam herunter, verharrte regungslos in der Hocke, lauschte dem Text. Oh ja, auch *sie beide* wussten, dass *sie* nicht das war, was *er* brauchte. Aber was war mit ihr, wer fragte danach, was *sie* brauchte?

Mittelalte Mütter mit motzendem Anhang hatten nichts mehr vom Leben zu wollen, so war das wohl. Sie ächzte, als sie sich mühsam in die Höhe schraubte, das war auch schon mal leichter gegangen! Klaudia mit ihrer ewigen Sehnsucht kam ihr in den Sinn. Auch sie war schließlich eine Mutter mit einem Teenie. Ob wenigstens sie das große Glück gefunden hatte?

24

„Ich werde Euch alles gaaanz genau berichten", sagte Klaudia mit einem strahlenden Lächeln, „über den neuen Mann in meinem Leben." Sie lehnte sich zurück und verschränkte die Arme vor der Brust.

Kaffeeduft erfüllte den Raum.

„Endlich passiert mal was wirklich Spannendes." Katja legte die Hand über ihre Tasse, als Helene ihr einschenken wollte. „Danke, für mich heute nicht." Sie griff nach ihrer Schachtel Zigaretten.

„Sonst noch jemand Kaffee?"

„Jetzt setz dich doch endlich mal hin!" Irina klopfte ungeduldig mit der flachen Hand auf den Tisch. „Damit Klaudia loslegen kann."

Etwas pikiert setzte Helene die schwere silberne Kanne auf einen kleinen Beistelltisch, strich ihren Rock umständlich glatt und zog ihren Stuhl heran.

„Ich kenne diesen Mann seit fast vierzig Jahren." Klaudias Augen leuchteten. „Eine Sandkastenliebe." Er ist mit seinen Eltern nach Schweden gezogen, als wir beide dreizehn waren – also bevor es hätte ernst werden können."

Sie kicherte vergnügt.

„Und jetzt haben wir uns wiedergefunden, Facebook sei Dank."

„Facebook?" Helenes Blick drückte Entsetzen aus, doch niemand achtete auf sie.

„Ist er verheiratet?" Das war natürlich Irina, immer auf der Suche nach Schwachstellen.

„Wie alt ist er, was macht er beruflich?"

„Typisch Helene." Marie grinste.

„Hättest du richtig zugehört, wüsstest du, dass er genauso alt ist wie Klaudia", sagte Irina kopfschüttelnd.

„Wie heißt der Knabe und wie alt ist er?" Helene blieb unbeirrt.

„Manuel, er ist dreiundvierzig. Stellt euch vor, er hat im selben Jahr geheiratet wie ich und sich im selben Jahr scheiden lassen. Und er hat eine Tochter, die genauso alt ist wie Tim. Ist das nicht verrückt?"

„Statistisch nicht besonders beeindruckend", murmelte Katja, schüttelte eine Zigarette aus der Schachtel und legte sie neben ihren Teller.

Irina beugte sich vor und musterte Klaudia scharf: „Wie oft habt ihr euch getroffen?"

„Ich wollte euch doch alles ganz genau erzählen", sagte Klaudia gekränkt. „Erst haben wir wochenlang E-Mails gewechselt und telefoniert. Er wollte ganz schnell skypen, aber ich habe das lange rausgeschoben, versteht ihr das?"

Katja tippte sich an die Stirn, die anderen nickten zustimmend.

„Er schreibt wunderschöne Gedichte, nur für mich. Es ist eine Seelenverwandtschaft, sage ich euch." Klaudia seufzte glücklich. „Es ist alles sooo romantisch."

„Aber inzwischen habt ihr euch gesehen, und wie war das?", fragte Irina mit drängendem Unterton. „Also ich meine, persönlich getroffen?"

„Ja, einmal, auf halber Strecke, in Hamburg. Er kommt nächste Woche nach Wiesbaden und dann, ta ta", – sie zog ihre Hand unter dem Tisch hervor und ließ sie über die Kaffeetafel schweben, drehte und wendete sie. Als die Frauen stumm darauf starrten, tippte sie mehrmals mit dem Zeigefinger auf den schmalen Goldreif an ihrer linken Hand. „Dann wird geheiratet."

Als erstes fasste sich Irina. „Das ist jetzt aber nicht dein Ernst."

Katja lachte laut. „Das nenn ich mal zackig. Ihr habt euch einmal gesehen, nach knapp dreißig Jahren, und jetzt heiratet ihr?"

„Und ich werde mit Tim nach Hamburg ziehen", sagte Klaudia und lächelte versonnen.

Irina war auf die vorderste Kante ihres Stuhls gerückt und schaute in die Runde: „Wie findet ihr das?"

Marie zögerte, sie kämpfte mit ihren Empfindungen: Schiere Freude für die Freundin wechselten ab mit Anflügen von Neid; Ungläubigkeit und Bewunderung hielten sich die Waage.

Helene war aufgestanden und hatte sich Kaffee nachgegossen. „Wieso kann er einfach nach Deutschland ziehen, du hast uns immer noch nicht gesagt, was er arbeitet."

„Er ist IT-Fachmann, seine Firma in Ahus ist pleite, aber er hat einen neuen Job in Hamburg."

Mit einem Grinsen in Richtung Helene sagte Katja: „Ich finde das eine ganz wunderbare Geschichte und ich drücke dir die Daumen, dass du glücklich wirst." Nachdem sie die Zigarette in die Packung zurückgeschoben hatte, verschränkte sie ihre Arme vor der Brust und lehnte sich zurück.

Irinas Miene drückte Skepsis aus, Marie nickte verwirrt, Helene erhob sich und ging an die Anrichte, um Gläser zu holen.

„Was haltet ihr von einem Schnaps? Den können wir doch jetzt brauchen. Den Sekt gibt es später."

Als alle wild durcheinanderredeten „Was für eine Feier wird es, was ziehst du an, wirst du in weiß heiraten?", fragte Irina plötzlich: „Was sagt Tim dazu?"

„Na ja", sagte Klaudia, (ein bisschen verärgert, schien es Marie), „begeistert ist er nicht, wir bräuchten keinen Mann in unserem Leben, es gäbe doch ihn. Aber Manuel hat versprochen, ihm eine Vespa zu kaufen, sobald er fünfzehn wird."

„Mit fünfzehn darf man Vespa fahren, oh je", sagte Marie, „da weiß ich ja, was auf mich zukommt.

Helene wandte sich um. „Marie, wie geht es dir?"

Die zögerte, hatte gehofft, nicht zum Thema zu werden. Natürlich wussten längst alle über die Trennung Bescheid.

„Hm", sagte sie, „ganz gut. Mein neuer Job ..."

„Den Umständen entsprechend, stimmt's", sagte Irina, beugte sich über den Tisch und hangelte nach der Zuckerdose.

„Die Liebe zu einer reifen Frau ist oft Übergangsstadium zu einer 'normalen'", Helene malte Strichlein in die Luft, „Beziehung. Sei froh, dass du den Stress los bist. Du warst gestresst, stimmt's?"

Marie nahm ihren Armreif ab und ließ ihren Zeigefinger darin kreisen. „Anna hat gesagt, man hätte mir oft angemerkt, dass ich angespannt war, angespannt und ängstlich."

„Sage ich doch." Helene nickte zufrieden und stellte die kleinen Schnapsgläschen auf den Tisch. „So eine Liebe ist immer bittersüß."

„Du hast selber zu viele Zweifel gehabt", sagte Katja, „wenn du Sicherheit ausgestrahlt hättest ..." Sie strich sich mit beiden Händen die Haare hinters Ohr und schüttelte nachdenklich den Kopf.

„Sie ist noch jung, sie kann noch jemand kennenlernen." Klaudia griff nach den Keksen. „Du bist attraktiv."

„Na ja", sagte Marie und lachte. „Ich erzähle euch jetzt mal, wie meine Kinder das sehen. Anna hat neulich zu Lukas gesagt 'Mama hat die alte Eitelkeit und ich die junge'. Dann hat sie erklärt 'die alte Eitelkeit ist, wenn man nicht zu dick sein will, keine Falten und keine grauen Haare haben will'."

„Und die junge Eitelkeit?", fragten Irina und Klaudia wie aus einem Mund.

„Die junge Eitelkeit ist, wenn man hübsch sein möchte." Marie rollte in gespielter Verzweiflung mit den Augen. „Lukas fand das einleuchtend."

Sie beugte sich vor und sagte: „Aber mein neuer Job macht mir ..."

Mit einem Rums setzte Helene die Flasche Cognac auf den Tisch: „Jetzt trinken wir auf das neue Glück von Klaudia."

Man sah ihr an, dass sie auch auf diese Beziehung keinen Pfifferling gab.

Anna und Lukas fielen Marie todmüde entgegen, als sie zwei Stunden später am Gleis stand und ein wenig nervös (wie immer, wenn sie die Kinder vom Zug abholte) wartete, dass sich die Tür des ICEs öffnete.

Auf dem Weg zum Auto hakte sie sich bei beiden Kindern unter: „Wie war das Wochenende mit Julian und Gabriele?"

„Gabrieles Mama hatte Geburtstag und hat sich total gefreut, dass wir mitgekommen sind", sagte Anna. „Wir waren fünfunddreißig Leute, alles Verwandtschaft. So eine große Familie ist schön." Sie stieß einen Seufzer aus. „Aber wir sind erst spät ins Bett gekommen, für ihn war das doof." Sie beugte sich hinter dem Rücken ihrer

Mutter zu Lukas und wuschelte durch seine Haare, der brauste empört auf und drehte sich weg, ließ Maries Arm los.

„Wir fahren demnächst mal wieder zu Omi und zu euren Kusinen", entfuhr es Marie und wunderte sich über sich, denn ausgemacht war nichts.

„Cool", sagte Anna. „Und wie war es bei dir?" Sie wandte sich ihrer Mutter zu: „Du hattest doch so viele Verabredungen."

Marie drückte ihren Arm, gerührt, dass ihre Tochter nachfragte. „Peter wird Papa."

„Wirklich?" Lukas kam wieder näher. „Werde ich dann Onkel oder so was?"

Mutter und Tochter lachten.

Meine Kinder, dachte Marie mit einem warmen Gefühl im Bauch. Es wird Zeit, dass es bei uns wieder etwas lebendiger zugeht.

Sie würde sich gleich in den Blauen Otto setzen und nach Terminen gucken, ein Essen für Freunde planen und ihren Bruder anrufen und ein Familientreffen ausmachen.

Nachdem sich Lukas und Anna ohne nennenswerte Widerstände ins Bett verzogen hatten, setzte Marie sich mit dem Telefon in ihren Sessel und schlug den Kalender auf.

Sie mochte ihren Bruder Thomas, und sie bewunderte ihn für das, was er aus seinem Leben gemacht hatte, nachdem seine Schullaufbahn so schwierig verlaufen war. Er hatte mit Ach und Krach die Mittlere Reife geschafft (da seine gesamte Schullaufbahn eine Katastrophe gewesen war, hatten sich schon bald sämtliche elterlichen Hoffnungen auf Marie gerichtet), danach eine

Ausbildung als Rettungsassistent gemacht und war dann zur Feuerwehr gegangen. Seit ein paar Jahren war er leitender Branddirektor.

Auch mit ihrer Schwägerin Heidi kam Marie gut klar, aber sie war dermaßen patent und tüchtig, dass Marie sich neben ihr kopflastig und ungeschickt vorkam.

Die Töchter der beiden waren im gleichen Alter wie Lukas und Anna und früher, als sie sich noch häufiger gesehen hatten, hatten die vier viel miteinander gespielt. Höchste Zeit, sich mal wieder zu treffen! Marie griff nach dem Telefonhörer.

Eine Autotür klappte und das Geräusch ließ ihre Hand kurz irritiert in der Luft schweben. Sie schüttelte leicht den Kopf, blickte auf den Ziffernblock, versuchte sich zu erinnern. Mist, sie musste tatsächlich die Nummer nachsehen (sie hatte ihren Bruder wirklich ewig nicht mehr angerufen) und griff nach ihrem Adressbüchlein.

Erneut wurde eine Wagentür zugeschlagen. Sie begann die Ziffern einzutippen. Als ein drittes, viertes, fünftes Mal eine Tür geräuschvoll geschlossen wurde, stockte sie.

Nach kurzem Zögern legte sie Kalender, Stift und Telefon neben sich auf das kleine ovale Tischchen, das sie seit kurzem dort stehen hatte, dann stand sie auf (schon wieder klappte eine Tür) und trat ans Fenster.

Auf der anderen Straßenseite, an sein Auto gelehnt, das in dreist winzigem Abstand zu dem schwarzen Geländewagen geparkt war, stand Jan-Jonas und hielt ein schmales, langes Transparent in die Höhe; in roten, fetten Großbuchstaben stand darauf: ICH LIEBE DICH, HONEY.

Marie öffnete die Balkontür und suchte Halt am Geländer. Auf der Straße wendete Jan-Jonas das flatterige Teil mit einiger Mühe. Sie musste sich weit vorbeugen, um das Geschriebene entziffern zu können: ICH MÖCHTE MIT DIR ZUSAMMEN SEIN.

Sie wollte ihm zuwinken, aber ihr Arm löste sich nicht vom Körper.

Jan-Jonas ließ das Papier sinken und schrie: „Das hat ja ganz schön gedauert. Mir fallen die Arme ab." Er zögerte. „Darf ich raufkommen?"

Als Marie nickte, rollte er das Transparent zusammen und überquerte die Straße, die wenigen Meter, die noch zwischen ihnen lagen.

25

Erst als sie nach ihrem Empfinden fast eine Stunde lang Jan-Jonas' gleichförmigen Atem an ihrem Ohr gespürt hatte, löste Marie behutsam seine Arme um ihren Bauch und schob sich Stückchen für Stückchen aus der wärmenden Hülle.

Im Türrahmen, in Gedanken schon in ihrem Sessel mit einem Glas Rotwein in der Hand, schaute sie noch einmal zurück, auf die eng zusammen geschobenen Kopfkissen und die verstrubbelten Haare von Jan-Jonas. Und auf die Kuhle, wo sie gerade noch gelegen hatte, in seiner Umarmung. Sie schüttelte leicht den Kopf – warum war sie bloß aufgestanden? Einfach genießen war ihr nicht möglich. Ihr Drang, das Geschehene in ihrem Kopf zu sortieren, war mal wieder stärker. Auch einfach schlafen ging nicht, zu groß war der Aufruhr in ihrem Inneren.

In der Küche griff sie nach einem Merlot, besann sich aber anders, öffnete den Kühlschrank, nahm die Milch heraus und füllte den kleinen Stieltopf fast bis zum oberen Rand. Es gab nur noch einen Rest Honig, sie kratzte das Glas angestrengt aus und ließ einen Teelöffel voll in ihren Lieblingsbecher gleiten, dann goss sie Milch dazu.

Sie ging mit dem dampfenden Getränk in ihr Zimmer, setzte sich aber nicht in den Sessel, sondern blieb an der Balkontür stehen und schaute hinunter, umfasste die Kontur des Smart mit ihrem Blick.

Hatte Jan-Jonas die Straße noch langsamen Schrittes überquert, als wolle er ihr Zeit geben, sich zu sammeln, so war er die Treppe hinaufgestürmt, immer zwei Stufen auf einmal. Marie hatte jegliche Gedanken, ihr Äußeres in der Kürze der Zeit noch positiv zu beeinflussen, verworfen und stand regungslos in der Wohnungstür, in Erwartung weiterer Worte von ihm, die aber nicht kamen.

Als sie sich gegenüberstanden, schlossen sich ihre Arme umeinander, als wäre nie etwas anders gewesen.

Später, in der Küche (es kam ihr vor, als hätten sie eine Ewigkeit im Flur gestanden und sich wortlos aneinander festgehalten) hatte er gesagt, dass er manchmal Angst gehabt hätte, nicht zu genügen, obwohl sie ihm nie einen Anlass dafür gegeben hätte.

Sie wusste nicht, ob es ihr gelungen war, seine Bedenken zu zerstreuen.

„Haben wir nicht alle Angst, den anderen zu enttäuschen?"

„Ja, vielleicht", sagte er, „aber du hast so viel mehr Erfahrung als ich, auf allen Gebieten, das kann ich nie aufholen."

„Und du hast so viel Freude, Lachen und Schwung in mein, in unser Leben gebracht", hielt sie ihm entgegen.

Was letztlich zählte, war, dass er zurückgekommen war. Zählte wirklich nur das? Marie nahm den immer noch heißen Becher in beide Hände und blies nachdenklich hinein.

„Ich bin eigentlich nie weg gewesen", hatte er gesagt, sich zu ihr gebeugt – ihr Stuhl stand ein wenig entfernt von seinem – und nach ihren Händen gegriffen. Sie überließ sie ihm zögernd. Kämpfte mit sich. Aber sie konnte es sich nicht verkneifen zu fragen, was er mit dem Spruch in seinem Brief gemeint hatte: „... Worte, die der eine vom anderen vergeblich erwartet."

Nach einer längeren Pause, in der sie ihn angespannt beobachtete, sagte er: „Du hast zunehmend unsicher auf mich gewirkt, verhalten."

Sie schwieg eine Weile, dann fielen ihr Katjas Worte ein, und sie erwiderte langsam: „Wir haben wohl beide vom anderen erhofft, dass er Sicherheit ausstrahlt, Vertrauen in uns und unsere Liebe."

Er nickte heftig und es war dieses Nicken, das letzte Zweifel in ihr beseitigte und es ihr ermöglichte, endlich näher an ihn heranzurücken und die Füße auf die Sprossen seines Stuhls zu stellen. Es fühlte sich an wie warme Milch mit Honig.

Dieses Gefühl hatten sie später mit ins Bett genommen, sich nicht etwa ungestüm und wild geliebt (wie man vielleicht hätte erwarten können nach der langen Trennung), sondern unglaublich bedächtig und genüsslich hatten ihre Körper zueinander gefunden.

Marie trank einen Schluck und schaute auf die Straße. Ein einzelnes Auto fuhr vorüber, in der Ferne bellte ein Hund. Mitten in der Nacht, wunderte sie sich. Irgendwo in der Nähe wurde mit Getöse ein Rollladen heruntergelassen. Vielleicht jemand, der Spätdienst gehabt hatte oder jemand, der am Computer die Zeit vergessen hatte. Seitdem sie mehr Verantwortung im Job hatte, kannte sie auch diese Momente des absoluten Eintauchens, das nannte man wohl „Flow". Sie stellte die Tasse auf den Boden, verschränkte die Finger, drehte die Hände nach außen und dehnte die Arme.

Jan-Jonas war zurück in ihrem Leben. Dieses Mal würden sie es besser machen. Was würden Anna und Lukas sagen?

Als sie eine halbe Stunde später wieder ins Bett krabbelte, hatte Jan-Jonas sich auf die andere Seite gedreht und sie tastete mit der Hand nach seinem Rücken, als könne sie nicht glauben, dass er da war. Sie rückte ein bisschen näher an ihn heran. Die Wärme, die er ausstrahlte, zog bis in alle Winkel ihres Körpers. Sie merkte, wie der letzte Rest Anspannung verschwand. Sandmännchen kommt, dachte sie noch belustigt, dann schlief sie ein.

Am nächsten Morgen betrat Lukas als erster die Küche. Mit halbgeschlossenen Augen steuerte er auf den Frühstückstisch zu, dann blieb er abrupt stehen, schaute von Marie zu Jan-Jonas und wieder zurück und sagte sehr langsam, sehr vorsichtig: „Hallo." Und nach einer Pause: „Bleibst du?"

Als die beiden nickten, stürmte er in den Flur und hämmerte an die Badezimmertür. „Anna, er ist wieder da. Jan-Jonas ist zurück."

Es dauerte eine ganze Weile, bis sich die Tür öffnete und Anna herauskam, ihr Pony hing ihr schräg ins Gesicht und sie schob ihn unablässig mit der Hand zur Seite.

„Hi", sagte sie freundlich zu Jan-Jonas, aber ihre Miene blieb undurchdringlich.

„Wir haben Rührei gemacht." Marie deutete auf die Pfanne. Anna zögerte einen kurzen Moment, dann schüttelte sie entschieden den Kopf. „Nicht um diese Uhrzeit." Sie ging zum Kühlschrank und holte einen großen Grießpudding heraus, kippte ihn in ein Schälchen und streute eine lächerliche Anzahl Müslikörner und -flocken darüber.

Andersrum wäre besser, lag Marie auf der Zunge, aber stattdessen sagte sie: „Wir lassen dir etwas übrig für heute Abend, Süße."

„Muss das sein?" Lukas, der gerade aufstehen wollte, um sich seinen Teller erneut vollzuladen, knurrte ärgerlich und setzte sich wieder hin.

„Das gibt es jetzt öfter", sagte Jan-Jonas, und legte Lukas die Hand auf den Arm. Anna hob den Kopf, schaute ihn aufmerksam an und tauchte wieder den Löffel ein.

Als beide Kinder das Haus verlassen hatten, räumten sie die Küche auf.

„Das ist nichts für jeden Tag." Marie stöhnte, als sie die fettige Pfanne ins Spülwasser hob und die krustigen Eireste vom Schieber schrubbte. Jan-Jonas kam von hinten auf sie zu, legte die Hände auf ihre Schulter und drehte sie zu sich herum. „Ich freue mich darauf, mehr Alltag mit euch zu teilen."

Mit tropfnassen Händen, die sie (wie ein Männchen machendes Hündchen) von sich wegstreckte, stand sie ihm gegenüber. Er nahm ihr Gesicht in beide Hände, küsste sie auf den Mund, lange und nachdrücklich.

Dann hangelte er hinter ihr nach dem Spüllappen und begann den Tisch abzuwischen, so gründlich, wie Marie es wahrscheinlich noch nie gemacht hatte.

26

„Das war richtig gut." Jan-Jonas stieß beim Verlassen der Marktkirche einen wohligen Seufzer aus und legte den Arm um Marie. „Ich bin froh, dass wir das wiederaufgenommen haben. Diese Orgelmusik zur Marktzeit ist so schön. Ich war übrigens nie alleine hier und mit Lucie schon mal gar nicht."

Marie nickte leicht – auch diese Frage hatte sie sich nicht verkneifen können, wie es um Lucie und ihn stand – und er hatte erzählt, dass sie ab und an privat etwas unternommen hatten, aber mehr auch nicht.

„Es gab keinen Raum für sie, wenn du verstehst, was ich meine."

Marie hatte ihn nur zu gut verstanden. Sie zeigte nach links, zum Dernschen Gelände. „Bevor wir zum Italiener gehen, will ich noch ein bisschen Obst und Salat kaufen und etwas Käse für heute Abend."

„Und ich möchte einen Kaffee trinken", sagte er und hauchte ihr einen Kuss aufs Ohr.

Sie schlenderten an den bunt bestückten Marktbuden vorbei und Marie zeigte auf die spätsommerliche Blumenpracht: „Schau mal, diese Freilandrosen, ein Gedicht."

Jan-Jonas nahm seinen Arm von ihrer Schulter, murmelte: „Bin gleich wieder da", und stellte sich in die Warteschlange. Ein paar Minuten später drückte er Marie einen Strauß lachsfarbener Rosen in die Hand. Sie versenkte ihre Nase darin. „Die duften unglaublich, dankeschön." Sie küsste ihn auf den Mund. Wie konnte es sein, dass Glück so schmerzte?

Jan-Jonas lenkte sie zum Kaffeestand: ein uralter, eidottergelber Citroën-Kastenwagen mit markanter, eckiger Vorderfront, silbernem Doppelwinkel am Kühler und der typischen Wellblech-Verkleidung.

„Beim Anblick dieses Teils muss ich immer an Ferien in Frankreich denken", sagte er, als er zum länglichen Seitenfenster ging, um seine Bestellung aufzugeben. „An die Märkte in der Provence. Oder an Campingplätze am Atlantik, da findet man sie auch oft. Am Atlantik könnten wir demnächst Urlaub machen." Er schaute Marie an, sie nickte erst, dann schüttelte sie den Kopf. „Nee, erst will ich nach Italien, meine Italienisch-Kenntnisse testen."

Sie schlenderten weiter zum Obststand und hatten gerade Bananen, Birnen und Pflaumen in ihren Rucksäcken verstaut, als Marie eine Hand auf ihrer Schulter spürte.

„Na, junge Frau?" Peter grinste sie an und boxte Jan-Jonas leicht in den Magen. „Auch wieder an Bord? Freut mich." Er drehte sich um und rief nach Monica, die sich gerade zum Blumenstand entfernen wollte. „Guck mal, wen wir hier haben."

Monica kam näher, die Schwangerschaft tat ihr offensichtlich gut, sie war noch schöner geworden.

„Habt ihr Lust, mit uns essen zu gehen?", fragte Marie, dann schaute sie erschrocken zu Jan-Jonas, aber er nickte. „Gute Idee."

„Sehr gern, aber erst gibt es Vitamine – wir müssen uns doch jetzt gesund ernähren." Peter tätschelte liebevoll Monicas Bauch. Marie schaute zu Jan-Jonas, der im selben Moment begriff. „Oh, herzlichen Glückwunsch. Das muss gefeiert werden." Mit den Worten: „Wir sehen uns um eins beim Italiener", verabschiedeten sich die Paare voneinander.

„Das kommt jetzt aber nicht wirklich überraschend für dich", sagte Jan-Jonas, als sie abends auf dem Teppich in Maries Zimmer lagen und Stings *Englishman in New York* lief.

Marie rollte sich auf den Bauch und beugte sich über ihn: „Und du bist dir sicher?"

„Ja, inzwischen schon. Ich gebe zu, ich habe eine Zeitlang gedacht, du bist zu alt – entschuldige, du weißt, wie ich das meine. Aber heutzutage sieht man das ja nicht mehr so eng."

Jan-Jonas spielte mit ihren Haaren; plötzlich fiel Marie ein, dass es sicher höchst unvorteilhaft für ihre Gesichtszüge war, sie dermaßen der Schwerkraft auszusetzen, und sie ließ sich wieder auf den Rücken sinken.

„Was ist mit dir, du hast mal gesagt, du fändest eine große Familie toll."

„Stimmt." Marie lächelte. „Ich wollte immer drei Kinder und am liebsten das Dritte als Nachzügler." Sie zögerte. „Natürlich hätte ich gerne noch ein Kind mit dir. Es wäre ein Traum, ein Kind gemeinsam aufwachsen zu sehen, alles zu teilen."

„Aber?" Jan-Jonas drehte sich, um ihr ins Gesicht zu schauen.

„Du machst dir Sorgen um den Job", sagte er.

„Ich habe nun endlich eine Aufgabe, die mir Spaß macht. Und ich habe Verantwortung, für Mitarbeiter, die ich fördern und weiterentwickeln kann – ich weiß nicht recht, wie das funktionieren soll."

Jan-Jonas nickte: „Das weiß ich doch. Glaubst du etwa, ich würde dir das überlassen, das ist die einmalige Chance für mich aufzuholen."

„Was meinst du damit?", fragte Marie verwirrt.

„Hallo Frau Sand-Hollerbüh, Sie sind doch sonst nicht so schwer von Begriff." Er lachte. „Ich würde Erziehungsurlaub nehmen und du arbeitest weiter."

„Das würdest du tun?" Marie richtete sich auf, zog ihre Beine eng an den Körper und umfasste ihre Knie. „Und was ist mit deiner Karriere?"

„Die kann ich später fortsetzen, wenn unser Kind in die Kita geht." Er setzte sich neben sie und stupste mit seiner Schulter leicht an ihre.

Als Marie ihn zweifelnd anschaute, sagte er: „Klar, das wird einen Knick geben, aber das ist mir egal. Ich werde bestimmt ein guter Papa sein."

Marie lächelte. „Daran zweifle ich keine Sekunde."

„Es wird wunderbar werden", sagte er versonnen, „du mit deiner Erfahrung, ich mit meiner geballten Jugendlichkeit, unserem Junior wird es rundum gut gehen."

Er strich ihr zärtlich über die Wange. „Wir schlafen darüber, wie immer, aber wir können ja schon mal üben."

Er drückte Marie auf den Boden und wollte sie küssen – sie schob ihn energisch zur Seite. „Also ganz bestimmt nicht hier, die Kinder ..."

„Die Kinder sind nicht da, schon vergessen?" Er kicherte und sah ihr bedauernd nach, als sie aufsprang.

„Bis gleich." Marie huschte aus dem Raum, zog sich in Windeseile in ihrem Schlafkämmerchen aus und schlüpfte unter die Bettdecke. Sie hörte in der Küche das vertraute „Plopp" beim Flaschen entkorken, dann klapperte und knisterte es. Als Jan-Jonas den Raum betrat, brach sie in Lachen aus. Er war nackt bis auf ihre alte Schürze um die Lenden und balancierte in der rechten

Hand ein Tablett mit den Weingläsern, einer neuen Flasche Rotwein und einer Schale Erdnüsse. „Zu Diensten, Madame," sagte er mit einer leichten Verbeugung und stellte das Tablett auf den Boden. „So lange du noch Alkohol trinken darfst." Marie schlug die Bettdecke zurück und streckte die Arme nach ihm aus. Er ließ sich hineinsinken. Als sie nach der Nachttischlampe hangelte und das Licht löschte, brummte er unwillig, und Marie nahm sich fest vor, endlich eine Kerze neben das Bett zu stellen.

„Diese Beipackzettel." Marie stöhnte. „Bis man da mal gefunden hat, was man sucht." Sie stand in der Küche und arbeitete sich durch einen endlos langen Streifen Papier. Ihr halfen die Tropfen immer gut bei Kopfweh, aber sie fragte sich, wie viele Lukas unbedenklich nehmen könnte. Er klagte über starke Kopfschmerzen und erhöhte Temperatur. Sie hatte ihm morgens ein Kinderzäpfchen gegeben, aber nachdem er ein paar Stunden später am Telefon immer noch kläglich geklungen hatte, war Jan-Jonas mittags zu ihm gefahren. „Es wird ein grippaler Infekt sein, nichts Schlimmes." Marie hatte Jan-Jonas und vor allem sich selber, ihr schlechtes Gewissen, beruhigt, denn sie hätte nur ungern ihre Besprechung am Nachmittag abgesagt. Aber Jan-Jonas hatte gemeint: „Das geht vor, und ich mach das gern."

Marie ging zur Spüle und füllte ein Glas mit Wasser.

„Novalgin hilft bestimmt", sagte sie und ließ ein paar Tropfen hineinfallen.

Sie versuchte den Beipackzettel wieder in seine ursprüngliche Form zurückzubringen, knüllte ihn nach kurzer Zeit ungeduldig zusammen: „Warum wachsen die Dinger immer, wenn man sie rausgeholt hat."

„Gib her, man muss immer zur Mitte falzen. Links über rechts, links über rechts, links über rechts", sagte Jan-Jonas.

Verblüfft sah sie zu, wie er in Windeseile das Papier so zusammenfaltete, dass es mühelos wieder in die Schachtel passte.

„Wenn es ihm morgen nicht besser geht, müssen wir das Treffen mit deiner Familie absagen", sagte Jan-Jonas über die Schulter und verließ mit dem Glas in der Hand eilig die Küche.

„Hm", murmelte Marie und ging in ihr Zimmer, breitete ein paar bekritzelte Bögen Papier aus und beugte sich darüber.

Als Jan-Jonas nach einer Weile dazukam, zeigte sie ihm die Seiten mit den Bleistift-Skizzen für die Präsentation, die sie auf der nächsten Betriebsversammlung halten sollte. Es würde ihr erster öffentlicher Auftritt sein – und dann gleich vor so vielen Menschen! Eine Horror-Vorstellung, die sie schon jetzt, Wochen vorher, total nervös machte.

„Ganz gut", meinte er, „aber noch ein bisschen weniger Text auf den einzelnen Seiten und Bilder brauchst du natürlich auch."

„Puh!" Sie seufzte. „Erst mal muss ich das Geschreibsel überhaupt in die Seiten bekommen, bevor ich über Abbildungen nachdenken kann."

„Das Programm ist ganz einfach, du wirst sehen."

Marie lief in die Küche und holte einen zweiten Stuhl, währenddessen öffnete Jan-Jonas Powerpoint.

„Ich würde gerne zum Schluss ein paar praktische Beispiele einbauen", sagte sie eifrig, „wie sieht das Briefpapier jetzt aus und wie demnächst, mit dem neuen Corporate Design. Und dann hätte ich gerne eine Gegenüberstellung der Visitenkarten, die ganzen unterschiedlichen Varianten, die es jetzt gibt, und im Vergleich dazu die neuen, mit dem einheitlichen CD."

Jan-Jonas guckte etwas zweifelnd: „Es sollte nicht zu lang werden."

„Dann streiche ich etwas Anderes", sagte sie entschieden. „Oder ist die Umsetzung schwierig?"

„Nee, kriegen wir hin."

„Das mit dem *wir* hast du nett gesagt." Sie küsste ihn auf die Wange und setzte sich neben ihn.

Ja, sie waren ein gutes Gespann. Sie würden auch gute Eltern sein, davon war sie überzeugt. Wenn es nur klappen würde ...

„Was erwartest du", hatte Imke gesagt. „Beim ersten Versuch schwanger zu werden?"

„Es sind nun schon vier Monate", hatte sie eingewendet, aber Imke hatte abgewunken, „mach dich nicht verrückt."

Leicht gesagt. Nein, wohl gar nicht leicht gesagt, denn schließlich kämpfte Imke selber mit ihrem Kinderwunsch. Wie da wohl der Stand der Dinge war?

Ein paar Stunden später kannte Marie die wichtigsten Funktionen von Powerpoint und sie hatten in groben Zügen eine Präsentation entworfen, die es nun demnächst mit Text und Bildern zu füllen galt.

Sie schauten noch einmal nach Lukas, seine Kopfschmerzen waren deutlich besser geworden.

Als sie im Bad nebeneinander standen und Zähne putzten, sagte sie: „Bin ich froh, dass der Anfang gemacht ist."

„Und ich bin froh, dass es Lukas wieder besser geht." Er griff nach der Zahnseide. „Deine Familie kann anrücken."

Marie zog eine Grimasse; ihre Mutter hatte Jan-Jonas nur einmal kurz gesehen, am Umzugstag, zusammen mit all den anderen Freunden, die ihr geholfen hatten. Am späten Nachmittag hatte er sich verabschiedet, weil er nach Salzburg zu einer Konferenz musste. „Er sieht noch jünger aus als ich erwartet habe", hatte ihre Mutter gesagt und nach einem Blick zu Marie: „Aber er macht einen sehr netten Eindruck, höflich und gut erzogen."

Und dann hatte sie einen Seufzer ausgestoßen, sich tief über die Kisten mit dem Geschirr gebeugt und stundenlang ausgepackt und gespült.

Als Marie am Montagabend die Turnhalle verließ und zu ihrem Fahrrad ging, dachte sie über das Wochenende mit ihrer Familie nach – harmonische und lockere Tage. Nur eine Szene in der Küche nagte noch etwas an ihr. Am Sonntag – die Spuren der Essensschlacht waren beseitigt, die Männer und die Kinder hinausgegangen – hatte sich ihre Schwägerin mit dem Rücken an die Anrichte gelehnt und mit verschränkten Armen gesagt: „Er ist nett. Und die Kinder scheinen ihn sehr zu mögen. Wäre es nicht leichter, wenn ihr zusammenwohnen würdet?"

„Hm. Es läuft ganz gut", hatte Marie genuschelt, sich noch tiefer gebeugt und in langen Bahnen den Esstisch sauber gewischt.

„Der Wunsch müsste von ihm kommen." Der Ton ihrer Mutter war sehr entschieden gewesen. „Und die Zeit scheint mir noch nicht reif dafür."

In dem Moment war Jan-Jonas hereingekommen. „Ich stelle schon mal das Gefäß fürs Sahneschlagen in den Kühlschrank, jetzt haben wir ja Platz."

„Ja, haben wir", hatte Marie gesagt und sich gefragt, ob sie sich über das *wir* freuen oder ärgern sollte.

Sie zog die Schultern zurück und richtete sich auf, sie ging einfach zu selten zur Gymnastik, wahrscheinlich war das der Grund, warum ihr der Rücken weh tat und ihre Brust so spannte, sie seufzte. Ihre Vorsätze, regelmäßig morgens ein paar Übungen zu machen, hielten immer nur für ein paar Tage.

Moment mal, sie blieb abrupt stehen, ihre Brust spannte? Ihr wurde heiß und ihr war schwindelig. Ihr Zyklus war nicht regelmäßig, aber eine ganze Woche drüber war sie ewig nicht mehr gewesen. Am liebsten wäre sie in die nächste Apotheke mit Notdienst gestürzt, aber sie hatte sich geschworen, den Test nicht zu früh zu machen.

„Verbringen wir die Mittagspause gemeinsam?" Mit zittrigen Fingern tippte Marie die SMS in ihr Handy.

Die Antwort kam schnell: „Ungern, hänge mit der Planung hintendran."

Mist, Marie biss sich auf die Lippe, daran hatte sie nicht gedacht. In der Planungsphase stand Jan-Jonas extrem unter Strom. Würde er Raum für ihre Nachricht haben?

Sie verließ ihr Büro, schaute kurz zum Aufzug, lief zur Treppe und nahm zwei Stufen auf einmal. Sie klopfte und fast gleichzeitig mit seinem „Ja" stand sie im Raum.

Nur zögernd löste Jan-Jonas den Blick vom Bildschirm. „Was gibt es?"

Marie zog die Hand hinter dem Rücken vor und streckte ihm das schmal-längliche Teststäbchen entgegen.

„Du bist ganz rot im Gesicht, hast du Fieber?" Er deutete auf das Teil in ihrer Hand, und sie musste lachen – es sah tatsächlich ein wenig aus wie ein Fieberthermometer.

„Wenn das Ding sich nicht irrt, dann ist es Zeit, meine Strickkenntnisse aufzufrischen."

„Deine Strickkenntnisse." Jan-Jonas machte eine kleine Körperdrehung Richtung Computer und legte die Stirn in Falten, Marie kannte diesen Gesichtsausdruck.

„Hallo, du wirst Papa!" Sie klopfte mit dem Zeigefinger auf die Skala. „Das ist der Beweis."

„Was? Wirklich? Bist du sicher?"

Als Marie nickte, streckte er die Arme nach ihr aus, hob sie mit einem Ruck hoch und wirbelte sie herum. Plötzlich hielt er inne und ließ sie wieder herunter. „Ich muss ja jetzt vorsichtig mit dir sein."

„Ich bin nicht krank, ich bin schwanger." Marie lachte. „Es geht mir gut." Sie drehte sich zur Tür. „Alles weitere heute Abend."

„Aber, aber ..., ich kann mich doch jetzt gar nicht mehr konzentrieren," rief Jan-Jonas. Sein Blick irrte zwischen Computer und Marie hin und her.

„Kannst du dich schon mal dran gewöhnen!" Mit einem Grinsen im Gesicht warf sie ihm eine Kusshand zu und ging hinaus.

Mittwochabends trafen sie sich normalerweise nie, aber was war an so einem Tag schon normal.

Jan-Jonas kam spät, sie wollten gerade mit dem Essen beginnen. Er drückte ihr im Flur ein kleines Päckchen in die Hand, sie schaute darauf: Auf gelbem Papier tummelte sich eine Schäfchenfamilie, ein Schäfchen auf einem roten Roller fiel ihr ins Auge, genau so einen Tretroller hatten Anna und Lukas gehabt. Sie lächelte, dann huschte sie ins Schlafzimmer und versteckte das Mitbringsel schnell unter der Bettdecke.

Nach dem Essen, als sie sich mit Jan-Jonas in ihr Zimmer verzogen hatte, setzte sie sich in den Blauen Otto und packte das Geschenk aus. Ein kleines Stoffbilderbuch kam zum Vorschein, die bunten Seiten waren aus unterschiedlichen Materialien, einige hatten eine zusätzliche Applikation, auf der hintersten Seite befand sich eine Art Spiegel. Es brummte, als Marie über eine farbige Fläche strich.

„Was für tolles Spielzeug es heutzutage gibt", sagte sie und Jan-Jonas, der auf der Lehne des Sessels saß, strahlte übers ganze Gesicht.

„Ich konnte mich gar nicht entscheiden, das hier hat mir die Verkäuferin wärmstens empfohlen." Er griff nach dem Büchlein und drückte auf einen roten Knopf, es quietschte.

„Unser Junior soll schließlich mit Büchern groß werden", sagte er.

Marie nickte gedankenverloren. „Im Job sage ich erst mal nichts. Erst wenn die berühmten zwölf Wochen um sind."

„Natürlich", stimmte Jan-Jonas zu. Eine Freundin von ihm hatte vor Kurzem in der zehnten Schwangerschaftswoche eine Fehlgeburt erlitten.

„Und den Kindern sagen wir auch nichts?" Er schaute erst zu ihr, dann in den Spiegel des Büchleins und schnitt eine Grimasse.

„Doch", sagte Marie, „das schaffe ich nicht, das vor ihnen zu verheimlichen."

„Sie würden sich auch wundern, dass du keinen Wein mehr trinkst", feixte er. Sie boxte ihn spielerisch am Arm.

„Ich gehe auf jeden Fall mit zum Frauenarzt", sagte er eifrig, „wird man schon etwas sehen können?"

Marie überlegte kurz. „Ein Foto gibt's auf jeden Fall", sie beugte sich vor, griff wieder nach dem Büchlein, drehte und wendete es, strich mit den Fingern darüber.

In ihrem Kopf ging es seit dem Testergebnis zu wie auf einem Kindergeburtstag. Was würden Anna und Lukas sagen? Und Henriette – die Tochter schwanger mit bald zweiundvierzig? Und Jan-Jonas' Eltern? Freuten sich nicht alle Menschen, wenn sie Großeltern wurden? Bei Marianne und Johannes Henneroh konnte man nicht sicher sein, jedenfalls nicht bei dieser Paar-Konstellation.
Auch über die Wohnsituation würden Jan-Jonas und sie sprechen müssen, das würden sie doch, oder?

28

Marie saß an ihrem Schreibtisch und griff nach dem neuesten Ultraschall-Foto; inzwischen war das Baby schon in Gummibärchen-Größe zu erkennen.

Jan-Jonas hatte sich völlig überwältigt gezeigt, als sie in der Arztpraxis erstmals die Herztöne hören konnten. Er hatte sich auf seinem i-Pad eine Schwangerschafts-app „Mommy to be" installiert (über den Namen hatte er lauthals geschimpft, aber es schien die beste zu sein). Seitdem las er Marie täglich vor, wie sich „Junior" entwickelte.

Von der Reaktion der Kinder war Marie ein wenig enttäuscht, gerade auf Annas hatte sie sich sehr gefreut, weil von ihr häufiger die Äußerung gekommen war, dass sie ein Geschwisterchen toll finden würde.

„Hm ja, das stimmt", hatte Anna gesagt, „früher. Aber jetzt werde ich bald sechzehn, und nach dem Abi bin ich weg." Und nach einem Blick in das Gesicht ihrer Mutter: „Aber ich freue mich für euch."

Tat sie das wirklich? Marie lehnte das Ultraschallbild an den Stifteköcher. Anna war nach wie vor etwas verhalten Jan-Jonas gegenüber. Und manchmal fühlte Marie ihren kritischen Blick auf sich ruhen, oder bildete sie sich das ein?

Lukas hatte begierig nach dem Foto gegriffen, dem allerersten, das Jan-Jonas den Kindern vor ein paar Wochen stolz präsentiert hatte. „Zeig her."

Aber zu diesem Zeitpunkt hatte man den Embryo nur als hellen Reflex in der Fruchtblase sehen können. „Da sieht man ja noch gar nichts."

Dann kam sofort die Frage, ob er am Wochenende bei Tommy, seinem neuen Freund, übernachten dürfte.

Jan-Jonas schüttelte den Kopf über so viel Ignoranz und verstaute das Foto nach einem liebevollen Blick darauf wieder in seiner Brieftasche.

„Tommy und ich wollen mal so richtig abhartzen."

Bei den Worten ihres Bruder grinste Anna übers ganze Gesicht.

„Na hallo, vor kurzem dachte mein kleiner Bruder noch, Hartz IV sei ein Fernsehprogramm, jetzt will er abhartzen."

Jan-Jonas' und Maries Blicke hatten sich mit einem Lächeln getroffen: Lukas hatte einen echten Sprung gemacht.

Es ist so schön, die Freude über Lukas' Entwicklung zu teilen, sinnierte Marie und löste ihren Blick nur widerwillig von dem Foto. Sie rief ihre Powerpoint-Präsentation im Rechner auf. Ihr Auftritt auf der Betriebsversammlung nahte und sie wollte den Seiten den letzten Schliff geben. Sie wusste, dass Frenzel-Fallou große Hoffnungen in sie setzte. Ein neues Corporate Design einzuführen, war immer ein heikles Unterfangen, weil die verschiedenen Gruppierungen in der Firma unterschiedliche Erwartungen hatten, es Befindlichkeiten zu berücksichtigen und Widerstände gegen Neues zu überwinden galt. An einigen Stellen war Marie nicht hundertprozentig zufrieden mit dem neuen Design, aber sie wusste, dass es ohne Kompromisse nicht ging – dennoch musste sie voll hinter dem Ergebnis stehen, es den Kollegen bestmöglich verkaufen.

Sie klickte die einzelnen Seiten durch, verbesserte hier und da noch eine Kleinigkeit, entschied sich statt Spiegelstrichen vor den Aufzählungen (sie wirkten so negativ, wie Minuszeichen) für kleine Punkte und nickte, zumindest würde sie gründlich vorbereitet sein. Zum Glück ging es ihr gut mit ihrer Schwangerschaft, bis auf ihre Brüste, die täglich voller zu werden schienen, spürte sie nichts.

Aber wie sie ihrer Aufregung Herr werden sollte, das war noch mal ein ganz anderes Thema, selbst jetzt, fünf Tage vorher, klopfte ihr Herz schon wie wild, wenn sie nur daran dachte, dass sie vor fast zweihundert Menschen sprechen musste.

Sie ging in die Küche, um sich einen Tee zu kochen („Innere Ruhe" war momentan ihr Favorit), als das Telefon klingelte: Henriette.

Sie waren übereingekommen, ihren Eltern vorläufig nichts von der Schwangerschaft zu erzählen. Es fiel Marie sehr schwer, es ihrer Mutter gegenüber zu verheimlichen, zumal Henriette in jedem Telefongespräch fragte: „Was gibt es Neues bei euch?"

„Lukas schreibt eigentlich nur noch gute Noten, er hat gerade für einen Deutsch-Aufsatz ein Sehr gut erhalten."

Henriette erzählte, dass ein Bild von ihr in der Tageszeitung erschienen war, als hundertstes Mitglied eines Seniorenklubs hatte sie einen riesigen Blumenstrauß erhalten und die Presse war anwesend gewesen. Marie gratulierte ihr und freute sich wieder einmal, dass ihre Mutter immer noch so unternehmungslustig und aufgeschlossen war.

Als Henriette begann, Auftreten und Kleidung einzelner Damen in aller Ausführlichkeit zu beschreiben, trat Marie von einem Fuß auf den anderen. „Mama, ich muss noch arbeiten."

„Um diese Zeit?" fragte ihre Mutter verwundert, und Marie biss sich auf die Lippe.

Sie berichtete kurz von ihrem bevorstehenden Auftritt, verschwieg aber, wie nervös sie schon jetzt war, und in welch großem Rahmen die Präsentation stattfinden würde.

Als sie gerade wieder in die Seiten mit der Gegenüberstellung der alten und neuen Logos hineingefunden hatte, auf denen sie noch etwas ergänzen wollte, klingelte erneut das Telefon.

Jan-Jonas klang ungeduldig: „Das war ja ein Dauergespräch."

„Meine Mutter", sagte Marie, „ich soll dich schön grüßen."

Für einen kurzen Moment lasteten die niemals ausgerichteten Grüße seiner Eltern auf ihnen.

Dann rief Jan-Jonas: „Stell dir vor, die Frau, die unter mir wohnt, zieht aus, sie geht nach England. Das kommt doch wie gerufen, ihre Wohnung wäre super für euch, für uns. Sie ist genauso geschnitten wie meine."

Marie rief sich seine Räume vor Augen und überlegte. Jan-Jonas wohnte im zweiten Stock, die Wohnung, um die es ging, befand sich folglich im ersten. Das Erdgeschoss war an ein Steuerbüro vermietet, sie hatte dort noch nie jemanden zu Gesicht bekommen. Nicht zuletzt dadurch hatte das Haus einen sehr privaten Charakter, es wirkte fast wie ein Einfamilienhaus mit seinem geräumigen Treppenhaus und einer schönen alten

Holztreppe, auf der in der Mitte ein kobaltblauer Läufer lag.

„Wir könnten abends und am Wochenende die Wohnungstüren auflassen, es würde sich fast anfühlen wie *eine* Wohnung. Was meinst du, hm? Marie? Marie?"

„Es gäbe zwei Küchen", sagte Marie zögernd, „und wie würden wir die Zimmer aufteilen? Wo würde das Baby schlafen?"

„Das könnten wir noch genauer planen, auf jeden Fall habe ich gesagt, dass ich, dass wir Interesse haben."

„Super", sagte Marie und fragte sich, warum sie sich nur so gebremst freute. Immerhin hatte Jan-Jonas die Initiative ergriffen.

„Bis morgen Abend, und pass gut auf euch auf, auf euch zwei." Eifrig fügte er hinzu: „Junior ist jetzt zwischen drei und vier Zentimetern groß und wiegt fünfzehn Gramm. Und stell dir vor, die ersten Härchen bedecken nun seine Haut wie ein Flaum, zum Schutz während der Schwangerschaft."

Marie strich über ihren Bauch.

„Und morgen will ich das aktuelle Foto haben, du hast es einfach eingesteckt", rief er anklagend.

„Natürlich", sagte sie lächelnd und legte den Hörer auf die Gabel.

„Das ist doch verrückt", sagte Jan-Jonas, auf dem Boden in Maries Zimmer kniend, und schob den Grundriss seiner Wohnung beiseite. Er beugte sich über die Pläne, die Marie ihm soeben triumphierend präsentiert hatte. „Gleich zwei Wohnungen zur Auswahl, ich fasse es nicht."

„Schau mal, von diesem Zimmer zu dem dort könnten wir vielleicht einen Durchbruch machen." Marie beugte sich über den Grundriss der vierten Etage und zeigte auf die Linie zwischen der Nachbarwohnung und der, die sie mit den Kindern bewohnte. Durch Zufall hatte sie morgens erfahren, dass ihre Nachbarin mit dem halbwüchsigen Sohn ausziehen würde.

Jan-Jonas schüttelte den Kopf. „Das ist mit Sicherheit eine tragende Wand." Marie tippte sich an die Stirn, dass sie daran nicht gedacht hatte!

Zögerlich sagte er: „Lucie hat heute Nachmittag gemeint, so eine Wohnung wie ich sie habe, gibt man nicht einfach auf, in so einer Gegend, mit solch einer Aussicht."

„Aber es ist ein Unterschied, ob unsere Wohnungen *neben*einander oder *über*einander liegen würden", sagte Marie und sah ihn von der Seite an.

„Hm", murmelte Jan-Jonas und strich mit zwei Fingern über seine Nase.

„Zur Arbeit hättest du es nicht weiter." Marie knabberte an einem Häutchen ihres Daumennagels und überlegte, wie sie am geschicktesten Anna und Lukas in die Waagschale werfen konnte.

„Das stimmt, aber ich radele momentan durch den Kurpark und du durch Teile der Stadt." Erschrocken über einen Hauch von Schärfe in seiner Stimme, ließ Marie ihr Nagelhäutchen los.

„Wenn wir am Wochenende die Nachbarwohnung gesehen haben, wissen wir mehr", sagte er und legte ihr eine Hand auf den Oberschenkel. „Zum Glück haben wir noch etwas Zeit, um uns zu entscheiden."

Ihr lag auf der Zunge, die brauche ich nicht mehr, aber sie hütete sich, es auszusprechen. Sie nickte und nahm sich fest vor, beide Wohnlösungen noch einmal unvoreingenommen zu prüfen.

Jan-Jonas faltete die Pläne zusammen und gähnte, dann ging er in den Flur und kehrte mit seinem Laptop zurück. Er klappte ihn auf und öffnete eine Seite. „Schau mal, was es Tolles gibt", sagte er eifrig. „Lucie hat erzählt, dass sie mit ihrer Schwester gerade so ein Stillkissen gekauft hat. Mit dem Teil kann man sich die Schwangerschaft bequemer machen. Und später erleichtert es dir das Stillen."

„Du hast mit Lucie ...?"

„Sie weiß nichts." Jan-Jonas schüttelte den Kopf. „Wir haben zufällig über die Schwangerschaft ihrer Schwester gesprochen. Du kennst doch Lucie, sie ist aufgedreht, als würde sie selber ein Baby erwarten."

Marie war ein wenig mühsam aufgestanden und blickte auf den Bildschirm, sie nickte. „Ja, für die letzten Wochen ist das bestimmt hilfreich, wenn ich richtig dick bin, aber momentan ..."

„Schau mal, wie findest du das hier, das blaue mit den kleinen Krönchen darauf? Ich bestelle es, hm?"

Schmunzelnd über seinen Eifer sagte sie: „Ja gern", und ging zum Fenster. Auch dieser Ausblick war schön, wenn auch nicht ganz so spektakulär wie der aus Jan-Jonas' Wohnung.

29

Marie befingerte ihren Pony, der sich manchmal in der Mitte teilte und sie dann bescheuert aussehen ließ; sie schielte auf ihre Tasche, aus der sie zu gern den kleinen Spiegel gefischt hätte – doch sie wusste nicht, wie sie es unauffällig bewerkstelligen sollte. Jan-Jonas, der neben ihr in der zweiten Reihe des riesigen Konferenzraums saß, merkte offensichtlich, wie unruhig sie war, und legte seine Hand auf ihren Oberschenkel.

Sie war als nächstes dran und sie spürte nicht nur ihren Herzschlag heftig, sondern sie war auch überzeugt davon, dass sie ihren Vortrag nicht durchstehen würde, ohne vorher noch mal die Toilette aufzusuchen. Und das, obwohl sie sich schon beim vorherigen Redner aus dem Saal gestohlen hatte!

„Atmen", flüsterte Jan-Jonas, „du musst atmen!" Sie wandte leicht den Kopf zu ihm und sah sein besorgtes Gesicht, verzog ihre Gesichtszüge zu einer Grimasse.

Die letzten beiden Tage waren furchtbar gewesen. Vorgestern hatte sich noch ein Schriftzug geändert und der Farbton eines Logos; alle Seiten der fix und fertigen Präsentation hatte sie korrigieren müssen, bis spät in die Nacht alleine am Computer gesessen. (Jan-Jonas war leider unterwegs gewesen, zur Eröffnung eines Seminars in Berlin).

Wie sie dieses Arbeiten auf den letzten Drücker hasste! Vorige Nacht wollte der Schlaf überhaupt nicht kommen und sie fühlte sich heute wie durch die Mangel gedreht. Selbst Baldriantropfen hatten nicht geholfen und eine Stunde, nachdem sie sie genommen hatte, war ihr auf einmal siedendheiß eingefallen, dass sie sich gar nicht sicher war, ob das nicht dem Baby schadete. Sie musste gelassener werden – souveräner – aber wie sollte das gehen mit demnächst drei Kindern, zwei halbwüchsigen und einem Baby!

Wie durch Watte hörte sie Frenzel-Fallou sagen: „Vielen Dank für Ihre Aufmerksamkeit." Sie ließ von ihren Hosenbeinen ab, auf denen sie gerade nicht vorhandene Stäubchen weggeschnipst hatte und richtete sich in einer Mischung aus Verwirrung und Entsetzen auf. Jan-Jonas stupste sie sanft. „Toi toi toi, du schaffst das", flüsterte er.

Sie konnte sich später nicht erinnern, wie sie nach vorne gekommen war. Aber nach den ersten drei Charts wurde sie ruhiger; sie merkte, dass die Leute ihr aufmerksam zuhörten und sie spürte, wie sie sich langsam aufrichtete und ihre Stimme kräftiger wurde.

Als sie fast am Ende ihres Vortrags war, löste sie ihre verkrampften Hände vom Rednerpult und trat einen Schritt zur Seite – es fühlte sich an wie der Moment, als sie zum ersten Mal auf dem Schwebebalken die Hand der Sportlehrerin losgelassen hatte. Die letzten Charts kommentierte sie frei im Raum stehend und ärgerte sich, dass sie nicht schon eher den Mut dazu gehabt hatte. Sie wusste doch vom Beobachten anderer Redner, wie viel besser das wirkte.

Den Applaus konnte sie genießen, aber als kurz danach erst Frenzel-Fallou und dann Kraft und sogar Schulte auf sie zukamen, ihr die Hände schüttelten und Filou ihr anerkennend auf die Schulter klopfte, merkte sie, wie weich ihre Knie waren.

Die Versammlung löste sich auf, die Leute strömten aus dem Saal, mehrere hochgereckte Daumen aus der Menge signalisierten ihr Zustimmung, eine Kollegin rief ihr zu: „Klasse, Marie."

Sie ging zu ihrem Platz zurück, Jan-Jonas nahm sie in den Arm. „Du warst super. Ich bin so stolz auf dich." Er drückte sie an sich und flüsterte: „Heute Abend machen wir etwas Schönes, zum Beispiel einen Namen für unser Baby suchen. Schau mal." Er hob die Klappe seiner Umhängetasche und ließ sie einen Blick ins Innere werfen. Sie sah ein weißes Kuscheltier mit lang herabhängenden, rosa gefütterten Ohren, einem großem, orangefarbenen Punkt als Nase und treuherzig blickenden, blauen Augen darüber.

„Sie heißt „Milli Mümmel" und ist eine Spieluhr mit der Melodie *Hush little Baby*, ist sie nicht süß?"

Marie nickte abwesend, sie sah den Blauen Otto vor ihrem geistigen Auge, mit einem Hocker davor, um ihre Füße hochzulegen. Ein Glas Rotwein wäre auch zu schön.

Anna und Lukas waren nicht zuhause, als Marie völlig erschöpft die Wohnungstür aufschloss. Einesteils war sie dankbar für die Ruhe, andernteils enttäuscht, dass sie ihre Freude über die gelungene Präsentation nicht teilen konnte. Sie guckte in die Küche, auf dem Tisch stapelten sich die Zeitungen, und daneben lag ein wirres Häufchen ungeöffneter Post. Sie ließ sich auf den nächstgelegenen Stuhl plumpsen und schaute die Briefe durch, schob die Werbesendungen ans Ende des Tisches. Dann entfernte sie die Hülle von einem eingeschweißten

Mode-Katalog (völlig unsinnig, diese Verpackung) und begann ihn durchzublättern. Sinnend strich sie über ihren Bauch, sie würde sich demnächst Gedanken über ein paar neue Klamotten machen müssen. Sie konnte sich nicht erinnern, dass bei den ersten beiden Schwangerschaften in einem so frühen Stadium – Anfang der zwölften Woche – schon ihre Hosen gezwickt hatten. Heutzutage gab es wunderschöne Mode für Schwangere, und vor allem für Babys. Sie freute sich schon darauf, das Kleine in niedliche Jeans zu stecken, schöne Pullis und Jäckchen auszusuchen. Das würde Anna bestimmt auch Freude machen.

Sie hievte sich hoch, zog die Jacke aus und hängte sie über eine Lehne.

Der Blumenstrauß auf dem Tisch hatte heute Morgen üppiger ausgesehen, oder bildete sie sich das bloß ein?

Im Schlafzimmer schlüpfte sie in ihre bequeme Haushose und griff nach einem weiten Sweatshirt. Die Tür zu ihrem Arbeits-Wohnzimmer stand einen Spalt auf und Marie sah auf dem Tisch ihre kleine, geriffelte Glasvase mit drei Röschen darin, das erklärte den reduzierten Strauß in der Küche. Sie lächelte, das sah nach Anna aus.

Sie trat näher und sah, dass davor ein Hanuta lag, ihre Lieblingssüßigkeit. Wie lieb von Lukas. Seitdem er aufgehört hatte, seine sämtlichen Kuscheltiere mehrmals am Tag abzuhören und sie besorgt zu fragen, ob es ihnen gut ging, ob er sich Sorgen machen musste, ob er ihnen Medizin verabreichen sollte – was meistens der Fall gewesen war – hortete er Süßkram in seinem alten Arztkoffer. Das Schnuckelige an ihm ging langsam verloren, er war ein ganzes Stück gewachsen und bewegte sich manchmal etwas ungelenk, als könne er mit der neuen Länge seiner Arme und Beine noch nicht richtig umgehen. Die Zeit verging so schnell! Ein Lächeln huschte über ihr Gesicht, wie gut, dass Nachschub kam.

Sie entfernte das etwas ramponierte Papier von der Waffel und biss genüsslich hinein.

Als sie zurück in die Küche wollte, um das Abendbrot vorzubereiten, spürte sie ein leichtes Ziehen im Unterleib. Sie schrak zusammen. Marie, du spinnst, schalt sie sich und trat energisch an den Küchentisch, um die Zeitungen aufeinanderzustapeln und die Werbesendungen in den Papierkorb zu werfen. Das Ziehen wiederholte sich und Marie stürzte auf die Toilette, zog hastig ihren Slip herunter. Leichte Blutspuren waren zu sehen, ihr Atem setzte einen Moment aus.

Der Schüssel drehte sich im Türschloss und im nächsten Moment hörte sie Jan-Jonas' helle Stimme: „Hallo, jemand zu Hause?"

„Ich komme gleich", hörte sie sich mit zittriger Stimme rufen. Sie betupfte sich mit etwas Toilettenpapier und schaute panisch darauf, kein weiteres Blut war zu sehen. Tief atmend zog sie die Hose hoch, betätigte die Spülung und strich ihren Pulli glatt.

„Du schon?" Mit Pudding in den Knien machte sie im Flur einen Schritt auf Jan-Jonas zu. Er schwenkte eine Einkaufstüte. „Ich habe uns ein paar italienische Leckereien mitgebracht und werde jetzt den Tisch decken, du hast genug geleistet heute – was ist los, du bist ja leichenblass?"

Marie ließ sich an seine Brust sinken. „Ich habe Angst, Jan-Jonas, ich habe so ein komisches Ziehen im Unterleib und etwas Blut im Slip."

Er ließ die Tragetasche fallen, packte sie und schob sie auf Armeslänge von sich. „Hast Du Schmerzen? Schlimme Schmerzen? Etwas Blut oder etwas mehr?"

„Nur ein leichtes Ziehen und auch nicht viel Blut – aber trotzdem ...", sie blickte ängstlich zu ihm hoch.

„Das wird schon nichts sein, als Rosie ihr Kind verloren hat, hatte sie richtige Blutklümpchen in der Hose", Jan-Jonas strich Marie über das Haar, „und heftige Unterleibsschmerzen hatte sie auch."

„Es wird nicht bei jedem gleich ablaufen, so eine Fehlgeburt", wandte Marie ein.

„Pst, das Wort will ich gar nicht hören!" Jan-Jonas legte ihr den Zeigefinger auf die Lippen. „Es wird alles gut gehen, du wirst sehen. Du hattest heute einen sehr anstrengenden Tag, du setzt dich jetzt hin und tust gar nichts mehr, ruhst dich nur aus. Und morgen früh gehen wir als erstes zum Arzt und schauen uns unser putzmunteres Baby auf dem Bildschirm an."

Er schloss die Arme um Marie und zog sie fest an sich. Sie legte den Kopf an seine Schulter, sie wollte ihm so gerne glauben.

30

Als Marie am nächsten Morgen aufwachte und zum Dachfenster schaute, blickte sie in einen tiefblauen Himmel. Es versprach, ein schöner Tag zu werden. Sie hatte gut geschlafen, kein Ziehen mehr gehabt, bei einem nächtlichen Toilettengang kein Blut entdeckt. Vorsichtig lüftete sie die Bettdecke und zog den Slip etwas vom Bauch weg – nichts zu sehen. Sie reckte sich ausgiebig, sie war hungrig.

„Guten Morgen, meinst du, ich muss nüchtern beim Frauenarzt erscheinen?" Sie beugte sich über Jan-Jonas und gab ihm einen Kuss.

„Da fragst du den richtigen." Er grinste und rieb seine Nase an ihrer.

„Okay." Sie seufzte. „Vorsichtshalber nüchtern. Ich hab' jetzt schon so einen Kohldampf. Und ich weiß gar nicht – eigentlich geht es mir gut ..."

„Wir gehen auf jeden Fall hin", sagte Jan-Jonas, schlug die Bettdecke zurück und setzte die Füße mit Schwung auf den flauschigen, kleinen Teppich.

Die Arztpraxis lag mitten im Wiesbadener Kureck. Sie erwischten den letzten freien der begehrten Schrägparkplätze in der Burgstraße. Marie hakte sich bei Jan-Jonas unter und sah sich um. „Es ist so schön, hier zu sein, wenn die Stadt langsam erwacht; sonst sitzen wir um diese Uhrzeit schon im Büro." Sie zeigte auf die Ecke mit der überdimensionalen Kuckucksuhr: „Sogar hier ist es noch touristenfrei."

„Tja, wenn ich erst in Vaterschaftsurlaub bin, dann gehe ich dort mit Junior meinen Cappuccino trinken."

Jan-Jonas deutete auf ein Café, ein junger Mann stellte gerade Tische und Sesselchen aus Korb auf die Straße und schaute zu ihnen herüber.

„Urlaub ist gut." Marie lachte. „Elternzeit trifft es ein wenig besser."

Die Sprechstundenhilfe versprach, dass es nicht allzu lange dauern würde. Der Wartebereich der großzügig gestalteten Praxis war durch eine Glaswand vom Eingangsbereich und der Rezeption getrennt. Sie setzten sich auf die beiden Stühle an der Wand neben dem Fenster. Jan-Jonas griff nach Maries Hand, sie drückte sie und sah sich um. Eine gepflegte, ältere Dame blätterte in einem Modejournal, eine jüngere Frau mit superkurzem Rock und bunt geringelten Strümpfen hatte sich in die hinterste Ecke verzogen; sie sprach erregt in ihr Handy. Ihnen schräg gegenüber saß ein händchenhaltendes Paar, Anfang bis Mitte dreißig. Die Frau hatte glatte, dunkle, akkurat in der Mitte gescheitelte lange Haare, die ihrem ebenmäßigen Gesicht etwas madonnenhaftes verliehen. Mit der freien linken Hand strich sie unablässig über ihren schon kräftig gewölbten Bauch, siebter Monat, mindestens, schätzte Marie. Ihr Mann, Typ geschäftiger Manager, hielt in seiner rechten Hand ein Smartphone, auf das er immer wieder einen verstohlenen Blick warf.

„Jetzt", rief die Frau, „jetzt kannst du es fühlen!" Sie löste ihre Hand und zog seine auf ihren Leib.

„Tatsächlich Schatz, ich fühle es." Der Mann tätschelte den Bauch seiner Frau, küsste sie auf den Scheitel und schaute wieder auf das Display seines Handys. Marie und Jan-Jonas tauschten einen Blick.

Die Sprechstundenhilfe blickte von ihrem Computer hoch und rief Maries Namen auf. „Gehen Sie bitte hinein." Im Flur begegneten sie der jungen Frau, sie sah verweint und verstört aus und Marie fragte sich, welche Hiobsbotschaft sie wohl erhalten hatte; es gab so viele Möglichkeiten beim Gynäkologen: ungewollt schwanger, immer noch nicht schwanger, nicht mehr schwanger, Komplikationen, ein Krankheits-Befund ...

Der Arzt hörte sich Maries Bericht kurz an, führte sie ohne Umschweife in den Untersuchungsraum, zeigte auf den Stuhl und zog das Ultraschallgerät heran. Sie mochte ihn gerne, er strahlte so etwas Väterliches aus. Fast jedes Mal sagte er, er müsse seinem Namen – Dr. Witzelmeier – Ehre machen und deshalb einen Witz erzählen, über den er dann selber dröhnend lachte. Er würde ihr wohl nicht mehr allzu lange erhalten bleiben, er hatte erwähnt, dass er demnächst Großvater werden würde und mehr Zeit für die Familie haben wollte.

„Aber bis Ihr Kindchen auf der Welt ist, bin ich auf jeden Fall noch für Sie da", hatte er bei der Feststellung der Schwangerschaft gesagt.

Als er jetzt den Schallkopf einführte, blinzelte Marie kurz zu Jan-Jonas, der auf der anderen Seite der Liege Platz genommen hatte, danach hob sie erwartungsvoll den Blick zum Monitor. Jan-Jonas lächelte ihr liebevoll zu, dann schaute auch er gebannt auf das schwarz-weiße Bild. Dank seiner Schwangerschafts-App wussten sie, dass das Baby in dieser Phase schon seinen Kopf wenden konnte, den Mund öffnen, die Stirn runzeln, einzelne Gelenke bewegen. Würde man etwas sehen können?

Der Arzt räusperte sich mehrmals vernehmlich und sagte dann mit rauer Stimme: „Die Schwangerschaft ist leider nicht in Ordnung. Ich höre keine Herztöne mehr. Es tut mir sehr leid für Sie."

Marie fühlte sich wie unter einem riesigen Wattebausch. Alles um sie herum erschien auf einmal ganz weit weg.

„Keine Herztöne?" Das war Jan-Jonas, er klang hohl.

„Ja, der Fötus lebt nicht mehr." Der Gynäkologe beugte sich vor und tätschelte Maries Hand. „Sie haben zwei Myome, die unglaublich stark gewachsen sind, sie haben offensichtlich die Entwicklung gestört."

„Aber", stammelte Marie, „das Baby, das kann doch nicht sein. Können Sie nicht noch einmal ..."

Dr. Witzelmeier schüttelte bedauernd den Kopf: „Es tut mir sehr leid." Er verstaute den Schallkopf und legte Marie die Hand auf den Arm.

Wie aus unendlicher Ferne hörte sie Jan-Jonas fragen: „Sind Sie sicher?"

„Ja, leider. Das ist eindeutig."

„Ich habe vorgestern ziemlich viele Baldriantropfen genommen. Vielleicht schläft das Baby?" Marie war sich der Absurdität ihrer Frage bewusst, aber sie ertrug den Gedanken nicht, diesen Stuhl, diesen Raum, diese Situation zu verlassen.

„Es gibt keine Herztöne mehr, Frau Sand." Der Arzt verstärkte kurz den Druck auf Maries Arm, dann rollte er mit seinem Stuhl ein Stück zurück. Da er merkte, dass sie nicht reagierte, kam er wieder näher und reichte ihr die Hand, damit sie sich aufrichten konnte. Sie sah ihn verständnislos an.

Als sie wieder unten auf der Straße standen, blinzelte Marie. Wie konnte so schönes Wetter sein?

„Ausschaben, wie schrecklich sich das anhört, unser Baby auskratzen. Und wenn er sich irrt und es lebt doch noch?" Sie schlug die Hände vors Gesicht.

Jan-Jonas versuchte, sie an sich zu ziehen, sie sperrte sich. „Das wird er nicht. Er hat gesagt, das muss sein."

„Diese verdammten Myome", entgegnete Marie dumpf und ließ für einen Moment die Stirn an seine Brust sinken. Als sie sich von Jan-Jonas löste, sah sie, wie er sich verstohlen die Augen wischte. Sie beneidete ihn um seine Tränen.

Auf der anderen Straßenseite wurde gerade die Markise des Cafés ausgefahren.

Ganz vorne, in der Sonne, saßen die werdenden Eltern aus dem Wartezimmer sich breitbeinig gegenüber und hielten sich an den Händen, die Frau warf den Kopf in den Nacken und lachte. Es war, als führe ein Messer durch Marie. Ihre Augen verengten sich, sie drehte sich abrupt um.

„Lass uns gehen."

Jan-Jonas legte den Arm um sie und schob sie Richtung Auto.

Ohne viele Worte waren sie sich einig gewesen, nach Frankfurt zu fahren, in ihr Lieblingscafé. Jan-Jonas beide hatte sie beide telefonisch im Verlag entschuldigt.

Nun sah er gebannt zu, wie Marie ihr Brötchen mit Butter bestrich und mit grimmiger Miene ihr Ei köpfte.

„Also ich muss etwas essen – du nicht?" Sie griff nach dem Salzstreuer. Er blickte auf das goldbraun schimmernde Croissant auf seinem Teller und schüttelte den Kopf.

Verbissen löffelte Marie ihr Ei. Jan-Jonas zog mit der stumpfen Kante seines Messers Linien auf der Tischdecke.

Die Kellnerin servierte am Nebentisch zwei Latte Macchiato. „Ein wunderbarer Morgen, nicht wahr?" Die beiden Frauen nickten der Bedienung zu und beglückwünschten sich wortreich, dass sie endlich mal schönes Wetter für ihren wöchentlichen Frühstückstreff erwischt hatten.

Marie schob den Korb mit den Brötchen mit einem Ruck von sich und fegte mit der Hand die Scharen von Krümeln zusammen, die sich rund um ihren Teller angesammelt hatten. Normalerweise käme jetzt ein liebevolles: „Na, meine kleine Pottsau" von Jan-Jonas, normalerweise.

Er drehte das Messer und presste seinen Zeigefinger auf die Schneide: „Was wirst du im Verlag sagen, wenn du die nächsten Tage nicht da bist?", fragte er leise.

„Ich werde sagen, es gibt ein Frauen-Problem, schließlich kommt die Krankschreibung vom Gynäkologen", entgegnete Marie und wischte beharrlich imaginäre Bröckchen auf dem längst frei gefegten Tisch weg.

„Das hast du dir schon überlegt?" Er legte das Messer auf den Tisch und sah sie erstaunt an.

Sie zuckte mit den Schultern. „Viel Zeit bleibt mir ja nicht."

Er griff nach ihren Händen, sie überließ sie ihm zögernd. Er begann sie mit dem Daumen zu streicheln; sie schloss die Augen, als könne sie so besser die Tränen ertragen, die sich langsam ihren Weg bahnten. Nach einer Weile zog sie ihre Hände ein wenig zurück, dann griff sie wie eine Ertrinkende erneut nach seinen und verschränkte ihrer beider Finger.

Die beiden Damen am Nachbartisch waren längst gegangen – unbemerkt von ihnen – als sie wie auf ein

Stichwort hin ihre Hände voneinander lösten. Er fragte leise: „Hast du Angst vor der Ausschabung?"

Sie tat einen tiefen Atemzug: „Ich wünschte, es wäre nur das", sagte sie bitter.

Als Marie im Krankenhaus erwachte, wusste sie zunächst nicht, wo sie sich befand und strich mehrmals irritiert über die weiße Decke. Sie hatte doch zuletzt die rote Bettwäsche aufgezogen, oder?

Erst als sie den Galgen mit dem Haltegriff über sich sah, wurde ihr bewusst, dass sie in einem Krankenhausbett lag. In der Gynäkologie. Wo immer die jungen Mütter, gestützt von stolzen Vätern, auf den Fluren auf- und abwanderten, vorher mit schmerzverzerrtem Gesicht, hinterher mit verzücktem Lächeln. Sie würde nicht dazugehören. Heute Morgen hatte man die toten Reste aus ihr herausgeholt. Die Reste von ihrem Baby, ihrem gemeinsamen. Aus der Traum. Sie krallte die Hände in den Stoff und schloss die Augen, aber der erlösende Schlaf wollte nicht mehr kommen.

Vorsichtig wandte sie den Kopf, auf dem Nachttisch stand ein kleiner Strauß mit Ranunkeln. Als sie sich zur anderen Seite umwandte, schaute eine Frau mittleren Alters sie lauernd an und sagte: „Sie haben lange geschlafen, Ihre erste Narkose?"

„Ja", sagte Marie und wollte sich wegdrehen.

„Vor einer halben Stunde war ein junger Mann da, um nach Ihnen zu sehen."

Marie schloss die Augen.

„Bleiben Sie länger? Mir haben sie die Gebärmutter entfernt, scheußlich, ich muss noch mindestens vier Tage hierbleiben. Und bei Ihnen?"

„Entschuldigung, ich bin immer noch furchtbar müde", sagte Marie und rollte sich vorsichtig auf die Seite. Am liebsten hätte sie einen Zipfel der Decke zum Mund geführt.

„Der junge Mann kommt bestimmt noch mal", sagte die Frau.

„Hm", machte Marie. Sie war sich nicht sicher, ob sie das überhaupt wollte. Noch nie hatte sie sich so alt gefühlt, alt und ausgeschlossen aus dem Kreis der Fitten und Fruchtbaren, unbrauchbar, nutzlos.

31

„Ich mache mir schreckliche Vorwürfe, Imke." Marie klemmte den Telefonhörer zwischen Schulter und Wange und wühlte in der obersten Schublade der Badezimmerkommode nach Taschentüchern.

„Marie, hör auf damit. Es trifft dich keine Schuld – Marie?"

„Ja, aber", nuschelte die und schnaubte kräftig ins Taschentuch, „diese blöde Präsentation hat mich doch so gestresst. Warum habe ich mich nur deshalb so verrückt gemacht, das war bestimmt nicht gut fürs Baby."

„Über fünfzehn Prozent aller Schwangerschaften enden mit einer Fehlgeburt, überleg dir das mal", sagte Imke. „Und der Arzt hat dir erklärt, dass die Myome die Entwicklung des Fötus gestört haben."

„Aber Stress ist auch eine mögliche Ursache", beharrte Marie, „hab ich im Internet …"

„Marie, tu dir das nicht an. Wenn ich irgendwelche Zipperlein habe und das googele, denke ich, ich hätte einen Tumor, mindestens. Andere haben auch Stress – aber verlieren deshalb nicht ihr Baby."

„Andere", entgegnete Marie weinerlich, „andere sind auch …"

„Hör auf, du hast zwei prächtige Kinder. Natürlich bist du jetzt furchtbar traurig und wäre ich in Wiesbaden, würde ich jetzt zu dir flitzen und dich ganz fest in den Arm nehmen."

„Hm", sagte Marie kläglich.

„Wie nimmt Jan-Jonas es auf?"

„Er will stark sein, für mich. Aber ich sehe, wie er leidet. Furchtbar. Am ersten Tag haben wir zusammen geweint, das hat gut getan. Momentan hat er sich zurückgezogen. Und das nicht nur räumlich", sagte sie bedrückt und schwieg einen Moment. „Er bekommt morgen ein paar Tage Besuch von einem Studienfreund. Er wollte absagen, aber das habe ich ihm ausgeredet. Ich glaube, es tut ihm gut, mit jemand anderem zu reden – auch über die ganze Situation", fügte sie zögerlich hinzu.

„Du meinst, die anstehende Entscheidung für eine der beiden Wohnungen?"

„Ach das – das müssen wir bis Mitte nächster Woche entscheiden. Nein, generell, ich fühle mich wie beschädigte Ware. Ich könnte ihm nicht übelnehmen, wenn er gar nicht mehr ..."

„Ach Marie." Das klang ratlos.

Eine Pause trat ein.

„Würdet ihr es nochmals probieren?", fragte Imke vorsichtig.

„Nein. Das will Jan-Jonas ... das wollen wir beide nicht. Die Gefahr, dass ich wieder Myome entwickele ... und jünger werde ich auch nicht." Marie schnäuzte sich. „Das war's jetzt, Imke. Ich sehe überall schwangere Frauen und kleine Kinder, die Puppenwagen schieben und auf Laufrädchen unterwegs sind. Und Papas, die ihre Kids rufen, um die Schnoddernäschen abzuputzen, und die Gelegenheit nutzen, ihnen einen liebevollen Klaps zu geben oder einen Kuss auf die erhitzte Stirn zu drücken."

„Marie!", rief Imke. „Stopp! Es tut mir so leid für euch. Wenn ich etwas tun kann ..."

„Danke." Mehr zu sich selbst sagte Marie: „Vielleicht wollte ich das Kind nicht genug."

„Du kannst es nicht lassen, wie?", sagte Imke streng. „Hör auf zu grübeln. Sagst du nicht immer, es kommt, wie es kommen soll? Bitte Marie, versprich mir, dich nicht zu zerfleischen. Bitte." Sie räusperte sich. „Aber nimm dir genügend Raum zum Trauern."

„Trauern werde ich, das kann ich dir versprechen." Marie schnitt eine Grimasse. Vielleicht habe ich demnächst noch mehr Grund dazu, lag ihr auf der Zunge, aber sie verkniff es sich, legte den Hörer auf und kroch zurück ins Bett.

Die Kinder hatten betroffen reagiert. Anna hatte angeboten, in den nächsten Tagen einzukaufen und beim Essen machen zu helfen.

„Ich könnte Pizza holen", sagte Lukas eilfertig.

„Mama braucht Vitamine." Anna schüttelte den Kopf.

Als Marie entfuhr: „Ich bin doch nicht krank", fiel ihr ein, wie sie das vor ein paar Wochen zu Jan-Jonas gesagt hatte – strahlend vor Glück.

Sie hätte die Kinder in diesen Tagen gerne viel um sich gehabt, aber die gingen natürlich schnell zur Tagesordnung über. Anna hatte jeden Tag Theaterproben, ihr großer Auftritt als Shakespeares Julia stand unmittelbar bevor. Lukas war ständig bei seinem neuen Freund Tommy, wollte fast jedes Wochenende bei ihm übernachten.

Normalerweise hätte Marie das Alleinsein zutiefst genossen, im Bett liegen und lesen, endlich mal Zeit. Aber immer wenn sie umblättern wollte, merkte sie, dass sie den Inhalt nicht erfasst hatte, ging zurück zum Seitenanfang, kam bis zur Mitte, verlor die Zeile, verlor den Zusammenhang, verlor die Geduld.

Sie schlug die Decke zurück und öffnete das Fenster sperrangelweit, sog gierig die frische Luft ein. Immer noch so schönes Wetter. Morgen würde sie spazieren gehen. Sie musste dringend unter Menschen. Sie schlurfte in ihr Zimmer, zu ihrem Bücherregal, suchte nach leichterer Lektüre, blätterte lustlos in einigen Titeln herum, ging zurück ins Schlafzimmer, blickte aufs Handy. Keine neue Nachricht.

Jan-Jonas schickte in zwei- bis dreistündigen Abständen SMS: „Bleib bloß im Bett." „Schon Dich."

Nicht das, was sie von ihm lesen wollte. Ein: „Ich liebe Dich, Honey" oder noch besser: „Ich freue mich auf unser Zusammenleben" wäre schön gewesen.

„Michael lässt dich lieb grüßen." Das war die letzte Botschaft heute Morgen gewesen.

Sie wünschte, es wäre nicht gerade sein Freund Michael, der für ein paar Tage zu Besuch war. Er war ein netter Kerl, das ohne Zweifel, aber extrem konservativ. Sicher hätte er sich niemals auf die Beziehung zu einer so viel älteren Frau eingelassen – bestimmt eines seiner vielen No-Gos, mit denen er sich gerne brüstete.

„Was soll das bringen, eine Beziehung mit einer Frau, die niemals mit mir an die Nordsee fahren wird, weil es ihr dort zu kalt und zu stürmisch ist", hatte er gesagt, als es mit seiner Freundin Chiara, einer Sizilianerin, erstmals um Urlaubspläne gegangen war, und sich kurzerhand von ihr getrennt. „Ich bin alt genug, um zu wissen, was ich will, basta."

Marie dachte an Jan-Jonas und stöhnte leise auf. Ihr Schmerz, das war ihr bewusst, wog, wenn nicht weniger, so doch anders als seiner. Sie gehörte zu denen, die Leben hatten schenken dürfen. Würde er mit ihr zusammenbleiben, wären ihm eigene Kinder verwehrt. Ein solches Opfer konnte niemand vom anderen erwarten.

Ihr Blick fiel auf ihr Tagebuch neben dem Bett. Sie hatte es lange nicht mehr zur Hand genommen, zum letzen Mal vor zwei Wochen. Sie zögerte, konnte sie sich schon vorstellen, über das Erlebte zu schreiben? Über ihre Trauer, das gemeinsame Kind mit Jan-Jonas niemals aufwachsen zu sehen? Und war es schon denkbar, das Projekt der Projekte für Liebende, ein gemeinsames Kind, mit Worten gleichsam zu beerdigen?

Zumindest würde sie ein bisschen Zeit totschlagen, bis – ja, bis was?

Sie schüttelte das Kissen auf, setzte sich im Schneidersitz ins Bett, stopfte die Decke fest um ihren Körper und zog die Kappe vom Filzstift ab.

Als Marie sich ein paar Tage später zu Fuß dem Verlag näherte, sah sie Jan-Jonas auf den Stufen vor dem Gebäude stehen, und ihr Herz tat einen Sprung.

Sie hatte mal zu Imke gesagt: „Ich weiß, es klingt grauenvoll kitschig, aber wenn ich ihn von weitem sehe, geht die Sonne auf. Er hat so etwas überaus Helles, Positives."

Am Abend vorher war er nicht mehr gekommen, weil er seinen Freund noch zum Nachtzug nach Wien gebracht hatte. Bis auf den kurzen Moment am Samstag morgen, als er nach dem Marktbesuch auf einen Sprung zu ihr hochgekommen war, um ihr eine große Tüte mit köstlich duftenden Erdbeeren zu bringen (Michael wartete unten), hatten sie sich vier Tage nicht gesehen. Er hatte blass ausgesehen, blass und bedrückt. Sie beschleunigte ihren Schritt, sah aber beim Näherkommen, dass er auf jemand wartete. Lucie tauchte auf und fummelte an ihrer Schultertasche, verstaute offensichtlich ihren Fahrradschlüssel. Sie kam neuerdings fast täglich mit dem Rad und Marie ärgerte sich, auch wenn sie nicht hätte sagen können, warum. Lucie rückte die große, beige-braun karierte Umhängetasche zurecht, schüttelte ihre Locken und ging auf Jan-Jonas zu. Dessen Mundwinkel verzogen sich zu einem flüchtigen Lächeln, als er das dunkelblaue, massive Portal für Lucie aufhielt. Sein schmales Gesicht wirkte noch eingefallener.

Marie öffnete den Mund, aber die beiden huschten hinein, ohne sich noch einmal umzudrehen, und die Tür fiel zu. Sie biss sich auf die Lippe, ging die restlichen Stufen hinauf und lehnte sich mit ihrem ganzen Körpergewicht gegen die Tür. Drückte sie auf, war sie schon immer so schwer gewesen?

Im Foyer vor der Stechuhr standen Jan-Jonas und Lucie, sie gestikulierte wild und lachte, es klang ein wenig schrill. Er lächelte höflich. Zögerlich trat Marie näher.

Bevor Jan-Jonas reagieren konnte, stürzte Lucie auf Marie zu: „Wie geht es dir, bist du wieder fit?" Ohne eine Antwort abzuwarten, schnatterte sie weiter: „Was ich dir unbedingt noch sagen muss: deine Präsentation war Spit-ze, einfach Spit-ze. So was könnte ich nie. Na ja, meine Stärken liegen woanders." Sie kicherte und drehte sich zur Treppe: „Tschüss, ihr zwei."

Es war bestimmt nett gemeint, klang aber wie Hohn in Maries Ohren.

Jan-Jonas beugte sich zu ihr und wollte sie küssen – weil Marie den Kopf wandte, um Lucie hinterher zu sehen, die zwei Stufen auf einmal nahm – landete der Kuss auf ihrer Wange. Irgendwie passend!

„Wie geht es dir", fragte er und sah sie besorgt an. „Du bist blass."

„Schon in Ordnung." Marie winkte ab. „Ich pack das schon", hörte sie sich sagen.

„Sehen wir uns in der Mittagspause, um zwölf?", fragte Jan-Jonas und deutete auf die Tür hinter sich, „ich muss unbedingt Toner für meinen Drucker holen, bis später, ja?" Er drückte ihr einen Kuss auf die Stirn und war verschwunden.

Auf ihrem Schreibtisch stand ein großer Strauß Ranunkeln in verschiedenen Rottönen, davor lehnte ein Kärtchen. Sie drehte es um, mit blauer Tinte stand da: „Das war Spit-ze, Frau Sand. So kann es weitergehen." Darunter schwungvoll die Unterschrift von Frenzel-Fallou. Aha, daher hatte Lucie ihr „Spit-ze."

Sie schaute auf die großen Pappen mit den aufgeklebten Logos, Briefbögen und Visitenkarten, die vor dem halbhohen Schrank standen. Es gab noch viel zu tun, bis das neue Corporate Design flächendeckend umgesetzt war. Sie atmete tief durch, es war eine tolle Aufgabe und sie würde sich in die Arbeit stürzen, es würde sie ablenken.

Wie sagte Peter, in schönstem hessischen Dialekt, so gerne: „Lebbe geht weider."

Um halb zwölf begann es zu regnen, erst nur Bindfäden, dann Wollstränge. Marie presste die Nase an die Fensterscheibe und ärgerte sich, sie hatte sich auf einen Spaziergang und ein Picknick auf *ihrer* Bank gefreut. In einer Kneipe wäre es längst nicht so entspannt. Um zehn vor zwölf rief Jan-Jonas an: „Es tut mir so leid, Frenzel-Fallou hat mir gerade einen Termin reingedrückt. Angeblich sind wir um eins fertig, aber ... willst du lieber ohne mich in die Pause gehen?"

Marie überlegte kurz. „Okay, wahrscheinlich hast du recht."

„Es ist sicher besser so." Täuschte sie sich, oder schwang da etwas Erleichterung mit in Jan-Jonas' Stimme?

Sie wagte nicht, nach einer Alternative zu fragen.

„Marie? Ich habe heute Abend Volleyballtraining. Ist es ein Problem für dich, wenn ich da hingehe? Ich muss mich bewegen nach all den Tagen."

„Ich weiß", sagte sie und bemühte sich um Festigkeit in der Stimme, „du hast ja schon letzte Woche das Training verpasst."

„Morgen Abend komme ich aber, versprochen."

„Bis morgen Abend." Marie legte auf. Genaugenommen hatte sie es nicht eilig mit dem Wiedersehen, überhaupt nicht eilig. Wenn sie es sich recht überlegte, fürchtete sie sich davor.

32

Beim Abendessen saßen Marie und Lukas sich einsilbig gegenüber. Marie war erschöpft nach Hause gekommen und Lukas schien genauso in Gedanken versunken wie sie, er zog sich sofort nach dem letzten Bissen in sein Zimmer zurück. Anna war schon wieder auf einer Probe. Marie stand unschlüssig auf, am liebsten würde sie Imke anrufen und ein bisschen quatschen, aber sie hatte im Kopf, dass Hauke heute von einer Geschäftsreise zurückkehrte; bestimmt hätten die beiden gerne einen ungestörten Abend für sich. Imke hatte bei ihrem letzten Telefongespräch angedeutet, dass sich hinsichtlich der Familienplanung etwas getan hatte, aber sie waren nicht dazu gekommen, das Thema zu vertiefen. Wie es da wohl weiterging, überlegte Marie, legte die Käsescheiben zurück in die flache Plastikschale, stapelte sie auf die anderen Schalen, legte den weißen Deckel darauf und hob die Aufschnittdose in den Kühlschrank. Es klingelte durchdringend und sie schrak zusammen.

Sie huschte rüber ins andere Zimmer, um auf die Straße zu schauen, konnte aber kein bekanntes Auto entdecken. Zögernd drückte sie auf den Türöffner und ging in den Flur. Sie beugte sich weit über das Treppengeländer, um hinunterzuschauen.

Es dauerte einen Moment, dann sah sie Imkes blonden, verwuschelten Schopf.

„An dich habe ich gerade gedacht", sagte sie, als Imke schwer atmend mit einem Helm in der Hand vor ihr stand.

„Tja, das habe ich geahnt." Imke fuhr sich durch die Haare, die in alle Richtungen abstanden. „Ich bin mit dem Fahrrad da, wie findest du das?" Ehe Marie antworten konnte, fuhr sie fort: „Aber jetzt brauche ich dringend einen Schluck Wasser, ein großes Glas Wein und eine dicke Stulle, wenn es geht, auch zwei."

„Bekommst du alles." Marie nickte. „Ich mache dir zwei wunderbare Bütterken, schön, dass du vorbeigekommen bist."

„Er wird keinen Vaterschaftsurlaub nehmen, dabei ist er geblieben, aber er hat versprochen, mich im Alltag zu entlasten und, stell dir vor, auf das Golfen in den ersten Jahren der Kinder komplett zu verzichten", beschloss Imke zufrieden ihren Bericht.

„Kinder?", sagte Marie verwirrt.

„Na, wenn schon, denn schon." Imke kicherte. „Jetzt muss ich nur noch schwanger werden." Sie schaute erschrocken zur Freundin.

„Schon in Ordnung." Marie nickte. „Ich drücke dir die Daumen."

„Erzähl mal von deiner Präsentation." Imke stellte das Holzbrettchen auf den Boden, verlagerte ihre Beine auf die andere Sessellehne des Blauen Ottos und wischte sich ein paar Krümel vom Mund. „Hach, ich wäre ja zu gerne dabei gewesen."

„Ich glaube, es war ganz gut." Marie zuckte mit den Schultern.

„So einfach kommst du mir nicht davon, Details bitte."

„Tja." Marie rutschte auf dem Korbstuhl, den sie in Imkes Nähe geschoben hatte, ein Stück nach vorn. „Die Leute waren sehr aufmerksam, es war meine größte Sorge, dass es sie nicht interessiert."

„Na hör mal", Imke schnaubte, „ein neues Corporate Design ist immer spannend, und du hast es bestimmt super präsentiert. Was hat denn der Filou gesagt?"

Es klingelte, und Marie schaute auf die Uhr.

„Das wird Anna sein, die mal wieder ihren Schlüssel vergessen hat."

Sie ging in den Flur, drückte auf den Öffner und ließ die Eingangstür einen Spalt auf. Beim Zurückgehen warf sie einen Blick in den Spiegel. Sie sah ganz schön fertig aus, am Wochenende würde sie sich mal ein bisschen in die Sonne setzen, vorausgesetzt, das Wetter besserte sich. Sie zupfte an ihrem Pony, obwohl ihre Haare frisch gewaschen waren, sah er platt aus.

Sekunden später klopfte es und Jan-Jonas steckte seinen Kopf durch die Tür.

„Du?"

„Zum Volleyball zu gehen war eine blöde Idee. Darf ich reinkommen?"

Als Marie nickte, trat er einen Schritt vorwärts – er war mindestens so blass wie sie – dann deutete er auf die schrill-grüne Jacke und den Fahrradhelm, beides hatte Imke achtlos auf den Boden gelegt.

„Du hast Besuch?", fragte er zögernd. Marie nickte, in ihrem Kopf ratterte es.

Imke kam aus dem Zimmer geschossen. „Hallo, ich wollte sowieso gerade gehen. Mein Kerl kommt heute wieder. Und wir beide", sie zwinkerte Marie zu, „haben das Wichtigste ausgetauscht." Sie bückte sich nach Jacke und Helm.

„Zurück geht es bergab, das wird ein Fest." In der Wohnungstür drehte Imke sich noch einmal um und pustete Marie ein Herzchen über die geöffnete Handfläche zu. „Machs gut, Süße, du kannst mich jederzeit anrufen, jederzeit, hörst du."

Marie schloss die Wohnungstür hinter ihr und straffte die Schultern.

Jan-Jonas stand am Bücherregal und blätterte in einem Bildband über Wiesbadener Villenviertel. Er hob den Kopf, als Marie hereinkam und ihn fragte, ob er etwas trinken wollte.

„Ein Bier, hast du ein Bier da?" Sie zuckte zusammen, zuletzt hatte er immer gefragt, „haben *wir* Bier da?" Er hatte die Getränke eingekauft und hoch geschleppt. Zu der Zeit, als sie nicht schwer tragen durfte.

Mit gesenktem Kopf, sich ihrer Verzagtheit deutlich bewusst, aber ohne Kraft, etwas daran zu ändern, ging sie in die Küche und reckte sich, um die Flasche Pils aus dem obersten Kühlschrankfach zu hangeln. Als sie sich umdrehte, stand er hinter ihr. „Entschuldige, ich hätte doch selber gehen können."

Er nahm ihr die Flasche aus der Hand: „Hu, ist die kalt." Er wischte über das beschlagene Glas.

„Tut mir leid", murmelte sie und ärgerte sich. Natürlich wusste sie, dass Jan-Jonas Bier lieber ungekühlt mochte. Aber wer hätte ahnen können, dass er vorbeikommen würde?

„Wir können uns doch hierhersetzen." Er deutete auf den Küchentisch und Marie ließ sich auf einem Stuhl nieder. Einen kurzen Moment lang hoffte sie, er würde sich neben sie setzen – und sie könnte sich zu einem späteren Zeitpunkt zu ihm drehen und ihre Füße auf die Sprosse seines Stuhls stellen, wie sie es unzählige Male zuvor getan hatte.

Aber er setzte sich ihr gegenüber. Marie nahm ihren Armreif ab, ließ ihren Finger darin kreisen und wartete.

„Ich wollte dir etwas vorschlagen." Er zögerte. „Ich hoffe, du findest die Idee genauso gut wie ich."

Sie sah ihn an, wappnete sich.

„Wir mieten die Wohnung nebenan" – ihr Herz machte einen unkontrollierten Satz – „aber nicht ich ziehe dort ein, sondern die Kinder."

Verständnislos sah sie ihn an. „Die Kinder."

Er nickte eifrig. „Es würde ihnen bestimmt gefallen. Und sie würden natürlich trotzdem viel hier sein, in der Küche, im Wohnzimmer", er malte Anführungsstriche beim Wort „Wohnzimmer" in die Luft. „Bei uns."

„Bei uns." Sie umklammerte die Tischplatte. „Du willst hier einziehen", stammelte sie.

Er langte über den Tisch und ergriff ihre Hände: „Wir hatten doch beschlossen, zusammenzuziehen oder habe ich da was falsch verstanden?" Er lächelte, es war eine Mischung aus verlegen, verschmitzt und liebevoll. Marie starrte ihn an. Diese Schatten unter seinen Augen waren neu.

Aus seiner Jackentasche holte er ein mehrfach gefaltetes Blatt Papier heraus und sie erkannte den Grundriss des kompletten vierten Stocks. Er strich den Plan glatt und zeigte auf die beiden kleinen Zimmer am Ende des L-förmigen Flurs, die Lukas momentan bewohnte.

„Das hier würde ich gerne zu meinem Refugium machen, diese Wand herausreißen." Er tippte mit dem Finger auf eine dünne Linie. „Das könnte ein schöner Raum werden. Und ich bin ein bisschen für mich, kann auch mal die Musik aufdrehen." Er hielt inne und sah sie an. „Ich überfahre dich nicht, oder?"

Marie erwachte aus ihrer Erstarrung und blinzelte. „Du, du willst ..."

„Ja Marie."

Sie hielt nur kurz seinem Blick stand, dann senkte sie den Kopf und widmete sich der Knopfreihe ihres T-Shirts, blinzelte erneut.

Hastig sprang er auf, lief um den Tisch herum und schloss sie in die Arme. Nach einer Weile machte sie sich von ihm los, nahm das von ihm angebotene Taschentuch und putzte sich die Nase. „Entschuldige ..."

Er winkte ab, pflanzte sich vor ihr auf, sah sie feierlich an und begann zu deklamieren: „Nicht Fleisch und Blut, das Herz macht uns zu Vätern."

Verwirrt schaute sie zu ihm hoch.

„Schiller, Die Räuber, hatte ich im Abi." Er grinste.

„Marie, ich habe Anna und Lukas so sehr in Herz geschlossen, wir vier werden die coolste Patchworkfamilie unter der Sonne, so nennt man das doch heute, oder?"

Sie schniefte, dann gab sie sich einen Ruck, beugte sich über den Plan und studierte die Zimmer der Nachbarwohnung.

„Räumlich müsste es gehen", murmelte sie. „Aber es fühlt sich an, als würde ich die Kinder aus dem Nest stoßen."

„Marie, Anna wird demnächst sechzehn, Lukas ist dreizehn. Ewig wird Anna nicht mehr hier sein, nach dem Abi wird sie in einer anderen Stadt studieren, davon kannst du ausgehen."

Das stimmte allerdings, Anna hatte oft genug betont, dass Wiesbaden ihr zu provinziell sei, zu viele alte Leute, zu wenig los. Sie wollte in einer Großstadt studieren, „einer Metropole".

„Was sagst du?" Er verschränkte seine Finger und schaute sie erwartungsvoll an.

„Hm", machte Marie.

„Hm ist ein relativ karger Kommentar", sagte er ein wenig enttäuscht und setzte die Flasche an den Mund.

„Es kommt etwas überraschend", sagte sie, „gib mir einen Moment."

Sie starrte auf den Plan, räusperte sich und sagte mit belegter Stimme: „Wir könnten sie zumindest fragen, was sie davon halten." Schnell fügte sie hinzu: „Aber ich möchte noch einmal darüber schlafen, bitte."

„Klar", sagte er, „kann ich mir ein Brot machen?"

Sie nickte, fühl dich wie zuhause, lag ihr auf der Zunge, aber es erschien ihr so unpassend in diesem Moment.

Jan-Jonas stand auf und griff nach den Holzbrettchen. „Du auch?" Sie schüttelte den Kopf.

„Vielleicht überlegst du es dir ja noch, hm?" Er legte das Brettchen auf den Tisch und stellte Butter und Käse dazu. Nachdem er sich zwei Scheiben Brot abgeschnitten hatte, setzte er sich auf den Stuhl neben ihrem, sie stellte ihre Füße auf die unterste Sprosse und sah ihm beim Essen zu.

Irgendwann drehte er sich zu ihr: „Es irritiert mich schon, dass du nichts isst."

„Ich brauche nichts", sagte sie.

Marie verbrachte eine sehr unruhige Nacht, sie schob immer wieder Fragen in ihrem Kopf hin und her: Was ist mir eigentlich wichtig, meine Kinder, Jan-Jonas? Fast ungläubig tastete sie vorsichtig nach seiner Schulter, ließ ihre Hand für einen Moment dort liegen. Die Kinder würden fortgehen, Jan-Jonas würde bleiben. Das hatte sie vor kurzem noch nicht zu hoffen gewagt. Aber wie würde es auf die Kinder wirken, wenn sie nebenan wohnen sollten? Auch wenn sie vordergründig begeistert wären?

Ihr fiel ein Satz ein, den sie kürzlich in der FAZ gelesen hatte (es ging um Kindererziehung, an den genauen Zusammenhang konnte sie sich nicht mehr erinnern): „Loslassen ist nicht fallenlassen."

Sie sann lange darüber nach. Der Spruch gefiel ihr. Oder beruhigte er nur ihr Gewissen? Irgendwann schlief sie mit dem Vorsatz ein, die Kinder ganz genau ins Visier zu nehmen, wenn sie ihnen von der Idee erzählten. Und dann ihrem Bauchgefühl zu vertrauen.

Am nächsten Morgen kabbelten sie sich kurz, Jan-Jonas brannte darauf, seine Idee loszuwerden; Marie wollte es unbedingt auf abends verschieben, es sei zu wichtig, um es zwischen Tür und Angel zu besprechen. Er lenkte ein, weil er einsah, dass es klüger wäre.

Natürlich hatte Jan-Jonas recht gehabt, die Kinder waren begeistert von der Aussicht auf eine eigene Wohnung und bestürmten sie, bei der Nachbarin zu klingeln, um die Zimmer anzusehen. Die entschuldigte sich für die Unordnung, ließ sie aber nach kurzem Zögern doch hinein.

Das eine Zimmer, eher ein Zimmerchen, war ziemlich dunkel, weil es einen verschachtelten Erker hatte mit kleinen Fenstern und ringsum schrägen Wänden.

„Oh das Türmchenzimmer, wie cool ist das denn", stieß Lukas jubelnd aus. Er hatte oft von der Straße aus, mit Sehnsucht und Bewunderung in der Stimme, auf den kleinen, spitzen Giebel an der äußeren Ecke des großen Gebäudes gedeutet.

Das andere Zimmer war deutlich größer und heller. „Voll krass, das wird meins!" Auch Anna strahlte.

In beiden Zimmern war die Raufasertapete fleckig und mit Bohrlöchern übersät. Im dritten Raum, einer Mini-Küche mit Duschkabine und Toilette hinter der Tür, blätterte die Farbe von der dunkelblau gestrichenen Wand über der Spüle, und darunter stand eine der beiden Holz-Schiebetüren auf dem Boden. Jan-Jonas schaute die Nachbarin fragend an und bückte sich: „Soll ich?" Sie winkte ab. „Die fällt wieder raus, ist völlig verzogen. In dieser Wohnung gibt es einiges zu tun."

„Das schreckt uns nicht", sagte Marie. Lukas boxte Anna so fest in die Seite, dass sie quiekte.

Wieder drüben in der „Hauptwohnung", wie Marie sie in Gedanken schon zu nennen begann, stürzten die Kinder in ihre Zimmer, um Pläne zu machen. Jan-Jonas folgte Lukas, um sein künftiges Domizil zu begutachten.

„Das war auch toll hier", sagte Lukas mit leichtem Bedauern, als er sich einmal um sich selbst drehte, auf seine gemütliche Bettnische zeigte, die schrägen Wände ringsum, die Gaube mit dem Blick auf eine riesengroße Kastanie am Rande eines Tennisplatzes.

„Aber ich weiß ja, dass es in gute Hände kommt", fügte er hinzu, und Marie, die den beiden gefolgt und im Türrahmen stehen geblieben war, dachte: mein kleiner, großer Sohn.

In der darauffolgenden Woche – Jan-Jonas war noch im Verlag, Anna auf einer Probe – saß Marie an ihrem

Computer und beantwortete E-Mails, als Lukas ins Zimmer kam. „Mom", sagte er, in diesem ganz bestimmten, weichen Tonfall, den er unvergleichlich gut drauf hatte.

Sie schrieb die Zeile fertig und drehte sich um. „Was ist?"

„Mom, du hast selber gesagt, meine grüne Jacke ist zu klein, ich brauche eine neue."

„Ich habe gesagt, sie wird bald zu klein sein." Marie runzelte die Stirn.

„Aber ich brauche eine neue, das steht fest." Lukas trat von einem Bein aufs andere und senkte seine Schneidezähne in die Unterlippe. Marie seufzte, wahrscheinlich hatte er recht, über den Winter würde er nicht mehr kommen mit dem olivgrünen Canvas-Teil, das auch schon reichlich abgetragen aussah.

„Ich will eine Lederjacke, so ein richtig cooles Teil, so eine, wie der Tommy hat."

„Eine Lederjacke, das ist nicht warm genug im Winter und unpraktisch obendrein, weil Leder nicht nass werden sollte."

Wie gut, dass Winter war. Ihr Sohn in einer Lederjacke – mal ganz abgesehen davon, dass gute Lederjacken schrecklich teuer waren.

„Aber sie hat ein Teddyfutter zum Ausknöpfen, ich kann sie jetzt sofort und das ganze Jahr über anziehen."

„Du hast dir schon eine Jacke ausgeguckt?"

„Ich zeig sie dir, warte." Er beugte sich über Marie, tippte in rasender Geschwindigkeit eine Adresse in die Suchzeile des Computers, und eine Seite mit einer dicken, schwarzen, grau gefütterten Lederjacke tauchte auf.

„Die gefällt dir doch auch, oder?", sagte er und zupfte an seinem Ohrläppchen.

„Na ja", sagte Marie zögernd, „sie ist teuer – und praktisch ist eine Lederjacke nicht."

„Mom, bitte. Ich werde etwas dazuverdienen. Oder ich wünsche sie mir zu Weihnachten."

Erst als Marie hoch und heilig versprochen hatte, darüber nachzudenken, trollte er sich in sein Zimmer.

Ihr kleiner Lukas in einer Lederjacke. Nachdenklich öffnete sie eine ellenlange E-Mail von Cornelia, hatte Schwierigkeiten, sich auf den Inhalt zu konzentrieren. Es gab schon wieder einen neuen Mann im Leben ihrer Freundin, und als Marie sich ein bisschen genervt fragte, welchen Namen sie sich dieses Mal merken musste, entdeckte sie die Zeile: „Mit ihm ist es anders als sonst, es ist ernst." Neugierig geworden, las sie den Text noch einmal.

Als sie Jan-Jonas abends im Bett von Lukas' Wunsch erzählte, reagierte er begeistert. „Jeder Junge wünscht sich irgendwann eine Lederjacke."

„Aber Lukas in so einem schwarzen Teil?" Marie verzog gequält das Gesicht. „Wenn sie wenigstens cognacfarben wäre, ich habe mal geguckt, da gibt es ganz schöne ..."

„Marie!" Jan-Jonas richtete sich auf und stützte sich auf seinen Ellenbogen. „Du hast den Sinn einer Lederjacke nicht verstanden, es geht nicht um Schönheit." Als er Maries Blick sah, grinste er. „Jedenfalls nicht nur, eine Lederjacke, das ist Schild und Schutz, das drückt Stärke aus und eine gewisse Coolness – denk mal an James Dean."

„Aber er ist dreizehn", sagte Marie zweifelnd und griff nach einem Zipfel ihrer Bettdecke.

„Na und? Das ist jetzt genau das Richtige für ihn."

„Teuer ist sie auch", wandte sie ein, „die Renovierung verschlingt schon genug Geld."

„Dann lass mich sie ihm schenken." Als er ihre abwehrende Handbewegung sah, setzte er sich aufrecht hin und sagte: „Okay, okay, er muss Geld dazutun, ich werde ihm helfen, welches zu verdienen."

„Ich habe wohl keine Chance gegen euch zwei", sagte sie und versuchte streng zu klingen, aber ihre Stimme lächelte.

Er drückte ihr einen Kuss auf die Stirn. „Dein kleiner Sohn wird erwachsen, damit musst du dich abfinden."

Marie seufzte, in der Öffentlichkeit ließ Lukas sie schon länger nicht mehr in seine Nähe, wenn eine Umarmung oder ein Kuss drohten. Und vor kurzem hatte er gänzlich aufgehört, sich an sie zu schmiegen, auch so ein Einschnitt.

Und nun eine eigene Wohnung. Und eine Lederjacke.

Aber Jan-Jonas hatte natürlich recht – Loslassen war angesagt. Er würde Lukas guttun. Ihnen allen. In Jan-Jonas' Umarmung gekuschelt schlief sie ein.

„Oh, hallo Imke", rief Marie erfreut, als sie in dem bis auf den letzten Platz gefüllten Wartezimmer der Augenärztin die Freundin erspähte. Endlich konnte sie mal Bericht erstatten! Sie trat zu ihr und flüsterte: „Auf der anderen Seite des Flurs ist noch ein Wartebereich." Unter den teils verwunderten, teils misstrauischen Blicken der Sitznachbarn stand Imke auf und folgte Marie.

„Es war eine elende Schufterei", sagte die, als sie sich in dem deutlich weniger gefüllten Raum niedergelassen hatten.

„Man konnte die Raufaser in der Wohnung der Kinder nicht mehr überstreichen und es war extrem schwierig, die schrägen und teilweise schiefen und buckligen Wände zu tapezieren. Aber es ist schön geworden, und die beiden finden es toll."

„Wie ist es denn ohne sie?", fragte Imke. „Übrigens gute Idee, hierher umzuziehen, da drüben war es total stickig. Diese vollen Wartezimmer machen mich fertig."

Marie nickte und sagte: „Am Anfang habe ich sie schmerzlich vermisst. Lukas tapst nicht mehr an meinem Schlafzimmer vorbei, das Herumkramen und Summen von Anna im Nebenzimmer fehlt mir." Sie verzog den Mund.

„Aber mein abendliches Ritual im Verlag, du weißt schon, der ganze Kram, unerledigte E-Mails mit Fähnchen versehen, Stapel aufeinanderschichten und To-do-Liste für den nächsten Tag anlegen, das geht mir jetzt viel leichter von der Hand. Meistens fahren wir zusammen heim, aber ab und an ist Jan-Jonas vor mir zuhause, dann brennt Licht, das ist sooo schön." Versonnen blickte Marie auf ihren Armreif, schob ihn ein Stück zurück.

Nach einer kleinen Pause sagte sie: „Und ich hätte nicht gedacht, dass es so ein Unterschied ist, ob die Kinder zuhause sind oder er. Kinder fordern immer irgendetwas von dir, oder noch schlimmer, sie beachten dich kaum, geben dir gerne mal das Gefühl, dass du störst."

„Keine Probleme, den Alltag zu organisieren?", fragte Imke.

„Er ist der zuverlässigste und ordentlichste Mensch, den ich kenne." Marie schüttelte den Kopf. „Das mit der Ordnung nervt manchmal, aber es tut mir auch gut, ich bin ja eher so außen hui und innen pfui." Sie gluckste. Ein älterer Herr schaute neugierig zu ihnen herüber.

„Und wir brauchen beide Zeit für uns alleine, das macht das Zusammenleben leichter."

„Ich freue mich so für dich, für euch." Imkes Gesicht war ein einziges Lächeln.

„Und du kannst dir nicht vorstellen, wie ich es genieße, dass er einfach da ist, ich nicht mehr im Hinterkopf die Fragen habe, kommt er, bleibt er, wann sehen wir uns das nächste Mal. Das ist Balsam für meine Seele, und es tut der Beziehung gut. Alles ist so unkompliziert." Marie hielt inne, um den Namen zu verstehen, der aufgerufen wurde.

„Wie läuft es zwischen den Kindern und ihm?"

„Gut. Na ja, überwiegend. Neulich hat es mal gekracht. Jan-Jonas hat Lukas angefahren, er soll seine Schuhe ausziehen oder zumindest ordentlich abtreten, wenn er in unsere Wohnung kommt. Und sie mal zu putzen könne auch nicht schaden. Lukas hat ihn verdutzt angeschaut: 'Oh pardon, euer Heiligtum könnte schmutzig werden'. Jan-Jonas kam dann richtig in Fahrt. 'Und warum lässt du regelmäßig die leeren Wasserflaschen vor der Kiste fallen, anstatt sie in den Kasten zu stellen?' 'Du hast mir gar nichts zu sagen', hat Lukas gefaucht, und ich habe auf das unvermeidliche 'du bist nicht mein Vater' gewartet, das kam aber nicht. Lukas hat sich grollend in die Nachbarwohnung verzogen, 'drüben kann ich wenigstens machen, was ich will.' Und was glaubst du, neuerdings stellt das Kind die Flaschen in die Kiste – na ja, nicht immer", schränkte Marie ein und lachte. „Aber immer öfter."

Sie schlug sich vor den Mund. „Meine Güte, jetzt habe ich dich ja wirklich zugetextet, entschuldige. Erzähl, wie geht es dir?"

„Gut", sagte Imke mit einem Grinsen, „wir üben fleißig, und ..."

„Frau Feddersen?" Eine Arzthelferin stand im Türrahmen und blickte sich suchend um. Imke griff nach ihrer Tasche. „Schon unterwegs." Sie drückte Marie einen Kuss auf die Wange. „Tschüss, bis demnächst."

„Wir telefonieren", sagte Marie und streckte Daumen und kleinen Finger in die Luft.

33

Jan-Jonas fischte Brötchen aus einer großen, weißen Tüte, legte sie auf die Anrichte in der Küche und griff nach einem Sägemesser. „Oh, die sind schön knusprig heute." Er wandte sich um und blickte zu Marie und den Kindern. „Ich habe übrigens Pläne geschmiedet für meinen Geburtstag."

„Wird ja auch Zeit." Lukas, der ebenfalls im April Geburtstag hatte, nickte heftig. „Immerhin haben wir schon Ende Februar, in sechs Wochen bist du dran, Alter."

Marie griente. „Ich finde es auch gut, dass du dreißig wirst. Es hört sich halbwegs erwachsen an und in Bezug auf uns beide nicht ganz so schrecklich wie neunundzwanzig und zweiundvierzig."

„Wer will das wissen?" Jan-Jonas zuckte mit den Schultern und setzte das Messer beim letzten Brötchen an. Er häufte sie in das mit Stoff ausgeschlagene Körbchen und drehte sich um.

„Ich werde erst Ende Mai feiern, im Münsterland, auf einem Bauernhof mit großer Wiese, auf der alle zelten können."

„Cool, gezeltet haben wir schon ewig nicht mehr." Lukas riss die Arme in die Höhe und schaute zu seiner Schwester, die gebannt in ihr Smartphone starrte, sie nickte abwesend. Als er sie in die Seite boxen wollte, wich sie geschickt zur Seite und rollte mit den Augen. „Glaubt ja kein Mensch, dass du bald vierzehn wirst."

„Nach all der Schinderei haben wir uns verdient, mal richtig zu feiern," sagte Jan-Jonas und stellte das Brotkörbchen auf den Tisch.

Marie nickte zögernd. „Hm, die duften ja himmlisch", sagte sie.

Jan-Jonas hatte schon häufig gesagt, er wolle mal ein richtiges Sommerfest feiern. Sie hätte sich auch ein großes Fest in ihrer Wohnung vorstellen können, sie hatten jetzt doch so viel Platz.

Sie hatte gehofft, Jan-Jonas würde das Weihnachtsfest erstmals mit ihr und den Kindern verbringen, doch er wollte bei seinen Eltern sein. Die kinderfreien, ruhigen Tage zwischen den Jahren entschädigten sie für die Enttäuschung. Sie machten ausgiebige Spaziergänge in den Taunuswäldern oder liefen den alten Leinpfad am Rhein entlang, links neben sich die vorbeiziehenden Lastkähne, rechts die großen Grundstücke mit den Villen, die dieser Uferstrecke den Namen „Rheingauer Riviera" eingetragen hatten. Jeden Morgen frühstückten sie lange (Marie meistens in ihrem neuen Flanell-Schlafanzug und dicken Socken), sie lasen viel, hörten gemeinsam Musik, er spielte ihr etwas auf dem Klavier vor.

Ab und an schlich sich das verlorene Baby in Maries Gedanken, ob es bei ihm auch so war, wusste sie nicht, sie traute sich nicht, an das Thema zu rühren. Immer war ihr bewusst, dass es für sie leichter war – sie hatte ihre Kinder. Aber ihr Wunsch, mit ihm ein Kind zu haben, es gemeinsam aufwachsen zu sehen, würde sich nicht erfüllen.

„Was sagst du zu meinen Plänen?" Jan-Jonas' Stimme riss Marie aus ihren Gedanken.

„Schön." Sie nickte. „Deine Eltern sind bei deinem Geburtstagfest dabei?" Sie belegte ihr Brötchen sorgfältig mit einer Scheibe Käse und bemühte sich, beiläufig zu klingen.

„Die sind den ganzen Mai zu einer Kur, Pech gehabt." Jan-Jonas strich sich über die Nase. Sie schaute ihn überrascht an. Sie wusste, dass er es seiner Mutter seinerzeit sehr übel genommen hatte, dass sie Marie nur auf verschärftes Drängen hin zu ihrem sechzigsten Geburtstag eingeladen hatte, aber sein Dreißigster ohne seine Eltern?

„Hast du es deshalb so gelegt – hat es mit mir zu tun?", fragte sie.

„Nee, hat sich so ergeben. Ich wollte gerne Ende Mai feiern, im Sommer sind auf dem Bauernhof oft Familien mit Kindern, die dort zelten."

Also ohne seine Eltern, auch gut. Vor ein paar Monaten, im September, hatten sie erstmals die Hennerohs besucht. Sie waren bei Freunden in Hamburg gewesen und Samstagabend hatte Jan-Jonas plötzlich gesagt: „Wir könnten doch morgen eine Pause bei meinen Eltern machen, reinschneien zum Kaffeetrinken, ich rufe mal zuhause an."

„Zuhause?", hatte Marie leise gespöttelt, aber entweder hatte er es nicht gehört oder er wollte nicht darauf eingehen.

Am Sonntagmorgen kauften sie auf dem Fischmarkt einen riesigen Strauß Astern und Chrysanthemen für seine Mutter. Als Marie ihn ihr überreichte, lächelte Frau Henneroh, aber etwas gezwungen, wie es Marie schien. In der Küche entfernte Jan-Jonas' Mutter mit spitzen Fingern die unteren Blätter und stellte den Strauß in eine schwere Kristallvase. Mit gestreckten Armen trug sie das ganze durch die Tür und platzierte es auf einem ovalen

Tischchen im Flur, das unter der Last des Arrangements zusammenzubrechen schien. Marie, die soeben entdeckt hatte, dass überall Stoffblumen standen, schaute zu Jan-Jonas und zog fragend die Augenbrauen hoch. Er zuckte mit den Achseln.

Auf der Rückfahrt im Auto schnauzte sie ihn an: „Es wäre schön gewesen zu wissen, dass deine Mutter nur Kunstblumen mag."

Jan-Jonas verteidigte sich. „Ich wusste nicht, dass das so ausschließlich ist. Mein Vater hat mir zugeflüstert, sie verträgt neuerdings keine echten Blumen mehr." Er seufzte. „Jedenfalls sagt sie das."

Marie kam es so vor, als konfrontiere er seine Eltern ganz bewusst mit Geschichten über die Kinder. Als er begeistert von Annas letztem Theaterauftritt erzählte: „Meine Beute-Tochter hat den meisten Beifall bekommen", sah man vor allem Frau Henneroh ihr Unbehagen deutlich an.

„Beute-Tochter?", wiederholte sie pikiert und zog die Brauen hoch.

„Ich habe die beiden zusammen mit Marie erobert, jetzt bin ich ihr Beute-Papa." Jan-Jonas warf Marie einen ebenso liebevollen wie stolzen Blick zu. Die Fehlgeburt erwähnte er mit keinem Wort. Warum eigentlich nicht? Es hätte doch die Ernsthaftigkeit ihrer Beziehung dokumentiert! (Oder sah sie das falsch?) Sie erwog, von sich aus darüber zu sprechen und fragte sich, was sie eigentlich davon abhielt. Zum Schluss war sie regelrecht wütend auf sich, dass sie sich nicht traute.

Als sie Jan-Jonas später darauf ansprach, sagte er abwehrend, mit einem Gesicht, das keine weiteren Fragen zuließ: „Sie würden es nicht wissen wollen."

Mehrmals hatte Jan-Jonas das Thema eines Besuchs seiner Eltern in Wiesbaden angeschnitten. „In unserer gemeinsamen Wohnung, frisch renoviert." Sein Vater hatte durchaus wohlwollend reagiert, aber seine Mutter immer blitzschnell das Thema gewechselt.

Staunend hatte Marie verfolgt, wie hartnäckig Jan-Jonas dranblieb. Als man sich voneinander verabschiedet hatte, war von einem Besuch im Frühjahr die Rede gewesen. Natürlich an einem Wochenende, wenn die Kinder bei ihrem Vater wären, denn Jan-Jonas hatte darauf bestanden, dass seine Eltern bei ihnen übernachten müssten.

Frühjahr haben wir bald, kam Marie in den Sinn, als sie ihr hartgekochtes Ei in Scheiben schnitt, ihr Brötchen damit belegte und nach dem Maggi hangelte; sie hatte es auf dem unbenutzten Stuhl am Tischende deponiert, weit weg von Jan-Jonas, der sich schon beim Anblick der gelb-roten Flasche schüttelte.

Sie war sich nicht sicher, was sie sich wünschen sollte – Besuch ja oder nein? Ihre Gefühle zu einem Besuch der Hennerohs waren sehr zwiespältig.

34

„Dass wir gerade heute erst so spät aus dem Verlag weggekommen sind! Freitagnachmittag noch eine Besprechung anzusetzen, ist wirklich völlig daneben!" Marie klappte mit einem scharfen Ruck das Bügelbrett auf, es rastete mit einem gequälten Laut ein.

Jan-Jonas, der die Spülmaschine ausräumte, drehte sich missbilligend um und Marie wartete auf sein „nicht mit Gewalt", zum Glück kam es nicht. Sie blickte hektisch auf die Uhr, Jan-Jonas' Eltern hatten sich für neunzehn Uhr angemeldet, es war viertel nach sechs. Ihr Blick flog zwischen Bügelbrett und Kühlschrank hin und her.

Sie musste noch den Tisch decken, die Suppe anstellen (und aufpassen, dass sie nicht anbrannte) und den Käse auf dem Holzbrett arrangieren. Am Nachmittag war ihr der Gedanke gekommen, dass sie doch ihre Lieblingsbluse anziehen würde, auch wenn sie ein wenig schrill war und nicht so ordentlich wie ihre weiße. Wem das nicht passte, der sollte woandershin gucken!

Natürlich hatte sich die Bluse nicht im Kleiderschrank befunden, sondern mitten in dem Stoß Bügelwäsche, den Marie hektisch durchwühlt hatte.

„Kannst du bitte ein paar Käsewürfel schneiden?"

„Was willst du denn jetzt noch bügeln?"

Sie antwortete nicht, riss die Tür vom Unterschrank auf, zerrte das Sieb aus dem Schrank und warf die Weintrauben hinein.

„Und ein paar Trauben waschen?" Sie durchquerte mit schnellen Schritten die Küche, schlüpfte durch die niedrige Tür in die Vorratskammer und kam mit Brezeln und Salzstangen zurück.

„Mist, ich habe vergessen, Gurken zu kaufen!" Sie riss die Packungen auf und deutete zur Spüle.

„Gibst du mir bitte das große Holzbrett? Oh nein, nicht so kleine Stücke, da müssen doch noch Trauben drauf. So in etwa", – sie nahm Jan-Jonas das Messer aus der Hand und schnitt zwei Würfel.

Der murmelte: „Mein Vater mag keine Gurken."

„Was hast du gesagt?"

„Ach nichts, entspann dich, es sind nur meine Eltern."

„Ja eben!" Marie knurrte etwas Unverständliches und holte den restlichen Käse aus dem Schrank, legte ein paar Scheiben Gouda und Edamer auf das Brett und packte die verschiedenen Brie aus. Einer war so weich, dass er fast verlief.

Sie schlug sich vor die Stirn. „Ach du liebe Güte, ich habe Servietten vergessen, hoffentlich haben wir noch schöne. Sonst bügle ich die Stoffdinger."

Wieder ging ihr Blick zur Uhr. Fast halb sieben. Prioritäten setzen, Marie! Vernünftig angezogen zu sein, erschien ihr das Allerwichtigste. Also stellte sie das Bügeleisen an, rannte ins Bad, warf das T-Shirt in den Wäschekorb und wusch sich flüchtig das Gesicht und unter den Achseln.

Zum Glück ließ sich die kurzärmelige Bluse gut bügeln. Sie hatte noch im Kopf, wie Frau Henneroh seinerzeit an Jan-Jonas' Hemd gezupft und missbilligend auf die Manschetten gedeutet hatte – „so gehst du aber nicht ins Büro, mit so einem schlecht gebügelten Hemd?!"

Mit fliegenden Fingern knöpfte sie die Bluse zu, blickte flehentlich zu Jan-Jonas. „Kannst du das Bügelzeug wegräumen, bitte."

Er nickte geduldig.

„Nein, warte, erst muss ich sehen, ob wir Papierservietten haben."

Es klingelte.

Entsetzt blickte Marie zur Uhr, sie zeigte viertel vor sieben.

„Das werden sie doch wohl nicht sein?"

„Es dauert ein bisschen, bis sie oben sind", sagte Jan-Jonas (mit einer Stimme, die sie wohl beruhigen sollte), klappte das Brett zusammen und schnappte sich mit der anderen Hand das Bügeleisen.

Marie zog an der Schublade, in der sie die Papierservietten vermutete. Zum Glück gab es noch eine schöne Packung, blaue Hortensien auf weißem Grund. Mit den Zähnen riss sie die Zellophanhülle auf und fingerte vier Stück heraus.

Die Suppe! Sie rührte hastig um, auf dem Topfboden hatte sich schon ein bisschen abgesetzt. Ängstlich probierte sie – huh, die war ihr dieses Mal etwas arg pfeffrig geraten, ein Schuss Sahne wäre gut. Beim Öffnen der Kühlschranktür drehte sie sich halb, wollte noch einen prüfenden Blick auf den gedeckten Tisch werfen, dabei rutschte ihr der Sahnebecher aus der Hand und fiel auf den Boden. Gleichzeitig mit dem satten Plumps machte es „ratsch", und die Sahne ergoss sich in einem weißen See auf dem Boden. Maries dunkle Jeans bekam ebenfalls ein paar Spritzer ab. Fast hätte sie hysterisch gelacht. Sie griff nach einem Lappen und Spülmittel und wischte hektisch ihre Hose ab.

Es klopfte. Marie fuhr herum. Herr Henneroh, einen Topf mit einer Hortensie in der Hand, stand mit strahlendem Gesicht in der Küchentür. „Wir sind so gut durchgekommen."

Seine Frau schob ihn von hinten in den Raum und sagte mit zufriedenem Lächeln: „Und das am Freitagabend."

Marie wischte sich an dem Lappen die Hand ab und deutete auf den Boden. „Ich muss hier gerade mal etwas in Ordnung bringen."

Jan-Jonas' Mutter ließ den Blick über ihre Bluse wandern, dann schnupperte sie und spähte in den großen Topf. „Oh, Sie haben gekocht, das ist aber nett."

„Nur Suppe", murmelte Marie.

„Bei uns gibt es für Besuch schönes Brot, Käse und den guten westfälischen Schinken. Ich habe Ihnen etwas mitgebracht." Sie legte ein in Pergamentpapier gewickeltes Päckchen auf die Anrichte neben dem Kühlschrank. „Und eine Hortensie, mein Sohn hat gesagt, die mögen Sie so gern." Sie drehte sich um und nahm ihrem Mann mit einer Miene, die mindestens Befremden, wenn nicht Widerwillen, ausdrückte, den Topf mit der Pflanze aus der Hand und stellte ihn auf die Fensterbank. Sie trat einen Schritt zurück, legte den Kopf schief und sagte: „Na ja."

„Wunderschön, vielen Dank", sagte Marie so herzlich, wie es ihr möglich war.

„Hm, das riecht gut, Speck?" Herr Henneroh berührte seine Frau kurz an der Schulter. Wieder fiel Marie auf, was für ein schönes Paar die beiden waren, sie fast genauso groß wie er, beide wirkten so seriös, oder wäre gediegen das richtige Wort?

Jan-Jonas wischte den Rest der Sahne auf, man setzte sich zu Tisch. Marie hatte das Gefühl, ihre frische Bluse bereits durchgeschwitzt zu haben. Jan-Jonas goss seinem Vater und sich ein Bier ein, seiner Mutter und Marie füllte er ein Glas mit Wasser.

„Schön, dass ihr ...", hub er an, doch sein Vater unterbrach ihn, ergriff sein Glas und räusperte sich.

„Vielen Dank für die Einladung, wir freuen uns sehr, hier zu sein", sagte er.

„Frau Sand-Hollerbüh, wir möchten Ihnen gerne das Du anbieten. Johannes", er neigte leicht den Kopf und machte eine Handbewegung zu seiner Frau: „Marianne." Die signalisierte mit einem undefinierbaren Nicken ihre Zustimmung.

Marie, die gerade nach ihrem Glas gegriffen hatte, erstarrte in der Bewegung, gefühlt eine Minute lang, dann ließ sie den Arm kraftlos sinken.

„Marie sprachlos zu machen gelingt selten", sagte Jan-Jonas vergnügt. „Ihr dürft gerne öfter kommen. Also dann, auf ein schönes Wochenende."

Abends fragte Marie ihn, ob er davon gewusst hatte. Er verneinte, betonte aber, dass sei ja wohl fällig gewesen. In der Tat wirkte es so, als hätten seine Eltern einen Schalter umgelegt, sein Vater schon bei der Ankunft, bei seiner Mutter hatte es noch ein wenig gedauert. Frau Henneroh – Marianne (Marie tat sich noch schwer mit der Anrede) hatte gefragt, wie Marie das alles schaffte, sie hatte die Suppe und die „liebevoll zusammengestellte" Käseplatte gelobt und sich bewundernd über die große Bücherwand geäußert – und, das erschien ihnen beiden das Wichtigste – sie wirkte zugewandt.

„Habe ich nicht immer gesagt, alles wird gut?" Jan-Jonas rückte noch ein Stückchen näher an Marie heran, grunzte zufrieden, und eine Sekunde später war er weggenickt. Während sie noch lange wach lag und sich zuredete: Freu dich einfach, Marie.

Als sie am Samstagnachmittag mit Jan-Jonas' Eltern von ihrer Tour durch Wiesbaden zurückkamen, fischte Marie aus dem Briefkasten einen Umschlag aus feinstem Büttenpapier.
„Oh schau mal, eine Einladung, Maximilian heiratet."
„Der Maximilian, den wir kennen?", fragte Jan-Jonas' Mutter. „Wen heiratet er?"
Jan-Jonas wirkte überrascht. „Jetzt heiratet er tatsächlich, wer hätte das gedacht. Der Traum aller Schwiegermütter, der sich nie festlegen wollte. Er heiratet Kim, ihr kennt sie nicht. In Hamburg, das wird sicher eine Traumhochzeit."
Und dann gab es bestimmt Bilderbuchkinder. Es war nun schon die neunte Hochzeit im Freundeskreis, zu der sie eingeladen waren. Zwei hatten im Herbst stattgefunden, mitten in ihrer heißen Renovierungsphase, Marie war völlig erschöpft gewesen und überhaupt nicht in Feierstimmung. Jan-Jonas hatte den Stress locker abgeschüttelt und sie groß angeschaut, als sie um halb drei angedeutet hatte, dass sie gerne ins Hotel zurück wollte.
Und nun die Hochzeit von Maximilian. Wie würde es sein, wenn seine Freunde einer nach dem anderen Kinder bekamen? Was war mit seinen Eltern, hofften sie noch auf Enkel? Sie mussten es ihnen sagen! Oder gingen sie davon aus, dass ihre Verbindung dem Alltag nicht standhielt?

Nachdenklich trottete Marie in die Küche, um Wasser aufzusetzen und den Tisch fürs Kaffeetrinken vorzubereiten. Jan-Jonas kam ihr nach, holte die Sahne aus dem Kühlschrank und den Kirschkuchen aus dem Vorratskämmerchen. Er hatte den Tortenboden nach dem Rezept seiner Mutter gebacken. „Ich bin gespannt, ob er ihrem kritischen Urteil standhält", sagte er zweifelnd.

„Gut, dass ich *den* Stress nicht habe", sagte Marie aufatmend und drehte sich zu ihm um. „*Ich* finde diesen Kuchen übrigens immer gut."

„Wenn du das sagst ..." Er drückte ihr einen Kuss auf den Mund.

35

Marie stand im Bad, wusch ihre Strumpfhose im Waschbecken und dachte über Maximilians bevorstehende Hochzeit nach (sie mussten unbedingt noch eine Geschenkkarte besorgen), als sie Jan-Jonas sagen hörte: „Nimm einen Schirm mit, es regnet heftig."

Sie drehte sich um und spähte vorsichtig durch die angelehnte Tür in die Diele.

„Einen Schirm, wie uncool ist *das* denn!" Lukas' Stimme überschlug sich fast, in einer Mischung aus Entsetzen und Empörung. Marie schnitt es ins Herz, als sie Jan-Jonas' Gesicht sah.

Nachdem die Wohnungstür hinter Lukas zugefallen war – immerhin hatte er die Kapuze seines Hoodies aufgesetzt – trat sie in die Diele mit einem tröstenden „Das ist mir auch schon passiert" auf den Lippen. Jan-Jonas schüttelte heftig den Kopf: „Bescheuert von mir, einem Vierzehnjährigen zu raten, einen Schirm mitzunehmen! Ich werde alt."

Marie grinste. „Du *bist* alt, in den Augen der Kinder bist du mit dreißig ein alter Sack, darüber musst du dir im Klaren sein."

Jan-Jonas rollte mit den Augen. „Aber Abrocken geht immer noch gut," sagte er mit Nachdruck in der Stimme.

Marie fühlte einen Stich und ging zurück ins Bad zu ihrer Strumpfhose.

Jan-Jonas' Geburtstags-Party im Münsterland. Er hatte mit seinen Freunden und ihren Kindern fast die ganze Nacht durchgemacht, sie dagegen hatte geschwächelt. Sie hatte so starke Halsschmerzen und Schüttelfrost gehabt, dass sie gegen Mitternacht Jan-Jonas höchst widerwillig um den Schlüssel für sein Elternhaus gebeten hatte. Zelten hatte sie sich nicht vorstellen können.

Da lag sie dann, in dem großen, leeren Haus, in seinem Jugendzimmer, in dem schmalen Bett, und drehte sich unablässig von einer Seite auf die andere. Nicht nur alt, auch noch pienzig, was sollten seine Freunde bloß von ihr denken. Und diese riesige Ahnentafel der Hennerohs über dem Bett, die gab ihr den Rest. In der untersten Zeile, natürlich, standen die Namen Jan-Jonas und Annegret, hier endete der Stammbaum. Und das würde auch so bleiben, es war klar, dass auch von Annegret keine Nachkommen zu erwarten waren. Fröstelnd und niesend hatte Marie sich in die Decke gewickelt, über sich schwarz auf weiß, oder vielmehr Blassbraun auf verblichenem Beige, die Anklage der nicht fortgesetzten Henneroh'schen Linie.

Imke hatte nur abgewinkt, als sie ihr davon erzählte: „Und seine Schwester? Zieh dir nicht immer alle Schuhe an, die herumstehen."

Im Auto auf dem Rückweg nach Wiesbaden, hatte Jan-Jonas berichtet, was man in seinem Heimatort über ihn tratschte; ein Freund hatte es ihm erzählt.

„Wörtlich: Der Jan-Jonas ist ein wichtiger Manager in Wiesbaden, er hat eine Freundin, die ist siebzehn Jahre älter und hat drei Kinder – aber es ist eine ganz tolle Frau." Während die Kinder sich ausschütteten vor Lachen, zog Marie sich an der tollen Frau hoch. Die Rückfahrt war sehr vergnüglich, mit Teekesselchen und Personenraten und vielen, von allen laut geschmetterten Songs.

Zwar hatte Marie immer noch der Hals wehgetan, aber diese Fahrt hätte nach ihrem Geschmack gerne ewig dauern können.

Marie drückte das Wasser aus der Strumpfhose und hängte sie über den Badewannenrand. Und nun bald die Hochzeit von Maximilian. Solche Feste waren immer sehr schön, aber es war in letzter Zeit häufig so, als liefe bei solchen Anlässen eine Art Subtext mit, den sie nur schattenhaft wahrnahm und dessen Inhalt sie nicht hätte benennen können.

Die Bügel im Kleiderschrank klackerten, als Marie sie unschlüssig hin und her schob. Das rote Kleid mit den dreiviertel Ärmeln war schön, aber das hatte sie schon zweimal angehabt. Bei der Hochzeit von Maximilian, dem letzten Unverheirateten der Studienclique (wenn man von Jan-Jonas absah), würden viele Freunde auftauchen, die sie in dem Kleid schon gesehen hatten. Andererseits, es stand ihr gut, und dieses Wissen würde sie sicherer machen. Jan-Jonas besaß eine Fliege in genau dem gleichen Rotton, und seinerzeit hatten die Brautleute gesagt: „Ihr seid heute das zweitschönste Paar."

Marie nahm das Kleid heraus und hielt es mit ausgestrecktem Arm von sich, fuhr mit dem Daumen über das leicht schimmernde Leinen, befingerte die stoffüberzogenen Knöpfe, mit denen es vorne geschlossen wurde. Es war sehr auf Figur geschnitten und sie zweifelte einen Moment, ob es ihr noch passte.

Das Kleid saß perfekt und sie drehte und wendete sich kokett vor dem Spiegel, zupfte an ihren Haaren, stellte sich auf Zehenspitzen (weil sie zu faul war, nach ihren hohen, roten Schuhen zu kramen) und nickte zufrieden –bis ihr auffiel, wie kurz das Kleid war. Konnte sie sich das noch erlauben? Mit knapp dreiundvierzig? Jan-Jonas würde sicherlich den Kopf schütteln und sagen: „Du spinnst, hast du sonst keine Probleme?"

Anna, sie würde Anna fragen, die hatte einen guten Blick und war mit Sicherheit kritisch genug.

Am Abend rief Jan-Jonas aus Berlin an, und sie fragte ihn vorsichtig, ob er sich vorstellen könnte, dass sie wieder in dem roten Kleid und er mit der roten Fliege auflaufen würde. Anna hatte ihr Okay gegeben: „Es ist zwar kurz, aber es steht dir wirklich gut und du kannst das noch tragen."

Noch! Wie lange noch?

Verständnislos fragte er: „Wieso denn nicht?"

„Weil – ach, vergiss es." Marie lachte. „Wie ist das Seminar gelaufen?

Die Mutter des Bräutigams trug ein langes, nachtblaues Samtkleid und darüber eine gleichfarbige, von Goldfäden durchzogene Stola. Ihre Haare waren streng nach hinten gekämmt, die Augenbrauen schmal gezupft. Sie hielt sich kerzengerade und reichte jedem Neuankömmling huldvoll die Hand – man hätte sich nicht gewundert, wenn alle vor ihr in einem Hofknicks versunken wären. Marie wusste von Jan-Jonas, dass ihr Ex-Mann, Maximilians Vater, gar nicht eingeladen war. „Das funktioniert wohl nicht, die beiden in einem Raum."

Die Mutter hielt eine sehr ausgefeilte Tischrede. Marie wurde die ganze Zeit das Gefühl nicht los, dass diese

Frau sich für ihren ältesten Sohn eine andere Schwiegertochter gewünscht hätte. Das war sicher auch nicht einfach. Marie lächelte Kim zu, als sie einmal deren Blick erhaschte

Als sich abzeichnete, dass die Braut demnächst ihren Strauß werfen würde, verschwand Marie auf der Toilette. Noch einmal brauchte sie diese Situation nicht. Bei der letzten Hochzeit hatte Kim, die offensichtlich erpicht darauf gewesen war, den Strauß zu fangen, ihr einen Knuff gegeben: „Hey, du bist doch auch auf dem Markt, komm mit nach vorn."

„Ich bin geschieden und ich will den Strauß nicht", hatte Marie gemurmelt und sich möglichst unauffällig zwischen die verheirateten Paare gemischt.

Der DJ sorgte für ordentlich Stimmung, und erst gegen halb vier lichtete es sich etwas auf der Tanzfläche. „Wie immer, der harte Kern." Jan-Jonas grinste, als er und Marie mit vier weiteren Paaren etwas atemlos auf den nächsten Titel warteten.

„Schönes Fest", sagte er zu Maximilian und Kim, die neben ihnen standen, „tolles Ambiente, gutes Essen, und die Musik ist auch in Ordnung."

„Und wann seid ihr dran?" Kim zupfte ihn am Ärmel und zwinkerte Marie zu. Ein Paar in der Nähe warf einen schnellen Blick zu ihnen herüber.

„Oh, *New York, New York*", sagte Marie rasch, als die ersten Töne erklangen. „Das Ziel eurer Hochzeitsreise, nicht wahr? Endlich ein Slowfox." Sie legte Jan-Jonas die Hand auf die Schulter. „Den tanze ich doch so gerne."

„Na wenn das so ist", sagte er, lächelte ihr zu und nahm Tanzhaltung ein. Er war ein sehr guter Tänzer, und sie harmonierten wunderbar miteinander auf dem Parkett, normalerweise. Sie schmiegte sich in seinen Arm, bemüht, sich dem Takt der Musik hinzugeben und einfach nur zu genießen. Aber dieses Mal gelang es ihr nicht. Es war ihr nicht möglich, sich auf den swingenden Rhythmus einzulassen, ihre Gedanken tanzten ihren eigenen Tanz.

Auf der Rückfahrt am nächsten Tag unterhielten sie sich angeregt über die Feier, die riesigen Räumlichkeiten, das opulente Essen und einige Gäste. Marie lachte laut (es kam ihr selber fast schrill vor), als sie darüber sprachen, wie pikiert Maximilians Mutter bei der Rede von Kims Vater geguckt hatte. Plötzlich sagte Jan-Jonas mit belegter Stimme: „Es ist nicht so, als ob ich nicht schon darüber nachgedacht hätte."
Marie schrak zusammen; sie hoffte inständig, er würde das wilde Klopfen ihres Herzens nicht hören.
„Aber – dazu kann ich mich nicht durchringen. Es wäre ein so großer Schritt."
Sie drückte sich in den Sitz. Er schaute zu ihr herüber.
„Verstehst du das?", fragte er vorsichtig und legte leicht die Hand auf ihren Oberschenkel.
Himmel, was sollte sie bloß tun?
Jan-Jonas' Aufmerksamkeit wurde auf die Straße gelenkt, weil hinter ihm jemand aufblendete. „Idiot", murmelte er und zog rechts rüber, reihte sich dort in den dichten Verkehr ein, die halbe Menschheit schien an diesem Sonntag unterwegs zu sein.
Eine Anzeigetafel flog an ihnen vorbei, bis Wiesbaden noch fast zweihundert Kilometer! Die Fahrt hatte so schön begonnen. Und nun das!

Nach einer endlos scheinenden Pause, in der Marie wie gelähmt und letztlich vergebens nach Worten suchte, schnitt sie ein Jobthema an. Er stieg sofort darauf ein. Über die Arbeit sprechen geht immer, dachte sie mit einer gewissen Bitterkeit.

Hätte er doch nur nichts gesagt!

Natürlich hatte sie schon einmal darüber nachgedacht, dass es schön wäre zu heiraten, diesen Gedanken aber gleich energisch von sich geschoben. Eine Kollegin aus der Personalabteilung, die mit einem sieben Jahre jüngeren Mann verheiratet war, hatte kürzlich zu ihr gesagt: „Zusammen wohnen ist das eine, aber er wird Sie nie heiraten, dreizehn Jahre sind einfach zu viel."

Woher wusste sie so genau Bescheid und warum meinte eigentlich jeder, diese Beziehung kommentieren zu müssen!

Dann hatte die Kollegin ausführlich beschrieben, was sie alles betrieb, um ihre perfekte Figur zu erhalten: „Hanteltraining für die Oberarme, Sit-ups für den Bauch, Liegestütze für schöne Schultern, Laufen und Fahrradfahren für die Kondition, und ...", sie hatte anzüglich gegrinst, „Beckenbodentraining. Das ganze ist Stress, das kann ich Ihnen versichern."

Am Abend stellte Marie sich im Badezimmer vor den großen Spiegel und betrachtete sich kritisch, zupfte an den Oberarmen, befühlte ihre dicker werdenden Knie, starrte auf ihre bläulich schimmernden Schwangerschaftsstreifen.

„Natürlich sehe ich, dass du nicht mehr den Körper einer zwanzigjährigen hast, aber du gefällst mir, du hast eine schöne Figur und du fühlst dich gut an." Ganz zu

Beginn ihrer Beziehung hatte Jan-Jonas das zu ihr gesagt, als sie über ihr Aussehen gejammert hatte. „Wenn du mich mit dreißig gesehen hättest", hatte sie geklagt.

Am liebsten würde Marie ihm ständig die Fotos aus der Zeit zeigen, als sie noch ganz manierlich ausgesehen hatte. Sie zeigte sich einen Vogel. Meine Güte, sie machte doch mehr aus als ihr Körper!

Wenn er nichts gesagt hätte, hätte sie das Thema auf Dauer wegstellen können? Sie seufzte tief, der Satz war gefallen und jetzt musste sie schauen, wie sie damit klarkam.

36

„Viele Kerle haben Schwierigkeiten, wenn es ums Heiraten geht", sagte Imke und trat einen Schritt zurück, um zu begutachten, wie sich das gerade von ihr aufgehängte Bild in die Fotowand einfügte. „Das ist nichts Besonderes."

„Aber *er* hat doch damals bei unserer Generaldebatte auf dem Turm gesagt, dass er heiraten will", rief Marie. „'Romantisch heiraten und eine Familie gründen', das waren seine Worte."

„Wenn hier erst mal Fotos von unserem Lütten hängen", sagte Imke und griff sich an den Bauch. „Entschuldige." Sie drehte sich um.

„Ach Imke, ich freue mich so für dich." Marie sprang auf und legte der Freundin den Arm um die Schultern. „Vor allem, dass es dir wieder besser geht."

Imke rollte mit den Augen. „Das kannst du laut sagen, diese Kotzerei hat mich in den Wahnsinn getrieben. Aber das", sie deutete auf ein Foto, „fehlt mir wirklich." Das Bild zeigte sie auf ihrer Hochzeit mit ihrem Schwiegervater. Die beiden standen etwas abseits der großen Gesellschaft, Imke mit einer schmalen elfenbeinfarbenen Zigarettenspitze in der Hand, beide genüsslich paffend.

„Eigentlich wollte Hauke schon damals, dass ich aufhöre, aber wer bin ich denn." Sie tippte sich an die Stirn. „Jetzt hat er natürlich Oberwasser und glaubt, ich würde nie wieder anfangen." Sie kicherte. „Aber da hat er sich geschnitten."

Sie zog ihre Freundin neben sich auf das Sofa. „Jetzt seid ihr ein Paar, und nun hat es mehr Bedeutung, als du dir eingestehen wolltest, hm?"

„Nein, ja, ich weiß nicht", stammelte Marie. „Ich habe mir gut zugeredet, dass es nicht wichtig ist, dass nur zählt, dass wir zusammen sind, und dass wir uns lieben." Sie rollte mit den Augen. „Wie kitschig klingt das denn."

„Es war mehr als ungeschickt von ihm, in dieser Art und Weise darüber zu sprechen, ich wäre auch zu Tode getroffen", sagte Imke und strich über ihren Bauch. „Das Thema liegt nach einer Weile immer in der Luft – und bei den vielen Hochzeiten, auf denen ihr inzwischen gewesen seid – er fühlte sich wohl bemüßigt, sich zu erklären."

„Du verteidigst ihn jetzt aber nicht?"

Imke hob abwehrend die Hände.

Marie nahm ihren Armreif ab, setzte ihn auf den Tisch und ließ ihn kreiseln.

Hatte sie zunächst behauptet, wenn er nichts gesagt hätte, wäre das Thema Hochzeit keins gewesen, so merkte sie mehr und mehr, dass das nicht stimmte.

„Du warst selber lange unsicher." Imke sah sie forschend an.

„Das stimmt." Marie seufzte. „Und ich weiß noch, wie ich gedacht habe, heiraten – niemals, das wäre ja anmaßend, er hat noch so viel mehr Leben vor sich und ich will ihm kein Klotz am Bein sein." Sie schrumpfte förmlich zusammen, Imke legte den Arm um sie und drückte sie kurz.

„Und wenn ihr gleichaltrig wäret?"

„Wahrscheinlich würde ich es mir auch wünschen." Marie zuckte mit den Schultern. „Ich bin nun mal eine Verfechterin der Ehe. Aber es wäre nicht so aufgeladen mit Bedeutung." Sie schüttelte den Kopf. „Ganz sicher nicht."

Imke nahm ihre Brille ab, blickte durch die Gläser und murmelte: „Kein Wunder, dass ich nichts sehen kann."

„Und jetzt trudeln die ersten Geburtsanzeigen ein", sagte Marie, „und bei mir eine Einladung zum Fünfzigsten." Sie hob anklagend die Hände.

„In sieben Jahren werde ich fünfzig, dann ist Jan-Jonas siebenunddreißig."

„Quäl dich nicht immer mit diesen Zahlenspielen, außerdem weißt du genau, dass du nicht wie dreiundvierzig aussiehst."

„Aber ich bin es", sagte Marie leise und fügte mutlos an: „Dieses *Aber* hängt immer über uns."

Sie erhob sich und beugte sich über die auf dem Tisch ausgebreiteten Fotos, tippte mit dem Finger auf einen ovalen Rahmen, aus dem eine weißhaarige Frau mit einer schmetterlingsförmigen Sonnenbrille den Betrachter selbstbewusst ansah. „Das hier solltest du unbedingt noch aufhängen."

Imke nickte eifrig. „Meine liebste Oma, sie wird nun bald Uroma."

Sie griff nach einem großen Foto. „Das hier, das wurde bei der Hochzeit meiner Schwester gemacht und zeigt die komplette Familie, leider habe ich keinen Rahmen dafür."

„Aber ich", sagte Marie, „den bring ich dir nächstes Mal mit."

„Nächstes Mal?" Imke zog eine Schnute.

„Ich könnte morgen Abend vorbeikommen, auf dem Rückweg von Monica und Peter."

„Dein Wohngemeinschafts-Peter? Dann kannst du mir gleich erzählen, wie die Wohnung ist und wie es den beiden geht – ach was, den dreien, sie sind ja inzwischen zu dritt."

„Neugierig bist du gar nicht." Marie lachte.

Imke feixte. „Ich muss mich schließlich seelisch auf den Familienzuwachs vorbereiten."

Marie freute sich darauf, Peter wiederzusehen, Bine und Monica natürlich auch. Und den kleinen Joel, der war mit Sicherheit tüchtig gewachsen. Sie war ganz froh, dass Jan-Jonas in München war. Sie hatte genug damit zu tun, mit ihren eigenen Gefühlen klarzukommen, wenn sie den kleinen Kerl vor sich hatte. Traurig zu sein, war eine Sache, sich schlecht und schuldig zu fühlen, die andere.

Als sie schnaufend im vierten Stock ankam, stand Bine vornüber gebeugt in der offenen Wohnungstür und zeigte auf einen großen, braunen Wackel-Dackel mit rot-weiß gepunkteten Ohren und einer roten Schnur zum Hinterherziehen. „Schau mal, was ich dir mitgebracht habe", sagte sie mit lockender Stimme. Aus der Tiefe der Diele kam Joel breitbeinig, schwankend wie ein Seemann, angetapst. Das Holzspielzeug reichte ihm bis weit über die stämmigen Waden. Er betrachtete das Tier eine Weile skeptisch, setzte sich dann kurz entschlossen darauf, fiel um und begann zu brüllen. Die beiden Frauen lachten, ebenso Peter, der in der Küchentür gestanden hatte. Monica, die gerade aus dem Badezimmer gekommen war, schnappte sich ihren Sohn, nahm ihn auf den Arm und sagte tröstend: „Kannst du ja nicht wissen, dass so ein großes Tier nicht dazu gedacht ist, sich draufzusetzen."

„Ich glaub's nicht." Bine japste nach Luft.

„Es sah einfach zu drollig aus", sagte Marie entschuldigend, immer noch mit dem Lachen kämpfend, und drückte Monica ihr Päckchen in die Hand.

In der inzwischen mandarinfarben gestrichenen Wohn-Küche stand ein Laufstall, im Schlafzimmer Joels Bettchen und die Wickelkommode. Der Abstand zwischen Bett und Kommode war so gering, dass man die Schubladen kaum aufziehen konnte.

„Bekommst du all seine Sachen hier unter?", fragte Marie.

Monica öffnete eine Schranktür. „Die Jacken hängen hier."

„Wie süß, schau doch mal." Bine griff nach einer winzigen Jeansjacke mit einem aufgestickten Bären am Ärmel. „Und dieser kleine Anorak!"

Wie es Bine wohl ging – ob sie noch mit ihrem verheirateten Chef liiert war?

Mit Joel auf dem Arm, der leise schniefte, drehte Monica sich zu den beiden Frauen um: „Wir haben in Igstadt ein kleines Häuschen gefunden, mit Garten."

Bine und Marie schauten sich an. Monica so weit vor den Toren Wiesbadens?

„Ihr seht ja, wie eng es hier ist." Das klang ein wenig trotzig. „Und Joel braucht jetzt frische Luft, einen Sandkasten, all das Zeug eben – und ich habe keine Lust, auf Spielplätzen rumzusitzen."

„Ist doch schön." Bines Stimme klang lahm – und wenig überzeugt.

Marie nickte. „Einen Garten hätte ich auch gern, obwohl die Kinder natürlich aus dem Alter raus sind. Und die ganze Arbeit bliebe an mir hängen, Jan-Jonas ist kein

Gartenfreund – er hat lange genug bei seinen Eltern den Rasen mähen müssen", fügte sie hinzu.

„Wie geht es euch beiden?", fragten Monica und Bine wie aus einem Munde. Als Marie noch überlegte, wie sie das beantworten sollte, kam Peter ins Zimmer, erblickte Joel auf Monicas Arm und machte einen energischen Schritt auf Mutter und Sohn zu. Er wand das Kind aus Monicas Armen, setzte den heftig protestierenden Jungen auf den Boden und sagte: „Es ist angerichtet, die Damen. Komm Joel, in der Küche gibt es Kuchen."

Er griff nach der Hand des Kleinen und zog ihn mit sich.

Marie schnupperte. „Hm, das riecht gut, Erdbeerkuchen?"

„Ich weiß doch, was ihr gerne esst."

Bine knuffte Marie in den Oberarm. Joel stellte das Plärren ein und setzte die Füßchen eifrig voreinander; der kleine Trupp erreichte die von der Nachmittagssonne durchflutete Küche. Monica folgte mit etwas Abstand.

Bine erzählte strahlend, dass erstmals ein paar Tage Urlaub mit ihrem Chef anstanden. Seine Frau würde mit einer Freundin und insgesamt vier Kindern (sie sagte „Blagen") nach Spiekeroog fahren.

„Er kennt ein schönes Hotel in der Eifel." Sie fuhr mit dem Löffel in den Sahnetopf und setzte einen großen Klacks auf ihr Stück Erdbeertorte, verstrich es sorgfältig, so dass oben fast nur noch weiß zu sehen war.

„In der Eifel?" Marie ließ die Kuchengabel sinken.

Bine zuckte mit den Schultern. „Ich weiß, früher habe ich gesagt, das ist das letzte, wo ich hinfahre würde." Sie lachte ein wenig gekünstelt. „Man passt sich halt an."

„Dass du das kannst, so ganz ohne Perspektive", sagte Monica nachdenklich und schob die Krümel auf ihrem Teller hin und her.

„Ohne Perspektive?" Bine schaute sie entrüstet an. „Er liebt mich und wenn die Kinder aus dem Gröbsten raus sind, wird er seine Frau verlassen. Ich weiß, was ihr jetzt denkt, das sagen sie alle und tun es doch nicht. Er wird!"

Peter beteiligte sich nicht am Gespräch, wie auch. Er widmete seine ganze Aufmerksamkeit Joel. Immer wieder wollte der in die Sahne auf seinem Eckchen Kuchen patschen, immer wieder wischte Peter ihm geduldig den Mund ab und schnappte nach einzelnen Bröckchen, die hinabzufallen drohten.

„Was ist mit Kindern?", fragte Monica, die aufgestanden war, als der Kessel nachdrücklich pfiff. „Roibusch-Tee, das ist euch doch recht?" Ohne eine Antwort abzuwarten, versenkte sie zwei Teebeutel in der Kanne (Imke würde sich der Magen umdrehen), bevor sie das dampfende Wasser nachgoss.

Bine rollte mit den Augen. „Wenn ich sehe, wie einen so ein Gör – entschuldigt, er ist wirklich zauberhaft, euer Kleiner – beschäftigt, ich bin mir sicher, das ist nichts für mich." Sie drehte sich zu Marie. „A propos Kinder, wie geht es Anna und Lukas?" Das war geschickt abgelenkt.

Marie sagte: „Gut, wirklich gut. Anna entwickelt sich langsam zur jungen Dame und Lukas arbeitet dran, immer cooler zu werden. Ihr würdet ihn nicht wiedererkennen. Sein neuer Lieblingsspruch ist: 'Ich bin doch nicht euer Sklave'."

„Wo er recht hat, hat er recht." Peter grinste. „Der ist schon korrekt, dein Sohn, und Anna auch. Wenn wir den hier erst mal so weit haben." Er knuffte Joel liebevoll und suchte Monicas Blick. Sie lächelte etwas gezwungen.

„Und Jan-Jonas?"

Klar, dass das kommen musste.

„Er hat ziemlich viel um die Ohren, sein Seminargeschäft läuft gut."

Sie spürte Bines forschenden Blick und schob hinterher: „Er ist heute morgen nach München gefahren."

„Und sonst?", fragte Bine lauernd.

„Alles gut", sagte Marie. „Doch, wirklich. Ich soll euch natürlich lieb grüßen."

Sie beugte sich vor, griff nach der Kanne und goss Tee in ihren Becher. „Möchte jemand?"

Bine schüttelte den Kopf. „Du wirkst ..."

„Jetzt erzählt doch mal von eurem Häuschen", sagte Marie rasch und schaute Monica an. Die ließ sich nicht lange bitten.

Den Kopf voller Gedanken radelte Marie durch die Stadt. Waren Monica und Bine rundum glücklich? Hatten sie sich so ihr Leben vorgestellt? Monica hatte in den höchsten Tönen vom neuen Heim geschwärmt und den anstehenden Umzug aufs Land vehement verteidigt, ein bisschen zu vehement. Und Bines harsche Antwort auf Monicas Frage nach Kindern? Sie fragte sich, ob das jemals Thema in ihrer gemeinsamen Zeit in der Wohngemeinschaft gewesen war. Sie konnte sich nicht erinnern. Letztendlich wusste sie nicht, was die beiden Frauen sich von ihrem Leben erträumt hatten. Aber Bine schien sich gut mit der Situation arrangiert zu haben. Peter, Peter wirkte rundum glücklich und zufrieden, er hatte bekommen, was er wollte, Monica und einen Sohn, Joel war so ein süßes Kerlchen. Sie musste schmunzeln, als sie daran dachte, wie er versucht hatte, sich auf den Ziehhund zu setzen.

Wenn unser Kind auf die Welt gekommen wäre, hätten wir bestimmt geheiratet – nicht zuletzt auf Druck seiner Eltern, die es nicht ertragen hätten, wenn das Kind Sand oder Hollerbüh geheißen hätte und nicht Henneroh. Hätte ...

Sie hätten vergnüglich weiter zusammenleben können, wenn er das Thema nicht angesprochen hätte. Wirklich?

Die Ampel wechselte von Gelb auf Rot, sie hielt an, erblickte ihre weißen Handknöchel auf dem Lenker und lockerte den Griff. Sie holte ihr Handy aus der Jackentasche und blickte rasch darauf – keine Nachricht von Jan-Jonas.

Marie, es geht dir gut, du hast es doch gerade gesehen, man kann nicht alles haben. Was für ein blöder Spruch!

Sie würde nur kurz bei Imke bleiben, sich dann einen gemütlichen Abend machen, ein schönes Bad nehmen, mit einer Kerze und einem Glas Rotwein auf dem Wannentablett und leiser Musik. Sich wohlig ins warme Wasser sinken lassen ...

Wenn Jan-Jonas am Mittwoch zurückkam, würde sie wieder die unkomplizierte Marie sein, allzeit bereit und immer gut drauf.

Die Ampel sprang auf Grün. Es musste ihr gelingen, dauerhaft gelingen! Energisch trat sie in die Pedale und bog kurz darauf in die Straße, an deren Ende Imke und Hauke wohnten.

„Ich versteh' es nicht." Marie legte ihr Handy weg und kramte in ihrem Rucksack nach dem Bilderrahmen für Imke. „Er kann sich doch wenigstens kurz melden. Seine Eltern ruft er ständig an."

Ihr Blick bohrte sich in Imkes Rücken, die am Bügelbrett stand. Die Sitzfläche des dunkelroten, ostfriesischen Tisch-Sofas neben ihr war von einem riesigen Stapel Wäsche besetzt. Also ließ Marie sich in dem dicken Polstersessel nieder, schwang die Beine über die Lehne und ließ sie baumeln, es war vielmehr ein Zappeln.

Imke drehte sich um: „Bin ich bescheuert, wer bügelt denn heute noch Schlafanzüge und T-Shirts?" Sie tippte sich an die Stirn. „Aber er schickt dir doch bestimmt SMS?"

„Ja neuerdings, nachdem ich zigmal gemeckert habe, dass er gar nichts von sich hören lässt, schreibt er: 'Bin gut angekommen' und abends schon mal: 'Schlaf gut', das ist es dann aber auch." Marie bedachte Imke mit einem grimmigen Blick. „Heute hat er sich noch gar nicht gemeldet." Sie fuhr mit der Hand über die Lehne.

Imke beugte sich über den Wäschestapel, zog ein T-Shirt heraus, hielt es unschlüssig vor sich in die Höhe und legte es auf ein kleines Häufchen auf der rechten Sofalehne. Sie seufzte. „Das hier wird wohl nicht ohne gehen. Bügelst du solche Sachen?"

„Ja", sagte Marie, „ich bügle ziemlich viel. Da ich anfange, im Gesicht zu verknittern, brauche ich wenigstens glatte Klamotten."

Imke lachte.

„Immer wenn er für ein paar Tage wegfährt, habe ich das Gefühl, ich bedeute ihm nichts, aus den Augen, aus dem Sinn. Und wenn mich Kollegen oder Frenzel-Fallou ansprechen, wie es ihm ginge, wie es denn liefe, was ich von ihm hören würde, dann muss ich passen."

Marie schlug mit der Faust auf die Sessellehne, es staubte leicht.

„Um welches Seminar geht es dieses Mal?" Imke schaute auf den kleinen Stapel, nahm kurz entschlossen zwei T-Shirts weg und legte sie zurück auf den großen Haufen. Das Bügeleisen wartete immer noch auf seinen Einsatz.

„Betriebswirtschaft für Assistentinnen", sagte Marie und ließ ihre Beine rhythmisch gegen die Seitenwand des Sessels dotzen.

„Und du siehst sie förmlich vor dir, die ganzen Sekretärinnen, eine jünger und hübscher als die andere", Imke hatte sich umgedreht und die Hände in die Hüfte gestemmt, „und alle haben nichts Anderes im Sinn, als deinen Jan-Jonas anzumachen und zu denken, ich will ein Kind von ihm."

„Ach du." Marie machte eine wegwerfende Handbewegung. „Na ja, da ist schon was dran", sagte sie dann verlegen. „Ich habe es auf einem Kongress erlebt, wie er bei diesen Veranstaltungen Hahn im Korb ist."

„Marie." Imke warf einen verächtlichen Blick auf ihre mittlerweile extrem ungleichen Wäschestapel, setzte sich auf die Ecke des Tischs und fixierte ihre Freundin.

„Du kannst doch nicht ewig in dieser Angst leben, er hat sich für dich entschieden, seine Eltern akzeptieren dich mittlerweile, vertrau jetzt einfach mal."

„Ich weiß ja, dass du recht hast, aber ..."

„... aber wenn er anrufen würde, fiele dir das viel leichter." Imke grinste. Dann wurde sie ernst. „Seit seiner ungeschickten Äußerung schwebt das *Aber* wieder über euch. Du musst das *Aber* aus dieser Beziehung verbannen."

Sie stand auf und machte einen entschiedenen Schritt Richtung Sofa: „Die paar T-Shirts, das werde ich ja wohl noch schaffen."

„Komm, ich bügle ein paar für dich." Marie stemmte sich aus dem Sessel. „Und du machst uns einen schönen Tee, mit Kluntje und Sahne. Und vorgewärmter Kanne – und natürlich mit Teeblättern – Teebeutel sind ja das Allerletzte."

„Ja! Sie hat's verstanden!", rief Imke und riss die Arme in die Höhe. Auf der Türschwelle drehte sie sich um und sagte: „Eigentlich (sie betonte „eigentlich" mit einem verschmitzten Lächeln) bist du doch eine ganz patente Frau."

Zuhause setzte Marie sich mit einem weißen DIN-A4-Blatt und einem Stift an ihren Schreibtisch und malte einen großen Kreis in die Mitte des Blatts. Sie schrieb hinein: *Er ruft nicht an!*

Rechts daneben – mit einem Verbindungsstrich zu dem großen Kreis – setzte sie in einen kleinen Kringel das Wort *gekränkt*. Und dann, schnell, in viele weitere kleine Kringel: *Eifersüchtig, sauer, wütend, ängstlich, unsicher*. Sie überlegte kurz, dann zog sie von den Kringeln Striche nach rechts und malte weitere Kreise, in die sie hineinschrieb: *Meckern, streiten, grollen, beleidigt sein, Vorwürfe, ...*

Sie starrte auf die rechte Blattseite, die jetzt vollgeschrieben war, lauter Anklagetexte! Dann schaute sie auf die linke, leere Seite, kaute gedankenverloren am Bleistiftende.

Ihr fiel ein, was Jan-Jonas bei ihrem letzten Streit über das Thema gesagt hatte. (Streit war nicht das richtige Wort, sie hatte lamentiert, er hatte sie mit großen Augen angeschaut.) Sie malte zögerlich eine Wortblase auf die linke Seite und wollte hineinschreiben: *JJ: Ich habe dich im Herzen immer bei mir, wenn ich unterwegs bin.*

Sie hatte den Kreis viel zu klein gezogen, die Worte passten nicht hinein, sie griff nach dem Radiergummi und nahm einen neuen Anlauf. Dann starrte sie auf das Blatt, auf den einzelnen, gleichsam schwebenden Kreis auf der linken Seite – und den Klumpen aus den vielen vollgekritzelten auf der rechten.

„Was ist nur aus dir geworden, Marie?", flüsterte sie. „Meckern und motzen, jammern und klammern."

Mit guten Vorsätzen ging sie schlafen.

37

Stirnrunzelnd starrte Marie auf den Bildschirm. Die Agentur hatte endlich die Vorschläge für die neue Buchreihe geschickt, drei Entwurfslinien, aber keine gefiel ihr. Und ihrem Chef und Frenzel-Fallou brauchte sie die erst gar nicht zu zeigen. Sie klickte die Seiten noch einmal durch und fragte sich, welcher der drei Entwürfe am ehesten weiterzuentwickeln wäre, kam jedoch zu dem Schluss, dass es einen komplett neuen Ansatz brauchte. Seufzend griff sie zum Telefon. Anstelle des Grafikers meldete sich die Sekretärin: „Alle Mitarbeiter sind in einer Besprechung, er ruft Sie so bald wie möglich zurück."

„So bald wie möglich", das bedeutete: Das Telefongespräch begann erst nach halb sieben. Noch dazu war es langwierig und unerfreulich, wollte der Typ sie nicht verstehen, oder konnte er nicht?

„Lesen Sie sich noch einmal das Briefing durch und arbeiten Sie die neuen Entwürfe nicht so im Detail aus. Womöglich geht es wieder in die falsche Richtung, und dann bekommen wir ein Zeitproblem." Verärgert legte Marie den Hörer auf und schaute auf die Uhr. Sieben Uhr durch, kein Wunder, dass ihr Magen knurrte.

Jan-Jonas' Fahrrad stand schon im Hof, als sie zuhause ankam. Sie nahm mehrere Treppen auf einmal, bestimmt warteten die drei schon mit dem Essen auf sie, sie hätte eine SMS schreiben sollen.

Als sie die Wohnungstür aufschloss, hörte sie Gelächter und Gequieke aus Jan-Jonas' Zimmer. Sie fand die drei vor dem Fernseher. Auf dem Bildschirm war ein täuschend echter Golfplatz zu sehen. Lukas versuchte gerade, mit einer Fernbedienung in der Hand, einen Ball einzuputten.

„Nein, so knapp daneben!", rief Jan-Jonas und schlug sich auf die Schenkel.

„Hallo, was ist mit Abendessen?", sagte Marie, doch niemand nahm Notiz von ihr.

„Du bist dran, Anna."

„Ich mache dann mal Abendbrot." Marie seufzte und drehte sich zur Tür. „Wie lange wird das noch dauern?"

„Sind gleich da", rief Jan-Jonas ihr hinterher.

„Dein *gleich* dauert immer mindestens eine halbe Stunde", sagte Marie mit Schärfe in der Stimme, als die drei endlich in der Küche erschienen.

„Mama, Golf ist cool", sagte Lukas mit leuchtenden Augen. „Jan-Jonas hat gesagt, er nimmt mich mal mit."

Überrascht sah Marie ihren Freund an: „Willst du wieder anfangen zu spielen? Ich denke, das kostet so viel Zeit ..., und teuer ist es auch." Sie lächelte süffisant. „Du hältst doch sonst dein Geld zusammen."

Jan-Jonas zuckte mit den Schultern. „Schau'n wir mal." Er blinzelte Lukas zu.

Anna erzählte, dass die nächste Klassenreise nach Paris ging.

„Wow", sagte Lukas kauend, „da könnt ihr Mädels ja mal zum Shoppen losziehen."

„Wenn es Zeit dafür gibt", sagte Anna mit Zweifel in der Stimme. „Außerdem habe ich ja sowieso kein Geld. Das bisschen, das du mir immer mitgibst ..." Sie blickte zu ihrer Mutter. Als Marie sah, dass Jan-Jonas den Mund öffnete, warf sie ihm einen warnenden Blick zu.

„Alle haben immer sooo viel Geld dabei und überhaupt, alle aus meiner Klasse bekommen mehr Taschengeld als ich. Du musst es erhöhen." Sie zog einen Schmollmund.

„Ich muss gar nichts", sagte Marie.

„Meins auch", rief Lukas. „In meiner Klasse kriegen alle anderen auch mehr als ich. Alle. Und niemand muss von seinem Taschengeld Klamotten bezahlen."

„Wirklich? Wenn das so ist, dann müsst ihr das dringend mal neu verhandeln", sagte Jan-Jonas und sah hinüber zu Marie, die aufgestanden war, um mehr Brot abzuschneiden.

„Wir reden ein anderes Mal darüber." Sie warf die Scheiben in das Brotkörbchen.

„Das sagst du immer", maulte Anna, „ich will *jetzt* darüber sprechen."

„Nicht beim Essen", sagte Marie mit Nachdruck und biss in ihr Butterbrot.

In die eintretende Stille hinein klingelte das Telefon. „Das wird Lotte sein." Anna stand auf. Als sie sah, wie ihre Mutter die Brauen hob, sagte sie: „Die denkt, wir wären längst fertig mit dem Essen."

„Sind wir aber nicht", sagte Marie. „Und wisst ihr auch, warum?"

„Ich bin satt." Anna schob ihren Stuhl unter den Tisch und verließ das Zimmer. „Ich auch." Lukas folgte ihr.

Kaum hatte sich hinter den beiden die Tür geschlossen, zischte Marie: „Wie kannst du mir so in den Rücken fallen?"

„Jetzt hab dich nicht so. Es ist doch gar nichts passiert."

„Du weißt genau, warum die Kinder bei speziellen Klamottenwünschen etwas dazu tun müssen," giftete sie.

Er zuckte mit den Schultern. „Ja, aber wenn alle anderen mehr Geld zur Verfügung haben ..."

Marie schlug sich mit der Hand vor die Stirn: „Hallo – *alle*, *immer*, *niemand*? Hast du nicht auch als Kind so argumentiert?" Sie wedelte mit der Hand. „Wahrscheinlich brauchtest du das nicht, weil du immer genügend Kohle zur Verfügung hattest."

„Ich habe mehr nebenher gejobbt als deine Kinder, wenn ich das mal sagen darf", entgegnete er wütend und kippelte mit seinem Stuhl, eine Angewohnheit, die schon oft zu Streit zwischen ihnen geführt hatte.

„Und dann setzt du Lukas noch Flausen vom Golfspielen in den Kopf", sagte sie erbost. „Und überhaupt – willst du demnächst etwa wieder regelmäßig spielen?" Was ist mit uns, mit unserer knapp bemessenen Freizeit – den Teil schluckte sie gerade noch herunter.

„Ich gebe den beiden etwas zum Taschengeld dazu", sagte er, „hm?"

„Du hast wirklich gar nichts verstanden, darum geht es doch nicht." Sie schüttelte den Kopf. „Es geht um Erziehungsprinzipien."

Sie war aufgestanden und knallte die Brotbrettchen auf die Anrichte, warf Käse und Wurst in die Plastikschalen, schob sie in den Kühlschrank und schloss die Tür, versuchte es zumindest. Die Tür blieb ein kleines Stückchen offen, Marie lehnte sich dagegen, es klapperte und polterte im Inneren. Dann war Ruhe. Jan-Jonas schüttelte den Kopf. Schweigend räumten sie die restlichen Teile weg, sie verzog sich in ihr Zimmer, er in seins.

Später am Abend klopfte Marie bei ihm; von drinnen wummerten die Bässe, sie klopfte erneut und öffnete. Jan-Jonas lag auf dem Boden, die Hände unter dem Kopf verschränkt, die Augen geschlossen. Sie trat in sein Blickfeld und wartete. Nach kurzer Zeit öffnete er die Augen, richtete sich auf, drehte die Musik leiser und sah sie an. Sie ließ sich neben ihm auf dem Boden nieder.

„Ich habe nachgedacht", sie zögerte, „und nachgeschaut, im Netz. Das Taschengeld meiner Kinder liegt etwas unter den empfohlenen Sätzen. Ich werde es erhöhen."

Er nickte. „Und was ist mit meinem Wunsch, deinen Kindern (er betonte „meinen" und „deinen" aufreizend) auch ein bisschen Geld zu geben?"

Marie schlang die Arme um ihre Knie und sagte nach einer ganzen Weile leise: „Du könntest Anna etwas für die Klassenreise spendieren."

„Na also, geht doch!" Als er in ihr Gesicht blickte, fragte er: „Was ist so schwierig daran für dich?"

Sie stieß einen langgezogenen Seufzer aus. „Ich will nicht, dass du für meine Kinder bezahlst."

„Ich dachte, es sind auch ein kleines bisschen *meine* Kinder, ich dachte, wir wären jetzt eine Familie." Er rückte von ihr ab und sah sie blicklos an.

Marie stammelte: „Ja, natürlich sind sie das, sind wir das."

Das Gespräch mit Imke vor ein paar Wochen schoss ihr durch den Kopf; die Freundin hatte sie gefragt, wie sie es mit dem Haushaltsgeld hielten. Marie hatte darauf beharrt, ihre Unabhängigkeit zu behalten. „Warum sollte er auch für meine Kinder bezahlen, ich will nicht, dass er sich in irgendeiner Weise verpflichtet fühlt" – was Imke veranlasst hatte, ihr einen Vogel zu zeigen.

In Maries Kopf arbeitete es. Worum ging es hier? Wovor wollte sie Jan-Jonas eigentlich schützen? Denn letztlich war es das doch?

Wollte sie ihm ersparen, für anderer Leute Kinder, für *ihre Kinder!* Geld auszugeben, weil ihm eigene verwehrt waren?

„Das ist verquer", sagte sie laut und schlug die Hände vors Gesicht.

Er zog ein Kissen heran und strich mit der Hand darüber. Vor und zurück. Wartete.

Hinter ihren Händen drehte Marie den Kopf leicht hin und her. „Ich", stieß sie nach einer Weile hervor, „ich ..., mir kommt das Kind, das wir beide nicht haben können, irgendwie dazwischen." Sie fühlte sich schuldig, aber bevor sie das aussprechen konnte, sagte er: „Was hat das eine mit dem anderen zu tun?"

Er sah sie eine Weile forschend an, dann rückte er ein Stückchen näher und nahm vorsichtig ihre Hände in seine. Auch in seinen Augen schimmerte es verdächtig.

Er ließ sich auf den Rücken sinken.

Sie flüsterte: „Es tut mir leid. Alles."

„Pst", sagte er und zog sie zu sich herunter.

38

„Jan-Jonas und ich werden in den Herbstferien eine Fahrradtour machen", verkündete Lukas und lud sich eine Riesenportion Spaghetti auf den Teller.

Marie schaute überrascht hoch und suchte Jan-Jonas' Blick, der nickte in einer Mischung aus Stolz und Verlegenheit. „Natürlich nur, wenn du einverstanden bist."

„Klar ist sie das", sagte Lukas mit vollem Mund. „Sie ist doch froh, wenn sie ihre Ruhe hat."

„Man spricht nicht mit vollem Mund", murmelte Anna und tupfte sich den Mund mit einer Serviette ab, bevor sie an ihrem Wasser nippte.

„Ihr beide könnt dann mal richtig relaxte Shopping-Units einlegen." Nach einem Blick auf seine Mutter verbesserte sich Lukas grinsend: „Stadtbummel machen, meine ich natürlich."

„Und was ist mit *unserer* geplanten Fahrradtour?" Marie bemühte sich, ihrer Stimme einen neutralen Klang zu verleihen und hoffte, die anderen würden nicht hören, dass dennoch eine gewisse Schärfe mitschwang.

„Wir machen stattdessen eine Tour durchs Elsaß, dann reicht uns eine Woche." Jan-Jonas sah sie bittend an und lud sich großzügig von der Tomatensoße auf den Teller.

Marie ließ die Gabel mit den aufgerollten Spaghetti sinken. „Elsaß, gibt es da nicht Berge?"

Lukas lachte schallend. „Allenfalls Hügel, Mama, und die schaffst auch du noch."

Marie biss sich auf die Lippe und sah Jan-Jonas an: „Aber es fehlen dir dann Tage für unseren nächsten Urlaub."

Sie war froh gewesen, dass das Thema Golfspielen nach ihrer Auseinandersetzung neulich keins mehr war, und nun dies.

Als Lukas sich erneut eine große Portion Nudeln auftun wollte, fuhr sie ihn an: „Du solltest den anderen auch etwas übriglassen."

Jan-Jonas blickte hoch. Lukas rollte mit den Augen und griff nach seinem Glas, er hinterließ einen großen, roten Abdruck am Rand und wischte sich rasch mit dem Handrücken über den Mund. Marie unterdrückte eine weitere Bemerkung, griff mechanisch nach ihrer Serviette und betupfte ihre Lippen.

Nach dem Essen nahm Jan-Jonas sie beiseite. „Kannst du dir vorstellen, wie ich mich gefreut habe, als Lukas gesagt hat, er hätte große Lust, mit mir eine solche Tour zu machen?"

Marie zupfte imaginäre Flusen von ihrem Pulli, am liebsten hätte sie gefragt, wessen Idee das ganze war. Als Jan-Jonas nachschob: „So eine Gelegenheit wird vielleicht nicht mehr kommen", nickte sie. „Natürlich, das wird bestimmt toll für euch beide."

Imke, mit der sie am nächsten Tag zwischen ihren Besorgungen in der Stadt auf einen Kaffee verabredet war, schüttelte verständnislos den Kopf. Nachdem Marie ihren Bericht beendet hatte sagte sie: „Mensch Marie, freu dich doch, weißt du wie viele Probleme andere Stiefväter – Beuteväter", verbesserte sie sich, „in ihrer Patchworkfamilie haben?"

„Aber unsere Urlaube sind so kostbar", jammerte Marie.

„Dann macht ihr nächstes Jahr in den Osterferien eine längere Fahrradtour, oder im Herbst, oder ..." Imke hielt inne, als sie sah, wie verbissen ihre Freundin in ihrem Latte Macchiato rührte. „Was ist los?"

„Nächstes Jahr – wer weiß, wie lange wir noch ..." Marie legte den Löffel weg und tippte sich an die Stirn. „Jetzt bin ich schon eifersüchtig auf meine Kinder, das ist doch nicht zu fassen. Ich kenne mich selbst nicht mehr."

Imke strich über ihren gewölbten Bauch, der mächtig zugelegt hatte in den letzten Wochen, senkte den Kopf und sah Marie über den Rand ihrer grünen Brille an.

„Aber du beißt dir an seiner Aussage zum Heiraten, zum Nicht-Heiraten, die Zähne aus, stimmt's?"

„Wir hatten so eine gute Zeit, vorher." Marie ließ sich zurücksinken und wirkte klein und verloren, als sie flüsterte: „Ich fühle mich, als seien mir die Flügel gestutzt."

Imke beugte sich vor und ergriff ihre Hand. „Wir beide machen alleine Urlaub, so bald Mäxchen das zulässt, eine Woche Skilaufen."

Als Marie sie zweifelnd anschaute, sagte sie: „Ich brauche diese Aussicht und das Gefühl von Unabhängigkeit." Sie grinste: „Na ja, momentan denke ich erst mal von Tag zu Tag. Manchmal glaube ich, ich kann jetzt nicht mehr warten, Mäxchen soll *jetzt*", sie drückte Maries Hand so fest, dass diese fast aufgeschrien hätte, „jetzt sofort auf die Welt kommen."

Marie lachte. „Das solltest du dir lieber nicht wünschen, die letzten acht Wochen schaffst du auch noch."

Imkes Telefon klingelte und sie schaute aufs Display. „Hauke" sagte sie, zuckte entschuldigend mit den Achseln und nahm das Gespräch entgegen.

Marie lächelte, auch Jan-Jonas meldete sich inzwischen regelmäßig, wenn er unterwegs war. Die von ihr vermissten Anrufe waren nie mehr Thema zwischen ihnen gewesen. An jenem Abend, vor sich auf dem Papier überdeutlich ihre geballten Anklagen und Meckertiraden, hatte sie den Schalter umgelegt und sich damit arrangiert, dass er nicht anrief, Punkt, er hatte eben andere Qualitäten. Und sie doch besseres zu tun, als aufs Telefon zu starren und auf seine Anrufe zu warten.

Und nun ließ er zuverlässig von sich hören, war das denn zu fassen?

Als sie der Freundin das erzählte, feixte die. „Er macht sich, er wird erwachsen. Und der Rest wird auch noch."

Imke zog ihren Laptop aus ihrer Umhängetasche, klappte ihn auf und fragte: „Hast du noch Zeit?" Marie nickte. „Der Unterwäschekram kann gern ein bisschen warten."

„Hilfst du mir bei der Entscheidung für einen Kinderwagen?" Etwas besorgt sah Imke die Freundin an, aber die lächelte. „Endlich mal ein schönes Thema."

„Wie wäre es denn mit dem hier?" Marie, die etwas später ratlos in der riesigen Wäscheabteilung des Kaufhauses umherirrte, schrak zusammen, als ihr jemand auf die Schulter tippte. Sie fuhr herum und sah sich Katja gegenüber („Kegelklub-Katja", wie Jan-Jonas sie getauft hatte, um etwas Klarheit in die riesige Schar ihrer Freundinnen zu bringen), die ihr lachend einen roten Spitzen-BH mit Schleifchen an beiden Trägern vor die Nase hielt.

„Guck mal, ein passendes Höschen gibt es auch."

Katja stellte ein Bein aus und hielt sich den Bügel mit dem löcherigen Gebilde vor den Unterleib.

„Nichts für mich und meine gepolsterten Hüften", sagte sie mit gespieltem Bedauern, „aber du kannst doch so etwas tragen."

Marie machte eine wegwerfende Handbewegung. „Eigentlich kaufe ich immer das gleiche Modell, weil ich es hasse anzuprobieren. Wenn ich es denn finde", sagte sie und rollte mit den Augen.

„Also nicht die große Verführnummer für Jan-Jonas." Katja deutete auf die beiden schlichten BHs, die an Maries Hand baumelten. „Wie geht's euch?"

„Gut." Marie nickte. „Und dir?"

„Du hast auch schon mal besser gelogen", sagte Katja. „Also, was ist los?"

„Nichts", beteuerte Marie, merkte aber selber, dass sie nicht besonders überzeugend klang. „Na ja", sagte sie unschlüssig.

„Na ja?" Katja runzelte die Stirn. „Komm, kauf die Dinger und dann gehen wir einen Kaffee trinken."

Marie warf einen zweifelnden Blick auf ihre Uhr. „Hm ..., wolltest du nicht ..."

Katja winkte ab. „Das Gerummel hier", sie machte eine ausladende Geste mit dem Arm, die den ganzen ersten Stock zu umfassen schien, „geht mir mächtig auf die Nerven. Geht schneller im Internet. Und ich brauche jetzt ...", sie legte Zeige- und Mittelfinger an die Lippen und tat einen imaginären Zug. „Ich muss an die frische Luft."

„Ja klar." Marie grinste. „Frische Luft."

Als sie sich eine Zigarettenlänge später in dem kleinen Café am Mauritiusplatz gegenübersaßen, schaute Katja Marie auffordernd an und sagte: „Also was ist los?"

Marie zögerte kurz, wollte sie Katja wirklich die Geschichte der Nicht-Heirat preisgeben?

Wie erwartet, schüttelte Katja verständnislos den Kopf. „Blöd von ihm, das in dieser Form anzusprechen. Aber mal ganz ehrlich, warum ist dir Heiraten so wichtig?"

„Einmal gefragt werden." Marie klimperte mit den Augendeckeln und legte den Kopf schief; als Katja nicht reagierte, sagte sie: „Mensch, Jenseits von Afrika, da sagt Karen Blixen zu Denys Finch Hatton, sie möchte nur einmal gefragt werden."

„Aha. Aber du warst doch schon mal verheiratet."

„Ja, aber das zählt nicht." Marie wedelte mit der Hand. „Hat sich seinerzeit so ergeben, völlig unromantisch."

Katja schob ihre leere Tasse beiseite, zog den zweiten Cappuccino, den sie sich zeitgleich mit dem ersten bestellt hatte, näher heran und sah Marie aufmerksam an, wartete.

„Es wäre, es würde ..., es würde bedeuten, er bekennt sich zu mir, auch öffentlich."

„Aber das tut er doch ständig." Katja schüttelte den Kopf. „Und es scheitern so viele Ehen, das ist keine Garantie."

„Ja, natürlich", sagte Marie zögerlich, „es geht um ..."

„Ja?"

Marie beugte sich ein wenig vor und flüsterte: „Es bleibt das Gefühl, er will mich nicht ganz, er will sich ein Hintertürchen offenlassen." Sie stockte kurz – als sie Katjas Miene sah, holte sie tief Luft: „Neulich haben wir beide über eine liierte Kollegin gesprochen und er hat gesagt", sie schaute Katja bedeutungsvoll an, „,die hat sich wohl noch nicht richtig für den Typ entschieden oder ist da inzwischen eine Heirat geplant?' Das spricht doch wohl Bände!"

„Wenn es dir so wichtig ist, warum fragst du ihn dann nicht?"

Katja ließ ein drittes Tütchen Zucker in ihren Kaffee gleiten und rührte geräuschvoll um.

„Niemals", sagte Marie, stellte mit einem Ruck ihre Tasse ab und schüttelte sich. „Ich hasse kalten Kaffee."

„Wir leben schließlich im einundzwanzigsten Jahrhundert. Was ist so seltsam daran, ihn zu fragen?"

„Es hat nichts mit Konventionen zu tun, sondern mit der besonderen Konstellation, er muss sich frei entscheiden."

Marie schüttelte den Kopf mit so einer Vehemenz, dass Katja mit den Achseln zuckte. „Na, dann wäre das Thema ja auch erledigt." Sie seufzte. „Deine Probleme möchte ich haben."

„Manchmal kann ich mich selber nicht leiden, aber ich kann diese blöden Gedanken nicht abstellen", sagte Marie kleinlaut und sah Katja an. „Kennst du das denn gar nicht?"

„Nein", sagte Katja trocken und lachte. „Bei mir hat sich gerade wieder eine Reise mit meinem Augensternchen zerschlagen. Und langsam frage ich mich, ob er wirklich mit mir zusammen sein *will*. Und ob ich mir das noch länger antun soll. Aber das habe ich mich schon so oft gefragt und mache doch immer weiter." Sie zuckte mit den Achseln. „So viel zum Thema emanzipiert."

„Wie du das aushältst, ich könnte das nicht." Marie warf einen Blick in die halbgeleerte Tasse und schob sie beiseite.

„Na ja", sagte Katja, „du weißt doch selber, wo die Liebe hinfällt ..."

„Tja, die Liebe", sagte Marie nachdenklich.

„A propos Liebe! Stell dir vor, mein Töchterchen hat sich schon wieder verliebt." Katja schlug die Beine übereinander und griff nach ihrer Schachtel Zigaretten, die bei ihr mit einer Selbstverständlichkeit auf dem Tisch lag wie bei anderen Leuten das Handy.

„Oh, das will ich aber genau wissen", rief Marie.

Katja erzählte, Marie hörte nach einer Weile nur noch mit halbem Ohr zu. Sie brannte darauf, die Freundin zu fragen, wie ihre Tochter sich kleidete, und wie sie als Mutter dazu stand. Annas Röcke wurden immer kürzer und ihre Oberteile immer knapper. Marie fand es teilweise grenzwertig, war aber bisher nicht eingeschritten.

„So lange das Bübchen meiner Tochter nicht wehtut, ist er gern gesehener Gast", beendete Katja ihren Bericht.

Marie beugte sich vor. „Trägt Leila auch so kurze Röckchen?"

„Allerdings." Katja nickte. „Oder diese superknappen Shorts, meistens immerhin mit Leggings darunter. Sie hat tolle Beine, soll sie doch."

Zögerlich sagte Marie: „Du hast kein Problem damit, dass sie so in die Schule geht?"

Katja zuckte mit den Schultern. „Privileg der Jugend."

„Kürzlich hatte Anna ein T-Shirt mit einem Wasserfallausschnitt an. Jedes Mal, wenn sie sich vornüber gebeugt hat, konnte man den Brustansatz sehen. Ich frage mich, wie das für diesen jungen Lehrer ist, den Lühring."

„Ich habe es gesehen, sie war nachmittags bei Leila. Deine Tochter hat so ein schönes Dekolleté, zart gebräunt und sooo glatte Haut, zum Anbeißen sah sie aus."

Marie seufzte und Katja wandte sich zu ihr um. „Sag mal, kann es sein, dass du dir weniger Sorgen um Herrn Lühring machst als vielmehr um Jan-Jonas?"

Marie machte sich an ihrem Gürtel zu schaffen.

„Ist ja auch nicht ganz einfach, zu sehen, wie unsere Töchter mehr und mehr erblühen, und wir langsam zu alten Schachteln werden."

„Und das aus deinem Mund." Marie rückte ihre Brille zurecht. „Ich finde es nicht angebracht, wenn sie so in die Schule geht."

„Aber du sagst nichts."

„Nein, ich sage nichts, ich habe Angst komisch zu klingen, neidisch, eifersüchtig ..."

„Du machst es dir manchmal ganz schön schwer, meine Liebe." Katja schnalzte mit der Zunge. „Komm, wir trinken noch einen Kaffee, ich lad dich ein."

„Na gut", sagte Marie, „und dieses Mal lasse ich ihn nicht kalt werden."

39

„Frenzel-Fallou drängt mich, die Urlaubsplanung fürs kommende Jahr abzugeben." Jan-Jonas stand im Türrahmen und blickte zu Marie, die mit einem Buch im Blauen Otto saß; wie immer hatte sie die Beine über die Lehne nach außen geschwungen.

Sie sah ihn an, und ihr Herz begann zu klopfen. Was kam nun? Wie viele Urlaubspläne ohne sie?

Lukas und Jan-Jonas erzählten noch immer begeistert von ihrer gemeinsamen Fahrradtour im Herbst. Erst kürzlich war Marie in die Küche gekommen, als die beiden sich gerade abklatschten und angrinsten: „Das wird wiederholt."

Und sie wusste, dass es die Idee eines Männerurlaubs mit seinen Studienfreunden gab, Ski fahren und Snowboarden. Und für den Sommer war ein ausgedehnter Segeltörn in der Ägäis im Gespräch, dieser aber mit Frauen. Aber Segeln konnte sie sich überhaupt nicht vorstellen. Zu groß war ihre Angst vor Wasser. Jan-Jonas war ein ausgezeichneter Schwimmer, und Segeln konnte er natürlich auch. Genau genommen war er eine Wasserratte.

Nach den Gesprächen neulich mit Imke und Katja hatte Marie sich einen Ruck gegeben und Imke signalisiert, dass sie gerne mit ihr einen Skiurlaub machen würde, sobald das Baby groß genug war, um es in der Obhut seiner Großeltern zu lassen.

Aber sie hatte sich verboten, Urlaubspläne für sie als Paar oder als Familie zu schmieden. Nicht, dass sie nicht ständig Ideen gehabt hätte für schöne Ziele, zu zweit, zu viert. Aber etwas hielt sie zurück, obwohl sie sich oft genug sagte, es habe sich doch nichts Grundlegendes geändert zwischen ihnen.

Für Jan-Jonas schien alles wie immer, er war zärtlich und zugewandt. Schwierig wurde es immer dann, wenn sie Filme sahen, in denen geheiratet wurde oder Anträge gemacht wurden, was neuerdings ständig der Fall zu sein schien. Jedes Mal drückte sie sich währenddessen immer tiefer in den Sessel. Wenn sie danach über den Film sprachen, wie sie es sonst (*davor*) so gern getan hatten, versuchte sie mit aller Mühe, unbefangen zu klingen. Bei heiklen Themen fielen diese Gespräche über das Gesehene immer äußerst kurz aus, auch er erschien ihr dann verkrampft und zugeknöpft, wobei sie sich nie sicher war, ob sie sich das nur einbildete. Sie wurde misstrauisch ihren eigenen Gefühlen gegenüber.

Immer wieder rief sie sich das *Er-ruft-nicht-an-Problem* vor Augen und ihren erfolgreichen Umgang damit – es half nicht, dieser Stachel saß zu tief.

Im Alltag gab sie sich bewusst heiter. Manchmal spürte sie Annas forschenden Blick auf sich ruhen und schämte sich, weil sie das Gefühl hatte, sie strenge sich nicht genug an, sie, die erwachsene Frau von über vierzig Jahren, die im Hier und Jetzt leben und nicht Kleinmädchen-Träumen nachhängen sollte. Du hast deine Kinder, deine Freundinnen, deine Bücher, ermahnte sie sich, du liebst deinen Job. Aber vor allem liebe ich Jan-Jonas und die Zweisamkeit mit ihm, seufzte sie dann ein ums andere Mal.

„Was schlägst du denn vor?", fragte sie tonlos und setzte sich aufrecht hin, das Buch in der rechten Hand, den Bleistift, der auf der Sessellehne gelegen hatte, in der linken (sie machte sich gerne beim Lesen Notizen).

Er löste sich vom Türrahmen und kam auf sie zu. Er wirkte angespannt, als er in einiger Entfernung von ihr stehenblieb, und sie wappnete sich innerlich.

„Am liebsten würde ich das auf dem Turm in Frauenstein mit dir bereden", sagte er, „das ist der richtige Ort für Fernweh. Wir wollten doch sowieso spazieren gehen." Er strich sich mit zwei Fingern über die Nase.

Als Marie nicht antwortete und ihn mit unsicherem Blick anstarrte, trat er abrupt ein Stück näher, stand nun direkt vor ihr.

„Ich dachte an Honeymoon", sagte er, löste ihren Griff um das Buch und nahm ihre Hand.

Sie schaute verwirrt zu ihm hoch. „Honeymoon?"

Er griff nach der anderen Hand, der Bleistift fiel zu Boden und er beugte sich herunter; im Glauben, er bücke sich nach dem Stift, winkte sie ab.

„Willst du mich heiraten, Honey? Marie Sand-Hollerbüh, willst du meine Frau werden?"

Zwar hörte sie ihr „Ja", hätte aber später nicht mehr sagen können, ob dem irgendeine Überlegung vorausgegangen war. Zu unerwartet diese Frage, zu verrückt – aber so schön, zum Jubilieren schön. Federleicht fühlte sie sich plötzlich.

Er hatte sie liebevoll aus dem Sessel geschubst, sich hineingesetzt und sie auf seinen Schoß gezogen.

„Also Honeymoon", sagte er und grinste. „Und vorher ein großes Fest, hm?"

Sie hatte den Kopf in seine Halsbeuge gelegt und brummte zustimmend.

„Ein großes Fest wäre schön", murmelte sie und versuchte den Aufruhr in ihrem Kopf zu verscheuchen, war das wirklich gerade passiert? Was würden Anna und

Lukas sagen? Sie machte sich los und sah ihn bittend an: „Können wir es den Kindern sagen, jetzt sofort?"

„Du meinst: den beiden Jugendlichen, die in unserem Haushalt leben", sagte er augenzwinkernd und stand auf. „Nichts lieber als das."

Marie hatte Herzklopfen, als sie in der Küche auf Anna und Lukas warteten, beide mit dem Rücken an den Tisch gelehnt, Jan-Jonas äußerlich ganz lässig mit verschränkten Armen, sie beide Hände um die Tischplatte gekrallt.

Wie würden sie reagieren? Würde es ihnen peinlich sein?

Nach ihrer Eröffnung erfasste Lukas als erster die Situation und rief: „Oh wie cool ist das denn! Wer ist schon dabei, wenn seine Eltern heiraten."

Anna sagte lange Zeit gar nichts, von Marie ängstlich beobachtet. Dann brach sie unvermittelt in Tränen aus und stammelte: „Ich freue mich so sehr, jetzt kann ich ausziehen und in einer anderen Stadt studieren."

Reflexartig schlug Marie die Hand vor den Mund. Sie trat einen Schritt vor und nahm Anna in die Arme; Mutter und Tochter hielten sich umklammert, während der Beutevater und sein demnächst offizieller Stiefsohn sich erst verlegen auf die Schulter klopften, dann spielerisch auf die Oberarme und in die Magengrube boxten, um zum Schluss doch noch in einer Umarmung zu landen.

Abends im Bett meinte Jan-Jonas versonnen: „Er hat gesagt: 'Seine Eltern'."

„Tja mein Lieber, du heiratest jetzt eine Familie." Sie küsste ihn auf die Nasenspitze.

„Vor allem heirate ich die wunderbarste Frau der Welt", entgegnete er.

„Wohl zu viele Liebesfilme gesehen." Marie kicherte und sagte: „Habe ich eigentlich schon gesagt, dass ich mich freue?"

Mit einem Ruck drehte er sich zu ihr um. „Du kannst es mir gerne noch deutlicher zeigen."

Die folgenden Wochen waren angefüllt mit Vorbereitungen. Sie waren sich schnell einig, dass sie im Frühsommer heiraten wollten. Für eine Heiratsplanung war das recht kurzfristig, das war ihnen bewusst. Aber Jan-Jonas drängelte geradezu auf einen baldigen Termin.

Als Marie einmal summend durch die Wohnung lief, kam ihr Anna im Flur entgegen und lächelte sie an. „Mama, du freust dich sehr auf die Hochzeit?"

„Hm, ja", Marie zögerte, „vor allem bin ich froh, dass wir die Kurve gekriegt haben, dass *ich* die Kurve gekriegt habe."

Sie sah den erstaunten Blick ihrer Tochter und sagte: „Ja, er auch, aber ich ..., ich habe mich so klein gemacht." Nachdenklich schüttelte sie den Kopf. „Ich weiß nicht, wie ich dir das erklären soll."

„Mama", sagte Anna nachsichtig. „Ich weiß genau, wovon du sprichst. Erinnerst du dich daran, wie Finn gemeint hat, er könne sich nicht zwischen mir und dieser Rothaarigen aus der Parallelklasse entscheiden? Er bräuchte Zeit ... Du hast zu mir gesagt, wenn ich ihm die geben will, dann soll ich aber zwischendrin nicht vergessen, weiterzuleben. Und mir vor allem zu überlegen, was *ich* eigentlich will. Hat super geklappt." Sie verzog das Gesicht zu einem schiefen Grinsen.

„Aber ich bin ein paar Tage älter als du", sagte Marie und seufzte. Dann lächelte sie und deutete mit der Hand auf ihr Herz. „Wenn's hierum geht, hat das wohl gar nichts zu bedeuten."

Demnächst würde es ein Kennenlerntreffen der Eltern geben. Das machte Jan-Jonas und Marie keine Angst, sie waren überzeugt, dass die drei Nordlichter sich gut verstehen würden.

Seine Eltern waren zunächst sprachlos gewesen, als sie ihnen ihre Heiratspläne offenbart hatten. Aber sie hatten sich erstaunlich schnell gefasst. Schon wenige Augenblicke später wollte Marianne Details über das geplante Fest wissen, als erstes natürlich, ob sie kirchlich heiraten würden. Die Erleichterung darüber, dass das Brautpaar eine kirchliche, wenn auch ökumenische, Trauung plante, war mit Händen zu greifen.

Inzwischen schienen sie sich mit der Wahl ihres Sohnes arrangiert zu haben; neuerdings ließen sie Marie bei jedem Telefonat Grüße ausrichten, und sie hatten schon mehrmals gefragt, was sie ihnen zur Hochzeit schenken dürften. Und ob sie helfen könnten?

Auch Maries Mutter schien sehr überrascht von der Eröffnung, aber sie hatte sofort gratuliert.

Als Marie und Jan-Jonas das Treffen planten – beide bäuchlings auf dem Teppich liegend, neben sich Gläser mit Rotwein, einen Korb voller Erdnüsse und eine Schale mit Chips – gestand Jan-Jonas, dass seine Eltern seinerzeit, nach ihrem Wiesbaden-Besuch im Frühjahr gesagt hatten: „Sie ist eine sehr nette Frau, aber, Junge, so kurz wie möglich." Sein Vater hatte seinen Spruch wiederholt: „Frauen altern schneller", aber dann gemurmelt: „Sie tut dir gut. Sie wäre die Richtige. Es ist ein Jammer."

„Ich habe nur gehört, sie wäre die Richtige", sagte Jan-Jonas und ergänzte schmunzelnd: „Haben ganz schön lange gebraucht für diese Erkenntnis, meine alten Herrschaften."

„Bei meiner Mutter weiß ich auch nicht, was sie wirklich denkt." Marie knackte ein paar Erdnüsse und knibbelte die Häutchen ab. „Sie lässt sich nie in die Karten gucken. Aber sie mag dich. Du bist nämlich gut erzogen." Sie knuffte ihn neckend am Arm.

„Dann brauche ich ja keine Angst zu haben, dass du Ambitionen in der Richtung hast", erwiderte er trocken. Sie steckte ihm ein paar Erdnüsse in den Mund.

Kauend sagte er: „Wir sollten ein Buch schreiben, 'Zehn Tipps für gebeutelte Eltern'."

„Ach ja, und das wären?"

„Eins bis acht: akzeptieren, neun bis zehn: mitfreuen."

Er beugte sich zu Marie. „Ich bin so froh, dass ich gesprungen bin."

Sie lächelte. „Und es hat gar nicht wehgetan?"

„Ich bin weich gelandet", sagte er und zog sie unter sich.

Fast jeden Abend klapperten sie die einschlägigen Restaurants ab, erst nur in Wiesbaden, dann im gesamten Rheingau. Vieles war schon ausgebucht, und was noch frei war, gefiel ihnen nicht oder es war zu teuer.

Hatte anfangs die Suche viel Spaß gemacht, so wurde Marie mit zunehmenden Fehlschlägen mutloser. Immer wieder kamen ihr Irinas Worte in den Sinn, die in ihrer typisch direkten Art die langwierige Wohnungssuche von Klaudia und ihrem Jugendfreund (seit geraumer Zeit ihr Ehemann) kommentiert hatte: „Wenn Paare sich so schwertun, eine gemeinsame Wohnung zu finden, dann wollen sie in Wirklichkeit gar nicht zusammenziehen." Warum hatte sie nur so ein Elefantengedächtnis. Aber sie wollten heiraten, sie wollten es beide!

Der entscheidende Tipp kam von Lucie. Sie (inzwischen selbst glücklich verheiratet) nannte ihnen einen Weingarten im Rheingau, ein idyllisches Plätzchen direkt am Rhein. Man saß dort an Biertischen unter Platanen und genoss die unverstellte Aussicht auf den Fluss. Das Essen war mitzubringen (manche Gäste bestellten sich etwas in der nahegelegenen Pizzeria, die meisten hatten aber gut gefüllte Picknickkörbe dabei), Getränke konnte man vor Ort kaufen. Jan-Jonas und Marie waren begeistert; die Atmosphäre erinnerte sie an ihre Anfangszeiten mit den vielen Picknicks. „Das passt perfekt zu uns."

Nachdem sie ihren Ort gefunden hatten, ging es an die Detailplanung: Caterer, Einladung, Trauung, Hochzeitsklamotten, Unterbringung der Gäste. Obwohl Marie sich nach Kräften bemühte, ihren Perfektionismus im Zaum zu halten, fielen ihr immer wieder Dinge ein, die man noch in die Vorbereitung integrieren könnte. Als es darum ging, die Einladungskarten zu gestalten, hätten sie sich fast gestritten, weil es ewig dauerte, bis sie mit dem Ergebnis zufrieden war.

Als sie eines Abends völlig erschöpft nach einem harten Arbeitstag und besonders vielen Vorbereitungen nebeneinander im Bett lagen, auf dem Rücken, den

Blick starr zur Decke gerichtet, stöhnte Marie: „Man könnte über all dem fast vergessen, *warum* wir heiraten, denkst du schon mal daran?"

„Jede Nacht", sagte er und griff nach ihrer Hand. „Ich liege nachts wach und denke daran, dass wir uns lieben und aus Liebe heiraten."

Überwältigt murmelte sie: „Jetzt weiß ich auch wieder, warum ich dich liebe und mein Leben mit deinem verbinden will, Jan-Jonas Henneroh."

40

„Du bleibst sitzen, Jan-Jonas, und du auch, Marie, Frischvermählte haben heute frei", sagte Annegret, Jan-Jonas' Schwester (seit gestern Maries Schwägerin). Sie blickte über den Rand ihrer Brille zu den beiden, die sich zögernd auf die Stühle zurücksinken ließen.

Es war eng in der Wohnung für zwölf Menschen, von denen die meisten sich bis vor ein paar Tagen kaum gekannt hatten, aber nun (bis auf Imke und Hauke) auf die eine oder andere Weise miteinander verwandt waren. Rund um die drei Tische, die zu einer langen Tafel zusammengestellt waren, blieb nicht viel Platz. Den Blauen Otto, den Schreibtisch plus Stuhl und den Korbsessel hatten sie in der Wohnung der Kinder untergebracht. Aber Weichholzschrank und Klavier an der einen Längsseite, Bücherwand an der anderen, ließen kaum Raum um die Tischgruppe herum. Wenn jemand aufstand, rückten automatisch alle ein Stückchen vor mit ihrem Stuhl, auch diejenigen, die gar nicht im Weg saßen.

„Es ist doch ein wenig gestopft", hatte Marie morgens entschuldigend gesagt, als alle eingetroffen waren und Platz genommen hatten. „Gemütlich", hatte ihr Schwiegervater geantwortet und alle hatten zustimmend genickt.

Anna kam mit einem Tablett ins Zimmer und sah sich suchend um. Marie schob die Brotkörbchen beiseite und nahm die Aufschnittplatte auf den Schoß, um Platz für das Tablett zu schaffen. Die Tür öffnete sich erneut, und Maries Holz-Teewagen, dessen Farbe im Laufe seines langen Lebens zigmal gewechselt hatte (aktuell war er weiß), wurde sichtbar. Dahinter tauchte Lukas auf, der das Teil lässig mit einer Hand vor sich herschob. Imke seufzte kaum merklich, erhob sich und drückte Hauke das zappelnde Baby in den Arm. Nachdem sie einen großen Stapel Teller auf den Servierwagen gestellt hatte, beugte sie sich herab und drückte ihrem Sohn einen lauten Schmatz auf die Wange.

„Bis später, ihr zwei, mein großer und mein kleiner Held – Groß-Hauke und Klein-Hendrik." Sie kicherte. „Die Mama wird jetzt mal in der Küche gebraucht."

Henriette und Marianne – seit dem Kennenlerntreffen vor ein paar Wochen per Du – tauschten einen Blick, Johannes lächelte wehmütig.

Annegret schüttelte den Kopf, als die beiden Mütter Anstalten machten, aufzustehen. „Auch ihr habt heute frei, wir schaffen das ohne euch."

Es klapperte laut, als Lukas den schwer beladenen Wagen durch das Wohnzimmer schob. Heidi drückte ihrem Mann Thomas, Maries Bruder, ein vollgepacktes Tablett in die Hand. Imke und Annegret – die beiden Trauzeuginnen – griffen nach den Kaffee- und Teekannen. Anna öffnete die Tür, winkte alle hinaus, und verließ ebenfalls das Wohnzimmer.

Aus der Küche drang Gelächter und Marie verlagerte ihr Gewicht auf dem Stuhl. Auch Jan-Jonas rutschte unruhig hin und her. „Sie werden schon ohne uns klarkommen", sagte Marie.

„Ertappt." Jan-Jonas gab ihr einen Kuss; dann deutete er auf die Stuhlsprossen, sie wandte sich ihm zu und stellte die Füße darauf. Mein Mann, dachte sie staunend.

„Wie gefällt Ihnen der Rheingau?", fragte Hauke in die plötzliche Stille hinein.

Ein gutes Stichwort für Johannes, der von den Weinen zu schwärmen begann. „Diese Rheingauer Gewächse sind alle neu für mich. Wir werden eine Kiste mit nach Hause nehmen, und zwar von einem der Weine, die es auf der Hochzeitsfeier gegeben hat."

„Oh, ich kann Ihnen noch andere Weine empfehlen", sagte Hauke und wühlte in seiner Hosentasche nach seinem i-Phone, wodurch Klein-Hendrik auf seinem Arm in bedenkliche Schieflage geriet und zu protestieren begann.

„Gerne", sagte Johannes, „aber momentan geht es uns um den Wein, den wir gestern getrunken haben, das ist eine schöne Erinnerung an ein gelungenes Fest."

Seine Frau nickte und Marie fing den lächelnden Blick ihrer Mutter auf.

Am späten Nachmittag, als Eltern und Geschwister sich verabschiedet hatten und auch Hauke sich mit dem zunehmend quengeligen Hendrik auf den Weg gemacht hatte, ergab sich die Gelegenheit für einen Nachklapp-Plausch für Imke und Marie. Jan-Jonas, Anna und Lukas wollten Stühle und Tische zurückbringen, die sie von Freunden geborgt hatten. Jan-Jonas verabschiedete sich theatralisch von Marie, küsste sie, schloss sie in die Arme und rief: „Kaum verheiratet, muss ich mich schon wieder von meiner Frau trennen."

Oh, wie sie seine Worte genoss und sich darauf freute, mit ihm allein zu sein.

Als sich die Wohnungstür hinter allen geschlossen hatte, fläzte Imke sich aufatmend in der Küche auf einen

Stuhl und sagte: „So jetzt brauche ich erst mal 'ne Fluppe. Und dann kauen wir alles, alles, hörst du, gründlich durch. Super organisiert das Ganze, aber das war ja klar – und das willst du auch gar nicht wissen, stimmt's?"

Sie griff nach ihrer Tasche, öffnete im Inneren einen Reißverschluss und zog aus einer verbeulten Schachtel umständlich eine Zigarette. Marie schaute zum Spülbecken, dort lag auf einem Handtuch ausgebreitet das Silberbesteck. Imke folgte Maries Blick und sagte: „Das räumen wir alles später weg, okay?" Marie nickte, sie verließen den Raum und durchquerten das große Zimmer, in dem nun nur noch der Küchentisch, fein gemacht mit weißer Tischdecke, Kerzenleuchtern und verstreuten Rosenblättern, an das festliche Frühstück erinnerte.

Sie ließen sich auf dem Balkon auf der kleinen Bank nieder; Imke schlug die Beine übereinander und sagte: „Als deine Trauzeugin bin ich sehr zufrieden mit dem Fest." Sie stieß eine Rauchwolke aus. „Du sahst super aus in deinem roten Seidenkleid und den roten Schuhen. Deine Schwiegermutter hat ein bisschen gezuckt, als ihr die Kirche betreten habt." Sie giggelte vergnügt.

„Sie wusste, dass in weiß heiraten für mich nicht in Frage kam – vielleicht hat sie mit einem seriösen Kostüm in gedeckten Farben gerechnet."

„Aber später hat sie zu mir gesagt, ihr wärt ein schönes Paar, mit Stolz in der Stimme."

„Das hat sie wirklich gesagt?", fragte Marie mit geweiteten Augen.

„Ende gut, alles gut." Imke griente.

Marie schwieg. Nach einer ganzen Weile sagte sie nachdenklich: „Ende ..., na ja. Und wenn sie nicht gestorben sind, gilt für niemanden mehr. Aber wir haben uns versprochen, es mit aller Kraft zu versuchen." Dann ergänzte sie lächelnd: „Kein *Aber* mehr, nur ein *Na und?*"

Imke nickte zustimmend, beugte sich zu Marie und schaute auf das kleine, silberne Medaillon, das sie um den Hals trug.

„Dass deine Schwiegermutter dir dieses Erbstück geschenkt hat ..., das hat sogar meinen Mann beeindruckt", sagte sie und lachte. „Erinnerst du dich noch, wie Hauke gesagt hat, das kann auf Dauer nicht gut gehen, aber ihr könnt euch noch zehn, fünfzehn schöne Jahre machen?"

„Hö hö, dann bleiben mir ja noch ein paar", sagte Marie und knuffte Imke in die Taille. „Und dann schau'n wir mal."

Als Imke grinste, fuhr sie fort: „Nur wenige haben an uns geglaubt. Die Reaktionen auf die Ankündigung, dass wir heiraten, waren von ... bis." Sie zog die Arme wie ein Schifferklavier auseinander. „Von 'Warum das denn?' und entsetzten Blicken bis zu 'Ach wie schön, dass Sie sich trotzdem trauen'. Normalerweise gratuliert man und freut sich mit, wenn jemand heiratet." Sie schüttelte den Kopf. „Normalerweise – aber wir sind eben kein normales Paar, sondern ..."

„... ein ganz besonderes", ergänzte Imke. „Ich habe immer an euch geglaubt."

Marie drückte ihre Hand. „Selbst Irina hat zu mir gesagt, sie hätte mich noch nie so glücklich gesehen. Und Klaudia hat mich beiseite genommen und gemeint 'Wir beide zeigen es allen'. Es scheint gut zu laufen mit ihrer wiedergefundenen Sandkastenliebe." Sie sprang auf und verschwand im Inneren der Wohnung, kam mit einer angebrochenen Flasche Sekt und zwei Gläsern zurück. Dann ging sie noch mal ins Zimmer und holte einen großen Weidenkorb mit Erdnüssen.

Imke nahm ein paar Nüsse in die Hand und zerdrückte die Schalen. Marie beugte sich vor, hob die Hortensie aus dem Topf und hielt ihr das leere Gefäß hin, bevor sie es auf der Bank platzierte. „Ich weiß noch, wie Jan-Jonas geguckt hat, als er in meiner Büro-Schublade zum ersten Mal die vielen Erdnüsse gesehen hat."

Imke strich ihren Rock glatt und fegte dabei Schalenreste auf den Boden, sie blickte schuldbewusst zu Marie, die winkte ab.

„Und ich kann mich noch an seinen Blick erinnern, als du beim Picknick aus dem Korb Maggi geangelt und auf dein hartes Ei geträufelt hast."

„Ach", rief Marie, „das habe ich dir noch gar nicht erzählt."

Imkes Kopf flog herum. „Was denn?"

„Ich muss es dir zeigen, es geht um sein Geschenk für mich."

„Die Perlenstecker?", sagte Imke und deutete fragend auf Maries Ohr.

Marie stand auf und hielt zwei Finger hoch. „Es waren *zwei* winzig kleine Päckchen."

„Er hat die Perlenohrringe *einzeln* verpackt?" Imke gluckste.

„Warte!"

Es dauerte eine Weile, bis Marie wiederkam, ihre rechte Hand fest geschlossen.

„Das hat er mir als erstes gegeben." Sie setzte sich auf die Bank, drehte die Hand langsam um und öffnete sie

Finger für Finger, zum Vorschein kam ein Mini-Maggi-Fläschchen.

„Wow", sagte Imke, „er muss dich wirklich lieben."

„Es fühlt sich so gut an, verheiratet zu sein", sagte Marie nach einer Weile versonnen. „Ganz anders als beim ersten Mal. Richtig. Und erwachsen."

„Ach ja?" Imke prustete und rang nach Luft. „Da hätte ich mich doch fast verschluckt."

„Meine Freundin Cornelia hat unsere dreizehn Jahre als Rucksack bezeichnet. Im Moment ist er ziemlich leicht." Marie fischte ein paar Erdnüsse aus dem Korb und ließ sie zwischen den Händen krachen.

„Dieses Lied von den Beatles, *When I'm Sixty-four* ...

Sofort begann Imke zu trällern und Marie fiel ein.

„Ich fand es immer so deprimierend", sagte Marie, „weil ich nur auf die ersten Zeilen geachtet habe. Dabei ist es das gar nicht." Nachdenklich fügte sie an: „Man muss das große Ganze sehen" – sie hielt inne und lachte. „Ich bin auf gutem Weg, oder?"

Imke machte eine wegwerfende Handbewegung: „Vierundsechzig, das ist noch lange hin. Wahrscheinlich habt ihr bis dahin Enkelkinder und Jan-Jonas ist ein begeisterter Opa."

Unten klappte eine Autotür, dann eine zweite und eine dritte. Marie erhob sich.

Anna, Lukas und Jan-Jonas stiegen aus dem weißen Golf. Marie beugte sich weit über das Geländer, und als die drei hochguckten, winkte sie mit beiden Armen ihrer Familie zu. Ihrem Mann und ihren Kindern.

Dankeschön

Dass ein Roman so viel Arbeit macht und es so lange dauert bis zum Erscheinen, hätte ich dann doch nicht gedacht! Vielen Dank an alle, die mich auf dem manchmal mühsamen Weg begleitet haben. Meine Testleser haben mir mit ihrem Feedback sehr geholfen: Wolter Classen, Julia Forthaus, Lena Franke, Martin Grün, Christel Kissinger, Barbara Pfaudler, Andrea Theine, Brunhilde Wichert-Haslett und Silke Wiggers.
Auf den letzten Metern hat mich die Lektorin Ursula Hahnenberg begleitet. Ihr verdanke ich wichtige Korrekturen und wertvolle Hinweise.
Manuela Eckstein hat mich mit ihrem wunderbaren Sprachgefühl bei den Werbetexten unterstützt; Ira Krissel hat mir hilfreiche Tipps fürs Self-Publishing gegeben.
Ganz besonders bedanken möchte ich mich bei Heike Janssen-Popkes. Sie hat mir den entscheidenden Schubs gegeben, mich an einen Roman zu wagen, und mich ermutigt, dranzubleiben.

Aber ohne dich, Rolf-Günther, wäre alles nichts! Du hattest immer ein offenes Ohr für meine zahlreichen Zweifel und grüblerischen Gedanken. Du hast stets an mich geglaubt und mich auf dem Weg vom Manuskript zum Buch mit Geduld und Einsatz unterstützt. Danke!
Neunundzwanzig wunderbare gemeinsame Jahre liegen hinter uns, wer hätte das zu Beginn gedacht?
Ich hoffe, mit diesem Roman Paaren in ähnlichen Alterskonstellationen Mut zu machen. Über Feedback freue ich mich sehr, ich werde jede E-Mail beantworten.
ilsebill@hobbeling.de

In ihrem Blog *ilsebillslesezeichen.de* bespricht Ilsebill Hobbeling Bücher und Kinofilme und kommentiert die Dinge des Lebens. Schauen Sie einfach mal vorbei!